阅读之前 没有真相

午夜文库

荒野猎人
The Wild Hunter

文泽尔 著

新 星 出 版 社　NEW STAR PRESS

目录

1	序 言
5	剪贴册 第一部分 自传摘录
29	剪贴册 第二部分 日记摘录
275	剪贴册 第三部分 摘自另一人的日记
377	剪贴册 第四部分 某个孩子的第一篇日记
391	后 记
309	真正的后记

谨以此文向享誉全欧的已故侦探小说大师夏哀·哈特巴尔先生的名作《荒野猎人》致敬。

- 向并不存在的伟大虚构人物和伟大虚构之作致敬

- 没有人在这本书中被谋杀

- 这本书中有令人倍感惊异的谋杀方式

- 全文是一堆排列有序的主观碎片,没有上帝存在

- 你很想知道案件发生在哪里——不在地球上,但你能找到它

- 你永远不会知道主角是谁

参考图1：文中林间木屋（The Woodcabin）在卫星照片上的大致位置。

注意：照片自GoogleEarth 4.2德文版中截取（NASA/Dmapas/El Mercurio数据库），相对高度（距离地面）19.31公里。地点标示及地貌经过锐化处理，经纬度保密。

参考图 2：文中林间木屋的 3D 还原参考图（基于 Google SketchUp 6.4.112）。来自 Google 3Dwarehouse 和 Lantis（各家具部件自 cwhii，baldeagle 等）。

注意：此图仅表示能够达到较高还原度的、本文中所提到的林间木屋。若与文中所描写之结构、材质、位置等有些许出入，皆以文中描写为主，上图（及与之相关的图例）仅供阅读时参考。

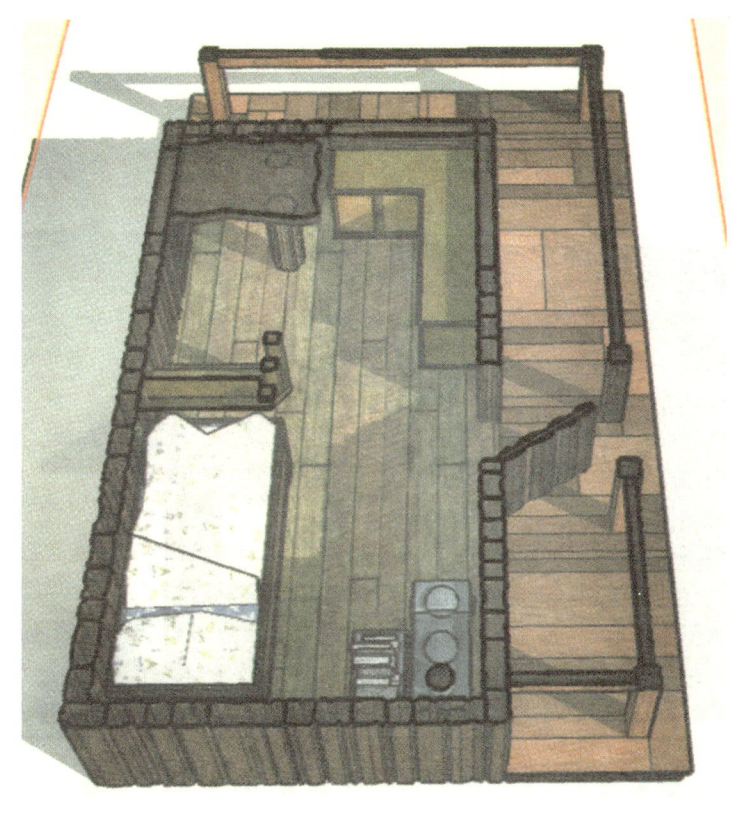

参考图 3：文中林间木屋一楼横截面 3D 示意图（已标明窗户位置及大致高度）。

左上角：固定式杉木书桌（木椅稍后单独标出）
右上角：胶合板制储物柜
左下角：杉木制木板单人床（下嵌弹簧床垫）
右下角：简易壁炉与柴堆

参考图 4：文中林间木屋纵截面 3D 示意图（沿 x 轴，床及书桌一侧）

参考图5：简易壁炉与柴堆特写

参考图6：文中林间木屋纵截面3D示意图（沿y轴，书桌及储物柜一侧）

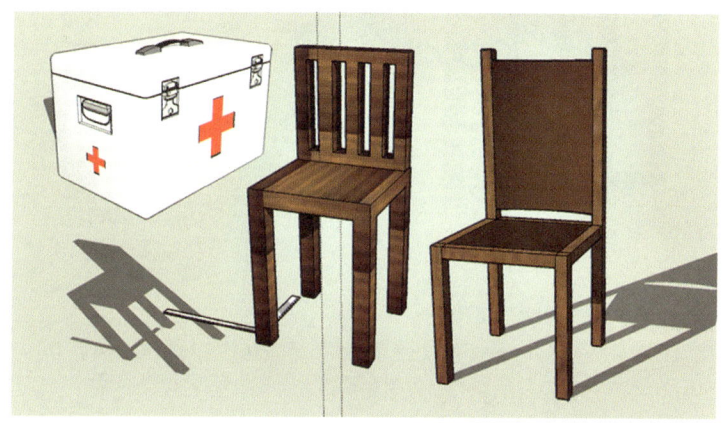

参考图 7：(左起) 阁楼狩猎孔左侧安置的急救箱 (以上各图中未标出)；小屋中被毁坏的椅子 (2008 年 2 月 29 日被发现)；椅子毁坏后，在村民处购买的靠背椅。

参考图8：(左起) 林间小屋原窗户被毁坏后，由村民协助安装的旧式玻璃窗（内外框结构，使用木工胶及螺丝固定。无活动构件，不能正常开关）；林间小屋原来的窗户，双层玻璃窗（向外开启），屋内扣锁。

以上图中未标出的道具及其位于林间小屋中的位置（未标明数量者，均为1件）：

1. 胶合板制储物柜上层（由书桌旁左柜至门旁右柜，2中同）：铁盒装防潮火柴（2盒，1000只装）、条形蜡烛（4条塑封，石蜡）、蜂蜜（750毫升装，2罐）、搪瓷带柄水杯（4只）、放大镜（8厘米内径）、德制防水罗盘、11毫米救生信号枪（2把）、多用途小刀（2把）、小号刀石、特制午餐肉罐头（8×500克，无防腐剂，易开包装（卷动开罐），生产日期：2004年1月9日，保质期5年）

2. 胶合板制储物柜下层：5升装多用途煤油、军用手提防风煤油灯、24厘米家用不锈钢平底煮锅（双扶手，带不锈钢盖）、20厘米钛质野外锅、12厘米咖啡锅（铝质，长扶柄）、不锈钢餐具若干（锯齿餐刀、汤匙、叉子各4套）、蜡封伏特加（2瓶，De Chene Debowa Polska波兰产，各1000毫升）、罐封精制食盐（1千克装）、160克标准素描速写本（2本，易撕装订）、木杆炭画铅笔（一捆12支）

3. 阁楼狩猎孔右侧墙角军用毡布中：伐木斧（纤维柄）、八角锤（纤维柄）、军用三折锹、卷尺、高强度尼龙渔线（30米装）、鱼钩（8只一组，袋装）

4. 阁楼狩猎孔左侧急救箱中：CAT（Combat Application Tourniquet）止血带、牵拉式止血带（半打）、漂白粉（250克罐装）、高锰酸钾（100克粉末，压口褐瓶封装，带取用匙）、简易手术用针线包、手术刀片（4片组合装加通用刀柄）、玻璃针管（2支，10毫升及2毫升）、金属针头（4支，大小各2只）、阿莫西林胶囊[（注：常用抗生素）200粒密封罐装，保质期5年]、磷酸可待因片（48粒盒装，联邦药厂出品，保质期5年）、蒙脱石粉冲剂[（注：常用止泻剂）复合膜袋装罐封,25袋×5克，温水冲服]、盐酸苯海拉明软膏[（注：常用抗过敏药）125毫升装]

5. 狩猎孔下木凳上（注：无靠背木凳，亦未在参考图中标出）：德制D16_8×30M Fero双筒军用望远镜（Zeiss镜头，带亚麻布护套）

序 言 ———

我将以夏哀·哈特巴尔先生的名义，通过同名小说创作的方式来展现他在自由意志市的世界中所达成的壮举——这严格遵照了我数年前所拟订的写作计划。在完成了相当数量的准备工作之后，我突然发现，这位从某种意义上来说并不存在的推理作家在我脑海中那美妙平行空间里的地位，以及他在那里进行的文学创作所达到的高度，已经出乎意料地被安置到了一个令人感到惊惧乃至窒息的位置上。

以上事实（或虚构，其实事实和虚构有时是同一回事）使我在安排每一个情节、思考每一个段落，甚至挑选人物名字时都不由得感到压力巨大、诚惶诚恐。这项任务对我自身的要求已经远远超出我的认知所能接受的层级，使我在撰写本书之前，就已面临一个三难选择（这显然不是一个经典的"Trilemma①"）：倘使勉强去完成，写作于我就不再有趣，这是再糟糕不过的事情；或者砸碎偶像，将文章降低到自己目前的水准……我却不是摩西，这样敷衍完工的作品难保不会使我在某天夜里收到来自某个空间的、署名"S.H.先生"②的起诉信（内容大抵会围绕着因"拙劣剽窃"带来的名誉受损问题之类）；当然，我也可以借"提升自己"为由，将本书无限期拖延下去：这对于一个生活无律、身体欠佳又懒散成性的写作者而言，可并不是什么好办法……

这难题直到最近听 Dennis Crouch 等人合奏的 *The Steel Guitar Tribute to Lynyrd Skynyrd* 时才找到一个取巧的解决方式——那张

---

① 三元悖论。
② 夏哀·哈特巴尔的笔名缩写。

完美的老歌演奏碟是大师们献给多灾多难的前Lynyrd Skynyrd乐团的致敬之作：神一般的Steve Gaines不会再生，但由Gary Smith主音的吉他，却或多或少能够触摸到故人的灵魂。根据《无弦小提琴》中的叙述，我暂时假定夏哀先生确实已经离我们而去了（显然日期不能再是大魔王降临的一九九九年七月——这和另一个目前还不能揭晓的事实恰到好处地串联起来，成为一切和自由意志市相关的作品中最有趣的浪漫主义反讽之一），如此一来，我便可以用"致敬"的名义来完成这篇文章——即使依旧使用夏哀先生的署名，也无须背负过多的压力了。

　　另一方面，既然不再是"文泽尔"（或者应该说，不再需要为侦探文泽尔的表现负责），我也就不再受到系列固有写作模式的约束——在《荒野猎人》中，不会再有复杂难记的人物名字，也不会采用纠缠反复的叙述结构。这将是一本每个人都能读，并且可以从中获得趣味的小说。我希望一句由衷的"好看"，会是这个淘气小家伙能够在广大读者那里获得的最高评价。

剪贴册　第一部分 ─────
自传摘录

首先是湖面的倒影，
然后是夜晚的森林，
世界沉下在湖中央，
故事也自这里开始。
　　——《临楧集》，千禧年的无名诗人

1

常有人说，从未旅行过的音乐家是不幸的，只有眼界开阔方能丰富他们的阅历、掘出天赐的才华；没有旅行过的哲学家却是大幸的，他们的思想不会被世俗所扰，总结出的文字也能够更加纯粹。

作家则介乎两者之间：是的，简直就是一个圆滑的庸人！既不愿彻底付出，又不敢完全封闭；感叹奇迹的时候虚情假意，面对专家时又难免尖酸刻薄……因此您能够了解，我为何对于自己被称为"畅销书作家"感到难过。不，朋友们——我不认为这是种挖苦，只是为好几座熠熠生辉的殿堂大门从此不再为我开放而倍感遗憾。

但现在表述言论的是我：这个事实对于我们目前的议题而言，显然十分关键。在我八岁那年因为一件微不足道的小事而离家出走时，我就已经明白——阅读别人留下的文字是很不公平的，因为这剥夺了阅读者当场反驳的权力。

这个论点当然是有现成例子的：我在留言里写下了许多绝情的字句，那篇字迹歪歪扭扭的离家宣言将我的祖父当场气死了，甚至还来不及订立遗嘱——作为唯一的法定继承人，我这个凶手顺理成章地接收了他的全部财产。

可惜这还不是最滑稽的事情：我对祖父的死一无所知，并没有马上回去领取那份能够一次买下好几艘游轮的高昂稿费（那也是至今我所写过最贵的文章）。赌气的孩子扒上一辆货运列车，从大湖边上的故乡出发，开始向着南方前进。

旅行的方向是写在了宣言里的——因为我原本就不打算被人遗忘，甚至还暗示了我要去帝国的首都。我在信的末尾画了一位披着天蓝色斗篷的骑士，他拿着一柄长矛，刺向一只火龙。可能我画得太糟糕，以致让这幅画成了不解之谜。当然，最大的可能是：没人在意我画了些什么。这也是令已经藏在煤车里的我最为担心的一件事情。

上车时已经是晚上了。火车就像是一串安上圆形轮子的巨大铁皮桶，被一些未经训练的马匹和骡子拖动着，发出震耳欲聋的颠簸声；翻起的煤块随着桶壁的颤动像冰雹一样打在我身上。我双手紧扶着车沿，感觉肚子下的煤堆就像流沙，正一点点让我深陷其中——再加上黑暗，周围的一切都好像正预谋要将我掩埋。

我害怕得快死了，时间的刻度在我这里变了形。我觉得车已经开了好久，和我六岁那年去首都看父母时一样久……这当然是暗示，在八岁时我的父母就已经死了。他们是政治犯。这项罪行至今在我心中都是无比崇高的。我选择离开祖父前往首都，是因为当时我认为自己也将成为一名政治犯，微笑着被抬枪的胆怯者们光荣处决。

然而胆怯的人却是我，这无可辩驳的事实使我感到相当沮丧。孩子都是很容易动摇的，当你动摇的时候，怀疑也不可避免地袭来——在一块很重的煤块打到我的后脑勺之后，我突然觉得火车其实是在向东行进。我十分艰难地翻了个身，看到最亮的星在我左手边：对于一个想当然的观星者而言，无疑是十分糟糕的——为了不让这趟迷失方向的列车把我拐骗到地理启蒙书上所说的那个"崇尚外族奴役的东方国度",我在火车停在第五站时翻下了车。

现在想起来,那辆慢腾腾的火车大概只开了不到四小时,而且确实是在向南方行进的。八岁的我忽略了一个常识:火车并不是走直线到达目的地。我在生锈的车厢间穿梭,连滚带爬地躲过值班乘务员的电筒光,逃出了火车站。

我就站在小车站外的第三盏路灯下面,街上没有一个人。离开古怪的列车,小孩子特有的倔强好胜心又膨胀起来——这是自己跟自己的较量。八岁孩子的世界,还有大半是童话。保有英雄主义情怀的我、犬儒的我……我曾经坚信,哪怕片刻的脆弱犹疑,都会被藏在某处的伟大存在一览无余。为了安抚那个懦弱的我,或者说,为了安抚八岁孩子心中的伟大存在,我和自己打了个赌:我就坐在路灯下面,坐在那儿数数儿。

我默默宣称,要从一数到九十九(我当时只会数这么多,这在同龄孩子里已经相当了不起了):就站在这路灯下面,从一到九十九——如果有人看见了我,我就回去,去挨祖父那狠狠的一顿皮带。管他呢!就当我被捕了,是个政治犯,只不过不在首都而已。这也没什么,那老家伙照样会抽得我脊背流血,就像宪兵用鞭子抽的一样……

我依旧是站在正义这边的。

我数着,从一开始,直到九十九。我数得不能再慢了。谁都知道,孩子就是那样——看上去虔诚坚定,随时准备对伟大存在派来的救援者显露出傲慢和不屑,借以表达自己维护正义的决心;心中却暗暗祈祷,打算等到适当时候,就毫无条件地对现实妥协……当然,这并不代表我就看轻了孩子的毅力。可惜,那种力量终归和成年人所看重的不同；它的周期性太过明显，耗散得又实在太快。只有一点，最关键的一点：妥协往往需要一个过得去的借口，这就是那场赌博！噢，请原谅我在这里表达得如此唠叨，在我的童年时光里，这实在是一个十分重要的关口。甚至，说它改变了我的一生也毫不为过。这次事件的每一组片段：祖父的死、登上火车、在哪一站下车、路灯下的赌博……其中的每一个细节都促成了今天的这个"我"。我反复强调那时的感触，因为此刻的我依旧对另外的可能性感到莫名兴奋：那时候究竟来了一个怎样的人呢？或许是严肃的中年人、悠闲的乞丐；要么是年纪相仿的女孩、推着婴儿车的母亲；甚或两个到小城镇里碰运气的诱拐犯……这许多诱人的选择、缤纷多彩的未来，至少——如果我搭上了六小时前的上一趟车的话，就都是有可能发生的。搭错车的我，却只能迎来一个无聊透顶的结局。

没有一个人看见我，即使我从九十开始喊叫，也没有谁理会我。我为那决定命运的"九十九"叫破了嗓子，却连肯定有人值守的车站里也没走出一个人来。

直到今天我也依旧想不通这件事。或许是记忆告诉了我错误的答案，有人经过——甚至喊了我——我也畏缩不前，转身逃开；又或许我当时并没有叫得太大声，而那些路灯实际上也并不存在，以致附近没人注意到我。反正，如果我现在再去同样的地方做同样的事情，夜巡的警察肯定会将我铐起来，某位神经衰弱的臃肿主妇或许还会赏我几个种着郁金香的花盆，作为我在无意间为童年所为撒谎的惩罚。

无论如何，至少在这里的叙述中，这场赌博的结果是唯一的。我数到九十九，没有人来；又等了一小会儿，还是没有人来……于是，为了兑现我向伟大存在许下的承诺，我只好再次背起我的小帆布包,漫无目标地将我那并不情愿的流浪生涯延续下去。

哈!谁想得到呢,我一生的传奇就是在这时拉开了序幕。

2

我印象中的儿时故乡要比现在寒冷得多。那里一年差不多有一半的时间，早上起床拉开窗帘就能看到结冰的池塘。似乎还有这样一两个月，大湖里的水会渐渐变得微甜。到这个季节，面容已全然模糊的父亲会雇一艘白色的水翼艇，自有游船停泊的码头出发，带着全家驶向湖心的岛群。

出航时的天气很好，我看到巨大的彩虹自水天相接的深色线条旁跌落，父亲融化在波光中，而我正坐在母亲的膝上，对眼前无比广阔的世界放肆地哭叫……

这就是我最初的记忆。

随祖父搬到拖拉机厂之后，我便有机会从点着永不熄灭火焰的广场出发，沿着林荫路走到有名的"柱子饭店"。我总是记得那个饭店："白色柱子像人的肋骨，红色墙壁似人的血肉"——这是在工厂学校里流传的童谣，我总共也只记住了这么一首。因为，我实际上并未在学校待上超过一周的时间。当那老家伙发现我每天都没去学校，而是像我刚说的那样四处游荡时，他就不再允许我出门了。

这也是我不得不杀死他的理由之一。

"柱子饭店"在主道上。继续走下去，先经过电影院，再经过大学的四层主楼，就可以来到有着漂亮尖塔的米黄色火车站——那作为我故乡的一景，在我心目中，比皇帝金碧辉煌的离宫（在我的时代里，那地方理所当然的是一座博物馆）还要清晰。

在我八岁的脑海中留下故乡火车站的最后映像之前，祖父正打算用皮带逼迫我去一个遥远的邪恶国度——这个国家我现在也常去，看之即知：它并不比这地球上的其他地方糟糕多少。

但在当时，这整件事却是被伟大存在所唾弃的。祖国的舆论引导了八岁的我，让我选择了一种正义，对背叛正义的一切人投去仇恨的目光。

我知道，那个结实的老头表面上也是维护正义的——许多人都是如此——私底下却总是另有一套；这是在讲述英雄故事时最常运用的手法——先是对你亲近，消除你的戒心；一获得完全的信任，就挥起利斧从背后砍你的脖子。

真正的正义在政治犯那里，在我父母那里——只有他们是完全正直的。而伪善者害怕失去伟大存在的庇护，只得谋害了他们，将他们押往首都，封住他们的嘴，当着伟大存在的面处死了他们。

我痛恨这一切不公平；现在回想起来，凡此种种，或许只是对祖父那鞭子般的皮带抽打衍生出的反射性逆反，借用选择成为伟大存在无名使者的方式来逃避残酷现实而已。孩子一旦相信自己拥有某种力量，便会对此深信不疑。如果得出了某个古怪的结论，也定要想方设法去证实它的确凿无误——在故乡的那段时间，各种各样的自我安慰充斥着我的童年，将我催眠成一个坚信自己与众不同的孩子。为了满足被压抑自我的成长需求，我履行着阴谋论式的推理，假设父母是被祖父告发，同时幻想着属于自己的英雄故事。

我偷看工厂的账簿、翻拆贴着斑斓邮票的信件、检查书柜里每本书的夹页（掏空的书里可能会有把黄铜钥匙，页码和页码之间也许夹着一张联络信函——天知道呢）、向看上去十分友善的厂房守卫和公文秘书打听祖父在言行上是否有可疑之处……由于我缺乏手段又自以为是，这类疑似间谍的古怪行动大多被逮个正着，或者在很短时间内就被人毫不留情地揭发。结果就是皮带越抽越重，我也越来越坚信这个恶毒的老工厂主——我那时唯一知道的亲人——就是谋害了我可怜父母的元凶。

伟大存在的敌人。

现在也有些说不清：究竟是因为我的叛逆导致祖父的凶恶，还是祖父的凶恶诱发了我的叛逆，抑或两者相互影响、滋长……即使是在为自己的童年辩护，我也得说：至少在最开始，那陌生的老人是对我不够好的——请原谅，因为我的记忆此刻依旧十分固执地肯定这点：在我最渴望得到安慰的时候，他却将我当作了他的儿子，赏了一顿结结实实的皮带。此种暴行显然触怒了伟大存在。或许祖父觉得这不过是跟小孩子玩的角色交换游戏，但我从来没有将它们视作游戏。

这是场一个人的圣战。

先是哭泣，接着叛逆，然后诅咒，很少有孩子会将仇恨付诸行动。但我既然受了由祖国教育那里得来的、和伟大存在时刻紧密相连的流毒，就无法不去痛苦地承担少年应尽的责任，"勇敢地站出来，我要和这些道貌岸然的恶人搏斗"——即使他们的首脑是我的祖父也绝不例外。

相信我，我那两年宝贵的童年时光全都消耗在了这样的一种矛盾之中：先天而来的人类道德、对于血亲的天然依赖，以及物质生活的相对优渥，全力对抗着无上正义和伟大存在赋予的使命感。说到使命感，以及责任、社会道义等相似的配套词汇，现在我认为，这些都是既看不见又不能得到切实好处的空洞概念。这样解释当然很易招致不满，但既然是在写一本自传一样的东西，就最好不要有什么不诚实。这是我在荒野中求生时养成的习惯，也可以看作对儿时背负的过重使命感的反弹。说实话永远都是最轻松的，这样你在再次开口的时候就不会总是有所顾忌了。

3

很多时候，小孩子就像是有人饲养的家猫：这动物一方面孤寂高傲，蔑视随时随地摇尾乞怜的憨狗；另一方面又碍于寄人篱下，不得不放下架子，用"喵喵"叫声和时不时的撒娇来博人欢心。狗总是表里如一的，猫却知道自己口是心非。家猫不自由，野猫又活得短。由这种动物进化成的人，难免会养成乖张的性格。

儿时的我若不是有猫的智慧，可能就会一直忍耐着背脊上的剧痛，长期停留在哭泣的阶段，慢慢变成一个石头般的成人。现在你们看到事实并非如此，这又得感谢当时在我心中扎根盘踞、牢不可破的伟大存在。我说过，孩子在赌气时蕴生的力量，可以描述为一个耗散的过程。伟大存在托付给我的使命，极大地抑制了逆反支配力的减弱速度：坐火车去首都，这是其他孩子想都不敢想的事情——他们总是在哭泣和少许叛逆之后过早地放弃，这反而培养了他们成年后的奴性。

我也说过这力量有周期性——否则我不会只坐几站就下车，也不会数到九十九。

好了，然后就没有太多选择了。我开始走，先是沿着大路，接下来沿着河。有三条河在这座小城中交汇，它们可能都是来自故乡的大湖，也可能是从另一个更大的湖那边流过来。在那些清早和傍晚都会起雾的、看上去就像内海一般的源头，有数千条河流进进出出。有些河流会在森林里迷路，找不到合适的栖身之所，甚至还与谁撞个满怀——就像我身边的这条一般：它肯定是迷路了的，我却指望它来给我指引方向。这实在是件十分滑稽又可怜的事情。

路灯的光远去，星光逐渐亮了起来。城市被抛在脑后，身体越发感觉寒冷。两种关于寒冷的记忆在我的脑海中交错：一个下着小雪，雪花飘了少许到河水光洁的肌肤上，向四面八方反射出星辰的明亮，随着波光一并翩翩起舞；另一个就是纯粹的寒冷，星星和月亮都结了冰，显出死板的青白色，就像是鳀鱼的鱼鳞。

我沿着河走——这是最清晰的记忆：河水往前往后都没有尽头。层层叠叠的林木看上去过于漆黑，夜反而显得耀眼。我走了很久，河水就像条喝醉了的长蛇，不停地领着我左拐、右拐、左拐……机械的重复让我忘掉了一切前因后果，只是裹紧那件下摆拖到地上的旧皮袄，一刻不停地走着、走着。

我的整个旅途，如果用直线路程的平方来统计，十多年后再看看地球仪——走过的面积尚不及地球表面的百万分之一。但在八岁的我看来，却已经是从一个星球前往了另一个星球。水泥浇筑的盆地与针叶林起伏的海洋，笔直的灰色街道和蜿蜒鲜活的河流，人心的冷漠残酷跟大自然的热情博大，绝不可能属于同一个世界，即使往返的路程只是以八岁孩子的步长来计算也一样。

在人生的第一个十年里，我们似乎总能够相信：神所设下的巧妙障碍越多、那些充满诱惑的考验越使人烦恼万分，选择正确后所获的喜悦，也就越发超出想象、令人神往。不过，谁会希望选到一条错误的路，甚至一错再错呢？这时，我又看见房子了：

是个小村子。那些挂在屋口柴扉旁的煤油灯好像突然给这无尽的夜色和寒冷添了个出口。这诱惑拍打在我的胸口，停住了我的脚步，让我情不自禁地舔了舔嘴唇——它们又冻又干，陌生得可怕。

是我的直觉、生存的本能、甘于乞讨的奴性、孩子气的懦弱：我愿意敲任何一家带着热气的房门，在那儿脱下靴子，舒舒服服地过一晚，然后回家。

等等……等一下！

回家。

现在哪儿是我的家呢？

我的脑中突然响起了自己的声音。那声音毫无感情，正读着后来证实是气死了那位残暴祖父的、我亲笔写下的离家宣言；声音在夜的洞窟里回响，就像是伟大存在，在我背上抽着鞭子，每一声都清晰异常。

我摘下手套，用暖和的双手拍打自己冰冷的脸颊，连着拍了十几下，直到那里热起来甚至有些发烫了，才将手套再次戴好。

这举动惊醒了身旁几棵桦树上栖着的渡鸦。它们呱呱叫着，注视着我，翅膀扇了扇，却并不飞起来。更远处有角鸮发出的呜呜声，由远及近……乌鸦们又开始叫了，像是在响应来自荒野的召唤。一只巨大的秃鼻鸦从我头顶掠过，挣脱那煤油灯的光线里氤氲着的最后一丝城市气息，瞬间遁入了森林黑暗又温暖的怀抱。

现在我开始感到脸上火辣辣的疼痛了。拍打太过用力，手指也隐隐约约地肿胀起来。缺乏睡眠导致的偏头痛、胃和食道通过灼烧感表达的强烈抗议、沉重乏力到抬不起来的酸麻双脚……脑海里的朗读声逐渐被身体各处传递来的有力感觉驱散之后，自我就清晰得如同刚从浮沙中掘出的鹦鹉螺壳上的暗金色螺纹一般缕缕分明。这么个强大又傲慢的自我，怀着那抽象到难以言喻的圣洁信仰，便能够轻而易举地藐视来自瘦小躯壳一切领地的警告。我得说，僵化的身体和奴化的灵魂永远无法接受这样的事实：疲惫不堪的孩子向这些等得不耐烦的聒噪看客们点了点头，鼻头抽动了一下，便改换了方向，接受荒原的邀请，头也不回地向着黑暗前行。

即使是作为对小部分人的警示，这段小插曲也不可在这本书中省略。何况，曲折的童话显得深刻。选择妥协或抵抗、光明或黑暗、温暖或寒冷、平庸或冒险……我看重那时的抉择，那是这场冒险中最后一个真正艰难的决定，明显充满了启发的价值。此刻的我当然知道，当时的选择已经是无法回头、毫无余地了。但是，必须强调，即使那时的我对于即将到来的灾难一无所知，我的决定也绝对不是侥幸为之。那戏剧性的转折和艰难决定的过程，使我对"多彩未来近在眼前"之类美好理念的无条件信任、向不可知挑战的顽强精神，以及成年之后的人生追求有了概括式的感知：

恣意的生活，优雅的疯子；我像个瞎子，无惧于黑暗。

4

我猜，现在已经有几位读惯小说的读者看得烦了（我得重申：这是我的自传，并非自传体小说）。鉴于之后的旅程，直到奇迹发生的那一天，同之前的叙述相比都显得乏善可陈，我打算将它们尽可能地简化，以平铺直叙的形式，安排在下面的几个段落里，尽快带过。

抛弃了迷路的河流之后，我很快也迷了路。天亮之后，我来到一个不大不小的湖泊旁，湖里有漂亮的疣鼻天鹅。那些家伙见到我也不逃远，只是慵懒地叫了两声，声音比我从厂房守卫的故事那里听说得还要沙哑（它们并不怕人，可见那湖也常有人拜访，不至于到渺无人迹的地步）。我在那儿取了水，吃了少许自备的干粮，恢复了些体力，根据太阳的方向，估计了首都的大致方位，开始继续行走。

但森林越走越密。夕阳斜落之后，在密林中分辨星星相当困难。我提心吊胆地快步走着，努力想维持直线，但身体却老是东跌西撞，好像已经不属于自己。耳畔时不时传来悠长凄厉的狼嗥声，此起彼伏如同行军的号角，让我像上足发条的铁皮玩具一般行走不停。

一个孩子能有多少气力呢？踉跄前行使我几近虚脱，野狼的嗓声却似乎越来越近。直到我看见巨大的黑影自头顶掠过，碎絮似的星光从林间缝隙中倾洒下来——被什么吞食也都无所谓了。心中闪过这个念头的同时，我就仿佛是被谁抽去了骨头一般，一下子瘫软在地上……

再次睁眼时我看到两只蛇一般的黄色瞳孔，还有短毛猎兔犬似的湿乎黑鼻子正蹭在我脸上。仔细一看，是一只漂亮的大尾巴赤狐。我伸手想抓住它的尾巴，它却敏捷地跳到一旁，和它一位正翻着我小帆布包的同伴一道，朝着我嗷嗷叫了两声，就转身窜进了树丛里，一眨眼就消失不见了。

我并没有打算追过去。并不是我不好奇，而是因为我发现了一件比满足好奇心要紧得多的事情：那两位穿着华丽的不速之客将我的干粮偷吃殆尽了。甚至连水壶的瓶盖也被她们用利齿拧开。看看瓶底，水只剩下了那么浅浅一层：勉强还够喝上一两口。

很好，很好……这又是新的考验吗？

我想放声大喊，嗓子却干涩得发不出一点声音。欺骗、嘲弄、惊吓、折磨……这所有施诸我的卑劣手段，让我逐渐察觉自己正在被伟大存在抛离。这当然无害于他的至高至圣，一切都是源自我的动机不纯、立场不稳。我这样想，但不坚信——只是小小的想法，无须忏悔……这些杂念很快就被抛弃，我天生愿意成为塔罗牌中的倒吊者，苦难才能助人成长。

于是，我只是抿起嘴、握紧双拳，以此表达稍许的不满。我的脚像是被整个截掉了，能够缓缓迈动，踩在满地的碎枝枯叶上，却没半点知觉。这已经是林子的深处，身旁满是高大茂密的赤松，很难弄清楚太阳的方位，也不知道此刻的时间，只好任凭感觉牵着我慢悠悠地乱走。林间群鸟的歌唱不能愉悦我，磨出血泡的脚趾使我心情烦躁，迷失方向的恐惧感紧摁住我的额头。我想着"再走走，该快天黑了，就走到天黑为止"，但那被层层叠叠的树冠遮住面容的天空却依旧不怀好意地亮着。

没办法，既然止步不得，我也只好尽量选择走在明亮些的地方：因为暗淡和潮湿会更快地消磨人的斗志。森林里总有无法贴切形容的腐败味道——那是种什么味道呢？它不断刺激着我的鼻腔，虽然难受，却能提神，就像是一剂振奋精神的苦药。我的感觉逐渐敏锐——它不再让我的步伐散乱，而是循着气味的来源。就这样，糟糕的气味愈来愈浓烈，我的脚步也越发轻快。感觉回来了，血泡开始刺痛，关节的酸麻也在每次抬脚时一阵阵地传来。

我被这味道治愈了。这是如神迹般的奖励——谁都清楚它应归功于谁。那是种什么味道呢？可以肯定：它不是森林里常有的味道！不是死去的红松鼠或其他小动物尸骸散发的尸臭，也不是山林泥土的天然腐臭。那味道……就像是对于某种强劲力量的象征，是防止领土被侵犯的预设警告——哈！这自然是事后才讲得出的俏皮话。我现在已经牢牢记住，闻到那种味道意味着什么；但八岁时……那就全然是期待见到更大奇迹的诱惑。很遗憾，我只在气味的源头——数块层层叠摞起来的、布满苔藓的巨型青色花岗岩石块的缝隙之间找到了一些令人恶心的褐色圆团。一望即知，它们不是伟大存在颁发的奖赏，只不过是某种动物刚刚留下的粪便罢了。

我背过脸去，扶着石堆的一角低头干呕了两声，有些酸水沿着嘴角流下来。我的手陷进湿湿软软的厚苔藓里：那给人一种错觉，仿佛整个世界都是软的——或者是，正开始变软。染上奇幻暖色调的梦境正在下陷，而我马上就要从一个匪夷所思的虚幻世界跌回现实。

但这就是现实，软绵绵的，却残酷无比。被再次愚弄的愤怒才刚刚抬起头，就被眼前景象带来的无比惊诧随意镇压了下去。

石堆后面，有一只硕大的脑袋正探出来。

那是……熊！

棕熊——这几乎是这片森林中最庞大又最残暴的动物了，它的鼻子和嘴长得像狗，比例上却要宽一些，有很明显的棱角，侧看有些像阿拉伯马的嘴。鼻头和突出的下唇都是黑色的，鼻孔的位置与野猪类似。头很圆，耳朵也是半圆形，前背上有一块隆起，四肢粗大有力，虽然看上去笨拙，奔跑起来却不见得比野狼慢上多少。

我现在十分熟悉这种生物，熟到可以用炭笔画出它在任意季节、任意地点做任何事情时的素描，而无须在眼前安置一只庞大又不安分的模特。它也是我最期待获得的狩猎游戏奖品之一，一卷从头到尾足有三米长的阿拉斯加棕熊皮毛制成的起居室地毯是每一位玩弄猎枪者的梦想。不过，我敢发誓：当这么一件意外的奖品像一座山一样矗立在八岁的我的面前时，我一点都没有将它的漂亮裘皮外套留作己用的野心。

或许是因为它的视力欠佳，这头庞然大物对我这个小不点似的陌生人丝毫不感意外。它那双深棕色的小眼睛在我周围扫来扫去，嘴角抽动着，喉咙里时不时地发出猛兽特有的那种沙哑、低沉又短促的"嘶嘶"喘息声。

这时它已将整个身躯从石堆后面挪了出来——好个大家伙！简直跟一台新出厂的四二六型拖拉机一般大。虽然巨大，但它看起来却似乎很和善。这是外貌给人的感觉，因为它的眼眶外侧有一圈黑，从孩子的角度仰视过去，上侧稍稍扬起，像是人得意时眉毛的形态。小眼睛、圆滚的脑袋搭配毛茸茸肥胖身体的憨厚形象，无论怎样拟人化都难以让人觉得凶恶可憎。文学故事中有关熊的描述，譬如格林童话中的熊、米切尔·恩德之《出走的绒布熊》，甚至米尔恩笔下的维尼熊，从不像狼那样容易伤人，也不像狐狸那样善于欺骗，虽然不见得都很善良纯洁，最坏也不过扮演强力却愚蠢的受欺者角色；至于普希金未完成诗作《母熊的故事》中为孩子牺牲的母熊，福克纳小说中庄严死去的老熊——它们早已成为伟大存在的具象图腾，作为"自然与人文生态"的鲜活例证在哲学和文学课上被征引和讨论过了无数次。

看看，这就是文艺害人的最好例子！我——代表八岁时的我，一个从未见过真正野生棕熊的孩子（当然，很多人一生也未曾见过一次），差点因为那些不负责任的文字和漂亮图画造成的错觉付出了生命的代价！我的生存本能被道听途说的童话和寓言故事彻底扭曲，一厢情愿地将一头熊的情感放在了和它的猴子朋友们等同的高度上。是的，我没有立刻转身逃走，也没有选择装死——我完全抛弃了天生应有的戒心，对看起来正在微笑的巨熊微笑，并且还打算伸出手去，抚摸它那柔亮又平顺的浅棕色皮毛。我几乎要将这只轻轻挥动前爪就能置人于死地的怪物当作一只会动的法兰绒布偶了，直到它突然张大了嘴，露出满嘴的尖利獠牙，一瞬间发出比山谷中的雷鸣声还要震耳，比维奥尔琴调弦时还要低沉的吼叫声。

还好，虽然读来让人感觉是荒谬麻木到了无可救药的地步，求生的本能也还并没有随随便便死去。我那疲劳过度的双腿，拽着还没反应过来的身体开始没命地奔跑起来。

我从没跑过这样快，快到树的影子都模糊了，地上的光斑像加热过的乳酪一般融合在一起。整座森林如同沙漠，地面好似地底，空气是看不见的岩浆，我正在恐惧的地狱里狂奔，死亡与我只有咫尺之隔……

但我也无法证实这段回忆：棕熊到底是打算认真驱逐甚或剿灭我这原本无意威胁它所掌管地盘的入侵者呢，还是单纯想找点乐子。熊发怒时的样子，我现在已经是一清二楚，可惜记忆将这头因为微笑而显得行为反常的熊给拟人化了。这是写作者们常犯的毛病，我现在也知道熊只是看起来像在微笑，就像红眼睛的北美树蛙和刚出水的黑海海獭一样。外表友善不过是一厢情愿的错觉，记忆却由于少许的扭曲偏离了真实，并随着岁月流逝越错越远……反正，我当时的印象是：它穿行在树干组成的迷宫之中，带着不知真假的古怪微笑，迈着欢快的舞步，不紧不慢地跟在我身后，让我体会自有记忆以来最深刻、最持久的恐惧——它们每一秒都在累积，哪怕已将我完全吞没，也不愿松动半分。

当然，也可能只是漫无边际的妄想害了我。可能熊并没有追赶甚至并不存在——我却一定是在奔跑，快得像在梦中，身体那么轻，仿若飞翔。

不，真是在飞翔，就如在梦中时常遇到的、那种难以控制的感觉：一双翅膀毫无必要，全凭意志的力量将身体托起。耳边风声呼呼作响，脚下踏空，仿佛随时都会丧失勉强维持住的微妙平衡。我的手脚摆动不停，肺腔压出的粗重喘息声使我焦躁不安，频繁又剧烈的身体摇晃快要令我昏厥——即使这样，我还是被剥夺了灵魂出窍的快感，和沉重累赘的身体一道轰然坠落。

那是光滑的湖面被重物击穿的回音。

以上充斥奇幻风格的描述，完全是基于我当时的感受，若选择从较客观的角度去看，过程就显得相当乏味。我跑得太过专注，以至于完全放弃了对周遭环境的观察，结果从一处滨湖的悬崖上冲了出去。我在空中还跑了好几步，然后就落进了湖里。

缓慢，从疾驰化作缓慢，湖面是转换的界面。当视线随头部没入水中，世界那开阔的不确定性就变成了带来双重压抑的某种包容。落水声、熊的咆哮、沉重又急促的脚步声、胸腔的悸动、坠落的风声，连同踏空时那短短数秒之内的不安定感……瞬间纠合为优雅的沉寂。那感觉，像是一个平常一向沉默寡言的人，在最紧张和致命的时刻逃离了梦魇，顺利回到自己的床上，而他邻床的同伴带着受了惊吓的神情指责他，说自己从未听过这位先生如此喊叫，像是盗用了别人的声音，气氛诡异非常。

　　是的，诡异非常，但未必不是种享受。我面朝着湖面，注视着即将逝去的世界。周围变得越来越暗淡，只有远处还残余一些律动的光线，是另一个世界被扭曲过的倒影。我觉得自己比一块石头沉得还快，一切物质的和精神的都在极速远离。八岁的我对此十分满意甚至倍感欣喜——死亡拥抱了我，伟大存在向我微笑。一切并不似想象中那么可怕甚至还很舒适，充满不可知的惊喜。看看，我终于可以停下脚来休息了。在这个从高空望去形如沙蝎角须的湖底①——这当然是我后来才知道的。如果是当时的我，那就是在伟大存在特意为我开放的庇护所——那里有一扇门，是回到我记忆源头的唯一方式。虽然我背朝着它，看不到它，但我能看到自己陈旧灵魂的远离——这代表我正接近这理想中的世界：那里有我要去的首都。政治犯穿着天蓝色的斗篷，长矛放在脚边，手牵着手，等待着我的到来；在那里，我的父母开着白色的水翼艇，向我张开了双臂。在那儿，那个神圣的地方，一切敌人都已被打倒，是最终的安息之地、重生之所，是所有善良的愿望和正义的梦想都赐福的地方。我清楚感觉到过去

---

①见参考图1。

的远离，对这结果深感满意。我将绷紧的肌肉慢慢松开，双眼闭上——这样我就看见了过去是怎样在远离：先是模糊、短暂、破碎的画面，其间夹杂了婴儿的啼叫、父亲的斥责、母亲的哭泣；然后是成长的见闻，所遇不同的人，所持各样的嘴脸……凡此种种，如同将死之人对一生之深刻印象的回顾和总结，离现在越近就越加清晰；但那些最近的却被放得过大，近在眼前的就大到可怕，以致变形。记忆被拆散成各种元素，在一片混乱和无序之中任意地改造组合——这些尚在人世之中的最后记忆、现实的游离，或者说是梦境——它们现在已经胶着在一起，概念不再重要，一切也皆合理，就像是些无意义的荒诞剧：我在那里，舞台正中，既是观众，也是主角。

  我像只熊被困在小屋里
  我成了蛇爬行在天花板上
  我化为狐狸守在窗前
  我是渡鸦贴着墙取暖
  我变回我，死在了自己的怀里

  这就是那些画面，最后的画面。我彻底地丧失了意识，连这些怪异的画面也统统远去、消失。
  时空在那一瞬间便不再存在：一个无法形容的场面，超越了一切的感觉。

挑战读者

　　参考图1及以上的文字已经给出了足够的线索，请您据此推断林间木屋在现实世界中的所在地。
　　答案将在本人向夏哀·哈特巴尔先生致敬的另一部小说《吸血馆与穿刺公》中公布。

剪贴册　第二部分
日记摘录

在面对谎言和背后中伤时,有谁能够真正做到毫不在意呢?
即使时光飞逝,学到教训,不会再去犯同样错误。
但两人之间的关系终究是无可挽回地变了调。
在这个笃信因果律的世界里,我们从小便被训练得吝于宽恕。
轻易宽恕的结果,反而可能使我们自己深受伤害。

    ——《时空幻境》(*Braid*),穿越时空的孤独旅者

第一章 春

二〇〇八年二月二十四日，星期日，晴

　　根据这帮家伙在样书投递这个环节上所拥有的丰富经验，他们肯定是挑了周三傍晚、总站邮局下午第三次清理邮箱之后，才派人去签发了这封挂号件。然后，邮件在周四上午才被运去分发。因为狂欢节临近尾声，为了迎接下周"狂欢三日"①的盛大游行，很多人选择将一拖再拖的邮件放在本周投递。这样一来，邮局的效率就会被拖慢一天。他们十分清楚：除非作者特别要求，否则邮寄样书不必标记"加急"；相反，为了不耽误要事，很多提早发出的公务邮件则会以多付百分之二百邮费的代价进行加急。因此，考虑到最后一个工作日下班期间堵车的因素，快到周五黄昏，这封来自大城市的挂号信才能被邮车运到本区的小邮局。它的"加急"伙伴们会被挑选出来，和上午送来的一堆平信、邮包一道，由我们等得不耐烦的老邮差用他那漆成铬黄色的小四轮推车运抵目的地。而我那可怜的样书，则不得不在邮局的分栏柜里寄宿一晚，直到昨天上午才被送到我的手上。

　　这样，由于休息日的缘故，就算是马上发现正式出版内容和

---

① 指二月末的"玫瑰星期一""狂欢星期二"及"圣灰星期三"这三天，基督教国家的传统节日。

审阅校对的终稿有如此显著的差别，我也没办法立即联络经纪人和出版社方面交涉。按照一般出版社的公休安排，下周的前三个工作日也因为假期报废。我和他们合作过七八本书，他们十分了解我的脾气——我向来都是一个会因为一时冲动而做出某些赌咒式决定、然而与之对应的决心却又少得可怜的人。我并不是天性不坚定，可能是我已经丧失了孩提时代的信仰……事实上，当我昨天发誓要当着总编和文字编辑的面撕毁出版合同的时候，就完全没料想到——当我此刻动笔写下这篇日记时，心里对这件事情已经感到很无所谓了。

再过三天，对于我所递交的校对稿中整个第十六节不给任何理由就被删除这则奇闻，虽然谈不上遗忘，但我一定会逐渐转变态度，信服他们将要婉转给出的理由，并以微笑隐忍的姿态给双方一个台阶下。到时候我恐怕早已忘记，我究竟将自己的写作尊严下降到了多么令人难以置信的程度。这不夸张，他们和我都不是第一次这样做，我们总能够以琐碎无趣的方式达成心照不宣的美好配合。

好了，为了忘记这一切，我得先暂停这些无谓的牢骚。我猜，这次删节的真正理由，是为了迎合女性读者——为了证明这点，我会将一份第十六节原稿的打印件附在这篇日记的最后：这样，我在哪天翻开这本日记时，就会记得在恰当的时候催促他们出版一个完整版本。那时候他们多半又会将这可怜的弃儿捧到天上，用它来吸引那些实际上从不阅读文字的父权制拥护者。这很有趣，只要有必要，那帮家伙能够将一本书的稿子拆成十次出版，并且每次都能够根据版本间的差异挖掘出不同的噱头来。

你看，我不用看邮戳就知道这帮为掏空买书者口袋而生的守财奴心里究竟打的是什么算盘。

但他们这次错了,因为我对待不同文字的底线不同。如果只是一部如《吸血馆与穿刺公》[①]那样以唬人为乐的小说,只要不过分触及核心,大可以任凭他们删改甚至篡改核心也无甚紧要。因为它的功用无非唬人而已,内容这样那样也都一样。这本却是我的自传,篡改文字意味着篡改我自身——这就是无法容忍的了。我岂能任由自己受这些无关紧要的人操纵呢?

书将在下周四摆上书架,第一版的四十万册,已经不可能回厂重印了。因为这一确凿的事实,我已经写好一封正式的委托信给我的律师,附上预先备妥的校对稿及出版合同影印件,请他全权代理相应的索赔事宜。两个合适的新闻稿版本,也已安排到那两位值得信赖的报社文化编辑手里。这当然不代表我不再打算与目前这家出版社合作——只是让他们知道分寸。庭外和解是彼此都能接受的结果,律师和出版社对这种形式的抗议以及配套的处理方式都是心照不宣的。虽然这不按规则出牌的举动会让没得到通知的家伙们心存不满,但想到稍加处理过的诉讼消息,能够将图书销量提高四到六成这点,相信他们还是愿意另起一份版税更高、要求也更加宽松的出版合同的。

我期待出版社方面用"抱持纯粹利己主义"的恶意来揣测我,并以此标准作为今后与我交涉的准则。他们和我合作没有超过四年,也没有派出哪个编辑来同我进行什么"真诚交流"。我原本指望他们在认真审稿后能够注意到我自嵌入此种世界格式之后依旧坚持的习惯,但这帮人却始终只考虑到如何取悦消费者——从他们的角度去看当然是无可厚非,我却不能容忍这样的

[①] *The Vampire Mansion & Vlad the Impaler*,向夏哀·哈特巴尔先生致敬系列的另一部独立长篇。

忽视。于是，一是作为效用有限的小小惩罚；二是为我的重要日子腾出时间。我当然可以不通知任何人就离开。因此，一场高曝光率的有趣官司，也可以看作由于强行取消原定巡回签售会及电台采访等宣传活动而给出的有力补偿。想想看，如果那帮家伙里真有个稍精明些的，能够先好好盘算一遍利害得失，然后坐下来仔细思考一番，认真通读一遍我的传记，他或许就能体会到我的真实用意。

★①

但愿我的繁复句式,没有将未来某日里正在读这篇日记的自己绕晕。为了防止这种情况发生,我得为以后的某个时刻将这件事写得更直白些。是的,一个稍微能够运用逻辑的人都可以看出(比如我刚刚提到的那个出版社的精明小伙子)。实际上,是我预先安排了此次修改。这次删节的真正理由,其实是为了迎合一位由我本人冒充的、并不存在的年轻小姐在一封特意寄给我那可怜自传责编的、关于我上几本书中"一些隐含有种族歧视内容"的信里表达出的"少许疑惑和担心"。为了强调此种虚构的感情一旦不被重视的后果,我还准备了一些和调查报告相关的小把戏,并用少许金钱让一位正需要现金周转的出版社朋友在适当的时候推了那位唯一有权决定、却又总是犹豫不决的老家伙一把。

这就造成了今天这个看上去符合一种笼统的因果关系,实际却符合另一种精确的因果关系的有趣现状。关键是,每一种的结果都令我满意——这才是真正的重点。

我曾想过直接在日记中书写私底下运作的真实过程(毕竟日记对大多数人而言是相当私人的文字),而非费心修筑那些为应

---

① 一个一笔画出的五芒星标注。

付公众的道德高度而捏造出来的文字壁垒，但这里却依旧使用一个中途逆转的折中格式。因为这本日记可能会和其他的很多本日记一样，在今后的某一天里被结集出版。我可不想让到时候那不可避免的改写工作因为日积月累的私密内容变得烦琐异常。这样便照顾了我与我之外世界双方的感受，唯一的不足之处，不过是在多花时间书写的同时，不可避免地产生少许**精神分裂**的错觉而已。

况且，这并不是什么新的想法，之前也是如此。不过，倒似乎是第一次在"另起一页的今天"里被明确地表达出来——总之，就像是**两个不同的我**所书写的日记，分别代表**两种不同的历史**：这当然十分有趣。

"骑士爱"①,乃至都铎王朝的那三个女王,以及西班牙的伊莎贝拉……她们作为历史给出的特例,显然不是什么"傲立于男人中的女性",而是"部分性格男性化了的女人"。人类历史的开源,从根本而言,就是由猿到人。在作为猿人的过渡期积累下来的、作为雄性猎人的优势,较之在氏族社会第一阶段那以逆流形式存在的、薄弱的雌性优势更佳。历史是延续的,由良好生活条件孕育而成的美好道德,也不足以掩饰由于身体条件的先天差异造成的分工上的不平等。在大的文化背景已被限定的情况下,这局面是势必要形成的,并不会因为目前生产生活上脑力占优的状况而简单改变——或许哪天,当道德和科技达到足以左右人类进化的地步,神学也不再隐晦地表达男尊女卑的思想了。到那时,我的后人们大概会想办法纠正我这个有趣祖先的武断想法。可惜,那也只是个幻想,因为——按照目前人口统计展现出的规律来看,白痴才会留下自己的血脉呢!

瞧瞧现在的某些女性,她们已丧失了古典时代流传下来的本性,不再安于端庄、勤劳、贤惠、内敛的本分,却发展了她们虚伪、贪婪、肤浅、易妒的弱点。她们罔顾生育的重要意义,花费精力去追求所谓"精神意义上的平等"。且不论这种提法本身是否合理(这是值得反复讨论并且很难得到确切结论的话题)——其实这原本就不重要,因为她们的野心实际是放在母系社会的复辟上,要做的也只是在少数女人身上锻炼出具有领袖气质的男性特质而已(这就是女性领袖多半痛苦的根源:拥有本不应属于自己的东西)。平等的概念,充其量不过是过渡性质的存在罢了。

但另一个极端也同样可怕——"占有"的对立面,莫过于

---
①指男性开始无条件地把女人抬到无以复加的高度的一种精神化情感,西方历史上第一次出现的个人之爱。

"牺牲"。这世界上有一种虚妄的情感,能让年轻女性彻底丧失心智。事业、学业、亲人,尊严和自我价值……甚至连自己的生命都可以随意抛弃:爱情。年轻人总是对这个流传千年的骗局嗤之以鼻,但又不可避免地深陷其中。就比如我,我在十四岁那年曾经疯狂地喜欢上一个来自冰岛的古怪少妇:她满脸雀斑、皮肤苍白、毫不漂亮,甚至连身形也完全走样。

由于性格内向,我那时还不能够很流畅地用第二故乡的语言和人对话,写倒是毫无问题,但不顶用。而她,在这个城市里算是个哑巴,因为她只懂得说那死气沉沉的 íslenska①。我会迷上她,大概是因为她对我十分和蔼友善吧。她的穿着虽然朴实无华,但总是很得体。很多时候,我觉得她很像我的母亲,至少感觉上像。

看到这里,可能会有不怀好意者给我贴上"第二恋母情结"的标签,说我从小缺乏母性关怀。我的回答是"请随意"——因为暗恋无须理由。

她是管家雇来的保姆,负责照料我的饮食起居。当时,我靠变卖祖父遗产得来的那一大笔钱,在市中心买了些公寓出租。我自己则住在一栋独门独户、不怎么大的两层别墅里。管家正是祖父原先的公文秘书。我再次强调:他是个十分精明的人。投资房产,靠收租支撑生活就是他的主意。我当时十分倚仗他。

请这么个女人,完全是管家的推荐。他说她出生自芬兰的农家,性格很好,很容易培养忠诚——而当地请的厨师和家庭教师,看上去都凶巴巴的。不管祖父的老朋友怎么说,我都只好完全信任这位湖边长大的女人。

---

①冰岛语,是北日耳曼语支中少有的数千年来没有太大改变的语言。

她帮我缝补衣服，教我画画，对我说的一切可笑话语报以微笑。到了晚上，她经常将我搂在怀里，用我完全听不懂的嘀咕语言，给我读插画本的《莎乐美》①。她每周会为我洗两次澡，每当洗澡时，她都会拨弄我的小卷发，将泡沫涂遍我全身，自己在那里咯咯偷笑……

写到这里，我都要开始怀疑，当时她是否是在主动勾引我了。我迷恋她，离不开她，完全不在乎她的年龄比我大上整整一倍。我像是着了魔、受了诅咒，身体和灵魂都完全倾注在她身上。我故意大声对她说话，向她发怒，掀她的大摆裙，甚至……每晚等她睡着了，就肆无忌惮地将手伸进她的内衣里，肆意发泄我的欲望，任凭道德沦丧的恐慌在黑暗中将我淹没。

女人们在这些事情上都是聪明的——她甚至从一开始就知道。我和她这样同床共枕了六个月后，她看我的眼神逐渐变得躲闪且暧昧。在我十五岁生日那晚，在仅有六个人的庆祝宴上，当着厨子、管家和两位家庭教师的面，她突然放声痛哭了起来。

我吓坏了，以为她会将每天晚上发生的一切都说出来。短短时间里，我想了无数个借口，但最终也只是低着头，什么都没说。不过，她也什么都没说（当时她已经能够和大家流畅沟通了），只是推说身体不舒服，提早离席。

当我忐忑不安地推开卧房的门，看见她一丝不挂地躺在那里时，长期积累的负罪感，一瞬间便烟消云散了……

这是最好的十五岁礼物。罪念就像《创世记》中的索多玛与蛾摩拉城，被耶和华的硫黄与火焰燃烧殆尽——我的心被释放了，本已污浊不堪的灵魂得到洗涤，感到无比的轻松与宁静。到

---

① Salomé，王尔德作品，此处指比亚兹莱插画的译本。

第二天，管家在上天文课之前，将我拉到楼梯口，贴着我的耳朵告诉我说："十五岁的大孩子，不可以再跟保姆睡在一起。"

我这才明白她为什么哭泣，可她当晚就辞职搬走了，我连一句"保重"都没来得及对她说。

我曾经很怀疑，这是否是我迄今为止，唯一接受的一场恋情。现在，我更怀疑这种超越理智的情感本就未曾发生过。她走之后，我表现出长达一个季度的烦躁，和任何人交谈时都心不在焉。我猜，管家一定知道我做过些什么，家庭教师们或许也知道，厨子也难说……一件事情的来龙去脉，仿佛身边每个人都知道，又都刻意隐瞒，不随便透露一句。这太复杂，我懒得去管。我想着她，但又不愿花点心思去找她。这之后许多年，有那么一天，我又回忆起她来，却只剩那陈列在床上的裸露身体，面容无从分辨，只记得她是在笑——是如照片一般的静止画面。

那时，我已将占有与牺牲混作一谈。我模糊地认为，针对爱情的牺牲，不过是种独特的占有方式。任何种类的牺牲，都能通过不可抹去的记忆，得到双倍的补偿；说到底，不过是另一种更加隐晦的利己而已。于是，我抛弃了这本质自私的愚行，成了一个纯粹的研究者——但这并不表示我将对女人敬而远之，压抑本性，仅通过对文学及现实的旁观来充实我的理论（那就太过枯燥无味了）。为了创建一个"实践的设准"[①]，需要先将女人剔除到灵魂范畴之外，仅根据外貌来归纳她们的性格与行为，以及交互派生出的少许"智慧"。作为一个经验主义者所要恪守的规程是：明确客体，而非陷入爱情中去。

这是极为冠冕的表述。换个通俗的说法，尤其是从本不具备

---

① 康德语，指无法证明的前提。

美貌，抑或是因为年龄，或者不良的习惯而丧失美貌的女人们口中说出来的，就该是"玩弄感情的劣等骗子"和"铁石心肠的卷发怪物"；倘使是位曾经热爱文艺的女士，可能就变成"丢了弓箭的菲比斯"①或者"卡萨诺瓦二世"②了——我尤为中意后者：那称呼对我而言，是褒多于贬。如果有机会，您可以当着我的面，叫我"亲爱的卡萨诺瓦"，而不必直呼本名。前提是，您是位符合我审美要求的漂亮小姐，并且对我抱有好感和强烈的好奇。不必记挂着智慧，也不必用高雅的空话来保护自己——请务必牢记，女人只有策略，没有灵魂。

或许这世界上有一半人会认为，这番鬼话纯粹是流氓逻辑，另一半人则正悄悄享受被人点明心事的快感。反正，我毫不介意在你们面前展示我这套听起来十分激进、极端的想法——我只是说实话罢了。换个少有人用的范畴而已，又有多可悲呢？生命本就是埃斯库罗斯③的一部山羊剧，青年时我就已看清了这点。人生苦短，及时行乐。

人天生愿意追求美好的事物，又因为事物变得不再美好而离去。你若说事物有它的主张，即使颠覆了逻辑和理性，也不会变得歇斯底里、不知所措——这想法本身也是美好的，但事实却总让人失望。我这样说并非毫无根据，那些苍白可笑的空口狡辩，不可能用来说服人，反倒会惹人敌视。在此，我本着最符合科学精神的态度，从我所做过的众多相关社会学实验中，向大家举出一些例子来——我谨以我的人格担保这些事例的真实性。不过，也请那些看完后只会反复叨唠"绝不可能"的朋友，不必怀抱过

---

①指雨果作品《巴黎圣母院》中的 Phoebus Châteaupers。
②指意大利人 Giacomo Casanova，一个传奇人物。后常被用来指代花花公子。
③古希腊的悲剧诗人，被誉为"悲剧之父"。

重的负担。毕竟，这是个由"相信"构筑的世界，每个人都有选择的权力。如果读到这里，您觉得整本书荒谬透顶，直接扔进垃圾桶里就是。

统计学虽然似是而非，但总算不会骗人。我所做实验的种类和数目之多，就算用最简洁的话语，在与这本书同页数的、排字紧密的书中列举，也需要最少二十卷才能勉强完成。于是，这里需要做一些取舍，以便大家了解概况，并且有机会自主得出较准确的推断。经过再三考虑，我决定举自杀的例子。这种了却生命之无限可能的荒唐举动——短小精悍、触目惊心，引人注目又发人深省，足可成为最有力度和效率的佐证。

以下列举五个案例：五个女人，年轻、美丽，魅力十足却为我自杀。这是此分类中全部的例子，因此不存在刻意隐瞒造成的印象偏颇。鉴于社会学引例的基本常识，这里隐去她们的名字、年龄和一些对事件本身而言无关紧要的细节。因为她们恰好来自不同的国家，我在此便简单地用国名来对她们进行指代。

1. 法国小姐和我相处半年，策略是刻意试探我的底线，然后不停进逼。我在此例中饰演一个性格懦弱的中产阶级，每次都在犹豫再三之后，满足她所提的要求。她逐渐暴露出傲慢的本性，相处时的交流，也由原本的互相聆听，慢慢演变成她的独角戏。她在公众场合对我颐指气使，在床上又经常敷衍了事；她对一切男人的殷勤照单全收，对我略显踌躇的提醒却充耳不闻。

在这年情人节前夕，她毫不客气地提前向我要求一套价格离谱的首饰和一束上百朵的红色玫瑰，并且要当着她办公室同事的面，以下跪的姿势送到她手上。

我知道是时候了。我表面上唯唯诺诺地答应，到了那天，却两手空空地过去，当着办公室所有人的面，给了法国小姐两个结结实实的耳光,对她说:"从我的生活中滚开!你这个四处勾引男人的荡妇!"

所有在场的女人马上就投来令人心寒的、打量异类的目光,那轻蔑和暗笑伴随着虚情假意的叹息,传到她的耳中;男人们说着"原来如此"的色眯眯的表情,也被她的泪眼尽收眼底。我斩钉截铁地说出一些听上去道貌岸然的男人名字,捏造出一些听起来真实可靠的偷情故事。她连一句争辩都没有,脸几乎要变成灰色。当天晚上,她就自杀了。

法国女人的方式是跳楼。但可惜,为了减少在空中时的临死恐惧,她只爬到四楼就往下跳了。她没死,但成了白痴——这当然不比她原来的智商差多少,只是可惜了她那封据理力争的遗书:她一个字都没有提到我,反而竭尽全力地举出一些我压根没听过的名字,用各种想得出的方式,试图证明她和他们没有任何关系。

她大概是住在巴黎的一家疗养院里,那之后我再也没见过她。

2. 波兰小姐满腹狐疑。她成天检查我的衣兜、钱包、号码簿和银行账单,将我的全部现金没收,烟酒、桥牌之类的不良嗜好,悉数禁止,参加任何社交活动都得向她提前报备——这毛病不是一开始就有的,但也仅是随着时间增长就莫名其妙地滋生出来,如夏夜蚊虫一般,惹人讨厌。

我在相当长的一段时间里,尽力展现我正直的天分,一点把柄也不给她找到——这并不难,因为她不能二十四小时不合眼地监视我。她很漂亮,但并不自知。童年时的自卑一直延续下来,使得她平时一贯都唯唯诺诺、默不作声。不过,在那些事情上,却又格外坚持原则。她常常说谎骗我,虽然没有保险推销员那么频繁，但她的全部欺骗行为，都一定是针对我那些子虚乌有的罪过，仿佛这就是她一生追求的事业，除此之外，别无他求。她一会儿骗我说怀了孩子，一会儿又谎称自己得了绝症；有时号称她有个美艳绝伦的妹妹，有时又宣布自己曾犯下杀人罪行……这些荒谬透顶的鬼话说起来时，她脸上原本的纯洁无瑕顷刻间便荡然无存——我对此感到厌恶，一度忘记了实验的客观，还没等到更激烈的表现显形，就将她最害怕又最想看见的场景，展现在她的面前。

那天，我和一位妓女有幸参与了这次演出：那位小姐年轻又火辣，演起这种戏码来，效果实在是好得不行。波兰小姐在颇为意外的情况下看到这一幕，惊讶得几乎死掉。这是我的疏忽，我承认——我认为她如此热衷于窥探我的隐私，一定对这画面早有心理准备。

为了赴死，她准备了整整一周的时间。最后她选择了卧轨——我去现场看过，那是相当难看的死法。我现在早忘了她活着时是什么模样，但死态始终都铭记于心。我对后来认识的每一位女孩旁敲侧击，宣扬卧轨的种种坏处，就是担心她们哪天遇到什么事，也去选择这种让人心情沉重的方式了结生命——这无论是对己还是对人，可都不是件好事。

3. 匈牙利小姐既贤惠又冷静，不但聪明而且内敛。我不说的她从不过问，我问她的统统认真回答；她从外表到心灵都诚实、可信，活泼、调皮也掩饰不了骨子里的沉稳、端庄，就连撒娇耍赖也是点到即止；她对我的失误总是宽容、原谅，我要她做的样样都能办得漂亮、得体。这么好的姑娘，换了谁都会赞不绝口，但我不——我知道她肯定得犯些只有女人才犯的毛病，否则哪还称得上是"女人"呢？

我折磨她，当着她的面和别的女人调情，甚至做些更露骨的事情——但她依旧隐忍；我故意疏远她，辱骂她的亲人，对她最亲的哥哥难得一次的到访毫不理睬——她只是摇摇头；我打她，像我的祖父抽打我那样抽打她——她一言不发，只是在我放下鞭子，坐下来喘气时，稍稍回头，轻蔑又无奈地看着我，仿佛是在可怜我一般。

就在我几乎要承认自己赢不了她时，她怀孕了。

这消息几乎让她崩溃、发狂。按照自小恪守的教义，未婚先孕的罪过，几乎可以抹杀她活着的全部意义。这对于习惯曲解的小地方教团而言，是再常见不过的事情。

她哭着，跪在地上，手扶着我的双膝，像个凄惨的女仆——央求我和她结婚，条件是她的一切。但事实是，她丢弃了骄傲就一无所有；而我并不需要一无所有。

我找到了突破点，但是并不太高兴，因为这完全是上帝的施舍。我拒绝了她，她又求了我几次，我每一次都拒绝掉。这样隔了近一个月，她又一次来求我。

我们约在乡间无人的田间道上，她的手里拿着一把枪：如果枪口对着我，我很可能会屈服，和她交换戒指，一道接受神父有气无力的祈福。但她却将枪口对着自己的脖子——她说："不结婚我就自杀。"我在心里笑了。转过身向着田间道另一头走去，背对着她。她开始泣不成声，大声说："我数三声，你不转头我就开枪。"——这等于将她自己逼上了绝路。我犹豫了一下，思考她会不会开枪，但没有结果。这时她数到"三"，枪声响了，一群惊起的鸟雀从我头顶尖叫着掠过。我不用再想这件事了。

我也没再回头去看那具尸体：想想样子就很可怕。有波兰小姐的教训在前，我不会再去折磨自己。

4. 美国小姐生性小气，为人极端吝啬。她将"爱你"挂在嘴边——这不要钱的甜言蜜语，不过是要讨些好处。一遇到跟自己钱包相关的事情，哪怕是放长线钓大鱼的买卖，也绝不松口出一分一厘。她积攒金钱，并非为了购买某样贵重物品，而纯粹是一种囤积的欲望。我为她的一切开支埋单，她便回报给我她自产的那些好处——她认为是等值的，或者是我赚了她很多。基于后一种想法，她黏着我不放，想方设法地要从我身上将那些她应得的压榨回去。无论是圣诞夜、复活节、生日或者情人节，美国小姐一概要求所有与时令不符、她却"碰巧"看上的东西——这些礼物多半是金银首饰和陶瓷器，而且必须附带收据，以便她私下里能够马上将它们折价退掉，或者转手给典当商，换成白花花的银子。而她回报我的千篇一律——甜蜜的香吻和一夜的温存，除此之外她也没有可给出的了：金钱对于她而言，都是不动产。

她的贪欲广阔无边，令人胆怯。我的实验无法探知那种可怕欲望的极限会停留在哪里——我想，恐怕给了她整个地球，她也未必满足。对症下药，我和一位对金融熟悉的朋友，用账面数字的魔法打动了她，怂恿她去买一种很快就会血本无归的基金。她被短期高回报率说服，像无数其他对投资一窍不通的女人那样上了当。

起初，我们还担心她会疯狂报复，直接用尖刀刺我和那朋友的心脏——但她什么也没做，在她眼里除了她的金钱其他都仿若尘埃。

就在基金跳水的隔天，她沿着高速公路默默走了三天三夜。路警将她送回家后，她又在床上躺了一整天，眼睛几乎一眨不眨。然后，放了满缸温水，在浴室里割腕自杀了。

她被葬在新泽西，那里可没有金矿。

5. 英国小姐皮肤白皙，鼻梁高挺，眼睛仿佛夜晚的航标灯一样闪亮。她是个无神论者，但表现得像个假道学家——用粗鄙的话讲，她是个彻头彻尾的"假正经"。她习惯站在道德至高点上，对一切新颖的观点和对她的不认同嗤之以鼻。她特意避开那些鲁莽、易怒的壮实男人，背地里称他们为野兽；一开始就以唯唯诺诺的姿态出现在她面前的男人，也不被她喜欢，因为她觉得，和这种人相处降低了她的身份。她中意将举止文雅，思想和言语上却带着攻击性的自大男人调教成她的奴仆。成功率多少我不知道——据她讲是很高的。"几近完美"，对话当中，这位女性至上主义者习惯用这四个字来对一切她认为合适的客体进行描述：稍微表达谦逊态度的修饰，反而更为完美地证明了她的"假正经"脾气。

她的各种表现都是符合女性生存于世、谋求平等所应具备的手段的：在交际中回避体能上的差距，并且明确宣称自己"终身不愿被孩子围绕"——这就将性别上的弱势完全否定了个干净。她既然用如此的标准来挑选异性对手，进入她视野中的男人在和她争辩时，就总逃不过一个决定性的为难之处：淡化性别的差距来和她理论，就无法攻占她用精心组织过的凌厉语言和先发制人的绝对自信构筑成的道德制高点；而一旦谈及性别差异，便违背了讨论存在的前提，瞬间便从这场争论中淘汰出局。

显而易见，英国小姐必定会对她论战中的败绩选择性遗忘。因此，攻占她城堡的唯一办法，就是否认掉她在立论中一贯坚持的原则；而且，是用不容辩驳的强硬方式：这是男性应时刻牢记的、天生便拥有的最有力的武器。

为了做到这点，我先是在一场激烈无比但又留有余地的争辩中博得了她的欢心，成了她长长异性交往列表中最靠前的一位。

相处之中,我凡事都像奴仆一样顺着她的意思,满足她的支配欲。她逐渐信任了我,好比国王信任他的弄臣一样,将乱七八糟的琐事都交给我来打理。终于有一次,她因为要到外省办事,想也不想就命令我来为她挑选饭店。于是,我花大价钱买通一家偏僻小旅店里所有能买通的人,要求他们对英国小姐入住那天发生的一切保持缄默,并提前赶走所有不能买通的家伙。然后,就在那天,在为她准备的房间里,我一言不发,用最原始的雄性暴力占了她。我录下整个过程,并且强迫她做一些她想都不曾想过的屈辱事情。我还扬言要将一切都公之于众,警告她不要妄想报警。事实上,她也丢不起那种人。这位假正经宁愿死,也不愿承认世上曾发生过这样一件事情。她在遗书中对这件事只字未提,只说对无聊乏味的生活感到厌倦,想试验一下死亡的乐趣。英国小姐到死也还要假正经,可惜她没有死成——她竟然没选择服用整瓶安眠药或者一氧化碳中毒这种优雅的死法,而是简简单单地打算跃下站台,被进站的列车撞死。万万不幸,有人拉了她一把,这救了她的命,却让她失去了修长的双腿。

她从此不再说话,将自己关在家中,并且辞退了所有用人。就算她的家族过去再怎么辉煌,也无法阻止她被人们迅速遗忘的命运。她就在那里,却像从人间消失了一样。不过,倒听说她有了个孩子:那没准是我的血肉,但我可绝不想被小孩子围绕。

你们认为我坏透了吗?打算控告我犯下的这些罪行吗?那么,你们便中了文字表述者的圈套。现在,我宣布,在此正式否定本节前段写下的全部话语,并且还要再次强调:这是我的自传,不是社会学专著。我从以我人格担保的众多例子当中,抽象出了五种典型的女人,用牺牲我公众形象的表述方式,对她们的特点进行了绘声绘色的描绘。一个女人可以说自己"绝对不是这其中的某一种",然而,哪个女人不是多少带着上述五种典型女性中的某些特征呢?傲慢、自卑、盲从、贪婪、虚伪……只是没有例子中那么极端罢了。

我在议论和叙事时用了两种不同的口吻,希望读者能够明白我的用意。正教宣扬教义,邪教迷惑教徒;文字的意义在于阅读者,理念的接受与否则关乎信仰。我无意惹来一群茨威格①的嫉妒,只是让大家看看缺少灵魂的恶果;这些例子,你们都曾从别的渠道有所耳闻,甚至就在你们身边发生过——它们对"现实"的概括,不容置疑。

好了,我想,大家现在应该都已十分明白我所持的观点,并对我这个人对待女人的态度有了一个基本的评判。那么,我再紧接着讲我如何爱上一个年轻女人的故事,一定就会让你们抱持最大的好奇心,一字不漏地仔细读下去了。

是的,我原本并不打算让什么东西来束缚无名指,现在却开始有些认真考虑了。对于某项事物,为什么我们只能爱它或恨它呢?应该还有一种有别于这两者的感情,可以用来描述某时某地某处某物,它对我一生带来的影响,那些特殊之处,不会因为单纯而显得庸俗。

这就是我将在下一节书写的内容,那已经不是这节的"我"了,但却包含在这整本书的"我"之中。

---

①茨威格抨击过卡萨诺瓦。

二〇〇八年二月二十九日，星期五，晴

今晚暂时寄住在这里，宿屋主人端上了红菜汤和黑面包，我却完全没有胃口。我拿了一瓶放在前台的白兰地——但这小地方的宿屋，也无所谓什么"前台""房卡"之类城市里的概念。递上一张钞票一切都可商量，是小地方最大的好处。

木屋受的损伤，早上只是大略检查了一下。房前的长护栏断了，门前的两根支撑柱斜倾下去，右侧的瓦片有些损坏，但屋顶并没有塌，可说是万幸。

我到的时候，门是半开着的，依然反锁，但没有坏。我用放在木质地基活格里的公用钥匙[①]将锁打开，门还能严丝合缝地关上。我猜，大概是这蠢东西进屋时，将墙壁给压变了形，门被硬生生地挤开了。

最大的那扇双层玻璃窗[②]坏得不成样子，为此，我预请宿屋主人帮我联系了村中的木匠，让他连夜帮我造一扇木格窗。书桌前的短靠背椅被踏得粉碎，替换品我已向村长买好，是他自家用的椅子，靠背和椅座都是选的上好杉木。虽然没有用皮，但弧度削得刚好，因为已用过多年的缘故，坐上去十分舒适。

胶合板质的储物柜，柜门有少许损坏，但板材都没有断（里面储存的东西也完好无损），只是有不少抓痕。书桌上也有明显

[①] 山间小屋上锁主要是为了防止动物进入，在小屋的某处藏有钥匙，遇险的旅人或迷路的猎人找到小屋，只要用心找找便能拿到钥匙进屋取得补给。主人猎期来住时将钥匙收好即可，这是猎区独有的公共道德。
[②] 指和门在同一面墙上的那扇窗，见参考图2和参考图3。

参考图9：猎人的素描——小屋中的熊尸位置示意图

的抓痕，不过杉木很厚实，并不妨碍使用——这些抓痕都很新，可见那家伙是刚进去不久就遭了不幸。但房子里却着实是难闻得要命，尤其木床那一侧，可能是不够通风的缘故，味道浓烈得使人想要呕吐。不过，床和简易壁炉倒都没有损伤，楼梯也没坏——可能那位猎人在熊刚进屋子时，就用猎枪洞穿了它的额头吧。

但这家伙也实在是太庞大了，明天恐怕得叫至少八个人过来，才能将那头棕熊按照它的来路给抬出去——无论如何，我也不愿意在小屋里就地剥皮卸肉。一来地方太小，根本就不好弄；而且，让本来就气味很糟的小屋再添上血腥味，那就实在太糟了！

不过，有件事令我相当在意。

那是我在艰难爬过窗户，从棕熊尸体堵死的那个储物柜里取出午餐肉罐头和水杯时注意到的——当时我已是饥渴难耐：车寄存在村里，走过来花了整整三个小时，消耗实在太大。

想到这点，我就顺手取了速写本和炭笔给现场画了张简单的素描。这件事的奇怪之处很难用语言描述，我将这张图夹在日记本里，将来回忆的时候，肯定要直观准确得多。

如图所示，那张带肉的熊皮几乎占了半个屋子的空间。它的头搁在书桌上，一只后脚压在储物柜上。右前爪垂下，左前爪好像是要打开窗户，以便从死神的召唤中逃脱。

它显然是刚进屋就遭到了狙击，但这里却有一个大问题：

熊头的朝向。

我已经说过，小屋结构上损坏的部分只有前门的窗户，棕熊也是从那里进来的。它当然没有完全闯进来，否则木床和壁炉那边也应该有爪痕。但是另两扇窗户完好无损，没有弹孔，并且是从里面反锁。虽然可能有人曾开过门，但事后搬动熊尸却绝无可能——就算熊头对着的窗户起先是打开的,有人在射杀棕熊之后再爬上熊尸过去关窗,也必然会留下痕迹;我仔细检查过那两扇窗户,它们绝无被人打开的可能——甚至可以这样说:它们整整四年都没被人打开过了!

那么,猎人是从哪里举枪射击的呢?

从虚无中射出的子弹?这显然是不可能的。

算了,今天实在太累了,我懒得去细想这个麻烦的问题——或许我遗漏了某些关键的地方也说不定。我问过宿屋主人,她说这段时间都没有其他地方的游猎过来。反正明天去抬熊时村里的三个猎人都会过来,到时候就会有答案了。

啧,明天要做的事情还多着呢。村民在小屋里抬熊时我得紧盯住他们,如果放任乡巴佬们顺手牵羊的习惯,我的储物柜一定会被他们给搬空。

又及:两本速写本之一的第一页上被人十分整齐地撕掉了巴掌大的一块方角;另一本则被撕去了整个第一页。十分奇怪。

二〇〇八年三月一日，星期六，晴

今天真是噩梦般的一天！

我和三个猎人、木匠、村长、书记官还有四个农夫一道，带着四匹宿屋租借的运输马，走了快四个小时，才再次回到我的小屋。

其中一位猎人，是人称巴萨卡①的老猎手，传说他曾徒手和熊搏斗过，是猎熊的专家——这点值得单独一提。

众人惊叹于这头熊的体积，并再次向我确认：我对熊皮、熊肉和熊胆全无要求、完全赠送。村长和书记官在出发之前，合拟了一份手写的保证书，我看也没看就签了字——这让他们很满意。当村长发现所得超出想象之后，当即宣布，可以额外省去我在宿屋造成的一切费用：包括之后再向宿屋提出的合理物资要求，以示他处理事情的公平公正。

和其他人激动万分的表情形成对比，那位老猎手对这场面并不稀罕。他对我说："这是我看过第三大的熊。"然后，他仔细检查了熊来时的足印，宣布他的猜测属实，并且当即预估了熊的重量和熊皮的大小，这又引得在场能分到些东西的人们情不自禁地咂嘴。他说，熊是来自那个沙蝎角须形的大湖旁，因为那一处的山丘上，有几孔新发现的熊洞，脚印的来向也能说明这点。

老猎手推测，熊是我到小屋的前一天下午被猎杀的，但他也

---

① Berserk。

明确表示，这头熊并不是他打的。为了防止这头庞大的猎物被某个不怀好意的猎人独吞，书记官立即为他出示了不在场证明：这位老猎人，二十八号一早就去城里搬运修建花园栅栏的铁料，牵了宿屋的两匹马，直到傍晚才回来；而二十九号一整天，他都在家里造栅栏——全村的人都看到他了。

"我去城里那天根本就没带猎枪，我的老婆孩子都可以做证。"憨厚的老猎人补充道。

另一个年轻猎人的样子看上去是很有些不甘愿的，因为他前两天都在外面，今天才刚刚回村。不过，他显然是此刻才想到，自己其实有机会独占猎物。但是，谁知道呢？没准这只熊真是他一不小心打的——他做证说，他昨天就在这附近不远处埋伏，预备狙击一只他跟踪已久的赤狐。他还没说出自己"可能走火打死这头熊"，村长就满脸愤怒地打断了他。书记官安抚了村长的愤怒，并替他告诉我说：这个矮小猥琐的家伙，长处就只有猎狐，因此别人都叫他"猎狐犬"。不过，他可从来没有打过哪怕一只熊崽！换句话说，他完全没有面对熊时的经验，未见得敢开枪。但这位"猎狐犬"即时申辩，说这一带原本就不是棕熊出没的区域，他对这块地方可算是了若指掌，因此，打死一只被困在房里的熊也算不得什么稀奇事儿：作为野外猎手，他的胆子不可能会小到那种地步。

这时，最后一位猎手说话了，是个女人。老猎手悄声告诉我（语气带着关乎职业和性别的双重蔑视），说她只会打鸟。她宣称自己没有杀这头熊，但同时表示："猎狐犬"也不可能杀这头熊——因为"猎狐犬"这两天的埋伏地，并非在木屋附近，而是在离这里有数小时步程的灌木茂盛的林子里。她说，她二十八号那天恰好在那儿打鸟，并且看到他在那里埋伏。而且，她还表示，那里有"猎狐犬"新铺的草堆，可以作为确凿的证据。

这下子"猎狐犬"可生气了，他冷笑着反驳，说女猎手根本不可能在那里打鸟，因为那边的树林太密，凭她的技术，根本就猎不到飞禽。他还同时宣布，那一带密林里也早就没有狐狸了——想想，狐狸的警惕心是有多强哪！上个月他去过那里几次之后，美丽的赤狐就统统搬家了。而那草堆，是他上个月去时留下的才对！他还要求书记官为他做证，宣称可以马上带所有人去看他昨天在这附近露宿的小小营地。不过，他也同时表示，那地方很可能已经被另一头熊给踏平了。"熊嘛，谁都知道，它们最喜欢到人待过的地方去玩耍"——他说得自己好像是一个经验丰富的猎熊专家似的。

我没有提那两扇由内反锁的窗户造成的矛盾，任他们几个贪心鬼吵得火热。

这时，一直不吱声的老猎人又开口了，他说村里大概还有一个人会做这件事，不过此时并不在场。虽然这人不算是个猎手，但他使弩箭的功夫，可一点儿不比这帮叽叽喳喳的东西扣扳机的准头差。

为了证明这一切并非那位不在场的弩箭专家所为，就有必要去察看熊头上的洞眼里面，到底是存着一粒子弹，还是一根旋尾钢弩——这件近在眼前的事情倒使他们安静了下来，连那几个农夫一道，挤到小屋中验尸去了。我赶紧跟过去，警告他们：不得在我的木屋内解剖。他们也发现那地方很不合适，余下的空间太小，连伸一双手出来撑住熊头都异常困难。

商量一番后，众人决定先将熊给弄出来。我协助他们，将那两扇锁住的窗户也打开了。农夫拿来粗粗的绳子，猎人们负责捆绑，我则和木匠一道，将绳索固定在那几匹马的身上。

为了防止压坏储物柜，我预先吩咐他们将两套柜子搬出来（中途当然是紧盯不放）。木匠将预备好的厚松木垫板拖过来，一端送到熊的身下，一端固定在坏掉的窗户沿上。碍事的支柱和护栏等也都清理妥当。

一切准备就绪，书记官让两个农夫去吆喝马。四匹马一齐向前，巨大的棕熊尸体很快就被拖到了垫板上，所有人都在等着尸体从窗台上落地时的那"咚"一声响，不过，声音却半天都没响起。大家回头看看马，发现它们只是拼了命地动脚，却无法向前挪动一步。

这时，我突然歇斯底里地冲着赶马的车夫大喊了声："停下！！！"

马停住了，大家都万分惊诧地看着我。我一言不发，用手指了指木屋的那扇窗户：那里，那头熊被卡住了。如果几匹马再没命似的拉个两下，这间木屋就会被夷为平地。

但是，这怎么可能呢？

那扇窗是整间木屋最大的入口。此刻的搬运实验却已证明，它显然不足以让这头熊通过——实际上，就连挤进去的丁点儿可能性都没有：在场所有人都可以做证，它根本不可能从那扇窗户所在的矩形空洞中被拖运出来，那具身体实在是太过庞大了！

大家都默不作声。木匠拿了工具过去，将窗下的几根横木全部卸下，把那扇只剩框架的窗子临时改成了大门——在做这项烦琐工作的漫长时间里，大家都没怎么说话。显然，所有人都在思考同样的问题：

这头熊到底是从哪儿闯进去的？

我还要同时思考另一个问题：

面对着封闭的墙角和紧锁的玻璃窗，它是怎样被人用猎枪或弩箭击穿额头的?

　　所有人都愁眉不展。这是理所当然的——根据已有的线索来看，这是两个逻辑上全无可能的问题，两个"不可能"，究竟应该如何解释呢?

　　当然，有一道曙光就在眼前——如果忙碌的木匠先生可以证明窗下的那几根横木最近曾被人卸下过；然后，正对着棕熊脑袋的那扇窗户，如果也曾被人整扇卸下来过……如此一来，这两个"不可能"便可以顺利解决了。

　　可惜，木匠先生拆到第三根时，像是也想到了这个办法——他停下手，擦了擦额头上的汗水，一边嚷嚷一边将思考的绝望带给了我们：

　　"这些横木、木材是一样的，接口和镶钉的每一处残留痕迹，都是完全相同的。自建成起到现在——我敢以我作为木匠的职业生涯担保——没有人拆过它们。"

　　我们胡乱应和了一番，又开始默不作声了。这时，村长用有些拘谨的声音问道：

　　"那个，木匠先生，你之前来这边看过吗?"他这样说道，"瞧瞧，这木房子建得不错呢! 没准儿就是你当年造的——作家先生当时付了你不少钱吧。"

　　可惜，村长完全想错了。虽然从经济学角度来讲，由马倌托运木材，从这唯一较近的村子里雇木匠建造这所房子是最合算的，但我请的却是正宗的意大利工匠。最好的木建筑设计师、最出色的木匠和刨工，报销全程的路费，提供大额的完成奖金——我十分愿意在日记中不停强调这点，因为木屋是我精神上的庇护所、童年的乐园、回忆中的圣地，我不会让它稍经风雨就变得破破烂烂。这可绝不能马虎!

"我可以造,如果您要一座一模一样的小屋的话,这不难!"木匠答道,"难的是使您相信——我说的都是实话。这屋子的嵌木设计十分复杂,手艺一般的木匠,连个下手的地方都难找。这不是我夸口,但就是这附近,邻近的全部村子甚至城里,要像现在这样,凭空改出个门来,也只有我能办得到!"他这样解释,"不过,我连猎枪怎么用都不清楚。你们想想,如果是我和哪个玩枪的朋友合谋将这家伙给弄进去的,现在就该做证,是那朋友干掉了这大家伙——这样一来,我私底下能分到的好处,绝对比现在要多得多!"

村长为自己未经思考、脱口而出的话语感到后悔了,他唯唯诺诺地赔着不是,反复强调自己一贯的公平公正,说自己是被这道难题给弄晕了头。几个农夫也过来做证,说木匠这半个多月都没离开过村子,不可能有机会过来拆出个缺口,再在熊被杀后,将它给堵上。

就在这样一番热闹的场面里,木匠卸下了最后一根横木。大家不再光动嘴皮子,几个人还是各就其位,马儿呼哧了几声,那只大家伙终于从屋子里弄出来了。

书记官马上着手检查起皮毛上的擦伤,打算给这块地毯估个准价。几个猎手围在熊头那边,看着老猎人取出了匕首,打算将射进脑壳的东西给撬出来。村长一见这光景,赶紧凑了过来,示意他小心点儿皮毛,别让开口过大。老猎人相当有信心地点了头,吐了口唾沫,准备动手。

他将左手掌朝上,十分小心地伸入熊的嘴里,打算托住大家伙的上颌。进到一半时,他突然皱皱眉头,手退出来,猎人们凑近一看,手掌里竟多了样东西。

那好像是……一个厚纸团。

村长顺手将纸团接过去,甩了甩上面粘着的血水和口水,然后将它展平。

只看第一眼,我就能够确认:展开后那巴掌大一块的纸片,正是从小屋里其中一本速写本的第一页上撕下来的!

上面写了些什么呢?

我等着村长将内容给念出来,但他还有围观的三个猎手却什么都没说。他们直勾勾地盯着那张纸看,像是发现了某件中世纪文物似的。

我不耐烦了,走到他们身边开口问道:"写的什么?"

村长有些尴尬地答道:"这个,看不大懂呢……"

他说着,将展平的纸片递给书记官。书记官瞟了一眼,转头向我解释道:

"不是本地话,还是你自己看看吧。"

我满腹狐疑地接过那张黏糊糊的纸片。用的是我第二故乡的语言,内容很少,字迹歪歪扭扭,像是孩子们胡乱涂写在练习拼字用的那类硬纸卡片上的涂鸦。

上面写着:

> 像只熊被困在小屋里
> 来自费城的问候
> 亲爱的,请在六月三十日再度归来

我感到血液冲上了头顶,几乎要在这里再添上一具躺倒的尸体。

★

　　这不是我自传里提到的内容吗？"美国小姐"，我记得清清楚楚：她确实是在费城出生的。至少是这样设定的——如果我的记忆没错的话。

　　这是怎么了呢？我在撰写日记时，仿佛又经历了一遍今天发生的事：一切都是那样的荒诞离奇，好像一场梦境。现在，我选择将它们一一记录下来，巨细靡遗。如果明天一觉醒来后，这些内容都从笔记本上消失了的话，我倒可以大松一口气了。因为，倘使那样，这些经历也不过是我的南柯一梦罢了。

　　但如果不是梦呢？不是梦的话，那就肯定是场复仇了。这很明显，因为，自传十六节里举的那五个例子，只有我自己清楚：都是真的。

　　没错，都是真的……

　　"美国小姐"，她不是已经死掉了吗？

莫非是那帮狡猾出版商的复仇？啧，为了一段已被删去的第十六节，还有一次全无意义的争吵，他们千辛万苦追到了这里，施下一套以狩猎棕熊为主题的不可能魔法、一次完美的障眼法、一场精妙的骗局！哈，除非伟大存在当真存在，否则，此刻又有谁能告诉我，眼前种种匪夷所思的事情，怎么可能发生、又该如何办到呢？

若是顺着这样的思路去猜想，当然也就还存在其他的可能性：或许，只是样书漏印了内容，我之前对出版社的猜度也只是险恶的误解。他们为了不影响同我的合作，在我以威胁撕毁合同的激烈方式提出抗议之后，临时为四十万本新书加印了一方标题为"附赠第十六节，仅推荐男性读者阅读"的小册子，并且连夜雇人插进每一本印好的书中；又或者，我收到的样书和他们的论调，都不过是个无事生非的玩笑罢了——就像测试男人底线的女人们那不负责任的谎言——在二月二十八号一大早摆上书店货架的书，其实都是一字未改。这样一来，如果旧出版社里某些深知我习惯的朋友不慎暴露了我的行踪，或者是有人对我进行了长期的调查，就不能排除有那类狂热型的读者，打算用极端的方式，来和自己喜欢的作家互动：不是有一个作家因此而断腿的例子吗？[1]

看看，虽然事件发展和书的发售时间之间存在矛盾，但也并非不可攻克——预订并且率先付足书款的读者，能够提前两到三

---

[1] 指斯蒂芬·金的小说《一号书迷》(Misery)。

天拿到书，书评家们早在发售数周前便已通读过全文；有些手腕的资深书友，也能通过各种台下运作的渠道，读到付印之前的定稿。只要那些人有心做这件事，就必定有空子可钻。

至于字迹，显然是用储物柜里的炭画铅笔写下的。昨天取笔时，我发现有一支炭画铅笔的笔头折断了。当时，我以为是棕熊进屋时造成的破坏，但细想想，捆成一束的铅笔，如果是被棕熊这种庞然大物——在它进入木屋时，因为储物柜受到的巨大冲击而折损掉了的话，应该不可能只断一根才是。笔头断口是新的，这就说明之前并没有旅者或猎人进来使用过它。换言之，也就只可能是有人在二十八号当天进入过我的木屋，用某种方式，把一头碰巧在附近出没的巨大棕熊诱拐进来，杀了它，并在熊尸口中，给我留下了亲笔书写的预告函。

看笔迹，全部歪歪扭扭，似乎是用非惯用手写字造成的结果。显而易见，是不打算让人认出笔迹的主人来了。这也可能是在暗示，我之前曾与这位作怪的魔法师打过交道，可能看过此人正常写字时的字体。那家伙随手用掉了一段笔芯，或许本打算用旁边的小刀削回原样，但事后却发现，所有预先削好的笔都是一样长短，将短一截的笔放进去反而显得不自然。于是，只好再将笔头给弄折，伪装成是棕熊进来时造成的非人为破坏。

想着这些时，老猎人已经将沾满血和脑浆的死神馈赠之物从棕熊硕大的脑袋中取了出来：一小块金属。从大小来判断，那应该不可能是小型的钢弩——多半是一粒从猎枪中射出的金属弹头。

还好，总算是没再折腾出些什么更怪异的事情——至少这桩猎熊奇案所使用的凶器算是正常。

不过，等等……为什么那三个猎手此刻都在用怀疑的目光打量我呢？莫非，那凶器上又有什么异常吗？

原本是想着要远离那处该死血腥味的，想着想着，我的脚步便已挪远。现在，只好走回到那片血气当中去。还不等我走近，老猎人就先开口了：

"你背着的枪，能给我检查一下吗？"

"子弹有什么问题？"我反问道。问归问，却也很配合地将背包里的枪盒取出来，递了过去。毕竟，有三名荷枪实弹的猎手同行，为了省事，今早出发之前，我并没有将枪预先组装好。

老猎手伸手接过盒子，看也没多看一眼，便质问我道：

"杀熊的是你，对吗？"

显然，他就是这么认定了。也不等我反问一句，马上呈出猎人视角的推理：

"你的枪太重了，和我们用的不是同一类东西。村里和城里的猎手，使的基本都是军队里淘汰下来的旧式步枪，纵使存在各种改装，也不会有这么大的差别。"他一边说着，一边走到一侧光线稍好些的位置，将盒子打开，略微看了眼里面的组件，接着说道："枪管显然占了很大的重量——理所当然，是为了追求准度必须付出的代价。"他将那截枪管单独取出来，掂掂重量，然后放到鼻子下面嗅了嗅，"火药味儿还凝在上面呢……"

"出发前刚试过枪。"我应道。

我撒谎了。

用惯的枪，要求不严的话，预先检查下组件即可，根本没有必要先试后拆：这是新手才干的事儿。

"哦。"他面无表情地应了一声，接着说道，"熊头里的子弹，这附近绝对没有猎人会用——无论村子里，还是城里：没有枪能够匹配。你懂我的意思。"

我哑口无言，没办法辩驳。如果说是有其他的、别的国家来的人，也随我一同过来了的话，完全没有证据，是不可能有谁会信的。就算这里能够检查膛线（得了吧，这边那所谓"城里"的警局，根本没有检查膛线的仪器：他们认为那玩意儿全无必要），也难保不会有人趁我不注意，将我的枪管给调了包。二十八号深夜，虽然疲劳，我在宿屋睡得可是相当警觉。我可以确定，如果有人将用完的枪管给换了回来，我肯定会知道的。不过，既然我曾经睡着过，也就不能完全否定被偷换回来的可能性。随之而来的、宿屋主人的共犯嫌疑也并不确定——前台值班的宿屋主人和村里的守夜人一样懒散，趁机混进来是很容易的事情。

我从老猎人手中取回枪管，检查了上面的编号：型号代码丝毫无误，生产日期是0121[①]，六位尾数[②]也相同，证实那确是我的所有物。过来的这几天时间里，我的猎枪盒一直都与我形影不离，不可能有人在这段时间将配套的枪管换走。那么，唯一的可能就是，有人一开始就将枪管替换掉了：这虽然也不太可能，但毕竟我家并没有安装红外监控和摄像头，有人愿意就可以办到。关键的不可能在于——将枪管换回的时间。

"二十八号晚上，说不定……有人换下了我的枪管。我的意思是，有人在我动身之前，就将我的枪管调包了；前天用完之后，又趁着那天夜里我在宿屋熟睡时，将真正属于我的枪管给换了回来——这也可以证明，有外人到过这里。杀了这头熊的，也是那外来的家伙。"我给出了自认为合理的假设。

"那不可能。"检查完毛皮的书记官说话了——看他脸上的表情就知道，毛皮的状况不赖，能卖个了不得的好价钱，"宿屋主

[①] 指二〇〇一年第二十一周烙标出厂。
[②] 指军品特征码，各生产厂间并不统一。

人那晚身体不舒服，加上您这位贵客造访。为保障您的财物安全，我特地让守夜人和邮差两个人过去，守着出入口。您知道，那晚宿屋只有您一位客人，房间是封闭的，您晚上应该也记得上锁。出入口是唯一的，唯一的备用钥匙由两个人一同把守；况且，宿屋入口的拉闸门晚上也会拉上，过道的通风窗安了铁栏，不可能有人进得去。"

"开拉闸门的响动很大；通风窗铁栏是和建屋的钢筋焊在一起的，每一根都封死在水泥里，无声无息地拆掉全无可能。"老猎人补充道，"况且，我的两个儿子昨晚也结伴去了宿屋，他们四个打了一晚上牌呢！除非那位杀熊的家伙会穿墙术，否则，根本就不可能在宿屋房间里偷换掉您的枪管。"

想想看，前台有个专用的厕所：只要没人中途离开，根本连到达走廊的人都不会有。更别提进入我锁得严严实实，还特地插上门闩的封闭客房了。

那这一切到底是怎么回事？

还好，几位猎人并没有深究此事的打算。反正，这头熊给他们带来了切实的好处，谁打的也无所谓了。我承认与否，对这帮人也不会造成什么损失。无论如何，我可是已经签过保证书了：这头熊的尸体该如何处理，与我再没有一点关系，这就足够了。

"嗯，凭着猎人的良心说——您的水平还真不错：一枪致命，射距也不算近。"老猎人见我不说话，便认为我已默认了他的假定，"破了骨，进到三分之二少点，大概……是隔着两条河的距离吧。射击的确切位置，应该是那边突出来的山头上。"

他指了一个位置，那里离小屋大约五十步远——从那边望过来，确实能够透过两扇反锁的窗，看到木屋里的一部分：算是个狙击的好地点。

"我将射距估得比平常远些,因为用枪和配弹,和我们惯用的不同。您的枪,显然比我们用的要好上不少。"他解释道,"总之大致上是差不离的。"

对话到这里就中止了,没人再去穷究是谁射杀了熊。即使答案似乎就近在眼前,也没有哪位再多说上一句话。他们或许认为确实就是我做的了,便懒得将谎言再去揭穿。我"说谎"的目的,他们毫不在意——将眼前的工作加紧完成,拿到应得的那份才最重要:这是工具主义者们该有的觉悟。

书记官将估出的价钱和村长讨论了一番,便招呼猎人们过去;农夫们给几个行家打下手,剥皮卸肉的活儿正式开始。这时,木匠过来问我关于安新窗户的事儿,我就请他顺便帮我检查一下木屋还有没有别的损坏。他答应了,不谈额外加钱和可能牵扯到的维修费用等细节,说是先帮我把刚刚卸下的横木重新装上。他称赞这间木屋,说它设计得外表朴实、内里实用,希望我有机会能够介绍建造房子的工匠给他认识。我开玩笑,说他们之间完全是语言不通,但仍旧许诺了他,他便十分高兴地折过去做事了。

带着厚重土腥气的熊血气味逐渐在空气中弥漫开来,老猎人将醋精兑了水,拿一只小锅在熊尸旁边煮着。惹得人鼻子发痒的酸醋味儿快速侵袭过来,盖过了血腥气,感觉却是说不出来的难受,反而让人觉得血的气味还要好一些。大家都很清楚,这是为了防狼——假如狼群凭着熊血的气味,记住了木屋的位置,就比单纯忍受难闻的熏醋味要麻烦得多了。

我百无聊赖地检查着储物柜中的物品:罗盘很灵敏,小刀需要再磨,放大镜、煤油灯和其他三只水杯都没坏,食盐和信号枪也没有受潮,炊具齐全。伏特加的封口完好,蜂蜜没结块,余下的七个肉罐头肯定也没问题。

塑封的蜡烛少了两支——有可能是前天晚上，那位猎熊者在这里用掉了，因为装火柴的铁盒也被打开了一只。

至于阁楼上的物资有没有缺少，现在还不知道。虽然那位木匠看起来是个不错的人，我仍然得提防着点儿：楼上的三折锹和军用望远镜可都价值不菲。

正这样想着时，那木匠便推开了木屋的门。看起来，似乎并没有什么东西被藏在那件漆迹斑斑的工作服下面。他已将卸下的横木和替换的格窗都装好了，其他小的损坏也帮我复了原。

"先生，能开的窗子，我都先开着：屋子里的味道实在是太难闻了，得先散一散。另外，新装的格窗刚封了边——那扇窗户是不能开的。我再提醒您一遍：是扇全封闭的窗子。"

"谢谢。屋子里的其他地方，有没有什么问题呢？"我仍旧指望着能从木屋结构上攻破那两个不解之谜。

"没人动过屋子。房顶、地板、墙壁、门窗……我全部检查过了——不可能有人卸下来过。"他回答道，"那头熊到底是怎么进去的，我是全无头绪。这就像是一场华丽的魔术，不过……"

木匠回头看了木屋一眼，又看了看聚拢在那团足可熏死上帝的酸臭气里，正处理着熊尸的众人，凑到我的耳边，小声说道："这种事儿好像曾经发生过。"他神秘兮兮地说，"检查过了，你的木屋符合那些条件：那是逆阿格里帕①之咒……这名字，不管你听说过没有，总之，可千万张扬不得。"他一边说着，一边用眼神示意了一下围着熊尸忙得不亦乐乎的那帮家伙。

我了解他的意思，便也悄声回话："如果您愿意，就明天再

---

① Agrippa。

到木屋里来一趟吧,我们可以详细聊聊。"然后,我将说话声放开,接着说道,"现在,木匠先生——您愿意帮我,把村长的靠背椅给抬进去吗?还有这套储物柜,我一个人也没办法挪动;屋子里的清洁工作,缺人手的话也不太容易做。"

村长和书记官听到我的抱怨,马上觉察到了自己的失礼。处事圆滑的村长立即开了口:"哎呀,作家先生,瞧这事办的……我这就派两个人过去帮您。这边麻烦事儿太多了,倒冷落了您那边,实在是不好意思。"

书记官点了两个农夫的名字。看他们被点到名字时的表情,显然为能够避开尸体、过来做轻松活儿感到高兴。他们一边走过来,一边对那木匠嚷道:

"嘿,我们刚刚正聊着熊魔呢!这次还挺像那么回事的。"他们这样评论着,"现在,倒正好有机会进屋里去看看,能不能找到那套符咒。对了,你看过熊嘴里掏出来的那张纸,你能确定那真不是一套什么符文吗?"

乡巴佬们总归只是随便说说便作罢,之后的事情乏善可陈。我简单打扫了一下木屋,就到外面继续观赏这帮技术精湛的手艺人的卸熊表演去了;木匠则继续负责帮我把储物柜的柜门修好:原来的凹槽已经错位,开合相当费力。请示了我的意见之后,他替我在柜门下加装了一套现成的木滚轮。我检查了完成的效果,相当不错。适当增加工钱之余,也不忘对他的手艺大加赞扬。

写这篇日记的地点还是在村里的宿屋。我已和木匠约好,明天一早同他结伴去趟木屋。表面上是要请他帮忙将木床加固,实际则是打算和他深入聊聊关于"熊魔"的传说。

遭遇如此诡异的事件,反倒令我担心起此刻不在身边的那位可爱小姐来。噢，先不提这个——请原谅我在日记中将发生的事情写得跟小说一样：平实的对话、不受控制的时间线、因果相接式的行文……这些，便是小说的要点——用大量的对话让读者相信人物的真实；用极富画面感的描写，让读者相信场景的真实；用学究气十足的引用，让读者相信全文背景的真实。任何读者都会对真实之境感到震撼，即使只是借助文字来营造某种气氛，也可使阅读者的身心得到极大满足。

我蔑视詹姆斯·乔伊斯所谓"认为作品是与外界事物绝缘之独立自主的有机结构"的可笑论点——相反，我认为一切的文字皆是写作者的观念表述，与之精神不可分割，素材的改造并没有"形式化"；对写作本身而言，更不存在"艺术化"这样的说法。我只为我自身所思、所见、所闻而写作，并且乐意接受个人经历、社会环境和历史沉积的协助。文体约束对我而言形同虚设。总之，我选择某种技法的唯一原因，只是为了更好地表述观点。

★

当然，在适当时候，如果我打算将这段经历改写成常见的小说形式，这样的记录格式就拥有明显的优势——因为它的大部分文本，已经是常见的"小说格式"了。

如果是要在我的修订本自传中再添上一笔，这些相比之下又显得朴实的记载，则正好作为原始素材。

因此，关于和"熊魔事件"相关的一切、自今年二月二十八日起在小屋发生的一切古怪事情，我都将在日记中以阅读者习惯称之为"经典小说"的格式来记录。不过，依照我写作的一贯风格，接下来的文字应该也不会受此说明所限——这都要看之后会发生什么事情，以及我所选择的、认为与之匹配的记叙手法。

呵，撇开谜题不谈，连我自己也慢慢变得期待起来了呢！

我好像曾在哪里听过这个词……

是哪里呢？

逆阿格里帕之咒，是和黑魔法与死灵巫术相关的吗？

二〇〇八年三月二日，星期日，小雨

"看吧，你知道这个的——阿格里帕之咒，指的就是这种东西。"

木匠先生坐在杉木书桌的一角，从衣袋里取出一张小心对折了两次的、一看就知道颇有些年头的传单纸。

他将这纸在书桌上展开，煤油灯下显出一方正中镶有六芒星图案的嵌环式纹章，用了大约十九世纪欧洲十分流行的、反色黑白版画的样式印在纸张正中。印刷质量很糟，边线和纸缘倾斜明显。

这显然不是从印刷机滚筒里压印出来的那些每次开版都至少得印个上万张的推销传单——而是刻板之后，一张一张手工盖印，供小圈子里传阅用的资料。除了这个多半是因反色而显得诡异的符号外，纸的下半段还用褪了色的墨水，写着四五行潦草的笔记，字都洇开了，应该也颇有些年代了。那字迹极难辨认，也并非用常见的语言书写——有些像拉丁文，但也可能是希伯来文，甚至——古埃及文或者如尼文[①]也有可能。

对于这张纸，能够做出的一个基础推论是：凡暗藏它的人，若是不小心给暴露了出去，随之而来的，一定不会是什么能让持有者高兴的事儿。好吧，这根本就是密党集会时，才会小规模散发的手印传单吧！至于研讨内容，很可能是关于黑弥撒、死灵法师与招魂术之类的诡秘主题。

---

① Rune，古代北欧使用的文字，常用在符咒上。

参考图10：木匠展示的阿格里帕之咒

阴雨天、煤油灯、晦暗的荒野、充斥着腐臭味的木屋、浸过血的木桌……而且，三月二日，三位罗马教宗，还有阿莱夫教①的创始人，都是在这天出生——在如上种种元素的"呵护"之下，讨论关于"熊魔符咒"之类的话题，真是再合适不过了！

"那么，就看看上面都写了些什么吧。先看外环，最上耶和华②，为上帝之名；右侧伊曼纽尔③，犹太教所认定的弥赛亚；下方'神圣四文字'④源自希腊语τετραγράμματον，即YHWH⑤——这个词，在希伯来圣经中重复了好几千次，以《诗经》及《耶利米书》中为最盛。左侧耶雅⑥，这是异音译法，应该是耶沙雅⑦或者以赛阿⑧，也即以赛亚之名。"我向木匠先生随口述说着我所知的、关于这方符咒的些微知识，"再看两道内环，上方阿基亚⑨似乎是'神圣'之意，弥赛亚⑩是救世主，这毫无疑问。伊洛恩⑪当然是耶洛因⑫的变体，仍旧是上帝的别称……所谓的阿格里帕之咒，恐怕是借了屋大维手下全才，玛尔库斯·维普撒尼乌斯·阿格里帕⑬将军在设计上的灵动，由那位堪称鬼才的阿格里帕先生⑭代为表达对神之敬意的魔法阵。亲爱的先生，我也去过罗马的万神

---

① Aleph, 即原奥姆真理教。
② JEHOVA.
③ EMMANUEL.
④ TETRAGRAMMATON.
⑤ 参摩西十诫第七诫，因"不可妄称耶和华你神的名"，故而不标记神名的母音，仅留下四个希伯来语子音 הוה 表示神名。
⑥ JEIAH.
⑦ Jesaja.
⑧ Isaiah.
⑨ AGIA, 也即 Αγιά.
⑩ MESSIAH.
⑪ ELOYN.
⑫ Elohim, 即 אֱלֹהִים.
⑬ Marcus Vipsanius Agrippa.
⑭ Heinrich Cornelius Agrippa von Nettesheim.

殿①，并非对此一无所知呢。"我将这张对方故意弄得神秘兮兮的符咒递还回去，摆出任谁都看得出来的、仿佛正在极力克制住不屑一顾的那种态度，语气咄咄逼人："善恶从来都是严肃的论题，而非只在称法上存在少许差异；符咒和魔法阵之类的玩意，也不是简单倒转过来，就马上会产生反效果的。木匠先生哪，瞧见了没？如果您是打算随便拿个什么东西出来糊弄我，那可真算是找对人了！凑巧得很，在下对神秘学和黑魔法这两个词所辖的范畴，也并非一无所知！就像是您在路上刚对我说过的，您多少算是位黑魔法研究的业余爱好者——客气点的说法是：我恰好与您志同道合。"

我曾见过不少冒充的巫师、黑魔法师甚至死灵法师，他们一贯以敛财作为设计符咒、咏唱咒文的根本目的。一旦有人表现得比他们懂的那些关于巫术的皮毛杂锦渊博得多时，为了避免受到正宗巫术的诅咒，他们会立即施展自创的隐身法或者瞬移术离开。因此，此刻，在见到一个出现场合不太准确的魔法阵时，我必须得先弄清楚，眼前这位是不是个只想趁机捞一笔的、胆大包天的乡巴佬，然后，再确定能否将在此严肃论题上的信任托付给他。

"这巧合使我倍感荣幸——不过，黑底并不省墨。我想，您大概没留意到，这样的印刷方式，实际是特意安排了保护信徒们安全的隐语：具象化的黑魔法阵，在这张纸片诞生的那个年代，一经发现，就会被处以极刑；倘使假借上帝之名，就算集会被捕，也可以有办法向教会求助——虔诚者得救赎，临时的也不例外。"

---

① 由阿格里帕将军设计。

木匠先生对我的诘难并不感到吃惊,他早已预备好了回答。就像那些成天以精确算计来谋求幸福生活的小气农夫和吝啬村长一般,好比对弈国际象棋,下一步想五步,可能已经成了他们的日常生活习惯。

"没错,作家先生,您对阿格里帕之咒相当了解,知道属于它的每一项元素——如果您的参考资料是朱庇特出版社那套《与露西对话》中的第三卷《天地之沟通》的话,那您肯定也知道符咒的绘画顺序、场地道具和选材要求,以及设置这个符咒的目的。噢,您显然早就知道这些,所以才会觉得自己是受了愚弄。"

"我确实看过那本书。"我有些尴尬地回应道,"相关的不止一本,因此才会生出刚刚那样的条件反射来。木匠先生,我对神秘学和不可思议事件的好奇心向来十分强烈。若不找出不可能事件的答案,或是找出的答案不合理,我会寝食难安。"

我转过头来,环顾一眼我的小屋,接着说道:

"您昨天提到的那件事:说我的房子'符合条件'……明说了吧,如果不能先向我展示这点,我恐怕很难相信关于'熊魔诅咒'之类的空谈。"

总而言之,木匠先生探明了我的态度。沉默片刻后,他从桌子上起身,向着木屋唯一的门走去。

"噢,看看,大可不必这样的……"

我的判断错误,以为他真是个被拆穿了的冒牌货,想要匆匆逃走,便随便抛出了这句言不由衷的挽留辞令。虽是这样说着,却连从椅子上起身、再同他多讲两句的打算都没有——如果他真这样走了,所谓的诅咒就一定是信口胡说,根本没有在这个方向上再多浪费时间的必要了。

但他只是走到门边,蹲了下去,用不知从哪里变出来的一柄木工凿，向地板上的某处挖去。

这令人大感意外的举动，使我不知该如何应对。我看着他一言不发地挖着木屋的地板——更令人感到惊奇的是，门口的那处地板是一凿就开，就好像这座精心设计的木屋不过是格林童话中巫婆的糖果屋一样。

还好，这种仿佛是被施了幻术的感觉并不持久。我很快就发现，那一处的嵌木地板上其实是藏了一个圆形浅坑的。之前大概是有人用什么东西将坑洼给填了起来，并将凸出的部分铲平移去了。浅坑并不大（准确点说，大概有食指和拇指比成的圆环那么大），填充物的颜色和光泽也不明显，乍一看会让人以为是木材上原本就有的木痂。不仔细俯身观察的话，很难发现其中的奥妙。

"我昨天发现的就是这个。并且，趁着当时屋里没人，稍微挪开了那边的木床，将靠墙一侧的一块地板给挖开了——取出来的是这个。"

他又从口袋里掏出了些东西递向我，我赶紧上前去接过来看了看。那是张细长形的纸条：用的显然还是我素描本上的纸——这回，应该是从另一本里缺掉的那张上裁下来的。除了一处显眼的血迹之外，纸条上还有填充物的痕迹残留，这些污迹使纸条的部分位置摸上去光滑无比，就像是专门处理过的蜡纸一样。没错，填充物就是石蜡。看着木匠此刻正小心挖出的那些碎屑，我更确定了这项推测——如无意外，犯人就是用小屋里丢失的那两根蜡烛的蜡油来填平这些浅坑的。

纸条上等距画着七个小魔法阵，这些小魔法阵的样子，与刚刚传单纸上的圆形符咒相似。仔细一看，每个嵌环内的文字各不相同，中间芒星的角数也有不同：从外向内分别是——七芒星、六芒星、五芒星，围绕正中央的魔法阵，呈镜像排列。正中间魔法阵的中心位置，是一个三边均向内弯曲的三角形（恰好和著名的勒洛三角形相反），各边上都用难解的文字写着一个看不懂的短词。与其他芒星不同，三角形正中放置着一个古怪至极的图案，上面写着一些像是用骷髅排列成的文字。

"这个图案……莫非，是盖罗帝俄斯的死灵钟[①]吗？"我几乎不敢相信自己的眼睛——这几乎是死灵法师必用的流行符咒元素之一了。换句话说，熊的血祭，很有可能是在召唤恶魔。

"哎，那种仪式，居然会选在我的小屋里举行？实在是令人难以置信。"

我并没有用母语咕哝这项可怕的发现，不过，木匠先生显然也听懂了那个词。他停下手里的活儿，站起身来赞扬道：

"Колокол Жирардуса[②]——您是个用心的爱好者，应该读过《巴克兰德巫术全书》[③]或者《恶魔史诗》[④]之类的畅销书，但我所说的，绝不止那些。这是实实在在的禁忌之术，很多人知道这名字，无聊的时候很感兴趣，却认不出来，更不知道该如何操作：就像连村里那些不识字的农夫也知道逆阿格里帕之咒和'熊魔'的事一样。"

他又从口袋里摸出一张和刚刚那张印着阿格里帕之咒的传单纸一样的、折了两次的纸片给我。我展开它，上面是一盏和那纸条正中的图案极为相似的盖罗帝俄斯死灵钟图样，以及一些完全看不懂的符号解说和笔记。

"比上一张还更古老得多的一页讲义：看看，您现在当然是

[①] The Necromantic Bells of Girardius.
[②] 俄语"盖罗帝俄斯之钟"的意思。
[③] Buckland's Complete Book of Witchcraft.
[④] The Satanic Epic.

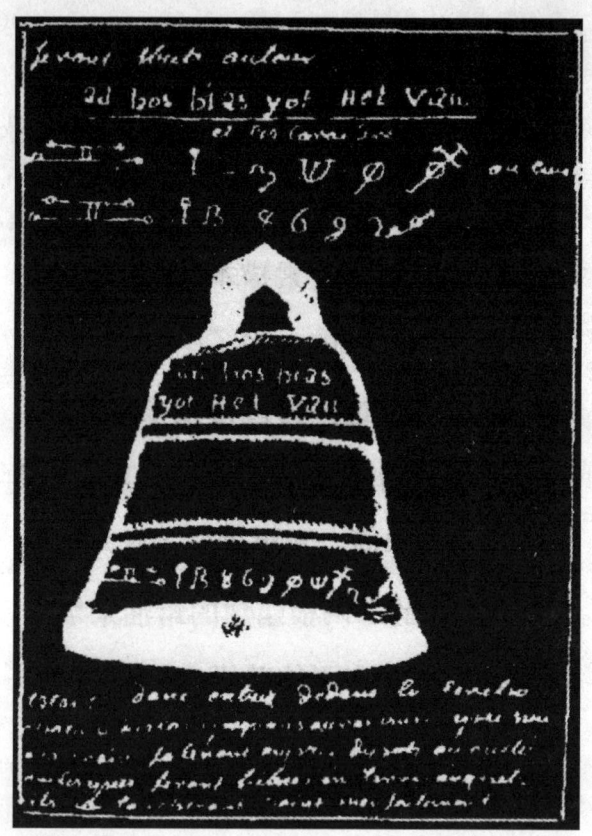

参考图 11：木匠展示的盖罗帝俄斯死灵钟

满腹疑问——比如'这个木匠究竟是谁?'或者'他为什么会有这些?''似乎是来自哪个秘密社团的古旧传单?'这样的问题。那么,就让我来直接告诉您,作家先生——这正是村中木匠家族的传统:拿起刨子、握住凿子的同时,也必须是一名称职博学的巫师。这是千百年前结下的契约,不到万不得已,绝不可泄露秘密。一代一代,至死不渝。"

所以现在就是万不得已的时刻了?我这样想着,看到他自嘲般地叹了口气,接着说道:

"我还以为,到了我这一辈,就只勉强剩下些理论罢了;等到我的孩子们长大,这落伍的契约也该自动作废了……"

"实践的机会来了:也不算是件太糟糕的事情,不是吗?"

实话实说,我对事情的发展并不怎么意外。此刻就开始揣测设下咒术之人的目的,未免是有些大惊小怪了。毕竟,眼前就有位通晓咒语和巫术的先生在。如果他的话语和能力都是确实可信的话,至少会对找到真相更为有利。

"还是别想那么多了,木匠先生。看看这儿,我的木屋里面有些什么:神秘的魔法阵序列,还有献祭用的巨大棕熊,样样都能证明您所学不虚。难得一见的世袭巫师家族——哈,我倒很愿意成为眼前这位巫师先生的委托人,同他一道调查这宗谜案呢。"我给出少许鼓励的话语,同时试图帮他辨明此刻所处的立场,"说不定能够找到另一位巫师——只要这一切,不是您召唤出的亡灵跟大家开的玩笑就好。您知道,此时此刻,我所知道的一切关于'不可能'情况成立的证据,可都是您给出的。"

在来小屋的路上时,我已经向他提过"射杀棕熊的不可能"了。他当然知道我所说的这番话是什么意思:我可不是个随处可见的、轻信人言的蠢货。

"的确，只要有人在木屋上动过手脚，那两个'不可能'就会瞬间土崩瓦解；而且，目前也只有我看起来对这些禁忌之术较为精通。"木匠蹲下身去，继续挖掘门口那张纸条，"但是，您仔细想想看。暂且将我全无猎手技艺和下咒动机这两点抛开不提，如果我真和猎熊的巫术师有什么私下联系，也就没有必要专程过来为您讲解和破除这个将要摄您魂魄、唤醒神魔的诅咒了。如果您现在仍在怀疑'木屋完全没被人动过'这点是否有假，那么，大可以去城里张罗一个木匠小队，过来仔细检查一番。如果您真那样做了，我只能说，您就会离真相越来越远……当然，信与不信，都是您的自由，作家先生——我可无权干涉。"

他列举的事实虽不算充分，但就现阶段而言，也勉强可信。在调查取得进展之前和他合作，确实是最佳的选择。就算他说的全是谎话也无所谓——和一个与事件相关的人合作，岂不是更容易知道真相？

哪怕风险未知，也值得去冒险试试——这是我一贯的行事准则。

"你刚刚说'摄我魂魄、唤醒神魔'，是指之前提到的'熊魔'吗？"我选择用提问来表明自己的态度，"这里已经有一张纸条，是在木床靠墙那侧的地板下取得的。那么，你现在正在处理的，也是相似的东西，对吗？"

"'熊魔'只是个本地传说——依据中线魔法序列的排列来看，应该和那家伙无关；纸条大体上是相似的。"他表情严肃地答道，"您看到了，那些小魔法阵，比刚刚纸上的大魔法阵少一个嵌环：每个逆阿格里帕之咒的双环上，都包含七个各不相同的'禁忌之名'，每张纸条上都有七个逆阿格里帕之咒，并且洒上一滴新鲜的熊血，一共是七张，分散在七个选好的位置，组成一个大魔法阵，也就是所谓的'终极矩阵'[①]。"

也就是说，除了木匠正在弄的这张之外，还有五张这样的纸条藏在房间里。

"我只是听过这个名字，并且知道它是个极其神秘但又作用广泛的大魔法阵。"我将那张纸条拉直，像看摄影底片一样，隔着煤油灯的光线观察它，解读着上面的那些单词，"里圈的名字，有赫卡忒，作为巫师的守护神；有MANZAZUU和ETEMMU的拼法，作为'死灵师和亡魂'的对应，是古巴比伦语的音译；有伊比利斯[②]，古兰经中提到的恶魔之名；路西法、塞缪尔、巴力和阿巴东——虽然不全，这七位有名的撒旦应该也是少不了的。外圈则有埃及术士契安楚吉[③]、资深死灵法师艾丽丝·吉忒勒[④]女士、伊丽莎白一世的宠臣约翰·迪[⑤]博士和瑞典圣人碧尔基塔[⑥]……这一张纸上的四十九个名字和特定拼法当中，我能认出的只有一半不到。要完成这个魔法阵的三百四十三个选词，可是一项相当庞大的工程。"

"说得没错——里圈和外圈的文字要素，决定了魔法阵的性质，它能够起哪个方向的作用：白魔法、黑魔法、灰魔法还是死灵魔法。芒星的选择，在大魔法阵中，特别是在使用古代语契约的召唤魔法阵中，配合严格的大仪式，将对整个施法过程起到稳定与调和的作用。这同单一咒印时的要求完全不同，务必得小心设计。"

---

① Ultimate Matrix.
② Iblis.
③ Chiancungi.
④ Alice Kyteler.
⑤ John Dee.
⑥ Birgitta.

这时，木匠已经将这个孔洞中的蜡屑基本清理干净，纸条上附着的蜡迹也被小心除掉了。他将纸条展开，稍微观察了一下其上的元素组成，便将它递给了我：

"左起第二张——这回我们有约翰·浮士德[①]博士、'玫瑰十字架先生'[②]和大魔法师赫本狄尔[③]了！"

我将纸条接过来，两张同时展开，马上就发现了它们之间的差异：这张新找到的纸条上，除了首尾两个小魔法阵正中画有七芒星外，其他全都是六芒星，但同七芒星相接的那两个六芒星，却各向两侧偏移了一个小小的角度。

"你是怎么判断位置的？"我问道，"芒星的排列规律吗？"

"这是最简便的方法。当然，如果愿意的话，按照三百四十三个名字的分配来划分也行。外圈的按照年代和区域，里圈的则根据大魔法阵的具体要求——这就要等到收集全所有的纸条后，才能下判断了。"他将两张纸条取过去，在书桌上展开，"昨天找到的那张中心序列，是最重要的一张。找全所有四十九个小魔法阵后，你就会发现——三角形和盖罗帝俄斯死灵钟是唯一的，位于大魔法阵的中心位置：钟倒扣，三角形底朝上。这表明大仪式谨遵咒印的安排，是一场死灵召唤仪式。"木匠耐心地向我解释，"为了和主题契合，所有的五芒星全部指向死灵钟，并且全是倒挂的姿态——这是第一阵列，逆五芒星绕死灵钟围成一圈，个数是八个；六芒星用类似的方法再包裹一圈，第二阵列，个数是十六个；最外层的七芒星是所谓的外围阵列，个数是二十四个。"

"这只是大魔法阵的讲究。还有其他的要点吗？"

[①] Johann Faust.
[②] Rosenkreutz, 指玫瑰十字教会的创始人罗森克洛伊兹。
[③] Herpentil.

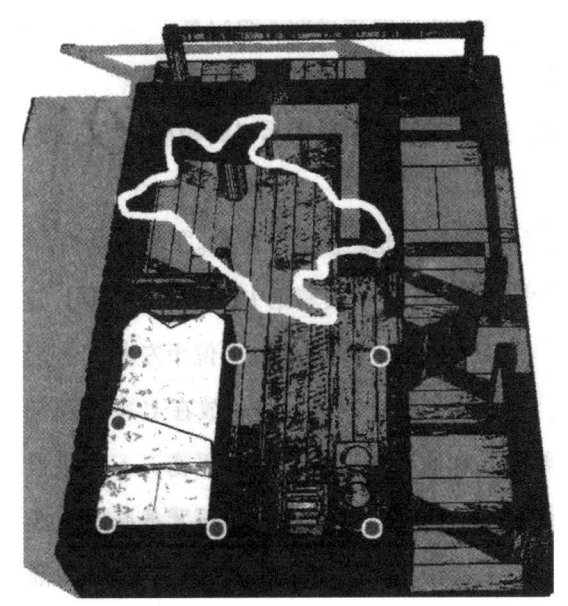

参考图12：添加过符咒埋藏位置后的小屋示意图

"要点很多……对了，您那儿有木屋的平面图吗？"木匠坐回到书桌上，"一个基础要点，用图样来解释会更直观一些。"

我将前天晚上画的熊尸位置素描递给了他：

"我恰好画了一张，需要笔吗？"

"不用，我这里有。"

他从口袋里取出红色的标记笔，在那张素描上小心仔细地标出了所有藏有符咒纸条的填蜡浅坑的大致位置：

"这样就可以弄清楚魔法阵的安排了——浅坑的连线组成了字母U，指向东方：这两个要素，分别表示'终极魔法阵'和'撒旦降临'之意。"

"'路西法'本就是'光之使者'的意思。"我点点头，"这是常识。"

"含有死灵钟的纸条，在U底端正中的位置被找到，这也证实了它在大魔法阵里的中心地位；拼合后分别位于左起和右起第二的那两张纸条——两侧阵列的中间序列——放在U字的顶端两侧，这样是为了在主要中心和次要中心之间取得平衡；五芒星最多的两条，安置在离死灵钟稍远的地方，而全七芒星符咒，务必安置在死灵钟两侧，并且遵循'五逆位相对'的原则。也就是说，全部用逆位朝向死灵钟。据说，这样能让'召唤式大魔法阵'的力量最强——反复用到的数字七，实际是故意亵渎耶和华创世的完美周期；毁灭与再造，是死灵法师施法的根本原则……"

他已经不用再说下去了。仅凭目前为止已知的细节，我已经可以大致推断出这套精心布置的大魔法阵运行时的情景了。

或许是三月三日清晨，也就是明天的太阳升起之前。小雨在昨晚就已完全停了，我平躺在木床上，头脑清醒，双目圆睁，视野中收获的黑暗无比深邃。在第一缕光明肆虐前的那刻，黑暗所占有的世界最为强盛之时，我受到来自脑海深处某个神秘声音的牵引，向着不安的东方侧了一下头。

虽然那方向没有窗——那是无所谓的，因为黑暗向来藐视一切形式上的阻隔。身边七道血红色的咒火骤然升起，我观察到呈吞噬状的火柱排列，以及恰到好处的强弱安排。在这一秒钟里，我可能会意识到——这是罕见的大招魂魔法阵，包含了环咒，却并不对芒星禁锢。奇妙的调和，开口朝着撒旦挟持光明前行的方向，底部则装着脆弱卑微的灵魂。

就在那个瞬间，第一缕光明到达我的面前。我看到一团模糊却光亮的影子，幻化成魁梧的魔神。他先是引诱我，让我只注视他，等到我差一点点就能看清他面目时，他突然张口，将我整个吞下。

光明的内里全是黑暗，无边无际，却又狭小局促得让人喘不过气来。

一坠入黑暗我就明白了，那是撒旦：这符咒引他吞噬了我的灵魂，征用了我的肉体。这场崇拜恶魔的召唤，让一个不明就里的人无辜受难——那个人是我，别无他人，因为陷害者盗用了我庇护所中所有能用的：蜡烛、火柴、纸张、炭笔、小刀……完成大召唤仪式所需的一切，没有一样取自这小屋之外。一切的集中凝聚了无限的力量，机敏又完美的方式，甚至破解了逻辑设下的咒术：一头由恶魔之奴仆化成的熊，从天而降，又蹊跷死亡。熊血做了献祭，为咒火的点燃充当引子；而我才是真的贡品，活着进入了炼狱，灵魂和肉体分离。

这全是撒旦的刻意布置，或许，是因为地狱里有人正憎恨着我。

也或许，这只是凡间有人在做什么安排。

六月三十号，我必须再回到这儿——我必须看清这位撒旦，究竟长着一副怎样的面容。

挑战读者

以上内容已经给出了足够的线索,请您据此破解"不可能入屋"及"不可能射杀"这两个不可能诡计。答案将在稍后的"剪贴册第三部分"中公布。

第二章 夏

二〇〇八年六月二十九日，星期日，晴

我缺乏对这个城市夏天的印象。还在旅途中时，随意凭着对初夏的经验，硬造了一种印象。今天，到达之后却发现——那印象和亲眼所见全然不同。我的硬造是徒劳的。因为，这城市依旧和春天在此逗留时一模一样，全无区别。路上见不到哪怕一个稍有点精神的人，树和房屋全部灰蒙蒙，汽车的声音沉闷，鸟也飞得缓慢，半天才扇动一下翅膀。

或许，这个城市四季都是如此，时间在这里就只意味着一天的重复而已。对于那些已经定型了的人生而言，生命就一直停留在某个点上，剩下的全是重复再重复。或许，有些意外将会发生，能够让生命再次向前走动——无论接下来遭遇什么事情，能够察觉到自己的生命并未被无尽的重复所束缚总归是幸运的。

如果不是有那张预告函，今天我会去做的，就是另一件重要的事情——那也是重复再重复的一个例子，其中却蕴含着希望的喜悦。然而现在，我却将自己置身于旅途当中，放弃了那一个方向的全部可能。这其中的缘由或许是出于无奈，但无奈之外的其余部分，却令我感到兴奋无比又莫名紧张：这一次，在那小屋里又会发生些什么呢？

那次之后我没再写过日记，并不是因为我的生活和这座城市一样乏善可陈，而是平日实在太过忙碌，完全没有整理思绪并且一一记录下来的闲暇。那本缺了一节的自传卖得很好，下个月底的第三刷印数就要突破百万了。作为本年度预料之中的"最畅销自传作者"，我成天奔波于各种采访和签售活动之中，本次不辞而别，出版社方面应该又会感到头疼了吧。

不过，现在能够证实的是，我在前几页的日记里提到的一个假设，仅仅是阴谋论式的臆想——我收到的样书，和书店里贩卖的版本内容完全一样，销售时的封装里，并没有附赠额外的第十六节。

如此一来，在小屋里发生的一切，就不可能是某个提前拿到书的狂热读者所为了。预告函中提到美国小姐来自费城，这已经超出了仅被少数人阅读过的第十六节中包含的线索，因此，来自阅稿编辑圈中极端女权主义者的嫌疑，也可以毫无问题地排除掉。

那么，就只能是某位十分了解我过去的人——或者就是第十六节中提到的五位自杀女性当中，仍旧存活着的某一位甚或两位合谋——执行或操控了这个计划。我曾向大多数在我生命中出现过的女人零零碎碎地讲过我的童年故事，或许也讲到过少许关于这几个自杀女人的事情。自传第四节末尾的五行诗——那其实是某个在遥远过去中存在的女人，听过我的故事之后，在我耳边即兴呢喃出来的诗篇。

那是在多少年以前呢？那部分画面夹杂在无数张美丽的面容、无数种卧房的摆设、无穷多种对话组合当中，已经模糊到了无从分辨的地步。关于那个女人，只有一个影像还清晰地刻画在我的记忆里：她用一种看不见面容的抽象表情对我摇了摇头，在叹息声中转身离去，仿佛是在鄙视我。

好了，停止这些对遥远过去的幻想式回忆吧——否则我的笔头会收不住的！

既然再次动笔写日记，不如将上次日记里遗漏的、关于那个事件的后续补全。

三月二日那天，我和木匠将七张纸条都找了出来，并以盖罗帝俄斯死灵钟为中心，依照芒星排列的规律，将那个神秘法师设下的"终极矩阵"顺利还原。不过，即便如此，那位黑魔法爱好者也无法立即由里圈和外圈的全部文字要素，推定这个用于死灵召唤的大魔法阵究竟打算召唤出什么来。

"路西法只是引路人。大魔法阵的解读十分烦琐，作家先生——我不可能马上告诉您准确的信息。现在唯一能够确定的是：经由这场大型仪式所召唤出来的魔神，绝不会是能够简单应付的二流角色。"

他请求将拼接好的"终极矩阵"交给他，我没有同意。但我许诺，会为他当场绘制一份"大致相同"的临摹草图——我用他递过来的红标记笔，在他随身携带的、折了三折的一张报废大幅木工设计图纸的反面画了四十九个双层的环，然后，按照他对所需信息的要求，将里圈和外圈全部的文字要素，以及芒星的主要特征填充进去。在不花费太多时间的前提下，我尽量做到能和原稿保持一致。在木匠比较过两份"终极矩阵"，认为我的临摹已经能够满足他的研究要求之后，我便将原稿收好了。

当时，我武断地认为，只要将这些包含大量亲笔书写信息甚至指纹的第一手证物带回大城市，就一定能查出一些有用的线索。虽然不见得能够找出具体的犯人，但至少能够得到大致的限定范围。联系我认识的那位同是黑魔法爱好者的大学教授，应该比那位不知底细的木匠更靠得住。实际上,我对"犯人可能近在身边"这个想法,还存着一线希望,只要有办法做笔迹分析和指纹鉴定,真相没准可以很快揭晓。

因为发生了那种影响心情的事件,我已没心思再在故国悠闲狩猎。我只在修好的木屋单独待了一天,没过夜就回村了——在那天里,我连猎枪都没有组装,只是再次用心检查了小屋的每个角落,希望能发现些遗漏的线索。结果自然是什么都没找到,反而将自己给弄得筋疲力尽。

为了以防万一,临走之前,在仔细确认门窗都已锁好,狩猎和通风孔也都遮堵好之后,我特地将木屋的备用钥匙取走了。大概是想证明这些不可思议的事情都是人为的,而非借助了什么超自然的力量,我还将剩下的两支蜡烛点燃,用滴下的蜡油将锁住的房门底缝给封住了。小屋的房门是向外开的,堆积起来的蜡丘比房门的底端略高——如此一来,一旦有其他人开门进去,我设下的石蜡屏障就一定会被破坏。等到蜡水刚刚凝固,我马上就用随身的小刀,在从上方看去呈圆弧形的蜡丘上刻下了如下文字:

> 亲爱的巫师,你若损毁了这些字,便等同于折断了你手中的法杖。

这绝非单纯的挑衅。我故意在字体、文字大小和排列上下了些功夫,以便让整句话尽可能多地覆盖蜡丘的上表面,后半句的大部分落笔处也都穿过圆弧的边缘,并在木地板上遗留少许刻画过的痕迹——除非有人会用真正的魔法,否则,想在保留这所有刻意制造出的细节的情况下开门进屋,根本就是不可能的!

我对自己的小诡计感到十分满意,但随后在城市里取得的进展却教人失望。警方根本不可能受理这宗跨国的、死者并非人类的神秘凶杀案；我通过一些不便透露的渠道，对那个拼接出的大魔法阵进行了指纹和笔迹检验，却没得到任何有用的结果——除了一堆极难分辨的模糊指纹和指纹残片之外，能够指认绘制者特征的线索一点都找不到。笔迹鉴定的结论也是一堆废话。另一方面，我将影印出的大魔法阵分别给大学里的一位宗教民俗学教授、一位超心理学教授，以及一位专讲欧洲宗教史的教授过目，得到的却是三种完全不同的结论：民俗学教授坚称，这并非正统的巫术，只是某些爱好者将各种接近的仪式符号进行了毫无根据的杂糅，并非真正的大魔法阵；超心理学教授则对"终极矩阵"的存在感到震惊，并对民俗学教授的否定嗤之以鼻；宗教史教授引了《女巫之槌》[①] 中，那位多明尼哥修会的宗教裁判官克拉玛[②] 对于男女差异与仪式魔法之间对应关系的研究成果，认为这个仪式——且不论是否真实有效——施法者应该是女性。

我对前两位教授对于大魔法阵真伪的争论不感兴趣，只对宗教史教授的简单结论表示认同。但当我告诉他，这位施法者很可能是五位自杀女性中的死者或者是幸存的两位生者之后，他却无法提出更进一步的假设了。在这一方向上，我只好另找办法确认：我打电话给巴黎的那家疗养院，他们却说根本没有法国小姐这个人；我去英国小姐家族世袭的那栋房子，却发现那里其实是一家独立经营了超过二十年的超市；我设法联系上新泽西州大西洋城的墓地管理机构，在核实过电脑资料之后，证明美国小姐的遗体不在任何一块墓碑之下；至于波兰小姐和匈牙利小姐，我连她们葬在哪儿都不知道……

---

① *Malleus Maleficarum*.
② Krämer.

参考图 13:《女巫之槌》一书的封面

★

　　说实话,我对这魔法的奇妙之处感到战栗。就像是只有一个人知道的秘密,被另一个未明身份的人拿来威胁你一样。这是悬疑片中见惯了的桥段,可是,一旦真正置身在如此诡异的情景之中——某个你记忆中确实存在的人的痕迹,突然之间就彻底消失不见了。你坚信那是谎言,对所有真诚告诉你"事实"的热心家伙们缺乏信任,甚至发展到怀疑自己是否疯癫错乱的地步:知道这不是荧幕上的一出好戏,也不是小说中的虚构情节,而是如此真实地发生在自己的身边——这就太可怕了!

　　我的直觉也告诉我,那是个女人——但那到底是谁?

哈，以上所有围绕那五个自杀女人的叙述，不论读来多么令您感到心生寒意、背脊发凉，我得在这里揭晓：那些全都是无稽之谈、虚妄之语——如果这些日记有一天会被编撰成书，那么，这一段就算是用来考验读者用心程度的地方之一：

我在附于二月二十四日日记末尾的自传第十六节中，明确提过，这些来自各国的女士，都不过是我对事例的抽象，又怎么可能在现实中找到她们呢？

还是撇开这些来自大城市的、浪费了大量时间却又虚浮无用的调查结果吧，现在，我倒宁愿将希望寄托在木匠先生身上。不知他在这四个月对草图的研究里，能够发现些什么。

未曾料到，淡季的租车店只有下午才开门。我利用在店门前等待的时间，草草写下了这则日记。宿屋的电话刚刚打通了，但没有人接。我是不会再拨第二遍的。如果没什么意外，今天午夜前后就能够抵达村子。现在，在这里或许依旧算是位于"遥远的邪恶国度"的那个大城市里，村子里的电话根本就拨不通——这如果不是科技上的局限，就分明是意识形态隔阂的缩影；许多年来，一贯如此，仿佛是被人们遗忘了一般，固执地存在着……

我看到租车店的伙计过来开门了，那么就此搁笔。

★

虽然不在身边,也想对她说声"生日快乐"。

将礼物托付给不可靠的邮局,也不知她是否能够按时收到。

这半年多来,我太过专注于自己的事情,不知不觉就疏远了她。

我和她的关系,十多年来,一直都无法公之于众。这是错误的累积——抱着"以后挑个合适时机再说"的想法的我,就连自己也知道,是在敷衍她应得的名分,用逃避来满足自身的怯弱。

然而明确无误的自省,也无法改变现实,此刻只希望她不会因为孤单,而逐渐开始对现状感到不满吧。

我借了加油站的电话打给她,没有人接——但愿她不是在生我的气。

我将加满油的租车停在路边,写下了这段简短的随感:下次看到时,记得恳求她的原谅。尽量多和她在一起,在不安产生之前,就将那想法消除。

二〇〇八年六月三十日，星期一，雨

如果不是怀抱着记录神迹的决心，今晚我绝不会动笔写一个字。

这早已不是集体癔症或群体幻觉这种简单机械的理论所能解释的现象了。这是完全违背自然定律，绝不可能发生的事情：它不是如幻象般在我们面前短暂显现又立即消失，而是以磐石般牢不可破的强硬姿态来促使我们相信，奇迹确实存在。

"神迹是经由神所造成的不平常的事件，而自然定律则是由神所造成的平常事件的通则。"

约翰·尼格尔·霍桑① 如此为神迹辩护——我敢担保他从未见过奇迹，因为用是否"平常"的标准，实在是不能评判那些匪夷所思的、超现实的场景。我现在认为——不！我现在坚信神迹的唯一标准就是——"不可能"，就像今天我们在木屋里见到的那个场面一样。

那是绝无可能完成的奇迹！当然，这场景或许会让天主教徒们感到遗憾：它既不是"创造的举动"，也不是"十字架的荫泽"，而是名副其实的来自异教甚至撒旦的奇迹。

　　成了蛇爬行在天花板上
　　伦敦的情人

---

① John Nigel Hawthorne.

参考图14：极北蝰

九月四日，请在此献上一整打的勿忘我

　　这是在蛇口中找到的新预告函。抬头还能看见这条蛇：那是一条肥壮的极北蝰，背脊上有十分明显的深灰色菱形纹串，鳞片呈土褐色——它漂浮在天花板上，仿佛不受重力影响一般。

　　不，不要弄错——它并非一条长了翅膀、能够飞行的蛇，如阿弗洛狄忒给美人普赛克所选的如意郎君那样——那就没什么好奇怪的了。记住预告函里所说的话。那也是我在童年的幻境里看到的奇异画面——蛇是爬行在天花板上的。但我所描述的，是在向下沉没之时：那时眼中一切都被颠倒过来，天花板就是地面，这便依旧符合上帝设立的重力规则。但这条蛇——它确确实实是在天花板上爬行过的，就像那些腿上长满了吸盘和倒钩的昆虫，能够凭着天生的奇妙攀岩术，在翻转过来的平面上散步一样。不过，这能力似乎也会随着生命的消逝而离去。站在曾属于村长的那张椅子上，凑近去仔细观察，你将会看到极北蝰那覆瓦状的腹鳞，并未吸附在天花板上。

　　我们的脑海中立即闪现过一个场景：一条极北蝰，从靠门那侧的墙角开始，如一只胆小又敏捷的壁虎一般，先是滑上了墙壁，头朝上笔直爬行着。到了拐角的地方，只是略微考虑了片刻，就又越了过去——现在，它整个倒悬在空中，像是大马戏团的动物明星，正在表演某种杂技。准确点说，应该是魔法：因为这里看不到任何吊索或幕布道具设置过的痕迹——它那滑溜的身体也装不上那些东西。它全凭着自身特异的能力、某种来源不明的力量，附着在天花板上，并且故意扭动身躯，摆弄出各种姿势，得意地藐视着那位制定了普普通通、毫无惊喜的自然规则的神明。

这或许是它初次尝试自己的神力，成功之余有些得意忘形，全然忘记了有位嫉妒它力量的猎人，正在暗处等待着下手的机会；又或者，干脆就是来自耶和华的惩罚，对这位受诅咒的"塞彭特[①]先生"施下了归服的神咒——在极北蝰爬到天花板正中时，木屋的地板突然裂开，百发百中的厄洛斯连搭七箭，根根正中它背上的菱心。

然后地面就又恢复了原状，用人类的眼睛去看，无论怎样仔细用心，也绝对找不到任何被破坏过的痕迹。

可怜的蛇当即一命呜呼，守着和恶魔之间的契约堕入地狱。吸附爬行的魔力虽然消失，但那些箭矢却托住了它的身体，让它保有临死那刻的姿势。

那姿势诡异极了！头衔着尾，尾尖垂下，尾部稍上略粗些的地方，恰好挂在上颌后侧的两颗毒牙上。箭矢排列得很有规律，隔三五个菱花就插上一根，全部集中在蛇身的前半段。最前面一根扎穿了蛇颈，斜摁住下颌，将蛇头牢牢卡住。七根箭矢，合理又巧妙地将那半截身体在天花板上固定成了半圆的形状；后半段一端由最末一根箭矢扯住，另一端连着头。因为自身重量的缘故，像嘉年华舞会上钉住两头、沉甸甸的彩灯一样，中部稍稍垂下来些。从蛇的角度来看，似乎是被酷刑折磨而死，连尸体都遭受了不可想象的虐待、侮辱和毁坏。

以上的笔调极易误导人，让人感觉场景太过浮华，并不严谨。虔信的教徒们看到这里一定会说："不过是个伪神迹罢了！"是啊，没人亲眼看到以上这些夸张的画面，一切都是来自对所见结果的逆推，又掺杂了不少毫无来由的修饰——请原谅我，这都

[①] Serpent，西方神话中对蛇类的称呼。

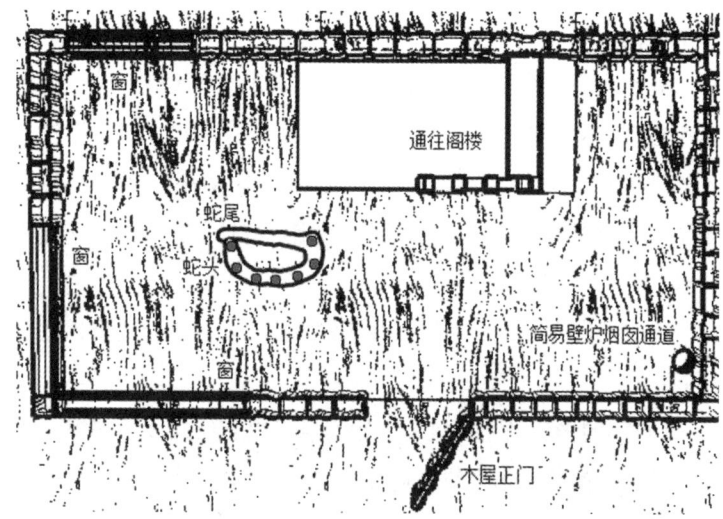

参考图 15：小屋天花板上蛇尸位置示意图，圆点为七根箭矢的大致位置。

是想要表达激动的心情所致。我承认，我在叙述时都有些语无伦次了！那么，现在，我愿意用清晰又简单的笔调将事实重述一遍。平复心情、补充细节，让大家知道这位神秘的巫术师是怎样又一次在众人面前展现出"不可能"，怎样让我抽脱一切关于过去、回忆和无端猜测的恐惧，纯粹对这件事情本身感到着迷和疯狂的。

我在昨晚大约一点前后到达村子。由于时间太晚，就直接在宿屋过了夜。今天一早，我请宿屋主人约来了木匠，以"检查上次修理过的支撑柱和更换过的窗户是否牢靠"为由，在和那位给出了"来自费城的问候"的神秘人约定好的日子，一同前往我的小屋。

途中我向木匠询问他这数月来对大魔法阵的研究成果，他告诉我：

"具体的情况还不能确定，因为这一整套仪式并不完整。我从《西弗·罗洁艾尔天使之魔书》①的一个抄本中查到了那位巫术师在执行仪式时刻意只使用您小屋中物品的原因——那是诅咒的特殊形式。您知道，诅咒巫术中常用人形玩偶配合来自施咒对象身体的某些部分。常见的有血液、头发、指甲；也有用骨粉、血淋淋的皮肤、断肢甚至眼球的极端方式，用所谓的'建立连接'来完成仪式。按照专业术语，这种被巫术研究者们称为'直接连接'。因为仪式相对简单，每天都被数以万计怀着各色仇恨的人们反复运用——其中有些十分见效。用血液作为媒介的，配合罕有的阵型，甚至能够毫不费力地取人性命。我听说也有仅用

---

① 即 *Sepher Raziel HaMalakh*，一本由希伯来语和阿拉姆语写就的中世纪犹太教魔法书，目前流传各个语种的抄本甚多，内容真假难辨。一般以拉丁语版本 *Liber Razielis Archangeli* 为正本。

参考图16：《西弗·罗洁艾尔天使之魔书》中最著名的、常被用来代表该书的一页摘录

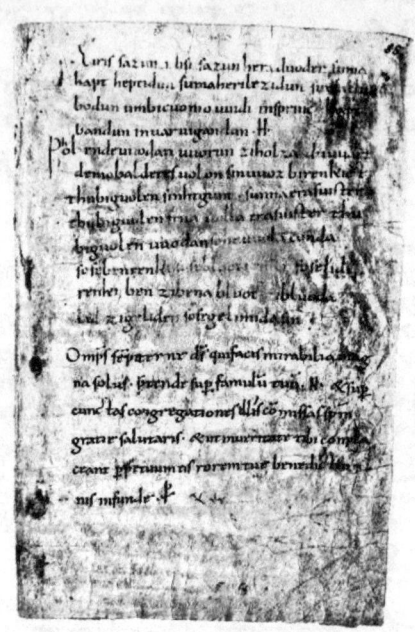

参考图 17：《梅瑟伯格魔法书》的摘选，源自梅瑟伯格圣堂图书馆

一根头发就能摄取灵魂的秘术,但却从未找到能够确证的例子。"

"我大致能猜到是怎么回事了——那么在小屋发生的,应该是'间接连接'。我在 Sacred-Magick[①] 上听说过这个词;《梅瑟伯格魔法书》[②] 中也涉及一些具体的例子:不使用直接来自施咒对象的媒介,也能够达到等同的诅咒效果。"

"这就对仪式本身产生了极高的要求。"木匠点点头,"单一魔法阵和单一媒介根本行不通。十三世纪时,一个针对某位瓦卢瓦领主的诅咒——大概是埃莱奥诺拉,或者特里斯坦——反正,用了和他有过接触的七十三个人的血液来执行仪式,却因其中一人名不副实而宣告失败,巫术师也被推上了火刑架。您看看,这也是相似的东西:您是木屋的领主,在这里度过的时光,铭刻在您的记忆中,放置在这里的所有东西,都是您亲手添置,和它们有过接触——这就符合'间接连接'的基本条件。但媒介并非来自拥有灵性的生命,物品也不是经常接触。因此,就必须用前所未有的大魔法序列,配合特别选定的祭品,以及漫长的仪式过程来完成……对您的诅咒很可能是致命的——您能想到谁对您怀着如此的仇恨吗?"

"恨我的人——尤其是女人——数不胜数。"我故作满不在乎地答道,"只是,对于这项盛大的仪式,我更在意的是:既然这位巫术师如此神通广大、博学多才,为什么不直接取我的一根头发来完成简单的仪式,而偏要大费周章地做这许多事情?对于一个施展不可能魔法的大师,这应该算不得什么难事。"

"这就得问您了。"木匠耸了耸肩,"或许,是要达成特殊的

[①] 一个神秘学网站。
[②] *Merseburger Zaubersprüche*,成书于十世纪的一套日耳曼异教魔法书,用古高地德语编撰而成。

效果——古希腊的魔书中,有所谓'记忆封锁之地'的说法。据说,在特定的条件下,复杂的'间接连接',能够让被诅咒者承受比简单的'直接连接'更多的痛苦:除了诅咒,还有具象化的幻觉,甚至陷入永不能摆脱、也不会死亡的魔境。中世纪的《影子摩西之剑》[①]一书中,是这样说的:'那里被抽掉了时间的概念,只剩下痛苦的重复'——那可是比死亡还要恐怖得多的一件事。"

我没有让这个话题深入下去。之后,我问他仪式并不完整的原因,他便将我所绘制的大魔法阵草图拿出来,用其中十四个内圈名字和二十一个外圈名字的连线所构成图案的方位与角度,以及一些晦涩的巫术符号学理论来解释。由于这部分内容太过庞杂和晦涩,并且也不完全,我就不在日记中详述了:这可比占星术中解说星盘要复杂得多。

是的,木匠对这套奇怪理论的解说,一直到我们走到木屋的大门口还没结束。我只是看了眼木屋门口的蜡丘,就笑着打断了他无休无止的唠叨:

"可惜,这许多精彩的理论,最终都只能停留在那张纸上了。"我冲着他摇了摇手指,"显而易见,这回,并没有哪扇窗户被棕熊破坏。瞧瞧,门窗全部反锁,所有可能的进出口,也都堵得严严实实——这可是个连灰尘都进不去的绝对密室!"

我一边说着,一边将门口的小小机关展示给木匠观赏。

"这是我上次离开之前特意盖上的封条,所有的笔画都是出自我手,边缘的划痕依旧严丝合缝,甚至连积蜡的表面都丝毫无损。那个装神弄鬼的巫术师——哪怕他偷配了屋子的钥匙,也没

[①] *The Sword of Shadow Moses.*

办法应对我的挑战。不过是简单的小机关而已，这次倒起了大作用了。"

木屋的地基木板是一块一块嵌接起来的，除非将屋子拆掉，否则，肯定不可能将蜡丘毫无损伤地移走。而所选木材的黏附力，木材上原本已存在的缝隙，还有我用小刀额外添加上去的、蜡与木材间的交互、衔接，同时杜绝了剥离之后、稍许加热再放回原位的全部可能。总之，只要不破坏蜡丘，想开门进入根本就是不可能的。不仅如此，我还观察到，石蜡依旧紧贴房门底缝。也就是说，拆卸屋门亦无可能。木屋的窗户是不可能从屋外拆卸的，揭掉房顶更是天方夜谭——总而言之，只要不进屋，这个木屋根本就无法从外部攻破！

备用钥匙早被我留在了家中。此时此刻，我得意地取出方圆百里内唯一一把对应的钥匙，打开了木屋房门。留在地板上的字迹随着房门开启逐渐被抹去，我一边踏进木屋，一边忐忑不安地环视屋内：

封好的壁炉、遮了布罩的木床、通向阁楼的楼梯、紧闭的窗户、空无一物的书桌、显然没人碰过的储物柜……

什么都没有，什么也没有发生。

我刚要为自己的胜利而欢呼，随后进来的木匠却指着地板上的一处对我说：

"先生，是血……"

我顺着他所指的方向看去——那里有一摊新鲜的血迹。准确点说，也不能算是一摊血迹，应该是大量零星滴落的血液集合。那附近，到处都是显眼的血滴，仿佛行星爆炸时的定格画面，从边缘处拉出长短不一的猩红色血线，组合在一起，简直就是一件刻意而为的艺术品。

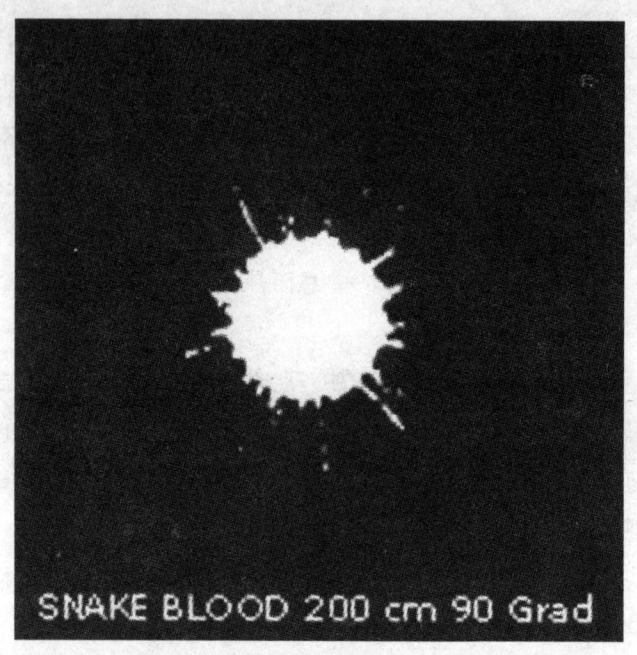

参考图 18：地板上的蛇血样本，原图来自《法医鉴定实用全书》

我们几乎是同时抬头，向着血迹上方的天花板看去。

我们看到的那个令人目瞪口呆的场景，之前已经十分详细地描述过，这里就不再重复了。只摘另外几个未曾提到过的或者未曾详细解释的细节，以分列条目的简单方式记录如下，作为这整篇日记的补充（鉴于口头讨论在引证上的局限性，我会在必要的地方预留空白，以应付未来可能的资料查证）。因为过度的紧张和连日的劳累，此刻我几乎无法进行正常的思考。但愿以上及以下零乱记录下来的内容，今后重读的时候，不至于会让我自己倍感迷茫。

（1）关于头尾相接的蛇：

首先必须说明，此处的讨论仅仅针对"衔尾"这个形式；原因会在紧随其后的第二点中详述。

"衔尾蛇"——在当代，这是一种就算对巫术毫无兴趣的人多半也会相当了解的符号。这都得归功于荣格心理学作为流行文化的普及。

以下增补于七月九日，引《荣格全集》第十四卷：

炼金术士们认为，衔尾蛇是一个戏剧性的标志，既能统合又能同化对立面，而经过这个自我统合同化的过程所得到的回馈，就是永生。因为，衔尾蛇一方面在消灭自己；另一方面又在给予自己生机，孕育着自己，从而令自己得到生命。因此，衔尾蛇象征着一个透过对立面发生冲突而存在的原则，这正是构成第一元素的最佳演绎。

它本身是一种魔咒，并且逐步发展为一类特殊的、并不常见的魔法阵。根据木匠的说法，"衔尾"的格式，只是作为新的魔

参考图 19：与衔尾蛇① 相关的古魔法阵

---

① Ouroboros.

法阵存在的依傍。具体的符文，可能隐藏在没入天花板的七枚箭头之中。我对他的推测表示赞同，因为，今天的发现也充分印证了他之前所说的"仪式并不完整"的观点：目前已知的事实似乎表明，他确是一名值得信赖的黑魔法及妖巫技艺研究者。所有由他那里得出的结论，都是在存在可查证资料的前提之下，得以逐步完善的。如果没有确凿的证据，他就不会给出肯定的结论。

以下是他给出的进一步推论：

对于"衔尾"的形式，单从巫术方向上考察，是大型仪式中的"净化步骤"。虽然手头没有能够查阅的资料，仍能由两次动物献祭中所用的牺牲品来推断那位神秘巫术师所计划的召唤仪式的大致流程：

仪式第一阶段，特地挑选四年一遇的闰日（木匠并没有问我，为何每四年的闰日都要回到小屋——他好像对我的隐私并不是太关心，只是为了计算星盘，才询问了我的生日）。甚至，是十分特殊的闰日——根据占星术来推断，本年的格里高利闰日所代表的朔望月时长，恰好位于我生命潮汐的最低谷，即对巫术的抵御力最为薄弱的日子。从第二千禧年向后数到第八年，经过二〇〇〇年的补闰，这是唯一最佳的下咒时机；下一次能够对和我同生日的人使用这个诅咒仪式的时间，必须得等到二四〇八年！

我对这样的说法感到震惊，因为我也懂一些星盘计算，知道他所说的确是事实。这几乎能够同时证明，那位巫师所做的一切，都是想要对我进行极为恐怖的、目前完全不可想象的严厉惩罚。

我不想在日记里详细描述我的恐惧，因为我向来都不愿保存不好的记忆——我宁愿将自己催眠，把这关于日期选择的部分忽略掉，或者用其他形式的记忆对其加以改装。反正，此刻的注意力，更应该移向仪式的祭品——那头巨大的棕熊。

作为故乡的原始图腾，棕熊象征着无穷的力量。用它的血来祭祀，能够积聚施展黑暗巫术时所需的大量灵力。巫师将第一阶段的灵力收集起来，储存在古老墓群中最阴暗的、非正常死亡者的墓室里；因为那运用死灵钟和祭物鲜血完成的大魔法序列，拥有强烈的导向性，那些被禁锢的能量，迫切地想要再次回到小屋，便会在墓穴中散发极为可怕的执念，将整块墓地中的死灵能量都吸引过来，让灵力的积累达到可怕的地步。

但这两种累积所吸引的能量，并不是相同的类型，仪式第二阶段所用的衔尾蛇形魔法阵，就是为了对两股能量进行调和与净化，通过这一永恒融合的符号，将灵力提炼成适合使用的形式，并且顺带赋予一些新的属性。

至于整套仪式将要召唤出的魔物，结合第一阶段仪式给出的信息，木匠认为依旧和撒旦脱离不了关系。蛇是最原始的、象征撒旦的符号；泛神论中的衔尾蛇，意味着世界的自我毁灭和自我创建的循环，这也符合末日审判、恐怖和极乐分离、混沌与秩序重建的指代。或许是在小范围内凸显的末世论观点，经由路西法的指引，让死人复活、灵魂不朽，在一个永恒循环的狭小空间里，在烈焰之中，上演无数次"永远的灭亡"。

以下增补于七月十四日：

耶和华的仇敌，要像草地的华美。他们要消灭，要如烟消灭。

——《旧约 | 诗篇 37：20》

你们这被诅咒的人，离开我，进入那为魔鬼和他的使者所预备的永火里去。

——《新约 | 马太福音 25：41》

> 那杀身体不能杀灵魂的,不要怕他们。唯有能把身体和灵魂都灭在地狱里的,正要怕他。
>
> ——《新约 | 马太福音 10：28》

他在说这些时掩饰不住心中对仪式成功万分期待的情绪,虽然毫不考虑当事人的糟糕感受,却和一个研究者的身份相当契合。

至于应该是要在九月四日执行的第三阶段,以及可能存在的第四阶段甚至第五阶段,木匠表示"并不确定"。毕竟这次仪式使用的符咒内容目前依旧未知(原因马上就会在第二点中说明)——要么在没入蛇身的箭杆或者箭头上,要么嵌在天花板的七个箭孔之中。当然,藏在极北蝰的体内,也是有可能的。

更有趣的一种情况是:找不到任何咒文——我已经检查过两本速写本,这次并没有丢失纸张。换句话说,如果巫师在撰写符文时,依旧遵循他在第一阶段时的良好习惯,并且恰巧对木雕和金属篆刻并不在行的话,在第二阶段连一丁点儿笔迹都不留下,也毫不奇怪。

(2)关于阁楼上的发现:

接下来证实的是之前提到的《西弗·罗洁艾尔天使之魔书》中,关于建立"间接连接"的内容。那七枚箭矢,依照木匠的建议,今天暂时不取下来,让它们和蛇尸一道,在天花板上再过一夜。等明天请来村中的弩箭专家,让他帮忙判断射出这些箭矢所用的武器之后,再做进一步处理。照木匠的说法,那位使弩箭的好手,能够通过箭矢没入材质的角度和深度以及各种动物尸身展现出的射伤状态,给出和猎杀过程相关的大量信息。比如,动物在被射中之前是否已经死亡,以及弓箭是否只是用手力,直接插入尸体当中。

这些内容无疑是十分重要的。木匠已经检查过天花板，证实钉住极北蝰的那部分木板并没有被翻转过。实际上，这检查根本全无必要：按照木屋的建筑结构，那些木板和我曾设置蜡丘的门前地板类似，都是一块一块嵌合在一起的。如果不拆掉屋顶，就绝对没办法卸载掉；强行破坏的话，用不着他来检查，谁都可以一眼看出痕迹来。

因此，翻转天花板，将活蛇在阁楼钉死，然后将木板还原的可行性，现在就可以完全排除。要破解这个不可能的奇迹，就只有证明蛇在箭矢穿身之前就已经死亡这一条路了。

虽然没有取下箭矢，无法得知可能雕刻在箭头上的符文内容。但仅观察箭矢本身，就已经可以得到十分惊人的线索：

那些箭矢，全部是用小屋中现成的材料制成的！

阁楼上的军用三折锹柄被整个取了下来。那位巫术师用伐木斧和八角锤，将挪威无毛榆木制的三角形手柄分成了五段，中段直柄则分作两段——两段拼凑起来的长度，比原来直柄的长度短了不少，可能是巫师在制作时损耗了一部分。虽然箭杆的长度普遍稍短，但若是近距离使用，也不会有太大问题。

箭杆的细部处理，可能使用了储物柜里的多用途小刀。储物柜里的刀石磨损得相当严重，可见巫师做这些加工工作用了不少时间。锹柄木经过严格的烘干、整形、雕磨和上漆工序，虽然具备较高的硬度，但要穿透比重较大的松木天花板，就算不是用手力插入，也还是十分困难。因此，额外的金属箭头是必要的。仔细清点过一遍屋中的物资，发现储物柜中的午餐肉罐头少了三个：这应该就是巫师制造箭头的材料。罐头的外壁是镀锡钢板压制的，处理之后，作为弓箭的箭头，毫无问题。伐木斧的刀尖，残留有少许金属屑，这说明那位巫术师应该是用伐木斧垫在钢皮上，再用锤子将需要的形状敲击下来。他可能是将敲割下来的钢片折成了三层，再用八角锤敲打成需要的形状，最后，配合锤击和刀石摩擦，造出锐利的箭头——刀石的磨损情况也证实了这个猜想。

在阁楼的地板上，发现了不少被金属切割、磨刮和捶打过的痕迹。巫师大概就是在那里制造箭矢的——总共七支手制的短箭，就算是制箭的专业人员，在没有砂轮机和切割器的情况下，也一定需要耗费大量的时间。

露出的箭杆尾端，并没有安装专门的箭尾，只是将后端削成了扁平的形状。这或许说明，射箭者确实是在很近的地方发射的。根据常识推断——极北蝰被钉死在天花板上，大部分的箭矢都是垂直没入。如果是躺在地上用短弓射击，拉弓的手臂显然很难舒展开，力度也不能令人满意；假使射击者移动了木床，躺在床侧拉弓，蛇血可能会溅到床上——要是再特地遮上一层塑料布的话……虽然可行，但也太过麻烦了。我认为，可行的方式唯有用手强行将短箭摁入，做出好像是用弓弩射入的假象。可是，以这位巫师施展"不可能"魔术的高超水平来看，太容易被人识破的方法应该不会被采用。不过，谁知道呢？或许他正是利用了这种理所当然的想法来设置诡计也说不定。

另一种可能，是使用十字弩，这样就能得到比短弓高得多的准确度和稳定性。通过工具测瞄好之后，将弩固定在地板上，发射即可。射中蛇身的箭矢，位置精确，半圆形排列相当完美。要知道，极北蝰的背部覆满光滑的鳞片，如果短箭不具备相当的速度，而是仅凭手力来摁入，又要兼顾位置的准确，大概很难取得我们所看到的那种震撼效果。

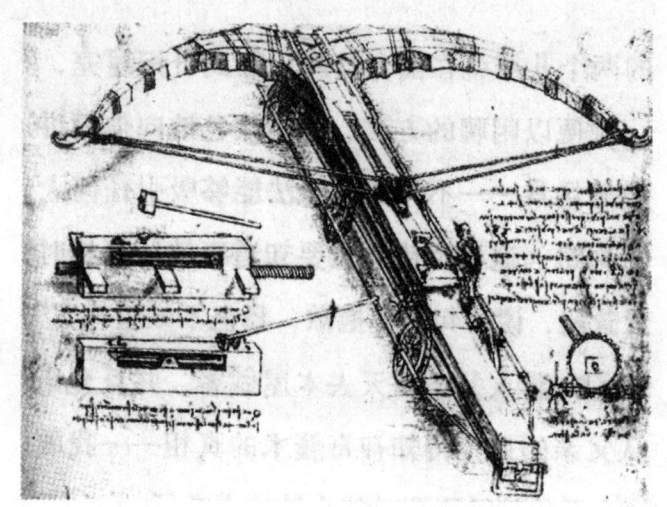

参考图 20：达·芬奇所绘的十字弩结构图

另外，留意到木匠和其他猎人所说的、那个素未谋面的弩箭专家是"村子中唯一精通弓弩的人"这项情报，也不能随随便便排除他和巫师合作的可能性。如果猜测属实，那他八成就会提供虚假的信息：将用手摁入的短箭，说成是用弓或者十字弩射入，将原本已死的蛇，鉴证为活着时被射杀，以让他那个合伙人创造的奇迹变得牢不可破。为了应付这种情况，我打算同时请老猎人和"猎狐犬"来木屋监督——作为老练的猎手，即使不能通过猎物中箭的情况推断射杀的详细过程，总也能大致判断出那条蛇在被钉入时究竟是生是死；更重要的，因为多一些狩猎的行家在场，如果弩箭专家确实是巫师的同谋，他在说话时，也必定会比只有我和木匠这两个鉴定动物尸体的外行在场时要谨慎得多。

没错，我确实是"鉴定尸体的外行"，但这并不妨碍我成为一个好猎手——哪怕是只对自己宣布，我也要再重申一遍：我只对会动的猎物感兴趣。

老猎人的两个儿子就在前台打牌。等到日记写完，我就去加入他们的牌局，顺便以闲聊的方式绘声绘色地向他们讲述今天在木屋中发现的诡异场景——不可能的魔法能够吸引任何人。当他们对这个故事啧啧称奇、迫不及待地想要知道事情的真相时，我便可以无可奈何地耸耸肩，说一句"很抱歉，我也不知道答案"，然后，顺理成章地邀请他们的猎人父亲，明天去木屋作客。并且允诺他们，明晚，他们一定能从父亲的口中，得知神奇魔术的真相——我敢以我的作家身份做担保。今天的牌局，到那时，就会被迫中断了。

在他们离去之前，我还会要求他们，也顺便邀请那位"猎狐犬"朋友。到时，我或许会这样说：

"听说，这位朋友，对这些古怪的事情也抱有极大的兴趣。

因此，我很希望能够邀请他，不过，却不知道他住在哪间屋子里……因此，无论如何，请一定代为转告一声，麻烦你们了！"

这是容不得人拒绝的口吻。

（3）关于蛇口中的新预告函：

在第二点中我曾经提到，这次没有丢失纸张，并给出了如下推断：箭孔和蛇身里，不会藏有用速写本中厚纸书写的符咒。在此，需要再添加一些限定：速写本中的纸张，其实还是丢失了一部分，不过马上就被找到了。

是的，就是之前被撕掉了巴掌大方角的那张纸，这次，左下角又少了同样大小的另一个角，但那位神秘巫师仍旧没将这残缺不全的一页撕下来。我也并不打算将它撕下，这是荒野生存务必遵循的守则：一样东西用完之前，不去动另外的。

和上次一样，纸的另一角被巧妙地放置在祭品的口中，上面依旧用储物柜里的炭笔写上了扭曲的字迹，所用也依旧不是当地的语言。即便不是笔迹专家，也可以就此断定：两次的预告函，均是由同一人所写。

继费城小姐之后，是伦敦情人——全部是第十六节中所提到的虚构自杀女人。首句是自传第四节中五行诗的第二句："爬行在天花板上的蛇"，正好跟极北蝰被钉死的位置吻合。

回过头来考虑诗的上一句："熊被困在小屋里"，又和第一阶段仪式的情况吻合。任何进出口都不足以让那头棕熊进出：它是被困而死的。

那么，接下来就是"守在窗前的狐狸"和"贴墙取暖的渡鸦"，最后，是我"死在自己的怀里"。五行诗、五个自杀的女人，对应小屋中五种祭品设置的方式，以及五张预告函中的内容——这是很自然的联想，根本不可能是巧合。

但这就很奇怪了。因为，那五行诗并非引用了哪本古诗选集中的文字，单纯是我回忆当年落水时所产生幻觉的诗化总结。对于那位大师级别的巫术师，以及在木屋中举行的那场令人敬畏的终极召唤仪式而言，和这首未包含任何深刻背景的诗产生联系，几乎就同时意味着丧失和古老神秘巫术之间的关联：一场仪式，无论是巫术还是宗教上的，都应具有其固定的流程和形式，否则便不能受此称呼，也不会有对应的效果。尤其是巫术，它和正统宗教带着狂欢性质的仪式全然不同，无论是诅咒、祛邪还是召唤，必定是针对具体的目的，来选用特定的、严谨且单一的施法过程。比如，用十三根松针蘸小指鲜血，在念《影子摩西之剑》中特定咒文的同时，将松针点燃，是为了让仇人瞎眼；塔罗魔法中，将宝剑八、金币五、圣杯七、权杖二和命运之轮以任意顺序，倒扣在逆五芒星的角上，则是为了准备封印房内受虐待而死的猫的怨灵。施法的目的越高不可攀，对应的仪式要求也越严格：罕见的法器、奇特的咒文、稀有的祭品、千载难遇的时机、极难到达的禁地、特别指定的巫师血统……终极魔法仪式，限于如此烦琐具体的前提，加上不怀好意的天主教破坏者和纯属无聊的空想式文人对巫术正典的篡改、虚增、杜撰和捏造，现在甚至连找到正确无误的施法流程，都如大海捞针般困难——成功完成一次传说中的仪式，在数千年巫术史的大部分时间里，根本就是无数法师遥不可及的梦想。

除非与某本从未见过巫术正典中的咒文内容暗合，否则，我所写的五行诗，显然不可能成为巫术师设计仪式的蓝本——但事实却是：某人这样做了。那么，排除掉"除非"中的微小可能，就只剩下另一种唯一的假设：在这场前所未见的终极召唤仪式中，需要依据施法对象曾写过的、一首带具象描写的五行诗来安排祭品和场景。虽然我也听闻过不少匪夷所思的施法要求，但依据备受亚瑟·爱德华·维特[①]推崇的那本《阿巴忒尔：远古之魔法》[②]中所透露的观点，在此类与撒旦级别的魔神紧密相关的召唤仪式当中，是不应出现如此不负责任、近乎儿戏的组成部分的。

相当的巫术正典中都抱持类似的观点。因此，这又是巫师在仪式理论上为我们设置的不可能陷阱了。

从仪式整体结构上不可动摇的、与数字五之间的关联来看，这场大型仪式将会被拆分为五个阶段——这是相当合理的推论。按照已知三个阶段的执行日期（包括第二张预告函上的九月四日）来看，第四阶段大约会在今年冬季举行；而第五阶段，如果确实存在，并且能够印证五行诗中"死在自己的怀里"这句的话——我无法阻止自己产生这样的想法：

我将会被作为最后的祭品。并且，"死在自己怀里"的场景，蕴含"衔尾蛇结构"的完整立意——无限个我，无穷次的死亡；这该也是那位神秘巫师的委托人，或者就是他本人的用意，也即是终极召唤仪式预备向我施加之诅咒，所要达成的最终目的。

[①] Arthur Edward Waite，近代最负盛名的恶魔学学者。
[②] *Arbatel: De magia veterum.*

以下增补于七月十六日：

SEXTA DIVISIO EST quòd alii operantur per immortales creaturas. Alii per mortales Nymphas Satyros, & similes aliorum elementorum incolas Pigm os, &c.

译：第五类即是，那些对灵物开诚布公、直接相对之魔法师；但也有解读梦与隐晦符号之人，坚信那些远古之灵，必得唯一对应为其占卜及祭祀之物。[1]

——《阿巴忒尔：远古之魔法》，七分之五节

---

[1] 为结合文意，此译有曲解之处。

★

以上正式的日记中,我故意略去了勿忘我的部分——我必须谨慎处理这一点,因为那些遗忘的画面,来自真实的记忆。但有关真实的记忆究竟如何,我们也无从判定:少数人知道,或者根本没有人——它们只是记忆,不是真实——这倒是能够确信的。记忆和真实之间的联结,究竟能有几分相似,此刻已经无从了解。脑中的画面组合太过破碎,好些错乱的颜色掺杂其间:就如往暖色中插入数行冷色,或者在丛林间安置几间楼房。某一种过去,无疑是存在过的,但那存在也仅是梦境——画面和声音,少许当时的感觉,曾经在某时某地触碰过的肌肤,以及为她采摘过的花朵……

在狭小屋子的后院里,窝在没刷过清漆、打磨也嫌粗糙的花梨木户外椅中,眼前一大片蓝色勿忘我,全是五瓣,团在一起像是天空的倒影。其间穿插水红色的郁金香,朵朵都是刚刚绽开。阳光很好,呼进肺里的空气带着泥土味。就是在那里:制造错觉的结界、记忆中的乐土、遥远的回忆,褪色的画面是都市的丛林、异地的故乡,心灵可得慰藉之地。我看到一双手,左手扶住的一摞稿纸,垫在膝写板上;握笔的右手,是另一个人的——属于女人的、洁白纤细的手。纸上密密麻麻的潦草手稿,笔尖划过无数正在接受删改和审阅的地方——仔细看,是两种不同的字迹。

那么,就是两个人坐在那里,在双人木椅上:她的左手搭上我的肩，我的右手抚着她的发际。太阳近在眼前，世界模糊闪亮；眼睛看得见花香，像云雾一样将我们萦绕。

是在哪里呢？费城共济会教堂后的小区？伦敦圣雅各福群会公园入口前成排的荷式洋楼？华沙老城区，离鸽子广场不远处的平顶屋？要不就是，第十八区：但那是在巴黎，还是布达佩斯呢？我在这画面中，既看不见蒙马特高地，也找不到佩斯彻提莫① 那绿松环绕的群楼——那就都不是，而是在自由意志市。我想不到了：这画面，安插在地球的每个角落，在我看来，也都合理。重要的是，那正在创作的小说——那是我写的，我的想法和心血，毫无疑问。但那正用心删改着的，那个女人——

她是谁？

面对此刻将要被夺去生命的压迫感，我和我的回忆慌张得像一大群乱飞的蛾子。在似乎无穷无尽的凝固过去中，急切搜寻所需信息时的感觉，好像是要倒退着打开回廊里的无数扇门，每扇门之后，又有更多的门，以及相似的回廊，有些还上了锁。

记忆，是脑中的一台巨大机器，片刻不停地吞噬着周遭的时空。此刻，我扳开了回转的闸门，令它将遗忘的往事交还给我。它好似从未这样逆向运行过——我的双耳，几乎都能听见时光回溯时的响声，那声音，正如一整套未上油的新造齿轮咬合时发出的摩擦声那般尖锐刺耳，像无数把舞动着的镰刀，打算将这台逆转的机器连同它的载体一道切个粉碎。

我放弃了。

回忆竟是如此艰难的事情。

我放弃了……

---

① Pestszentimre，布达佩斯市的一个区。

二〇〇八年七月一日,星期二,上午阴,下午转晴

弩箭专家是个谨慎、又带着些许傲慢的人,说话之前,他都会先考虑片刻,并且不自觉地握紧手中刚刚取下的猎人皮帽。虽然这习惯让他看上去符合"秃了顶的精明矮个子"这样一种典型形象,但却总让我不知不觉地将他当成巫师的一个马虎同谋,必须时刻注意不要说错了话。我承认,我是被从他口中说出的那些有趣讯息弄得疑神疑鬼的。这位为了一场木屋聚会而特意穿上整套并不合身的西服和耀眼的真丝塔夫绸马甲的小个子先生,是猎蛇的高手、制弩的专家,甚至还是一个玩填字游戏的奇才。这所有贴在他身上的标签,都不得不让我将他当作第二阶段仪式的唯一嫌疑人。

我现在几乎拿不动笔——连日的劳累和失眠、过度紧张以及昨晚的噩梦,快要将我整个击垮。但我必须记录,哪怕不能思考,哪怕组织不起像样的语言,用了错误的比喻,字迹潦草到自己都难以读懂,我也得将发生的这些都写下来:文字,只有在面临危机的时候,才能发挥它真正的作用——避免遗忘,前提需是记录真实。一个人的过去,如果对自己失信,绝对是一件相当可怕的事情。

鉴于以上的原因和昨天在日记中的尝试类似,我将彻底放弃内容过渡的各种技法:连贯式、承接式、转折式……全部都不如一个数字编号来得更醒目和具说服力。

(1) 关于天花板上那条极北蝰的验尸报告:

"弩箭专家"这个代称，显然不足以用来准确概括那位博学多才的矮个子先生——那么，在此篇以及今后可能的日记中，我将改称他为"万事通先生"。这了不起的称呼，当然和他的实力相配。我甚至可以在此断言，如果他定居到大城市，一定能够在大学里谋得不止一个教授职位。

　　看看，虽然我、老猎人和"猎狐犬"三人，都能一眼分辨出它是极北蝰，万事通先生却向我们指出——这种蛇根本很少出现在这一带。仪式执行者大概只是看中了它是唯一能够在北极圈边缘生存的蛇种，却并不了解极北蝰的生活习性：此种毒性并不强的中小型毒蛇，因为身上显眼的菱形花纹，日耳曼人又称呼它为"十字水獭"①——外观特征只能解释这俗名的前半部分，"水獭"意指极北蝰热衷于在亚寒带针叶林的北端边缘处，那些拥有沼泽、潮湿洼地和高山溪流的区域居住，而这样的区域，是不能通过建造木屋的风险评估的。

　　换句话说，除非它真是受了魔法的蛊惑，否则不可能来到这个小屋。

　　接下来证明，它即使是受了某种召唤，独自从适合的栖息地爬行过来，也是不可能的。且不提蛇爬行的缓慢速度，以及附近唯一的沼泽区离木屋有多么遥远这两点——现场四位擅长各类理论及实践追踪术的猎人，在一番花费不少时间的严格考察之后，一致认为，近几日内，绝对没有蛇类动物曾在木屋周围爬行过；更要命的是，万事通先生在墙壁和天花板上，找到了蛇爬行留下的痕迹——那是蛇在选用履带式运动方式时，被松木表面粗糙的部分刮下来的少许腹鳞，但在木屋的地板上却完全没有找到。

---

① Kreuzotter.

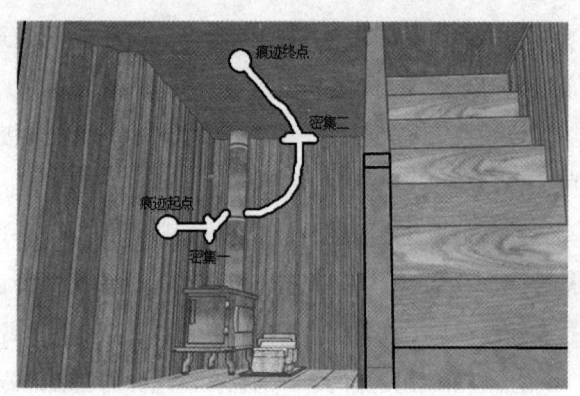

参考图21：通过处理后在墙壁及天花板上看到的蛇行痕迹

这是在不借助显微工具的情况下，极难分辨的痕迹，然而，经由万事通先生的指点，我们却都能在仅使用火柴和盐末的秘法处理之后，看到这些闪闪发光的行迹——从房门无窗的那侧、离地面将近一米的位置出发，向简易壁炉所在的方向爬行，拐过墙角、绕过烟囱后斜向上，在天花板上爬到遭受钉刑的位置，被处死在那儿，痕迹也同时终止。

一个令人感到奇怪的地方是——凡是在墙壁拐角的位置检验到的痕迹，统统特别密集，就好像极北蝰在那个位置爬行得极为艰难一般。万事通先生表示，蛇确确实实曾在墙壁上爬行过，即使轨迹和在地面上时稍有不同：它似乎比在地面上时要更加用力，身体的扭动更为频繁，但这反重力的奇迹，是能够被证实的。

或许是不习惯恶魔赠予的新运动方式，就像是不理解为什么会突然由一个地方瞬移到木屋的墙壁上一样。木匠认为，这条极北蝰被迫通过某种方式，和木屋建立了连接：这可能与第一阶段仪式中用到的某样法器有关。我对这并没有指明出处的推断半信半疑——不过，他却用事实说服了我，让我相信"瞬移术说"至少是这次诡异的反重力爬行的可能性之一。

他举出的证据是，第一阶段到第二阶段仪式之间，巫师通过特定步骤聚集起来的、大到近乎恐怖的能量（详见昨天的日记）。按照古希腊魔法的经典理论，世间一切均是灵力和能量的体现：这也是召唤魔法的理论根基。召唤的魔神，可以是具象化的，甚至是对物质世界有强大破坏力的灵体——巫术史上，受召唤的魔物破坏村落的实例，在各类资料之中数不胜数。瞬移术，作为召唤魔法的一个发展方向，通过和物质世界中拥有实体之物，以仪式及特殊咒语连接的方式，增加一次实体到能量之间的转换过程，便能达到随心所欲改变实在之物位置的奇妙效果。

为了论证这项主张，他发展了数月前的一个论断：第一阶段中出现在地板上的"U"字连接，并非仅代表"终极"那么简单——它实际上是能量聚集的一种方式。这个如喇叭般的形状，将能量的连接投影到了其正对的墙壁上，也即极北蛭在第二阶段仪式中被传送到的位置！

他在说这些推断的时候，故意没有引经据典，甚至额外添加了多次"作家先生，如您昨天对我说的"——我当然清楚，这是他在其他村民面前，极力掩饰自己作为黑魔法研究者的方式：虽然有些过于刻意。

万事通先生在讨论的顺利进行上，倒是帮了很大的忙——他毫不掩饰自己也是个神秘学爱好者。对于"瞬移术说"，他提出了一种听上去极具说服力的理论：

首先，明确瞬移连接的概念。法师们绝不会试着在瞬间移动整体，而是向时间妥协，以创造"次元镜子"的方式，节省聚集到的能量。依据常识性的科学理论：如果单纯将实体的原子打散，需要高达十亿摄氏度的高温，如此的过程，会让实物彻底毁灭，重组根本毫无可能；对"次元镜"施行的科学解释是再造，即通过对自然元素的控制，复制出实体，并将原来的实体转换为再造时的信息，通过契约魔神的力量，将这些信息自另一次元运送到仪式指定的位置（实体并不能通过另一次元，此处所指的"信息"，也可看作"灵体"：这样就符合召唤术的理论基础了）——如此一来，原始实物的质量越小，施行瞬移术所需的能量就越少。神奇的万事通先生，他更通过质能方程，估算了所需能量的具体数值：两公斤重的极北蛭，通过"次元镜"完成瞬移再造所需的能量，根据现代科学的成就来换算，大约需要一座核电站全力运转三年的时间；若是使用神秘学中的能量，只要所选择的仪式"效率足够高"(这是他的原话),用"一般的方式"聚灵一个季度即可。

而这正是第一阶段和第二阶段之间相隔的时间。

但这终归只是猜想,随之而来的疑问则是:如果那些由好不容易得来的棕熊祭品积聚起来的能量,都用在针对极北蚺的瞬移术上,整个终极召唤仪式所需的能量,又从哪里得来呢?况且,如果如此强调瞬移术,那第一阶段中的棕熊同样不可能进入木屋——若使用"次元镜子",运熊所需的能量,不是需要以鲸鱼或者恐龙作为祭品了吗?巫师这样做的用意何在呢?

万事通先生也无法解释棕熊进入的问题,不过,对于巫师的目的,他却给出了一个有趣的参考:有一类大型仪式,是必须使用召唤之物作为祭品的,从实体到灵体再还原为实体的过程,意味着"完全的净化",这和衔尾蛇所表达的一种主要含义相符。对于能量消耗的问题,万事通先生觉得,能量并非消耗掉了,而是在重塑形体之时被部分添加到了自"次元镜"运送过来的灵体当中——他举了《天下奇书》[①]中关于创造双头生物魔法的例子。据传,十三世纪有术士用其中的咒文,成功再造了九头蛇许德拉,而原体仅是一只壁虎。换言之,如果咒术得当,这不但不是无谓的消耗,反而是增强能量的特殊方式。

我可从未听说过除圣经之外的《天下奇书》——在留意了墙壁和天花板上两处痕迹密集之处后,我向在场众人提出了一个无神论式的假设:

反重力魔术的实现,无非使用钢丝组合、隐藏的支撑架和磁场这三样道具。万事通先生的验尸结果显示,那条极北蚺,除了

[①] The Miracle Book.

尾端有少许被硬物夹持过的痕迹之外（或许是巫师在摆放衔尾蛇造型时留下的），完全没有被人碰过。经过众人的检查，木屋内也完全找不到固定过钢丝或者支撑架的钉孔及嵌扣夹痕，壁炉烟囱上也没有刮伤——如此这般，如果要使用前两样道具，完成所见的移动痕迹，除非烟囱被拆开一条缝，否则极难做到。但事实是，烟囱和壁炉，并没有人动过——我利用急救箱中细蒙脱石粉极强的吸附力，尝试着按照《猎人百科全书》①中教导的实用追踪术，检测了一次烟囱周围的痕迹。得出的结论是，烟囱有几个月没被人动过，没有指纹，也没被人擦拭过：这就将应用钢丝和支撑架的可能性逼入了死胡同。

但使用磁场就可行，只要有人在屋外控制磁铁，就可以让极北蝰在墙壁和天花板上运动了。至于磁铁，可以让蛇吞下去。

这个说法很快就被否定了：万事通先生在检查过弩箭插入的状态之后，便将蛇尸从天花板上取下，在屋外沿着腹部中线剖开。大致量过身长后（顺带一提，这条雌极北蝰的体长超过了七十厘米，已经算是此类型中值得惊叹的尺寸了），蛇头被他单另用小斧剁了下来——测过蛇血无毒，证明蛇毒没有扩散。他说，他打算用毒囊给新制的箭头淬毒：极北蝰的毒性不强，正适合打猎时使用。

他一边用小刀解剖蛇体，一边向我们耐心解说心脏、气管和肺的位置，退化的左肺和发达右肺的必要性，以及蛇肝的作用。在拉掉胆囊和脾脏之后，他剥下胃和食道外层的白色膈膜，将这一部分也剖开了。

万事通先生的意见很明确，我们也能够从翻开的胃和食道壁

---

① *The Hunter's Encyclopedia*，一本战后出版的、厚达一千一百五十二页的狩猎指导书，内容涵盖狩猎的各个方面。

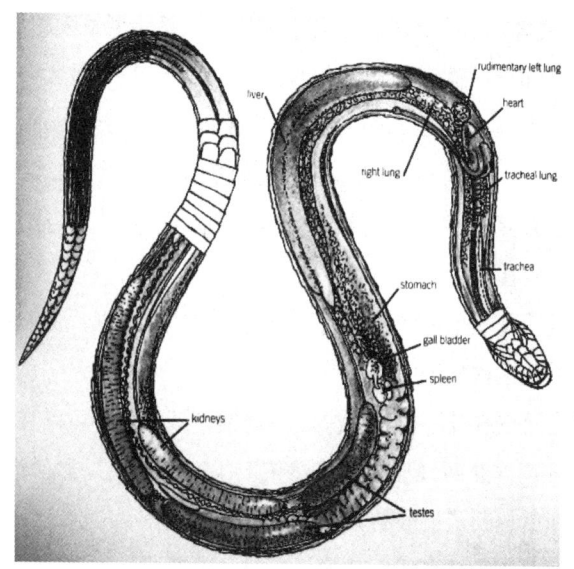

参考图 22：蛇的解剖图

看出：除了弩箭造成的损伤外，满是黏液和污血的内壁并没有刮伤。胃中有一只没有消化完的花园睡鼠——这是极北蝰小姐的最后一餐。

"连尾大约三十厘米，在野生成鼠中算是体型较大的。"这位先生拎起那只黏糊糊的恶心东西，"文献记载的生活区域，最北端到芬兰南部。经度线过芬兰海向东，就不再适合它生存了——芬兰海一带，同时也是极北蝰喜爱的栖居地。鼠类如果越线生存，除了数量极少，不能长期定居之外，体型也只会比平均值小：连尾应在二十厘米前后。"

这段话自然也可作为"瞬移术说"的理论依据：极北蝰在这里是捕不到这种睡鼠的。

但这两点也并不能作为决定性证据，巫师同样可以在别处捕捉，并且饲养这两样动物。虽然依旧不能解释蛇是如何进屋的，但我立即就想到了反驳的方式。

以下文字将尽可能重现我们当时的对话——趁着我现在还记得清楚。这样处理，除了可以省去自己对原始材料再次总结的麻烦之外，也更具临场感。

我：睡鼠也可以是饲养的，或者在芬兰捕捉到之后，再运过来，作为极北蝰的食粮。

万事通先生（以下简称"万"）：确实。但如果睡鼠经过饲养，看脚掌和牙齿，以及胃内食物就可以分辨出来。同理，蛇的情况，我们稍后再检查一下肠内余物，即可了解。目前，已知它的毒牙没有被处理过：饲养者一般不会这样做。况且，食道和胃壁没有被刮伤的痕迹，作家先生——这些证据很难支撑您所说的"蛇吞食磁铁"的观点。

我：蛇当然不会主动吞食磁铁，磁铁的味道也不如睡鼠可口。据我所知，用充磁机，可以制造任意形状的磁石。如果是长纺锤形的磁铁，带鱼鳍状的侧翼，就可以卡进睡鼠的腹内。众所周知，蛇类并不咀嚼，凭借强健的韧带结构，它们的上下颚，能够张大成一百八十度，将猎物整个吞下。消化之后，再将处理不了的残骨由口中吐出。嵌入睡鼠体内的磁铁，处理为沿长轴切面来区分南北极，这样，便能让屋外的磁铁顺利做出极北蝰在墙壁及天花板上爬行的假象。蛇胃大概位于蛇体中部，磁铁移动到那里，便暂时不能前进——因此，七支短箭的最后一根，只能射到胃部前后的位置。我猜，箭的位置能够排列得如此整齐，应该也与运用了磁铁关系紧密。这个过程应该是——巫师在屋外安置好磁铁后，用某种方式进入了房间，取出两只宠物，让饥饿的极北蝰吞食掉插入了磁铁、已经奄奄一息的睡鼠，然后，将它移向门左侧无窗的墙。凭借强大的磁力，蛇被吸到了墙壁上，因为受惊吓过度，在那个位置胡乱摆动。但畜生就是畜生，绝不舍得放弃口中的食物。这时，巫师出屋，开始移动磁铁——这就可以解释为什么蛇行痕迹的起点部分，残留下来的腹鳞比别处要多得多，因为蛇在那里停留了较长时间。

我一边说着，一边走进木屋，上了楼梯要去阁楼。木匠、老猎人和"猎狐犬"紧跟了上来；万事通先生像是知道我打算举出怎样的证据，一直等到我在楼上喊他了，才慢悠悠地出现在楼梯口那儿。双手交叉靠着门栏，故意离得最远——好像是要看什么好戏。

我：巫师在屋外使用磁铁，虽然不知道他手中握着的是怎样的样式——可能是带握把的那种，也可能是某种便携的电磁铁——这点总有办法解决。反正，磁铁贴着墙，开始移动，蛇也被迫跟着"爬动"；巫师跨过横栏时，仍尽力保持着屋外磁铁的角度和方向，让蛇的移动看起来尽量自然。但是，在移过拐角处时，两块磁铁之间的距离不可避免地增大①，对极北蝰的束缚相应减弱。嘴里还含着食物的蛇也察觉到了这个机会，就更加用力地挣扎了片刻——这就解释了为何拐角的地方蛇行的痕迹那么密集。当巫师费力举起磁铁，让蛇移动到墙壁和天花板之间交线的位置时（这位先生或者女士，没办法从那个位置进入屋子），就用某种方法，将磁铁固定在那里，然后又绕道进屋上了阁楼，也就是我们现在站着的地方。

我拆下扣在通风孔上的麻织遮布，仔细检查了一下那处的铁栅——靠中间两根偏上的某处，有很显眼的硬物刮痕。

我：这就是证据。巫师回到这里，用棉线或者其他悬吊工具，将磁铁拉了上来，继续移动磁铁到天花板上预定好的位置。固定住磁铁，然后下楼，用备好的弩（会在第二点中说明）瞄准天花板上的蛇——因为楼上磁铁被固定住，蛇要继续吞下睡鼠，身体必定会缓缓向前移动。不过，巫师应该不会给它这样一直享受下去的机会。先是第一箭，将它的头固定住，接着上楼调整磁石的位置，下楼再射箭，然后再上楼、再下楼……唯有这样，才能做出一个如我们所见的完美半圆，以及等距的短箭间距。射完七支箭，就将蛇尾挂在毒牙上，摆出衔尾蛇的符号。

我隐瞒了关于蛇嘴中预告函的事情。因为，我知道，如果我将这件事说出来，万事通先生一定会深究，我懒得解释这么一长串故事。即使快到第三阶段仪式，我仍认为，预告函和五行诗之间的关系，并不符合一个大召唤仪式的要求。这也导致我——至少在潜意识中——虽然好奇却依旧对仪式的真实性将信将疑。

---

① 见参考图3。

这同时也成为我提出以上无神论假设的动机。

万：不错的想法。但正如我们看到的——通风孔离天花板的距离并不近，大约有一米二的样子，换算成英寸大约接近五十。那条蛇，加上腹内的睡鼠，手估有两公斤重。换句话说，准备好的磁铁在这个距离上，必须提供至少二十牛顿的引力来克服指向地心的重力。如果用微分公式来计算[①]静态磁场力，则确定定点上的磁能太过困难；如果用工业上的估算公式[②]，在所用磁铁的长宽高均未知的情况下——既然您说磁铁是从通风孔的缝隙间拖入，大致尺寸，总算是能够勉强确定——粗估的结果……能够达到此种效果的磁铁，至少应是钕铁硼材料制成的强力永磁体。但这样一来，磁铁在经过通风孔下的墙壁时，会同时将简易壁炉的铸铁质烟囱牵引到墙上：这件事并没有发生，因此您的假设全无可能。

我：但这痕迹是事实……或许巫师用了两块磁铁。采用接力的方式，一块用来完成墙壁上的移动，一块用来完成天花板上的。

老猎人：那就没有必要在阁楼回收了，铁栅上的痕迹也是多余的。

木匠：先生。那个痕迹……其实是春天检查木屋损伤时，我不小心留下的——当时手里拿着凿子。因为感觉并不是件大不了的事情，就没向您报告。实在抱歉。

万：很遗憾，我的先生，虽然我也知道，眼前"铁栅上的刮痕"这项证据，到目前为止已经很站不住脚了，却还要给出一个无可反驳的证据，来表明您给出的有趣想法的错误。我的朋友

[①] 指简化公式 $F_M = \frac{dw}{dx}$。

[②] 指 $F_M = 0.58 \cdot M^2 \cdot c \cdot \sqrt{ab}$，其中 M 为材料静磁性常数，a, b, c 为磁铁的长、宽、高。

们，我得说，在阁楼回收无可厚非。如果进入这屋子的方式异常麻烦的话，巫师便也不会想让第一块磁铁在屋外待得太久。或许这位站在无神论观点下的犯人，并不想要在铁栅上留下痕迹，或者根本就没在意那个痕迹——这也是有可能的。这种情况下，从阁楼回收，根本就是最方便、最有效率的方案；至于木匠的证言，可以解释为新擦伤盖在旧擦伤上，那就和作家先生的假设并无冲突。这些都不是决定性的问题。作家先生，我能借用这里的手术刀片吗？这是向您展示决定性证据必要的工具：如果您不打算将自己的手弄脏的话。

他将自己一直握在左手上的东西展示给我们看——那是极北蟾胃中的睡鼠。我立即明白了他的用意：他早已知道答案了。如果睡鼠肚中放有我所说的磁铁的话，重量上和普通的睡鼠相比，就会有明显的差别。只要将那黏糊糊的东西拿在手中稍作掂量，我那听上去颇为合理的假设，就会因为缺乏证据而土崩瓦解。

我点点头，不多说一句废话，打开急救箱，取出刀片递给了万事通先生。

万：来看看肚子里有什么——首先可以确定的是：没有磁铁……然后，蝗虫的碎片、细细的甲虫腿、少许幼鸟的羽毛、从满是刺的果荚中好不容易剥出来的山毛榉果残渣。另外，爪子部分也表现出长期主动觅食的表征。这些都毫无疑问地证明了这只睡鼠的野生身份。

他将解剖完的尸体从通风孔铁栅的缝隙之间扔了出去。

万：在万分无奈地舍弃掉您那无神论基调的假设之后，我们必须承认——瞬移术的观点，其实已经有大量的佐证了。关于仪式，还需要额外留意的一点是：那位值得尊敬的法师，严格遵守了《西弗·罗洁艾尔天使之魔书》中的教诲——甚至有过之而无不及。箭柄、箭头、造箭的工具——所有用来完成仪式的物品，都是来自这间小屋。原本不存在于此的磁铁，显然不可能被用到。而且，这种刻意的模式，很难不让人联想到——您的木屋刚好存在于一个特殊处理过的结界当中。一切复杂的限定，都是为了完成一次伟大的召唤。远不止是撒旦级别，如果结合衔尾蛇符号的蕴意，去大胆猜想——可能会是大瘟疫，就如十四世纪的黑死病一般，受召唤而来；也可能是来自地狱的永火，甚至就是地狱本身！我的先生，不只是您的情况危急——或许您只是符合仪式条件的一剂药引。

这时，我们已经来到了楼下，我踩在那摊蛇血上，面对着违反自然律的极北蝰曾经爬过的那面墙——所有认真读这些文字的人都应该知道，我此刻的心情有多么不好。

不过，我依旧不愿放弃自己的主张：谁愿意先相信上帝，然后承认自己是必定要坠入地狱之人呢？否定掉奇迹，便可以将那位巫术师拉低到和自己等同的地位上，这当然能够最大限度地减少我此刻的焦躁和恐惧。

是的，即使到了这个地步，我还是要反驳万事通先生的观点。哪怕只是微小的瑕疵，我也得拼命留意，马上指出。

我：原本不存在于此的，并不只是磁铁。看起来，您也遗漏了一项您亲口确认过的东西——那柄发射短箭的弓弩！因此，我得说，对于这套奇迹般仪式存在真实性的论证，也并非完美无缺！

万：不，这就是完美无缺的！整个仪式的完成，只是时间问题，人不相信奇迹，只是因为没有亲眼见到。如果亲眼见到还不相信——先生，我只会怀疑您的气量是否真和身份相符。我知道那些崇尚真正人生体验的人，对一切发生过的和即将发生的皆有包容心，是不会为地狱是否真实存在而感到惶恐不安的……

我很不愿意记录下如下的场景，不仅是这些内容有失一位写作者的风度，更是因为它所导致的后果，简直就是诠释"自食其言"这则成语的最好范例。但我又不得不说，因为这就是发生的事实——如果让记忆换一种方式，如此积累下来，一定会得到迥然不同的结论。

或许是无意的言语挑衅助长了我的狂怒，脚下和死亡紧密相关的污渍，令我在瞬间变得暴躁又嗜血。那些在我看来刻薄无比的话还没有听完，一股无意识的冲动便驱使着我，让我大步冲向前去，双手用力扯住那个用听上去不可辩驳的、傲慢的、故意冷嘲热讽的、处处针锋相对的话语，在众人面前毫不留情地驳斥我的那个秃顶矮子的衣领。

这突如其来的攻击显然让另外三人吃了一惊。木匠和老猎人只是呆站在那里，"猎狐犬"先生为了避开撞过来的我，被迫往后退了一步。他完全忘记那里放着我的木床，结果一个趔趄，摔倒在床上。

意外将我们的目光齐聚过去。或许开始只是条件反射般的一瞥，因为大家都清楚，他显然不会出什么事——床上有厚厚的床垫，还有特地蒙上的防尘布，没有一样东西是尖锐和易使人受伤的。但我们的目光没再从他身上移开，甚至，我也主动松开了万事通先生的领子。

眼前发生的事——突然出现、无可辩争的隐藏事实，当真是比重重打在脸颊上的拳头还令我感到沮丧。

床垫变形了，"猎狐犬"整个陷了下去。老猎人和木匠上前一步，拉起他后，很有默契地将弹簧床垫掀了起来——大家很清楚地看到，床下用来支撑垫子的上好桑木横梁和活动杉木板，被人卸掉了中间的部分。

万事通先生整理了一下自己的领子，无可奈何地叹了口气。

万：因此，这就是制造弓弩的材料来源。先生，我能体谅您此刻的心情……请让我为之前语气中的冒犯之处向您致歉。

我在处理上述对话时，已经尽量将自己抽脱到整个事件之外。但即便如此，那位矮个子先生的语气还是被我刻画得很惹人讨厌——也可能只是我读来觉得讨厌、回想起来觉得讨厌，就将那种情绪不自觉地安插其间了。

关于为蛇验尸仍要补充的是：事后大家都没再提到我当时的鲁莽和冲动。万事通先生将极北蟒下段一团团的肠子清理了出来，老猎人向我借了木屋的盐、蜂蜜和煤油。壁炉旁的干柴也给了他们。他们在屋外生起了篝火，将展开的蛇肉烤来做了午餐。

那些拖出来的肠子也被剖开了，里面是野生蛇喜爱的食物勉强消化干净的残渣，"猎狐犬"从里面找到了几颗其他睡鼠的牙齿——并不是所有的蛇都能将不好消化的硬物吐干净，这对它的肠胃可没有任何好处。

没有人对这些新发现的、同样能够支持"瞬移术说"的证据再多说些什么。在我表现出那样的不冷静之后，所有人也都容忍了我因糟糕情绪而导致的愚蠢。我没有吃那些来历不明的蛇肉，而是独自去了不远处的湖边散步。

深山中，仅属于一人的湖畔是神秘、奇异又宽容的。在这里，天空的湛蓝、花丛的淡蓝、湖面的深蓝：一旦这三种连续又独立的蓝色将你包围，就像是自然施放的魔法一般，不论之前存着怎样的烦心事，都能毫不费力地放下，进而从旁观者的角度，发现过分执着于一件事情时的荒唐可笑。对着这样的蓝色，深呼一口气，再放肆地喊叫两声，心情也会再次变得如森林所恒有的那般开朗。

这里是我唯一亲眼所见、亲身感受到,并且愿意坦率承认的奇迹。

我累了,接下来的部分,到明天再补充吧。暂时搁笔。

★

勿忘我是蓝色的，野生的多半开在湖边，这是我选择去湖畔的另一重目的——可能会有助于我想起留预告函的女人究竟是谁。自杀的女人们的事情，在曾拥有无数个女人的卡萨诺瓦式人生中，无疑是零散发生的：她们和另外的哪些人有牵连呢？她们的姐妹是否因为打算复仇而接近过我，看似无意实则有意地从我口中发掘出其他为我而死的女人？我现在仍然活着，那么，可以认为：这些女人终究因为我对待每段感情的真诚而暂时放弃——当然，在她们认为的"抛弃"发生后，就开始想方设法地调查我的过去，处心积虑地挑选人类历史上出现过的最残酷的刑罚，让我接受比死亡更痛苦得多的制裁。

但这样的想法中，似乎有些不合理之处，或许是昨天想到的那些破碎画面，那个帮我修改小说的女人——那场景给我的感觉是如此温馨甚至感到无比怀恋。虽然真诚会让人愚蠢，但那怎样也不应是一个对我抱有某种目的的女人留给我的印象。就算经过记忆的改装，也不会影响到直觉——对于那个一同面对勿忘我和郁金香花丛的女人，就像曾经的冰岛少妇一样，制造出的是一切能够被铭刻于心的美好回忆。

还有那首五行诗，是她？还是另外的"她"在我耳旁的呢喃呢？如果这两个是指代同一人，她是否是两个自杀未遂的女人中的一位呢?

我的思绪紊乱,脚步沉重。带着这样那样的猜想,接近那个从天空俯视就像是沙蝎角须的湖。沿着我在八岁时或许曾走过的路径回溯,某一步或许正踩在过去留下过脚印的地方。无人的森林和这样的想法,仿佛令我回到童年。我想起自己没带猎枪,又想起过去和最近出现的那两只熊,心跳的频率不由得加快了些。

但这时眼前出现的画面让我的心跳加快了一倍:

就在湖旁,那本应杳无人迹的荒野里,竟然有一个女人站在那儿!

是一个头发很长的女人,因为距离还远,看不清她穿的什么。她蹲在崖边平坦的岩壁上,应该是背对着我,头发垂下去,像是在地上寻找掉落的东西。

那莫非就是她——那个大巫术师、那个女巫?

我既不恐惧,也不害怕。想要了解真相的冲动和解决问题的渴望驱使着我、引领着我,向着她的方向大步跑去,好像害怕她会消失似的。

然后,一步比一步看得清楚,脚步就慢下来。她并没有消失,甚至都没注意到我——她在那儿,太过专心,但显然不是我要找的"她"。

那还是个孩子,背后看去是满头金发,穿着湖蓝色的纯色连衣裙,干净的白布鞋,手中拿着粉笔,在岩地上独自画画玩。

我松了口气,也可以说是失望。但仍走过去,想看看是怎样的一个女孩,在地上画着怎样的画——同时也打算叮嘱她,告诉她这附近有熊出没,让她快些回家去。

就这样,一直走到她身后很近的位置,她仍没发现我,但我

参考图 23：女孩的魔法阵

却已经可以看清她所画的画了——那幅画相对于孩子而言显得很巨大，由极规整的四重嵌环组成，每层环中，都写着不少古怪的文字。图画正中画着四个孩子，孩子身边的文字，好像是表明了他们的名字，然后，每个人又各说了一句话，各自将实体化了的话语举起，凑向图画正中，一个花蕾一般的规则图形。

这难道不是……某种魔法阵吗？

从村子走到这里，我已经说过，成年人也需要走上三个多小时。如果不是住在这里并熟知地形的人，根本不可能轻松来到湖边。

她是怎么来到这里的？莫非这附近还有我不知道的聚居地？

她画的魔法阵，是用来做什么的？

她是谁？

她和举行终极召唤仪式的女巫，有什么关系吗？

无数的疑问让我心生胆怯，但她好像已经发现我了。她站起身来，粉笔丢在地上。我的目光随着她的起身而上移——这时，我无比惊愕地发现，在她身后，之前我跑过来时未曾注意到的、被勿忘我花丛遮掩住的那一大片地面上，画满了各式各样的、直径几乎相当于孩子身长的大魔法阵。

在经历过一连串的仪式事件后，谁都会被那个诡异怪诞的场面给惊呆的。等到我回过神来时，小女孩已经跑远了。

我身上没有任何可供记录用的东西，只有那支遗忘的粉笔，又不能将这里的全部内容画在身上。我想到要马上回小屋，至少将木匠，或者还有万事通先生拉过来看看，请这两位行家立即解释一下这堆魔法阵的作用。仅凭我大量阅读的和黑魔法相关通俗书籍的印象，可以确定，其中不少嵌环中的符号和文字是和古埃及秘法相关的。我曾粗浅读过 R.A.Schwaller de Lubicz 那本不到百页的小书《符号和象征性：古埃及、科学和意识进化》①，依稀记得其中部分符号的含义。女孩画的魔法阵中、依法老文字反复出现的几个符号及符号组合是：

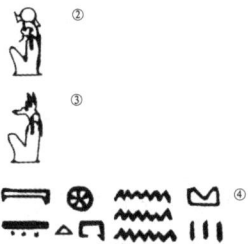

拉和阿努比斯在古埃及象形文字的解读中反复出现，并非什么罕见的事情。使我在意的，是那个四符号组合——那是死灵魔法中常用的符号组合，放在一个小女孩所绘的魔法阵中，究竟代表了什么呢？

之后发生的事，我现在也不太想写，我很累了。甚至，写到这里都开始怀疑，是否只是我自己精神恍惚，产生了幻觉。春天喝剩的白兰地，宿屋主人又给我递了过来：是她特地为我留下的，很好。我真得搁笔了——好好喝上一杯，然后安稳地睡一觉。所有的事情，都留到明天再想。

---

① *Symbol an the Symbolic: Ancient Egypt, Science and the Evolution of Consciousness.*
② 古埃及的太阳神拉 Ra，国际编号 C1。
③ 古埃及的引导亡灵之神阿努比斯 Anubis，国际编号 C6。
④ 天空、界限、阴间之水及山之巅，参 *WÖRTERBUCH DER AEGYPTISCHEN SPRACHE-im Auftrage der deutschen Akademien hrsg. von Adolf Erman und Hermann Grapow. Bd. I–V. Unver nderter Nachdruck. Berlin*，1971，第 415 页。

★

之后我还是只带木匠去了湖畔，三位猎人结伴先回去了。因为心存疑惑，我往返都走得很急，一共也不会用到超过三十分钟的时间。

但那里现在却什么都没有了：女孩、粉笔、地上的魔法阵——全部都消失得无影无踪！

我仔细检查了女孩曾经蹲下画画的地方，连一点点残余的粉笔画痕迹都没有。就算是用水泼洒，浸湿的岩面半小时也不会干。更何况，那么大的面积，哪个正常人能这么快就将它们清洁干净呢？

这肯定又是魔法了。

我感到相当后悔的一件事，就是没有请当时也在场的万事通先生过去。对于那位能够找到硬表面上隐藏蛇行痕迹的高手，找到被擦除的粉笔痕应该不成问题；但后悔的同时，我也在想——是否刚刚看到的女孩，还有那些魔法阵，都只是我的幻觉呢？大量的魔法阵自不必说，我不分日夜地想着那个在我耳边说出五行诗的女人：如今她的面容和那个仅见过一面的女孩一样模糊。这是否是潜意识在暗示我，我是将想象中期盼见到的人物，以一个孩子的形象，在幻觉中重建了呢？

还好，木匠并不在意陪我空跑一趟，他对我说：

人除了记忆就只剩下虚幻，这就是为何魔法和巫师的世界永不毁灭，能够召唤的恶魔永远存在。

他建议我下次来时，找个好点的除魔师。或者提前数天来，取梵蒂冈的圣水，在木屋里画一个隐形结界：东方写拉斐尔之名，以针刺之；西方为加百利，需在写好的名字上撒一勺盐；南方为米迦勒，得沾一点焚烧羊角的灰；北方则是天使长乌列，要用罗马斯卡拉圣地①的一捧土——这样应该就可以破坏即将举行的第三阶段召唤仪式。

他没说防魔结界的出处，我对这理论是将信将疑——或许是安慰多过实用，但也并非全无用处：至少他提醒了我下次可以早些到，或许还能和正在施法的巫术师撞个满怀。

---

①圣乔万尼大教堂之外的耶稣受难圣阶。

二〇〇八年七月二日，星期三，晴

今天的天气不错。大概是因为酒的作用，昨晚什么梦都没做。良好的睡眠给人以精力和勇气：我或许已经能够坦然接受这件事，在继续寻求解答的过程中，也不需再去过分强求合理性了——就算是巫术和魔法也无妨，我需要的，仅仅是支撑它们的适当理由，以及那个藏在身后的巫师对我这个被诅咒者的要求：和魔鬼谈判，以挽救自己的生命及其他不可放下之物——对现在的我而言，也并非不可接受的事情。甚至，我现在觉得这观念应该是相当合理的。

谁知道呢？可能是与一大早就开始写日记的心情相关。宿屋的早餐很丰盛，有热牛奶麦片、煎蛋、自制的白面包、上好甜牛油、新鲜的鲟鱼卵沙拉和一点点煮过的甜酒。大概是几位好心的猎人说起了昨天的事，并请宿屋起码在饮食调理上更照顾一下我的情绪。难得现在心境会变得平和，到了明天想法可能又会变化了——谁能承受那么多冲击固有观念和以往成见的"不可能"呢？我此刻的看法是：就算明天森林中的树木全部枯死，河流中流动的水化作血红色，我也不会太过惊奇了。

因此，以上想法便也有记录下来的必要性。

下面继续七月一日的日记里中途中断的内容。

（2）关于钉住天花板上极北蜂的七支短箭：

此处需要倒过来解释发生在第一点之前的检验。从这里开始的续写让我的记忆有些难以接纳——我回过头去看了一会儿昨天的日记,总算能够找到一些头绪,让此处的归纳不至于过分重复甚至前后矛盾。

以下文字中和制箭知识相关的内容,以及以下第三点中和制弩相关的内容,均是出自万事通先生之口。我在日记中做的只是转述,但可能不会再反复提到他的绰号:这样能够让行文简单不少。流水账式的提出、讨论、分析、解决问题的叙述方式,同时消耗了写和读的精力,除了能在文字上给人以更多的身临其境感之外,根本是全无必要。

首先由没入天花板的深度,以及极北蟒的伤口判定,全部的七支短箭都是用弩射入的,用手用力摁入的可能性完全没有,也不存在事先钻好孔再将箭放入的可能;极北蟒是被这些箭射死的,并非在第一支箭射入之前就已死亡,然后被人摆弄了尸体。

罐头的钢皮并非重叠了三层,而是用了四层折叠,并且反复打实。如果要造成四棱或者三棱锥形,对手工的要求太高,并且会让箭头过重,垂直射击的速度损耗过大,显然得不偿失——制作者的选择是简易实用的半柳叶形,杀伤力一流,但再利用率却不高:这就正适合在祭品上一次性使用。

箭镞的打磨十分地道,从蛇身的伤口上也能够看得出来:干净利落。锹柄木相比一般的箭杆要粗,因此,尾部的处理十分重要。这点那位工匠也做得很完美——连短箭穿透蛇身后,能够没入天花板的距离,以及卡入极北蟒体内的长度都被计算过。箭杆略带弯曲的平尾,不仅能够达到所需距离内最高的稳度,还为杆部的减重做了很大贡献。尾部拉出一个长弧度,军用锹手柄的圆直径由上至下递减,到达后端时已经不到原来的一半,整支箭呈现近似梭鱼的形状。

咒文并没有被雕琢在金属箭头上,而是直接用小刀刻在了箭

头和箭杆的交接处。每支箭上都只有一个哥特体字母,由钉在极北蟑尾部的那支开始,依次是:

IORAMAS

此种粗笔画的"老英式文"字体,是哥特体中的一个庞大支系,也常被称作"教会体"——这种字体常被用在墓碑和各种魔书、咒文之中,用以表达与协调的学院美感完全决裂的态度。

这个"IORAMAS"组合,将"I"去掉,然后拆开成各三个字母的两部分来看——"ORA"和"MAS"全是葡萄牙语,分别是"此刻"和"但是"之意;葡萄牙语中"我"是"Eu",但用"I"这个英文惯用法作为"我"也可——那么,这个咒语组合的意思就是"我此刻但是",这样的思路似乎不太对。

另一种思路是倒过来读,即"SAMAROI"。如果在填字游戏中出现这样的碎片会让人觉得是某个日文罗马字拼写在其他组合中被拼错了(如SAMURAI),但更容易令人想到的是意大利人希尔瓦罗·萨马诺里[①]创造的极品纯麦威士忌[②]。实际上,如果一字不改地按读音转换成俄语拼法的话,应是鼎鼎大名的鲁博(NUBO)酒厂生产过的、一种曾经十分有名的瓶装啤酒品牌。

但这样的信息除了暗示巫术师可能是个酒鬼之外也没有其他更深的含义。如果是要在酒神节召唤巴克斯[③],这些费尽心思的仪式就变成了一场闹剧——现实可荒诞不到这个地步,就算是小说也是完全地不负责任、蒙骗读者。

---

① Silvano Samaroli.
② The Unique Pure Malt Scotch Whisky, Smmaroli. 此品牌下如 Caol Ila–Samaroli–Coilltean 的每升价在德国达到三百欧元的水平,是一种较高档的威士忌。
③ Bacchus,罗马酒神。

参考图 24：Caol Ila-Samaroli-Coilltean，1984

参考图 25：SAMAROI 酒标

在这里，我必须提一次我们的万事通先生：在关于箭杆字母的分析中，他一次又一次地证明他的学识和机敏是对得起这个名号的。尤其是，当他提出要结合衔尾蛇构成的字母"D"来处理这个字母组合时，大家都为他的智慧感到了惊叹（而作为玩弄文字者的我，瞬间就变得黯然失色了）。

"D"和"IORAMAS"的组合方式，马上就能令人想到的一个英文词便是"DIORAMAS"。"西洋镜（Diorama）"的复数——这个词源自古希腊语的"διοράω"，意指"我看穿过去"。那些画面会使人联想到"伪造的真实"或者"再造的世界"，是比之前的那些填字方式更符合"终极召唤仪式"谜面的一种解答。

当然，仅仅是利用到尸体构成的造型这点，还不值得让在场的所有人叹为观止。更难得的是——"DIORAMAS"本身是一个回文词！这表示它同时符合祭品的符号含义，以及在那本《高精灵雷托普·伊拉之书》[①]中反复强调的、所谓"意若思镜式咒法"[②]的神髓。那具雕刻在逆十字架上的、号称能够召唤撒旦的咒语就是：

REDRUM DOG, LIVE RATS, NURSES RUN.
译：瑞德拉姆狗，活老鼠，乳母们在奔跑。[③]

这句仿佛弥撒仪式一样故意颠倒过来的咒语，按照逆转过来的顺序去解读，则是"乳母们奔跑，星之恶魔，刺杀上帝者"。高等精灵们认为在召唤另一世界之魔物时，必须使用和在神之管

---

① *The Book of High Elves Rettop Yrra.*
② The Mirror of Erised.
③ 此处 Nurses 并不译作"护士们"，而是取中世纪末期、此词刚刚由 nourrice 或 nurice 等格式开始固定时的含义。

参考图 26：德国常见的西洋镜展品。由图可知 DIORAMAS 是实体模型和平面背景结合成的观赏作品。

辖范围内完全相反的阅读方式——这也是能够使恶魔们听懂的唯一方式。召唤咒语的全部意义在于连接，而回文句和衔尾蛇很好地诠释了这一模式——它们的作用如同镜子，其格式象征了地狱和人间的沟通方式，因此成了魔物召唤的重要媒介。

字母雕刻方面，手工略显粗糙，收尾和转笔处的线条描绘得并不地道，甚至笔画的粗细都不能很好地把握。万事通先生对刻字水平和制箭水平之间的显著差距持嘲讽的态度："弩匠没有雕工，可是一把都卖不出去的。"

这可不仅是爱好相近者的相轻，它毫无疑问地证明那巫术师不是个专业弩匠。考虑到弓弩和短箭都是在木屋内打造而成，并且相当耗时，而且这还是一个除了使用魔法之外不可能进入的密室——那么，巫术师显然是为了一个人完成这件事，才去学习了弩匠的手艺。仪式执行对雕字技艺的要求不高，只要能达到将所需的回文词雕刻在箭杆上的水准就够了。

不过，如果我是个侦探的话，那么我的天职就是疑神疑鬼。我当即赞同了他的言论，并请他也雕一个相同的老英式字母给我看看。

这是我那天在小屋做的第一件蠢事，即使其他三位村民都表示这位先生确实是位一流的雕工，我仍然坚持请他展示他的手艺——万事通先生精通巫术史和弓弩制作，又是个不错的猎人，这样的人在村子里可找不到几个。如果他的雕工又恰巧很糟糕的话——甚至，恰巧和箭杆上的雕字水平一致的话，就很能说明问题了。

逻辑并不严密的冲动推断很容易就会被驳倒，理所当然：万事通先生随便取了一支巫术师的短箭，简单清理了一下表面，随手拿了检查过后放在书桌上的多用途小刀。一边和我们继续讨论，一边将巫术师留下的八个字母的逆序雕在了箭杆上：

"SAMAROID"——同样的字体，但大小只有箭杆上原来字体的四分之一。虽然字小，雕工却毫不马虎。笔画的勾勒、节点的选取、位置的安排……全都在对话进行的过程中完成。他并非只是聆听，同时也能针对当前的主题说出自己的主张。甚至，说句会令我感到不服气的话——他同时也用大段的推论和引用主导着谈话。

雕字完工的评价并无赘述的必要，仅凭以上的论述就可以大致推断了。事实是，我的想法并不成立——就算将万事通先生的双眼蒙上，让他在木屋中做和巫术师所做的同样的事情，他也不会留下一堆只是"说得过去"的雕工。这个人有些存在骨子里的骄傲。我猜，如果请他故意将自己的水平降低，也是极难做到的。

"SAMAROID"是个生僻词。一般人在提到枫树，或者榆树的果实时，都会用"SAMARA"（翼果），而非这个纯粹为了满足回文条件而挑选出来的、除了研究植物的专业人士就没人会去在意的词汇。

对应的植物果实形状能使人十分直观地联想到属于恶魔的无羽蝠翼，这种通过牵强附会的联想将两样事物绑定的做法在中世纪魔书中可谓屡见不鲜。箭杆上留下的回文词，无论正读逆读都很符合咒文的要求——查证过后，必定能找到记载过此种咒文的巫术书。因此，这一推测的正确性应该是无须质疑的。

(3) 关于所使用的弩：

由箭身没入天花板的深度结合短箭的用料和结构可推知，所用道具应为手工十字弩。制弩的地点和短箭一样，同是在木屋阁

参考图 27：Gustave Doré 绘制的圣经画《落败之撒旦》，恶魔的蝠翼清晰可见。

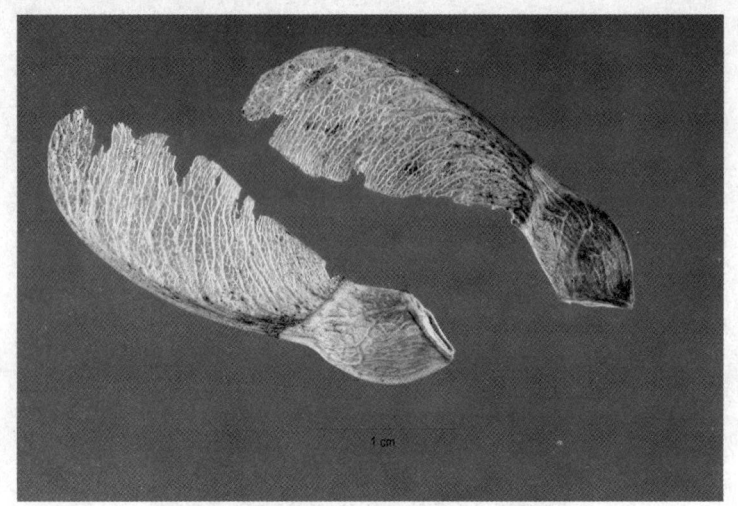

参考图 28：干枯的翼果类果荚和恶魔之翅极为相似。

楼上留有痕迹的那个位置——制弩时不能在阳光下，那里刚好符合条件。从木床下选取的两种木料，杉木用来制作弩身算是勉强合格，因为它并不特别硬。但横梁的柘桑木修整之后用来制作弩弓却十分合适（虽然在作为床横梁使用之前已经经过工厂的预处理，不再是合格的坯料，性能下降了不少）。在经过合理的再加工之后，柘桑木的性能仍能达到这里随处可见的黄杨木的水准。

如果不是巫术师的运气特别好，那就是他根据手头的材料选择使用弩箭将极北蝰固定在天花板上来完成仪式的要求；也或者是仪式要求使用写有符文的短箭。无论是哪种情况，一把精心制作的十字弩似乎并不必要。从无神论的角度来考虑，必须使用这种可以在改装后精确控制短距射击的时机和落矢位置的武器，是因为凶手需要能够在阁楼以某种方式操纵蛇在天花板上位置的同时，使用棉绳远程操作扳机发射箭矢。作为独自完成这项诡计的可行方式，虽然想象起来合情合理，但执行上显然是困难重重——从木屋的现状来看：巫术师仅造了七枚短箭（军用锹柄上可供使用的木材已经全部用到了），发射了七次并且每次都正中目标。在使用遥控操作的情况下，这已不是仅有运气就可以做到的事情了。

只能用魔法和奇迹来解释了。

最后，因为巫师制造了弩箭，所以他这次并不像第一阶段仪式时那样，留下的是可以在一天之内完成的仪式痕迹。那家伙用某种完全不破坏木屋的方式进入，带入了一条能在天花板上爬行的蛇，并且利用这里现有的材料制作了仪式道具，将蛇钉死在了一个不可能的位置——这一切需要大量的时间，巫师可能在这里住过不少于一个月！但是，我的木屋里却完全找不到有人哪怕住过一晚的痕迹。除了那些巫师需要的东西之外，其他的物资也完全没有人动过；况且，木屋附近也不可能长时间无人经过。现在恰是猎季，村中的猎人们在入山打猎时偶尔也会从这里路过——光是老猎人和"猎狐犬"就表示，每个月可能会路过这里一两次。虽然不会特别注意房内，但如果有人居住，或者在阁楼里使用八角锤和伐木斧这些必定会发出很大响动的工具，凭着猎人的直觉，总归能嗅出些不对劲来——而他们根本没察觉这屋里曾经住过人。

那么，这根本就无法用常理解释，只有巫师使用了传送魔法或者次元魔法才能够说通。或者，整个阁楼都被设置了结界，外界无法得知在其中发生的任何事情。

算了，想到魔法我就又开始头晕目眩了。明天一早就要启程，今天我打算在村子里再好好打听一下。我将木屋的钥匙给了木匠，他会帮我用尽可能好的木材修理木床，并将极北蝰留在地板上的血迹清理干净。

那些活儿最少得要三天，我不打算在村里等到这些弄完。出版社的访谈节目以及《自由先导报》的专栏已经拖了整整一个月了，我必须尽快回去。

我打算九月四日一大早就到木屋持枪守候，为此应在九月三日就到达村子，并且冒险在午夜出发。如果巫师打算在那天施法的话，我应该可以好好跟他聊一聊。

除此之外，我还要请两到三个熟悉木屋周围环境的猎人，让他们提前一周就开始留心那里的动静。一旦发现了什么可疑的人，务必要"友善地"请那人到宿屋里我为他专门指定的房间休假数天，直到我再次回到村子——那样我就不必被迫在简陋的木屋用搪瓷杯装的伏特加和快过期的冷午餐肉罐头招待客人，而是可以请他一道共进下午茶了。

我嘱咐木匠将用完的钥匙交给宿屋主人，并打算请她监督猎人们的工作。虽然村长提到宿屋的一切免费，但就算为了那瓶白兰地，我也愿意付双倍的钱。

二〇〇八年七月三日，星期四

老猎人、"猎狐犬"和之前听说过的那个擅长打鸟的女猎人愿意接下我的活儿，我当场支付了定金，并许诺下次来时给另一半。所付的数额比雇他们陪猎一周的价还要高，这让他们很高兴。

那位女猎人倒不像是个猎手。她的皮肤很白，身材娇小。穿着和打扮都证明她是个一看就知道十分向往城市生活、尽力效仿电视和报纸上的打扮，但又怎么都学不像的土生土长的乡村姑娘。这个在收钱时掩饰不住兴奋之情的猎人，有着看上去让人感觉善良的瞳距。

木匠说她一直都和脚有残疾的母亲住在一起，又是家里唯一的孩子，因为开销较大，才逐渐为金钱所吸引，因此还是很可怜的。他还告诉我，这位猎人十分擅长模仿鸟叫声——特别是百灵鸟的叫声，简直比真鸟还要动听。

实际上，我对他提起女猎人时并没有丝毫责备她那少许的拜金倾向和因舆论产生的盲目虚荣心的意思，但木匠先生的反应显然有些过激了。因此，我假设这位地下巫术研究者暗恋着那位小姐——"木匠和女猎人"总觉得不太合衬，那么以后我就称呼女猎人为"百灵鸟小姐"。

这名字和我对她的第一印象很相配。

★

  我私下里向宿屋主人、万事通先生、老猎人、木匠先生、百灵鸟小姐、邮差、铁匠、书记官、村长、"猎狐犬"以及另外四个农夫（换句话说，几乎所有打过交道的人）打听在湖畔遇到的那个女孩的事，他们都说村里没这样的女孩子。

  或许确实是我的幻觉，过于疲劳和紧张的缘故。

  最后一杯，我想我现在就该睡了。

挑战读者

　　以上内容已经给出了足够的提示，请您据此破解"进入全封闭密室"及"反重力"这两个不可能诡计。答案将在稍后的"剪贴册第三部分"中公布。

第三章 秋

二〇〇八年八月三十日，星期六

今天还是和昨天一样，这一个季度以来都是如此。

出版社用十分婉转含蓄的措辞发来了一封警告信，我在溢满广告纸和各式账单的邮箱外找到了它，就扔在地上，还被人从中间对折过。显然，现在连邮差都对我不遵守社区守则的行为颇有微词了。

关于提醒约稿违约这件事，出版社早已放弃了打我的电话，因为我已经两个月没拿起过听筒了。不止电话，我的整个家中都积了一层灰。现在这个家对我而言，就只是一张床和一个浴缸而已。

这件事情上，除了自己，已经没有人靠得住了。警察不会管，私家侦探我也不放心，那帮民俗学和神学教授连最基本的"观点一致"都做不到——在对待不符合社会理性的事情上，人是很难找到可以倾谈一番的朋友的，甚至都不能太常提起。否则，难保不会有那些看似好像全心全意为你着想，实则只是想看看热闹的家伙用满怀犹豫的语气给精神疗养院打电话。他们或许会说：

"我的那位朋友最近老在说和巫术、魔法、召唤仪式相关的话，人也变得很古怪。我猜他是疯了，请派两位护理人员过来看看。我……我实在不愿看他一直这个样子。"

满怀好意、推心置腹，只因为我表现出来的集体记忆特征和他们的有所冲突，不再甘愿和他们同流合污、放弃思考能力。哈布瓦赫[①]并没有很好地理会恩师柏格森那高度个体主义的哲学，涂尔干学派的后人更企图将个体心理学的重要性完全抹杀。我受"个人隶属集体"思想的熏陶还不算严重，而且，反集体歇斯底里也是对独立作家的客观要求。

我没有疯，这世上没有疯子，只有各式各样的人。

我能否弄清楚这件事呢？我相信这世上有包含黑弥撒的巫魔会吗？我能够亲眼见到群魔乱舞的画面吗？我能确定"次元镜子"和"反重力结界"的真实性吗？

如果我抓住了那个巫术师，有没有权力对他或她施神意裁判呢？让那诅咒我的人在火中不受灼伤，在水中不致溺死，用滚油浸烫也无恙，用利刃穿心也不流血死亡——用神迹本身来证明神迹存在，岂不是彻底的荒谬吗？

---

① Halbwachs.

★

抓住那家伙——这也只是我一厢情愿的妄想。我没有疯,但他使我发狂!我想方设法地想要证明那五个自杀女人的存在,却有越来越多的证据表明她们只是一场虚妄的梦境。我没有她们一张照片,她们的名字从未被记录在案,她们的亲人全部消失,甚至外貌也完全模糊,只剩下一些抽象的符号。比如巴黎小姐:金发、丰满、法国腔、爱喝干味美思兑金酒;匈牙利小姐:聪明、瘦削、轻微歇斯底里、讨厌热食、喜欢黑猫……我能记住很多这样的标签,现在却找不到这样的人了,也无法将所有这些整合成一个活生生的影像。

这很可怕。更可怕的是,我开始怀疑我作为卡萨诺瓦式绅士的自豪。这就像是堂吉诃德放下了他的长矛和皮盾,卖掉了他的瘦马和猎兔犬一样——人对自己的身份认知如果发生了改变,如果记忆中曾经确凿的事情和现实失去了联系……我曾写过一些这样的短篇小说,自认为可以理性面对如此的意外。但当这件事实实在在地加诸我身时,我却感觉被强行隔离,从身边熟悉的世界中抽出。我逐渐变得透明,和周遭社会的维系越来越薄,好像意识和身体快要消失一般。

那种恐惧若未经历过,是绝无可能体会的。

我在无神论和神秘主义之间徘徊，却无法采取不可知论者的态度——太多的事实摆在眼前，是从形而上游走到超自然，还是到艰难无比、挫折重重的实证面，直到现在我都还没决定下来。

我漫无目的地泡在图书馆里，从七月到现在，打算由一个只知道一些可供炫耀的人名和词汇的伪黑魔法爱好者，速成为至少对目前事态专精的入门研究者——我曾经读过一些通俗小说，诸如克莱顿·劳森的大魔法师梅里尼系列中闹鬼凶案现场的天花板上出现的无法解释的足印，黑克·塔伯特那场发生在新英格兰荒野的降灵会和看似由亡灵造就的屠杀，被奎因兄弟之一盛誉为"文艺复兴式作家"的安东尼·布彻给书中作家施展的"九九神咒"……这些看似不可能完成的诡异现象，限于小说的类别，在最后都能给出合乎常理的解释。如果可能，我倒希望我所经历的也只是推理小说，这样结果必合常理；若不幸是恐怖悬疑，更大的恐惧、完全不可思议的骇人景象，却似乎来得太慢——如果我的日记是一部小说，根据预告函和自杀女士们之间的联系，算上解答部分，应该还不到三分之一。但我现在迫切想知道结果，想了解凶手的动机和目的，还有他完成这一切不可能之事的手法。

虽然我的目的指向那边，但事实和阅读的书籍却将我无可挽回地拖向另一极端。我认真且耐心地阅读了能找到的教皇洪诺留三世[①]所有与黑魔法相关的署名作（在此也感谢某几位或许别有用心的教授的帮助）。包括《洪诺留三世的大魔法书》残卷、

[①] Honorius Ⅲ，一二二〇年教廷直属宗教裁判所的建立者。与他相关的魔书，实际均为托名伪作。

《洪诺留之魔导大全书》（重点是包含约翰·迪博士关于恶魔召唤手稿的那一册）及《反超黑暗大神咒》[①]——封面为正三角月亮，扉页为逆三角太阳；芒星序列和终极矩阵、地狱七十二大恶魔的名号及召唤方式……《反超黑暗大神咒》中有一些具体的例子，恰好与第一、第二阶段仪式中的内容契合，但关于死灵钟和衔尾蛇的部分，却各自和死灵魔法及炼金秘术相关。对于前者，据传洪诺留三世教皇曾有一本对应的专著，其中牵涉到借由尸体与聚魂法术来召唤恶魔的秘法。但教廷似乎对此书讳莫如深，因为死灵召唤和尸体还魂已经彻底破坏了神仆与上帝之间的契约，不再是通令建立直属教皇之"异端裁判所"时由洪诺留三世本人所主张的"否定及怀疑真理者、否认弥赛亚曾现世及将再临者，均由神之创造来消灭"的说法所能容忍的范畴。在十七世纪的死灵巫师中流传着一种说法，认为洪诺留三世醉心于召唤恶魔与亡灵的奇术，通令裁判所直辖的目的，乃是为了搜集有关"哈米吉多顿序列"[②]的信息——文献中几乎就只能找到这个序列的名字，别的内容一概不详。只有《影子摩西之剑》中似是而非地提到：

> 地狱降临，死人复活，精灵和巫师施展魔法，骑士与刺客举起武器：全能者、天使和义人，魔王、冥兽与亡灵，在哈米吉多顿决战。那结果分为两面，过程则需要七—七—七。

很难不将这则古怪的记载和我们亲眼所见的大魔法阵联系起来——木匠曾表示他在进行符号上的解读，并且坦言"仪式并不

[①] *Conjurationes adversus principem tenebrarum*，恶魔召唤与守护结界法术的权威指南，书名本身亦为拉丁圣言。
[②] Order of Armageddon，Armageddon 为末日之战的地点，也常指代末日审判。

完整"。他对这些中世纪古籍究竟了解多少，我并不清楚。或许狂热的爱好者们会有一些用正常方式难以觅得的文献资料。并且，民族及语言、文化的不同，对民间研究的影响也极为巨大。我有预感，即使木匠成功解读了全部的仪式内容，并且有幸找到了阻止其顺利完成的方法，也会选择对我保密，让仪式继续进行下去。换句话说，即将施于我身及灵魂的痛苦，同对末世论的忠诚相比，简直微不足道。我在数个月前便从和他的对话中看出——他是个末世论信徒，应该会十分喜爱"哈米吉多顿"这个词。

洪诺留三世被后世描绘成了一个温和派的反异端教宗，并有意在英诺森三世①及格列高利九世②镇压异端的"辉煌战绩"中使他显得黯淡、不引人注目。这样的处理并非毫无原因，因为格列高利九世接管并极大扩展了"神圣法庭"的权力——这位被认为是工于心计的、在教会史上赫赫有名的教皇，《天主教百科全书》③中记载，他一一四五年出生于正在逐渐成为教廷陪都的阿南宜城④，但那些或许是来自亡灵巫师的杜撰却表明，他是出生于十一世纪末的梵蒂冈——换言之，到有记载的一二四一年八月二十二日于罗马逝世，他总共在世将近一百五十年。

长寿一方面被诠释为后人对这位教皇所表现出的过人才智及出色谋略的解释，另一方面则被作为"带高压倾向的反异端决策，不过是借一一七九年拉特朗大公会议所立法案为掩护，暗地里搜集整理秘法以验证神迹"之证据。后者又充斥着各式各样的阴谋论式推测——我无意在各种充满矛盾和不合理的文献中深究

---

① Innocent Ⅲ.
② Gregory Ⅳ.
③ *The Catholic Encyclopedia*.
④ Anagni.

这些和我目前面临的困境并不相干的史料,但其中有一处文献却引起了我的注意:文献中声称洪诺留三世曾找到过完整的"哈米吉多顿序列",而年迈的格列高利九世曾委托一位信任的枢机主教,将一项不知名的圣物秘密送给佩斯的某位总主教保管。

一二四一年,蒙古帝国急速西征,拔都用火攻击溃西里西亚大公亨利集结的波兰大军及声名显赫的条顿骑士团,亨利战死,整块欧陆都被这群不知从何处杀出的"恶魔大军"所震慑。四月,速不台率军攻打佩斯城,战况极为惨烈——那位保管圣物的总主教困于城中,被火箭射死。当月城破,佩斯城被夷为平地。夏秋两季,蒙古军驻扎在匈牙利平原,按兵不动。

那则文献将这两件事情结合起来,给出了两则解释。一种认为是完整的"哈米吉多顿序列"召唤了来自地狱的"恶魔军团",将欧陆变成了炼狱火海。教廷的反对者们不能原谅这则过失,便谋杀了格列高利九世。

另一种看法类似,但却认为是蒙军在休整期间无意发现了藏在佩斯城某处的圣物,并不慎将其中的某项布置破坏了——而借由洪诺留三世所发掘之秘术、通过亡灵魔法维持活力的格列高利九世便突然之间毫无征兆地逝世了。

第一种解释并不能因为第二种可能而被否定。换言之,结合这则资料来看,"哈米吉多顿序列"很可能是以大型亡灵召唤术为基础的一项秘术,除了能够使人不死[①]之外,还具备召唤"恶魔军团"的能力。虽然蒙古人并非真正来自地狱的恶魔,但若序列中所包含的不死之术并非虚构,那么,地狱召唤可能也不是妄

---

① 魔法中"不死"和"永生"是两个完全不同的概念。

想——只是还没有被真正执行而已。

以上内容当然不能证实木屋中进行的是用来激活"哈米吉多顿序列"的仪式，需要注意的是另外一点——佩斯城乃是当今匈牙利首都布达佩斯的一部分，而那里恰恰是匈牙利小姐的故乡！

而且，那位在我耳边呢喃、告诉我那首和我童年遭遇十分相似的五行诗的女人——我记起来了，就是她，就是匈牙利小姐！

哈，没错呢！如果是这样就好了。这一切都只是我的臆想，或许也是那位古怪巫术师的臆想。这大概就是那家伙为我找到的、我和这个大魔法阵之间的联系：一个虚构的、举枪自杀了的好女人。

那首五行诗这段时间在我的脑海中回响不停。我已经无法判断那究竟是我自己的想象，还是出自某本已被遗忘的诗集；是某个人告诉了我，还是我不小心告诉了别人，然后——记忆不负责任地将它们反复改装，不论模糊还是清晰，都让这段过往与曾经的真实大相径庭甚至面目全非。我的往事，因为那些无故消失的人——可能是法术，也可能是我自己的原因——已经不确定了。不知道那些究竟是发生过的，还是一些如小说般的幻想。膜拜神秘主义，或是堕入虚无主义，这些都是摆在我眼前的致命诱惑。我反复自我暗示"我没有疯"，但脑海中已经全都是荒诞不经的想法。记忆被打乱是最可怕的诅咒，请相信我——那比毫无知觉的死亡更让人难受！我读了云格尔的《死论》、舍勒的《死·永生·上帝》、伊利亚德的《不死与自由》。我查着书目索引，挑选那些和生之目的、死后世界、前世记忆和永劫轮回相关的书来读……神秘主义摄人心魄的力量，宗教抚慰心灵的魔力，已经让我那在哲学和科学中孕育成长起来的、关于世界的理念彻底动摇了。

噢，请相信以上只是感叹。我自己也相信，其实并没有动摇到如此的地步：我还没放弃无神论者的坚持呢。就算那并不正确，在面临如此的困难时，人总得坚持些什么。我已经许久没写日记了，甚至除了笔记，许久都没有写任何书稿了——因为那些都要用到想象，我现在害怕想象，怕有什么魔法能将它们转化成真实的记忆，反过来欺骗我。

参考图 29：《洪诺留三世的大魔法书》封面，此书初本现已失传。

参考图 30：洪诺留三世教皇画像（右上居高位者）。因恶魔也是神之造物，他认为教会亦可利用对恶魔的召唤及保护结界的应用来消灭异端。

★

不,说话的不是她——告诉我那首五行诗的,不是匈牙利小姐。

不是那五个自杀者中的任何一个,是个过分熟悉、反倒想要忘却的女人。

她是谁呢?

但事实却指向那个来自布达佩斯的好女人,却同时又指向"她不存在"。我从来没遇到过这样诡异的事情——康德会勉强称其为"Antinomie"①,因为这项判断和否定是存在时限的,而非妄图探讨时空的开端——都是我的记忆从中作祟。

那些想不起来的事情,记忆混乱的事情,如果不努力将它们忆起,就是现在的不解之谜。一个互相容忍的解决之道。只要逻辑上的矛盾还存在,就会使人万分难受。

如果能证实匈牙利小姐的家族有巫师渊源,或者直接认定她的家族中存在那样一位总主教,并且,那首恰巧包含我童年冒险中遇到的动物们的五行诗正好是出自和"哈米吉多顿序列"相关仪式的某一部分的话,从巫术史的角度出发的论证便可以算是完成了(这项成就也不影响无神论方向上可能存在的完善机会,在

---

① 德语,意指自相矛盾、二律背反。

现阶段仍旧算是二律背反的情况,只是在感情倾向上会发生倾斜)。

为此我查阅了大量和匈牙利巫术史相关的资料,并用其他的理由请教了合适的教授,让他们为我推荐对应的古籍和文献。在论证这件事情的过程中,我逐渐发掘出了一些尘封的记忆:我记起了匈牙利小姐的家族姓氏,她曾说过自己出身贵族,是伯爵后裔,而我当时只当她是患了女人们常得的高贵血统妄想症。她说自己的族姓是巴托里,我却听成了帕托尼,而这似乎是意大利的平民姓氏,是一位研究疟疾的博士的名字——现在我确定那是巴托里,匈牙利古特克雷德家族的一个显赫支系,而不是别的。她还笑称她其实就是那位伊丽莎白·巴托里伯爵夫人,说我是她的丈夫纳达斯蒂伯爵转世。她的生日是八月二十一日,那天恰好是伯爵夫人的祭日。她曾指着匈牙利宫廷画册中的伊丽莎白画像说"那就是我"。我当时看不出一丁点儿相似,但现在再从博物馆索引中翻找出来,却是越看越像记忆中的那张面孔。白皙的皮肤、修长的脖颈、直挺的鼻梁、明亮的双眸、蜂蜜色的头发、故意修成左边微微上扬的眉毛、即使紧闭也带着笑意的双唇、绝对女性化的骨骼结构和修长的五指——脑海中一切与她相关的符号,在这幅越看越觉得妖气浓重的画像之中,陆陆续续地都找到了依傍。

这许多巧合是怎么回事呢?是否格列高利九世和巴托里夫人都用到了序列中的魔法?那位无情压迫异端的教宗或许单凭咒语和大魔法阵就实现了不死,自始至终都维持着神仆身份的纯洁无垢;但巴托里伯爵夫人却希望达成不朽、并且青春永驻——她使用的每种巫法都要用到处女的鲜血,这些残忍的妖术让她在被逮捕及漫长法庭审判的初期"看上去就像是十八岁一样(背叛她的表兄——帕拉丁伯爵图尔索的原话)",而她当时的实际年龄已经

参考图 31：夹在日记中的伊丽莎白·巴托里（Erzsébet Báthory）伯爵夫人画像影印件①，现藏于布达佩斯美术博物馆。

---

① 实际上，这幅画中所画并非巴托里夫人。此处选取了一个艺术史学生常犯的错误来呼应文脉。

有五十岁了。

但在随后的四年囚禁生涯中，她又以"令人感到恐惧的速度"迅速衰老——有不止一位传记作者声称巴托里夫人在死时只剩下一副骷髅。死灵法师派认为她已完全魔化，缺少鲜血的滋润就会变成白骨。但正统史学界有一种说法，认为逮捕她的图尔索伯爵早在一六一〇年十二月三十日便已将自己的表妹调包，他的行动也并非自愿，只是迫于帝国未来的皇帝马蒂亚斯[①]同时向天主教徒和新教徒示好的方针，接受他的指派去扫除登基可能存在的隐患而已。

第二种说法在关于哈布斯堡大公的一些史料中得到了十分古怪的印证。一七九六年，二十岁时的约瑟夫大公；一八四七年，三十岁时的史蒂芬大公（约瑟夫大公的儿子）两人宣称，在继任帕拉丁伯爵爵位时见到过一个皮肤苍白的年轻匈牙利女人。关于史蒂芬大公受封经过中的一段描述最为诡异：

> 那个女人穿着整套红绸制的旧式舞会礼服，左手无名指上戴着纹章戒指，颈项上的绿宝石吊坠华丽夺目。一眼看去，显得和会场的气氛格格不入。她很美丽，皮肤白得毫无血色，目光摄人心魄。
>
> 我想过去和她搭个话，耳边却突然传来我那已死去多年的妹妹[②]的喊声：
>
> "别靠近她，那是个活死人！"

[①] Matthias，神圣罗马帝国皇帝、匈牙利国王、波西米亚国王。作为匈牙利国王一六〇八至一六一九年在位。
[②] Hermine Amalie Marie，她的双胞胎妹妹，一八四二年死于威尼斯。

如果那是巴托里夫人——不论是守护爵位的亡灵,还是肌肤冰冷的僵尸——那时她已经有二百八十七岁了。这是个恐怖的猜测:如果她一直活到今天,就是在人间逗留了四个多世纪!

我反复回想匈牙利小姐和我在一起的时光,似乎又忆起一些奇怪的事情。她很不喜欢阳光,经常选择阴天出门;她那些曾被我辱骂过的家人,我虽然从她口中得知了他们的名字、长相和怪癖,但是——除了她的哥哥之外——这些人我谁都没亲眼见过。即使在她怀孕之后,也没有谁从匈牙利的小镇过来找我麻烦,甚至连个电话都不曾打来过;她总是在喝一种猩红色的匈牙利产瓶装饮料,我每次问她,她都只说那是特制的血橙汁——我从不知道她是从哪里买来这种怪异的饮品。

仔细想想,那个给她带了整整一箱这种奇怪饮料来的哥哥也很可疑。他表现出一种过分的谦卑,妹妹的态度又极其傲慢,和她平常的样子全然不同。我想起那些鞭打她时的场景——她好像完全不知道疼,完全没有痛感,就连打在背上的红痕,隔了夜也全都消失得无影无踪!

虽然我现在不可能去布达佩斯找她哥哥,或许他也被魔法从时空中抹去了。这其中还有个该死的巧合:她哥哥的名字叫伊比斯[①],恰好是伯爵夫人一个受了绞刑的仆人的绰号。

那么,这就让她作为巴托里夫人化身的形象合理化了吗?

我十分想让结论偏向这个方向,让所有的事件被解释为一场酝酿了数百年的教廷和宫廷阴谋。或许这样我心中暗藏的负罪感会减轻些。或许这方向并没问题,但我的心中依旧响着那个反对的声音:"不,不是匈牙利小姐!"反对的理由我无法想到,没

[①] Ibis.

有记忆与其相关，也没办法去理解——这可能是一条正确、真实的线索，也有可能是错觉。只是这种反对带来了一种负面的影响：它让我无法毫不犹豫地给出一个结论，即使我认为可供推理的证据已经足够。

至于炼金术和衔尾蛇之间的联系，按照欧多克斯[①]对于炼金符号学的诠释，须结合"蛇身上插有七支短箭"这点来分析——炼金术的咒文，在很多时候都解释为文字游戏。回文和双关、同音异义、字母移位在大部头的炼金术论著中屡见不鲜。炼金术本就是通鬼神之召唤法术的变体，术士们喜欢称自己为"哲学家"——这在类似《宇宙之核》[②]或者《宇宙神灵》[③]这样的基础理论书籍中，确实能够引人如此联想。

我在深入阅读之初，首先察觉到的一点是：每一本注解颇多、旁征博引的炼金术书籍中，必定包含这样那样的魔法阵，七环以上的大魔法阵也屡见不鲜。但是一涉及解读——对于如何从"西洋幻镜"及"翼果"中，除却一看即知的、关于空间连接和恶魔之翼的联想后，怎样了解到更多有助于理解施法者用意和仪式效果的方法——却没有哪一本书，或者哪一位炼金术士说得清。就算是完全相同的条件，也经常会有截然相反的实验结果被记录在案。这也是混沌、庞杂又晦涩难解的炼金术逐渐被化学、基因工程这类系统化、分类明确并且易于掌握和交流的学科取代的原因。

我不知道在这个方向上探寻答案是否可行。能够确定的是，和炼金术相关的著作——哪怕是仅和召唤魔神的咒术有关的著作，其数量及阅读的困难度也都达到了不可想象的程度。就算

[①] Eudoxe.
[②] *Kore Kosmou*.
[③] *Esprit Universel*.

《翠玉录》①中曾似是而非地提到一些与"次元镜子"和空间连接（作为地狱和人间的连接、魔界瞬移术契约等说法的源头）相关的话语，如果我打算切实验证这些说法，并且寄希望于从炼金术著作的海洋中找到破解终极矩阵的方法，就需要大量的时间——那已经不是能够用星期或月份来衡量的时间，或许得要十几年。到那时候，地狱早就被召唤出来了。

或许我应该先找到自保的途径。不管对手使用的是魔法还是复杂的机关设计，只要是由人来操控的过程，就总有破解的手段。我将在九月四号凌晨到达小屋——如果我雇的那些人谁都没抓住（这是极有可能的），我就只好亲自动手。

不需要谁与我同行——我压根就没完全相信那个村子里的人。这次我要首先确定，村子里所有的人都没有外出：我可顾不上什么礼貌，也不怕被谁厌恶。我已兑换了很大数目的一笔钱，三号晚上我就会委托那个连一枚硬币都不愿放过的村长，和他一道将全部村民都集合起来。哪怕床位不够，也要让他们全部在宿屋过夜——谁都不能漏掉，在我回来之前谁都不能放出来。

就算请人在前台监视也靠不住。为求保险，所有人都得锁在宿屋里。我已经买好了一条极粗的防暴链条锁，并且将只带唯一的钥匙过去。为了安抚村子里的七十多位村民，我会给他们每个人的口袋里都塞上整整一个月才能挣到的钞票。毫无疑问，对于这帮生活艰难的乡下人而言，只要我开出的价码足够高，就算让他们一直被锁在宿屋里，也不会有谁反对。

我不是没有想过我不幸在木屋罹难的情况。如果发生了那样的事情，也就是说，如果我在九月四日天黑透时还没有回来开

---

① *The Smaragdine Table.*

锁的话，村里的铁匠就可以用我给他准备的焊割机将链锁毁掉，将村民们放出来；如果他提前使用，则恰好证明了村民们并非无辜。

猎枪一定要提前装好，子弹也得提早上好。靠近木屋时，我的食指一定会搭在扳机上——无论那家伙是亡灵还是凡人，是男人还是女人；是狐狸也好，再来只熊也好……我发誓，我只要看见了什么，只要是会动的东西，我一定会毫不犹豫地开枪。

★

八月三十一日

越来越近了，离那里越来越近了。

时间、距离、心脏跳动的速度、扼住我咽喉的恶魔之爪……这所有一切都在想象之中，残酷无情地收紧了，连写日记的手都开始颤抖了。

我没有疯，但感觉已经快了。我按照自己的思路使用《圣赫特鲁迪斯之秘书》[①]第二卷，以及《圣衣会研究·撒旦篇》[②]中关于封魔仪式的简要流程，结合《洪诺留三世的大魔法书》残卷中提到的七十二圣名，以及学界公认最权威的"所罗门王的两把钥匙"[③]中对应的召唤七十二深渊恶魔的各式魔法阵，参考巫师在仪式第一阶段所使用的大魔法序列，自创了一个解除诅咒的大魔法阵。

依旧是七乘七乘七的对应，严格依照死灵钟魔法阵的构造及《影子摩西之剑》的暗示，但填充的一切细节却全部相反：七十二圣名和七十二恶魔有严格的对应，这是毫无疑问的；死灵

[①] *Das Geheimnis der heiligen Gertrudis.*
[②] 即加尔默罗会，Ordo fratrum Beat Virginis Mari de monte Carmelo.
[③] 指 *Clavis Salomonis*、*Clavicula Salomonis* 这两本托名伪作。

参考图 32：梵蒂冈馆藏《圣事礼典》
(Rituale Romanum) 之封面。

钟对应卡巴拉①生命树，十个通常写入"原质"②的节点，分别用希伯来语写上祈祷"（以色列）'十个支系'回归，世界回到源头"的字母秘咒；外圈那些和巫师相关的名字，全用圣徒之名来取代。

芒星的顺序也颠倒过来——生命之树放入正七芒星中，第一阵列为六芒星，接着是正五芒星和三角形组成的外围序列；这样的安排，意味着"能量的释放"。依据《圣衣会研究》中夏努瓦纳·马卡尔所著《驱邪者与魔鬼附身症状》中提到的、对梵蒂冈禁术"大驱魔礼"③的实用式改造，我用初生黑山羊的热血调和骨粉及圣油，在胸口正中绘制了这个大魔法阵。

我花了很多时间，但并没有画得多好——很多字都写得模糊不清。总之，没有任何书面上可供查证的内容可以证明这场简陋的仪式是否有效。我在脑海中用了大量的魔法及炼金术基础理论对其进行论证，尽量让所有推证都讲得通。所罗门曾说：

> 在太阳之下，没有任何东西是新的。现在所有的，以前就已经有过了。

我能找到的证据——至少我们现在确实没有生存在炼狱之中。那么，在过去的数千年中，只要那个终极召唤仪式是真实存在的，就必定曾有人阻止过它，必定有人掌握破解"哈米吉多顿序列"的方法。或许古人也用我的思路找到了解决之道，谁知道呢？

---

① Kabbala.
② Sephiroth.
③ 在《圣事礼典》中有详尽的记载。

上帝对于不想念他的人来说，是不可能，是无；对于坚信的人而言，则等同于一切。虽然我胸前的封印魔阵全无依据可言，却能够使我那已接近崩溃的内心稍稍平静下来。这是很重要的。如果没有画这个魔法阵，我甚至怀疑——如果发现那位巫术师正透过木屋紧闭的窗户盯着我，我是否有胆量举起枪来，瞄准他，然后扣下扳机。

我极不愿意承认，但那个家伙几乎一直都如神一般无所不知、无所不在、无所不能。我深信仪式的戒律——那些主持大型诅咒及召唤仪式的巫师都必须承担仪式失败时加重七倍返还的逆报。就算他在我面前表现得再怎样神通广大，这场仍在执行中的仪式也必定是他的死穴。只要能够当场破坏掉仪式，让巫术师前功尽弃，他就会被自己精心布置的法事反噬，堕入永劫的地狱中。

这是我仅存的希望了。

九月五日

我休息了一夜才写这则日记。宿屋主人说我有些发烧，让村中的大夫帮我准备了一些退烧用的草药。她会在中饭之前帮我熬制这种膏状的、据说见效很快的口服药，并请我尽量多喝一些水，不要饮酒。遗落在木屋的猎枪，她已经拜托老猎人去帮我取回来；至于检查救生信号枪的委托，老猎人让她转告我，说他会将那两把枪也一并拿来，给我自己检查。因为除了用惯的猎枪之外，他对其他的枪种都是一窍不通。

除此之外，这个老好人还答应帮我简单清扫一下屋内的碎玻璃和阁楼上的血迹，并且会从木匠那里取两块大小合适的木板堵在破掉的玻璃前；猎人值勤时为了换气从挂钩上取下的、通风口和狩猎孔上用来遮堵防尘的布罩，他也会重新挂回去——因为我这次可能不再回木屋了，这都是为了防止在木匠有空过去修理之前会有蚊虫或者讨厌的动物进到屋子里去，将我那早已残破不堪的庇护所改建为丛林。

约定好的数额已经付给宿屋主人和村民，在这里住过一夜的人们也陆续离开了。虽然被禁锢了一夜，但他们却满脸欢喜。我的心情和他们截然相反，是作为失败者和受愚弄者的不甘、作为将亡者的痛苦，以及身体的透支、经济上的负累，还有对她的思念——是的，我不愿再在日记中扮演不同角色了。此刻的这种状态，我从未经历过。若说是生命中的考验，那么就算还未完成，也已逐渐让我认识到完整人生的含义：畅销书作家、追求银行账户金额的奴隶、迎合大众的献媚者、严守社会需求及程式化人生的妥协者……我向来不愿承认的，却是我已经成为的；我在小说中唾弃的，却是我每日为之奔波的。一个人生于社会的矛盾，以及打算从中抽身的渴望，向来很难在书面化和符号化之外被人所理解。哲学家和艺术家也都只在思考、记录和创作时才完整。他们多半时候仍身处社会之中，并且为此深感苦恼，但也无可奈何。

唉，现在也不要提这些冠冕堂皇的东西了——这些只看文字似乎明确简单的内容，离开了日记本，没准就会开始变得困难。我现在几乎失去了一切，连和那位尊敬的巫师再纠缠下去的决心都快要丧失了。是的，我不忌讳将这些如实写下来：我就快向那位奇迹大师投降了，这些恐怖又不可思议的巫术，几乎就要将我说服了。

但还差那么一点——事情还没有完，在对抗不可能的过程中遭遇那么多挫折之后，总算迎来了一个好消息：

我找到那个在湖边画魔法阵的女孩了！

她就是宿屋主人的女儿，是个生下来就不会说话的可怜孩子。

宿屋主人向我道歉，因为我上次询问的时候描述得并不清楚，她不知道我所说的那个"留着漂亮金色长发、又瘦又高的小女孩"指的就是她的女儿。我在随口询问中隐瞒了女孩在湖边画魔法阵的情节，只是主观地描述了女孩大致的特征。宿屋主人向来认为自己的女儿"个子不高又不够瘦"，因为她拿了自己来做标准——这位女士骨骼粗大，但又极瘦，身上没有一块多余的赘肉，而且很高。她认为自己的女儿完全不像她，并且在言语中透露出来她时常为这个女儿感到苦恼。

"沉默寡言的坏处，就是会让人过分着迷于幻想与魔法。"

她用上面这句话作为开头,开始向我解释七月一日那天在湖边发生的事情。

其实那天她也去了湖边,是为了钓湖鲟。在夏季,她差不多每半个月去一次,每次女儿都会跟去——她安心钓鱼,女儿就在附近玩耍。因为不能说话的缘故,这个女孩十分怕生,平时也很少和村里的其他孩子一起玩。村民们都知道她有一个女儿,却很少有人记得清这孩子长什么样,高矮胖瘦如何。并且,她去钓鱼都是天还没亮就动身,太阳落山才回村子,别人也不知道她带了女儿同去。

这大概就说明了为什么和我同去湖边的木匠也没能联想到我说的女孩是宿屋主人的女儿。

至于画了满地的魔法阵,宿屋主人说那既是"孩子的游戏",又是"母亲的愿望"。她的女儿十分希望能像正常人那样开口说话,到了几近着魔的地步。宿屋主人的丈夫并不是村里人,这对夫妻原本生活在城镇里,丈夫继承了家中的小工厂,生活富裕,衣食无忧。直到出生的女儿不能说话,丈夫又因意外去世后,宿屋主人才变卖了城里的产业,带女儿回故乡开了宿屋。

宿屋实际上从未盈利,只是作为母女俩的一种生活方式。她喜欢这种简朴的生活,但女儿却迷上了魔法,希望能从巫术和咒语中找到重新开口说话的方法。

这件事原本也是由她而起。这位女士和城里的一个古书店老板是旧相识,每次宿屋主人去城里采购,都将女儿寄放在他的书店里,并且托他教女孩读写。但这位店主和我一样,是个业余黑魔法研究者。他用魔书作为孩子的识字教材,还教了她魔法阵的画法。

不幸的是,宿屋主人起初并不知道店主教给自己女儿的内容。因为宿屋在狩猎季有很多客人，在她没办法照顾女儿的时候，为了不让她觉得无聊，又希望她能够多读点书，反复权衡之下，她便委托书店店主代为照顾，并且请他教孩子一些和年龄相符的知识。

直到店主去年冬天因为心肌梗塞突然去世，她才明白这位可怜的先生都教了孩子些什么。她的女儿对唯一老师的死亡感到十分伤心，并且央求母亲将古书店里那些即将被当作废纸处理掉的魔法书为她带回来。母亲拗不过孩子，而且看她确实难过，便雇了一辆卡车，将那里近千本和巫术魔法相关的旧书运回了宿屋，作为女孩那段求学生涯的纪念。

对于女儿立志成为一名女巫，并且希望以魔法医治自己的先天缺陷这件事，宿屋主人起初是持完全反对的态度。但后来她无意间看到了女儿的笔记，发现她同时也希望借助死灵魔法来复活死去的父亲。宿屋主人很受感动，在默许之后，她发现女儿自从研读魔书以来，变得沉静好学，虽然依旧不会说话，却可以用纸笔同她交流各种有趣的见解。于是，她转而支持起孩子的爱好来——毕竟，巫术和魔法支撑的世界、由神魔主宰的世界也并无不可，不过是人的观念问题而已。她帮女儿订购所需的魔法理论书，鼓励她去试着画大魔法阵。

为了避免清理上的麻烦，也为了节省纸张，宿屋主人选择用自制粉笔作为女儿练习画魔法阵的工具。她将滑石粉和石膏混合，添加少许牛骨粉，然后加入湖水搅拌，最后放到烤箱里烘干。造出的粉笔硬度极佳，特别适合用来勾勒线条。除此之外，选用这些材料还有一个原因，因为碎裂后的细粉缺乏附着力，只要被强风一刮，或者用扫帚扫两下，就会消失得全无痕迹，完全不需要费神清理。

好了，这样就可以解释为何我只是过了半小时返回湖边，岩面上的痕迹就全部消失不见了——可能也没有完全消失，只是我当时太过紧张，没有仔细去看，甚至是弄错了位置……反正，这样就说得通了。

那天我离开后，女孩又折返回来，拿了掉在地上的粉笔。然后去找正在垂钓的宿屋主人——她当时并没有说遇见我的事，直到我向她母亲询问之后，女孩才告诉母亲曾在湖边遇见过我。等到宿屋主人打算告诉我真相时，我已经离开村子了。

为了表示歉意，她将我带到女儿的房间，让她当面向我道歉。

如果用比喻来形容的话，女孩的房间无疑就是"法师的塔楼"。里面除了一张床，一套小梳妆台和一个旧玩偶之外，全部都是古书。那些书一层一层地叠摞起来，中间用漆成黑色的木板隔开。木板钉在一起，几乎将四面墙完全占满。在这个房间的正中，站着一位看起来相当害羞的女孩，她穿着干净的白布鞋，湖蓝色的纯色连衣裙，但是——并不是满头金发。她的头发是红色的，和宿屋主人一个颜色，头发很短，还不到肩膀，末端用皮筋束起来，全部放在脑后，显得相当精神。

这并非我认错了人，金色长发的女孩和眼前的女孩其实是同一个人。只不过，她在那天去湖畔时准备了假发，以便达成魔书中提到的"女巫的发长务必达到三只成年豹纹四脚蛇的长度"这项罕见要求。假发还在梳妆台里，是用尸发手制的。我确认过，那正是七月一日我在湖边看到的长发。

这个安静的女孩坐在梳妆台前的椅子上，膝盖上垫着本厚书。她将手中的几张白纸在书面上展平，双脚踏在椅子的横衬木上，将临时写字台调整为方便书写的角度；然后，她用一根刚削好的炭笔在最上面的那张上写字。写好之后，她就将那张纸立起来展示给我看：

"那天实在抱歉！"

她的字很漂亮，这句话也让我倍感宽慰——这至少证明我那天所见的并非幻觉。不过，真正的好消息是她在那句下面添上的：

"我知道您在找穿红色裙子的女人，我明天就带您去见她。"

只有上帝能形容我那时的心情：刚刚遭受又一个不可能的打击，却意外收获了一个如此震撼的消息。也不顾孩子的母亲在场，更忘记了眼前的孩子不会说话，我将双手搭在她的肩上，用力摇晃着，像是被施了魔咒一般反复问道：

"她是谁？她是谁？那个女人到底是谁？"

宿屋主人吓坏了，她显然没料到女儿会给出这样的消息，愣了会儿才将我拉开。就在我翻开日记本之前，我还问过她关于那个红衣女人的事，这位母亲说她完全没听说过。我问她是否曾有个匈牙利女人过来留宿，她毫不迟疑地回答"从未有过"。

确实如此，如果有一位巴托里伯爵夫人那样的女士来到村里，不惹人注目几乎是不可能的。九月四号锁住全村人时也表明了这点：那个巫师根本没住在村子里。

按照宿屋主人的女儿给出的信息，有这样一个穿红色裙子的女人，她就是我要找的巫师——她不住在村子里，但那位女孩却认识她。

我问了她更多关于红衣女人的事情，并将巴托里夫人的画像影印件给她看，她却什么都不愿多说。这也没办法，或许那个女巫给她下了禁言咒。反正，到了明天，这一切就都将揭晓：只要我能见到那个女人，向她询问做这一切的原因。不论她是匈牙利小姐、巴托里夫人，还是其他我想不起来的女人，只要能够见她一面，就表示事情还有挽回的余地，还可以商量条件；就算不是，就算她仍打算让我遭受诅咒、生不如死，只要能够知道这到底是怎么回事，能够舍弃掉常理世界或者魔法世界中的一个，而不是在两者之间徘徊，对现在的我而言就已经足够了。

我得请宿屋主人再催促老猎人一下，让他马上帮我将猎枪取回来，或者请他借我一把枪也行。甚至，找那个讨厌的万事通先生借一把十字弩都可以——明天，到了明天就能派上用场。这次的对手可不再是那只魔狐，而是真真正正的法师本人了！

我刚刚停笔片刻，掀起衣服，看了眼身上曾经画过魔法阵的地方。那里什么都没有留下。在来回路上，在木屋外射击、在屋中逗留的那短短十多分钟里，身体就像是被人用力拧动的毛巾，汗水流得人快要脱水。那些圣名、守护的符咒和生命之树就这么轻易地被冲刷干净了。或许当时还残留了一些圣油和羊血，但现在是彻彻底底干净了。

这些守护的方式完全没有效果，和不可能的奇迹相比，它们和它们的载体都太过脆弱了。那位红衣女巫的仪式有严格到可以用"神圣"来形容的程序，每一步都经过严格计算、一丝不苟地执行。因此，每次在我面前呈现的效果也都令人心惊——就像此刻我手中正拿着的那张由狐狸体内取出的预告函，上面写着和往常一样让人捉摸不清的警告，还有第四阶段的日期：

　　我化为狐狸守在窗前
　　卡托维兹的夜色和煤一样黑
　　十一月十一日，差一步就完成了

到现在为止，每一步都应验了：困在小屋里的棕熊、爬行在天花板上的极北蟾，还有昨天才刚刚见到的、守在窗前的狐狸。这次纪念的是波兰小姐，和我记忆中的印象一样——在卡托维兹发生的那些故事……都化作了一些模糊的快进剪辑，在脑海中反复播放：那些是真实的吗？抑或是魔法作祟？又或者让我认为"这些女人并不存在"才是女巫给我施下的魔法？常理失效的麻烦，就是遇事无从判断，用逻辑推理来分析线索是减少可能性的手段，但一面对超心理的领域就束手无策了。昨天的那件事，我现在还历历在目，但谁能保证这些记忆没有被女巫操纵修改过呢？为了防止记忆被篡改，尽管不愿意，我也必须费笔记录下来。日记本或者我的记忆——尽管我希望最坏的情况也仅仅是女巫只对其中之一施展妖术，让它变得和曾发生过的事实完全不同，但对于那位即将见面的红衣女士而言，这种期待或许是徒劳的。如果她能用某种方法篡改我的记忆，那么，更改已写下的字迹显然也毫无困难——但我仍旧得记录。明天和她会面所发生的一切我也会如实记下来。希望我的日记不会被更改，我期待让人看到，在所有过去发生的事情都变得面目全非的时候，希望那些读过我日记的人能够记住我，同时证明我的存在。

我在昨天早晨五点前后抵达木屋，准确些说，当时离小屋还有一段距离。但这件事自那时起就已经显出怪异了——三号晚间的月亮仍算是新月，连这样的月亮，那时都已隐没在树梢，森林在这样的时间里，几乎就是"黑暗"的代名词。因此，如果林间有明亮之处，相隔极远都能够看见。比如篝火，或者露营灯的亮光。只要是放在开阔地段，甚至相隔数里都能找到有人留宿的位置。在黑得像墨一般的林夜里，站在高处眺望树海，那些光亮就像是从地底的裂缝中涌射出来的一样。如此的场景常让夜行的猎人产生错觉，仿佛人正像蝙蝠一般倒挂在巨大钟乳岩洞的天顶上，望不尽的落叶松轮廓便是长满岩顶的石钟乳，而那处光亮就是洞窟的裂缝，从那里出去便能立即脱离黑暗、阴森与潮湿，瞬间到达如天堂般的另一个世界。

对于疲劳的旅者而言，这样的比喻是很贴切的，但对昨天凌晨的我而言却并非如此。我在高坡上眺望木屋，那里从窗口溢出的煤油灯光弥漫四处——在那样的黑夜中本来不可能看见的距离，甚至在白天也极难找到的位置，在夜间却因为这光亮变得格外显眼，仿佛标记险滩的路标：这个比喻放在现在才算合适。

有人比我先到了。毫无疑问，那就是那个女巫，她正在那里举行仪式，祭品显然应该是一只狐狸。而这一切，都是为了将我拖入地狱之中所做的准备。

我手里一直攥着上膛的猎枪——自数小时前，我刚出村子时开始，就保持这样高度警惕的状态。这是夜行的常识：脚步得轻、最好是弯下腰。电筒的光不要向前直射，光要在能见度允许的范围内尽量调暗，光束末端指向稍偏左前方的地面。为了应付夜行的猛兽，尤其是习惯晨行的独狼，猎枪必须维持可以马上举枪射击的状态。指南针则绑在枪托上，以便随时调整方位。

但当看到木屋里的光时，我的理性便很难坚守了。其实当时还有一种可能——或许是最后一天值守的猎人在离开屋子前有事点燃了灯，临走又忘了拧灭。只要油上得足，整夜照明没有任何问题。我事后问过老猎人，他说他们在我嘱咐的那一周里，为了更好地完成我所交代的任务，每天都会在木屋里消磨半天的时光。这当然也暗示，他们难免不去动木屋里的东西。实际上，现在我已经知道，他们什么都没有碰过，那盏煤油灯也是女巫用的。但我已不想再用蒙脱石粉去模仿鉴证人员取指纹了，那只能是浪费时间。小说中的那套，放在现实中就是唬人、误导读者。我现在对这点了解得很清楚。现实中的精英罪犯并不会那么轻易就在"登场人物表"中被指定,他们甚至都找不到一个像样的对手!如果将这位以猛兽作为祭品、以诅咒仪式作为目的的巫师也当作罪犯,那么,这一系列案子所展现出的、一连串匪夷所思、超乎想象的作案过程和背景牵连,早已远远超出那群所谓"现代推理小说家"的贫乏想象力了。

我什么都没想,只记得脚步一下子变得很重、很快。从高坡上下来,快步行走,几近奔跑,全然不顾可能引起狼或熊的注意。想要知道真相的决心战胜了一切,我在黑暗之中舍命狂奔,那感觉就像八岁时躲避熊的追杀一样。庇护所在召唤我,无论是提供避难,还是了结困惑——在两个时空奔跑时,我都相信答案能在某个特定的地方找到。如果我现在写的依旧是我的自传的话,我会说这是"伟大存在的暗示"。

是的,我已经跑到木屋门前的空地上了,那三扇窗果然是光的来源。我一手紧握着猎枪,一手攥住胸口——我已不再年轻,如此剧烈的跑动让我的身体几近虚脱,我感觉到心脏在不停颤抖,几乎都要跳到胸腔外面。

这时我停住了脚步,不再向前。

并不是因为我已经呼不上气来——隔着护栏,我看到有只狐狸站在窗前,和自传中所写的、许多年前我在湖中逐渐失去意识时看到的画面一模一样!在那光线的源头,隔着玻璃,有一只高贵又漂亮的赤狐蹲立在那里,正一动不动地注视着狼狈不堪的我。它的眼睛闪着淡绿色的荧光,即使背着光,也能一眼看出它的那身毛皮是皮货商们梦寐以求的上等货色——巫师拿它来做祭品,想必也是经过了严格的挑选。

这是我现在边写边想到的,当时我可没考虑到这些。直觉告诉我,只要我杀死了这只狐狸——失去这项不可或缺的祭品,正在木屋中准备仪式的巫师就会前功尽弃，持续了半年的噩梦就会苏醒。

于是我就这样干了——我举起猎枪，屏住呼吸，瞄准那对反射出奇幻光芒的狐狸眼睛，一连射了三枪。

伴随着格窗玻璃粉碎的声音，那只赤狐一下子就从闪着忽明忽暗煤油灯光的窗后消失了。它应该是蹲站在储物柜上的。那么，如果射中了的话，应该已经被子弹的冲力带到了木椅旁的地板上。另一侧相对的双层玻璃，单从声音来判断，大概是整块碎掉了——我所选用的猎枪子弹是没办法在击穿格窗上的厚玻璃之后，穿透赤狐的身体，再击碎它身后的双层强化玻璃的，因此我至少射偏了一弹。

如果一枪未中，或者仅造成了轻微擦伤，那么，那只受了惊的狐狸，要么就是从身后碎掉的窗口窜了出去，要么就直接奔上了阁楼，找了个角落躲了起来。

我一步一步走近木屋，目光在窗口和房门之间来回移动。直到我走到门口，这两处都是一点声响也没有，仿佛屋子里空无一物。当时的我十分紧张，我猜那巫师一定就躲在门后，在简易壁炉前，拿着什么武器埋伏着，等我将木门拉开——或许会是阁楼上的伐木斧，那可是相当顺手的自卫武器。

常理在此时占据了优势，因为魔法也有其使用限制。在第一次猎巫运动的大规模缉拿中，英诺森八世的《至高的希望》[①]谕令给了作为中世纪余党的没落骑士团成员莫大的鼓励，开始协助宗教裁判官们疯狂地追捕民间的"撒旦同行者"。巫师最害怕的就是骑士们的突然袭击。在敌人突然出现在眼前的情况下，既没

---

① *Summis desiderantes affectibus*，颁发于一四八四年末。

时间咏唱咒语，也没机会马上创建魔阵或者结界，只能束手就擒，被绑上火刑柱烧死。

我愚蠢地以为那时的情况也一样，认为巫师因为被我打断仪式而慌了手脚，被迫回到了常理的世界里，同作为猎人的我形成了对峙的局面。

我抱着可以生擒对手的想法，自信满满，耍了猎人们经常玩弄的小诡计——我没有拉开门，而是后退一步，一边保持对唯一出入口的注视，一边向狩猎孔下的窗户慢慢移动。我的耳朵也对屋内随时可能发出的响动保持着关注：一旦听到念诵咒语的声音，我就会马上改变计划，从正门突入，和那家伙拼个你死我活。

这种混乱的局面并未出现，我逐步挪动到了靠窗一侧的那根支撑柱旁，视线已经可以覆盖大半个房间了。屋子里还是静悄悄的，我看到屋后的窗玻璃确实整块碎掉了。没有一个人进入我的视线，也没有古怪的人影映在地上或墙上，就是静静的，感觉没有任何活着的东西藏在里面。

煤油灯的光线似乎比刚才暗了，火焰的摇动也逐渐频繁起来，大概是煤油快用尽了，虹吸作用不能再吸上来更多的燃料。我担心突然降临的黑暗会让那个狡猾的巫师有机会动些手脚，便不再静候时机，直接快步走到护栏前。

猎枪的枪管随着我的视线移动——这把五连发制式的半自动猎枪现在还剩下两发子弹，只要巫师一出现在瞄准范围内，我就会像击杀狐狸那样立即扣动扳机：这可没有什么犹豫的余地！面对这位想要给我施下比死还恐怖百倍的地狱诅咒的邪恶巫师，我怎么可能会去天真地以为这竟不是一场只有两个人参加的、你死我活的战争呢？

什么都没有，房间里空无一人。

我无法接受这个场面，也顾不得可能会遇到什么危险。我将猎枪放下，一步跨过狩猎孔一侧的长护栏，走近中间的窗户。

为了确认，我几乎将脸贴在窗玻璃上。但是，除了满地的玻璃碴，房间里还是谁都没有。预想中狐狸的尸体也不存在——隔着窗户，可以很清楚地看到杉木书桌、椅子、储物柜，以及那一部分的地面。那里连点血迹都看不到，可见我的三枪都没击中，弹头完成的全部任务，仅是击碎了木屋的玻璃。

狐狸应该是逃掉了，趁着打碎玻璃的瞬间跳了出去，隐入了黑漆漆的丛林。但巫师却不可能从这里出去——开枪之后根本就不可能有人逃离房子，因为我的眼睛一直都没离开过唯一可供人出入的地方。当然，这仅指凭借正常的方式离开。

那么，巫师应该还躲在阁楼里。

我得赶快些，因为阁楼离这里还有段距离，无论有什么动静都听不太清。万一他在刚刚的对峙中悄无声息地画好了魔法阵，只要一念咒语就可以从木屋消失，那就太糟糕了！

沿着屋外的小回廊，我快步从窗边走到门口，拉开门，进了木屋。

当时的门并没有锁，这证明确实是有人在猎人们离开后通过某种方式进入了木屋。木屋的钥匙，在我到达的当晚，宿屋主人就已归还于我；据身兼锁匠的铁匠说，那套月牙钥匙在这附近极难复制，因此可以排除有人偷配的可能性。

但我对这点并不太确定，因为我记得村长家用的就是月牙锁。不过，他可能是专程请人捎带了一套这样的门锁过来。作为村中最富有又最吝啬的掌权者，总是需要一些东西来显示自己和其他人之间的身份差别。

我并没有立刻飞奔上楼。相反，在确定手电筒依然能够发光后，我将亮度调到最大，并用卡扣将它固定在枪管上。猎枪仍是准备射击的持法，枪口随着视线压下来。踏上两级台阶，借着煤油灯的余光检查楼梯尽头、通风口正对着的那个位置——那里什么都没有。

然后，我转过身，一步一步倒退着上楼。枪口由瞄着前方上侧开始，逐渐下移，并略微偏向扶手的方向——假使是我躲在阁楼上，手中紧握着伐木斧，打算给正要上来的持枪入侵者致命一击，肯定只能躲在那些地方。一个最有可能的位置是在楼梯扶手一侧、靠通风孔那端的一个煤油灯照不到的角落。如果我随随便便端着枪上去，这位潜伏者肯定会突然冲出来，对着我的脑门就来上一斧。

另一个位置是离扶手一两步远的、阁楼的中间部分。那家伙可以数我的脚步声，听到大概第四声或者第五声时，上前一步将斧子用力往下楼的方向挥。由于攻击来得意外，持枪者多半会条件反射般地举起枪来自卫——在这种距离极近且先有预谋的情况下，往往还没来得及将枪举起，猎人就已经被利斧斩下了脑袋，当场一命呜呼了。

比较消极的情况则是，对方并没有反击的打算，而是像那些受了惊吓的动物一样蜷缩在屋子最隐蔽的角落里。如果是女巫的话，按照女人们处理紧急事态时的普遍作风，这是很有可能的。虽然如此收场太过无聊，但实际上，当我倒退着向阁楼移动时，最希望遇到的就是这样的一幅画面了。

十分可惜，这些预想的场景都没有出现——阁楼上空空如也。

我就站在楼梯上，还差一级没上，但整个阁楼却已一览无余。从楼梯扶手那侧看起，电筒光扫过右侧墙角装着伐木斧和八角锤的军用毡布包和毡布包旁放置着望远镜的木凳。狩猎孔现在与视线平行，可以看到少许白色的月光混合了从窗口渗透出的煤油灯光，调和成一种惨淡阴森、时明时暗的颜色。另一侧墙角处，白色的急救箱紧贴着斜顶下的小段墙壁，带红十字的正面向外，一部分收进狩猎孔下、木屋结构上稍凹进去的部分——这里还是我上次离开前打理好的样子，所有东西的位置都没有变，那些执勤了一周的猎人们应该也没碰过。

我又用电筒照了一遍。这阁楼上别说是人，连个藏狐狸的缝隙都找不到。右、左、前、后、木屋斜顶，还有地面——什么都没有。除了上次巫师打制十字弩和短箭时留下的损伤外，地板上也相当干净。没有符咒，没有魔法阵，就像是几个月里都没人来过一样。

我正准备再上去仔细看看，楼下却发出了"砰"的一声响，好像是有什么重物撞击在木地板上的声音。

我赶紧跑下楼，突然看到好像有什么东西从楼梯口斜对着的那扇窗飞走。由于内亮外暗导致的反射，那个映像看得并不清晰——现在仔细回想，似乎是一位披着写满符咒斗篷的巫师，正背对着我飞身离去。

那应该是个女巫。就在那残像在我眼前闪现的一两秒钟里，我看到了她那长可及腰的黑色长发——或许是灰色的，因为在夜间一切颜色都变了调，这点并不能肯定。她戴着巫师们常戴的那种宽檐、圆底、尖顶的帽子，左手握着一把像是法杖的长棍，棍首向内倾，像是在施放什么魔法。

在影子快要消失的那一瞬间，那位已经身体悬空的巫师突然大声念诵了一段咒文。现在回忆起来，那应该是一连串恶魔名字的组合。女巫所说的是：

BOTIS　FARAI　PRUSLAS – HURSAN, ELIGOR- LORAY– VALEFOR！

这些都是记载在达克·洛奇版①《大魔法书》中的撒旦仆人的名字，但我并不知道将这些名字按一定顺序连接起来，却会是一句威力强大的魔咒。而且，这应该是需要配合法器使用的咒语，因为我在写下上面的恶魔名字组合时，也试着念了几遍，却毫无反应。

那是中年女人的声音，声线很钝，甚至有些沙哑，配合当时的情境，听上去简直就是魔鬼的声音！

女巫马上就要逃掉了，情况紧急，也不容我多想——我举起猎枪，打算赶在她念完咒语之前将她从空中击落。

事实却是——我并没有开枪。那把落在木屋阁楼上的猎枪中，依旧存着两发子弹。这并非因为我临场胆怯，不敢对人开枪，而是因为那时发生了不可思议之事——女巫念完了咒语，魔杖的顶端突然迸射出了耀眼的光芒。那道光是如此之强，以至于在窗外形成了一道扁平的白色光弧，就像是夏夜焰火大会的所有礼花全部积在一处绽放一般。

现在我知道，当时目睹的正是上次讨论中提到过的"次元镜子"——女巫通过那处瞬间被强行撕裂的时空，自半空中消失不见了。那团安静又耀眼的光，正如"赫尔墨斯之灯丛书"中，那篇著名的、描写巫师施展瞬移魔法的短文里写到的那样：

白光亮如太阳，但巫师的眼睛却不会被它灼伤。

---

① Dark Lodge，即常说的"小黑屋版"。

恶魔掌管的力量并不安分——这道出口转瞬即逝，得好好把握时间。

确实，白光瞬间就消失了。我的眼睛被突然改变的亮度刺得几乎要失明。这证明我并不是一个真正的巫师。过了几秒，我的视觉恢复，窗外早已什么都看不到了。斗篷、法杖、长发女人和巫师帽，全都随着白光一同消失了。

这样的描述并不属实，因为窗外可能还有些什么，只是因为黑暗让在相对光明中的我无法看到而已。

窗玻璃中映出煤油灯跳动的火焰。书桌和地上玻璃碎片的反光也都投影到窗户上，如同夜空中的繁星点点。目光所到之处，似乎还能辨别出我紧握着猎枪的淡淡轮廓，但却没办法照出我脸上那极难相信眼前所发生一切的神情。

其实这不过是个小惊吓，就像突然响起的雷声，或者在毫无准备的情况下被人猛拍肩膀，都是一下子就能够找到解释的事情。那让人心脏狂跳的震撼，几乎会在起作用的同时失效——巫师浮在半空，并且在强光下消失，这是魔术表演中极为常见的一幕。绳索、黑幕、用闪光来实现的障眼法。当时我并不认为这真是"次元镜子"，因为场景的开放性削弱了"不可能"情况出现的概率。虽然还是受了惊吓，却没有前两次经历的那般离奇，到达"不可解释"的程度。

没错，我的态度转变并非毫无道理：这位女巫从来都不会让我失望。就在我打算走出门去，到她从空中消失的地方看个究竟时，阁楼里突然传来了一声怪响。

那是一样十分怪异的声音，似乎是某种动物的叫声——调子近似于狼嗥，却远没有狼嗥般悠扬洪亮，像是有人拖着长音在说

"噢——咿——",大概持续了两三秒钟。

我忽然感到害怕了,握枪的手有些拿不住,连手腕都开始颤抖起来。这是很难描述的极端不祥的预感——就好像是有只食脑的妖怪,或者充满怨恨的死灵,受到刚刚那消失女巫的召唤,自地狱中的某处被传送到了木屋的阁楼上一样。

如果真有那样的怪物,子弹对它没有伤害,我身上用黑山羊血书写的符咒也并不保险。对于来自地狱的妖魔,当时的我根本就是手无寸铁、毫无招架之力。那种面对未知危险时企图逃开的本能和期望知道真相的好奇心,刚好在我脑中打了个平手——是该转身上去看个究竟,还是丢下猎枪,赶紧从木屋里逃走?然而我的双脚就像是被谁施了定身咒一般,半步都挪不动。

那些大无畏的电影主角在面对未知时抱着舍弃生命的觉悟,毫不犹豫地推开门,或者打开箱子,或者服下作用不明的药水和颜色怪异的药丸——孩子们着迷于这种角色,我却深知自己不可能做到这些,并且相信大多数成年人也不可能做到。即使他们认为自己可以,在面对如此情况时,也不会做出那样的选择。在生命受到威胁的时刻,思考中占优的永远是自保的本能。那些被无神论者在优雅又安全的书面或口头辩论中作为锐利武器使用的常理和逻辑,在这时必定首先就被人抛到脑后——这可不是动物性中根深蒂固的愚蠢,因为上帝并不当我们是主角。在我们自以为是、莽撞冒险时,宝贵的生命却已经站在生死相隔的悬崖边了。我可不愿成为英雄般的主角,只想保全自己的性命。就算选择冒险,也只是好奇心作祟罢了。

即使万事通先生认为这项仪式是在"召唤地狱本身",我所做的也并非要拯救世界,而仅仅是让纠缠的心结平复下来。世界怎样与我全不相干,人类是毁灭还是存在,对那个特定时刻而言也是毫无意义。我只面对自己内心最质朴的感受,无论是选择胆怯抑或好奇、逃避还是接受,理性都必须退居次席。在面对危险和灾祸时,本能的抉择必定是优先利己的。我在这里唠叨这些话并非惺惺作态,因为这本就是只给我一人看的文字。我是要提醒自己——因为意识里有一个声音反复问我:真正的你是什么样的?它现在还在这样发问,并不因为时间地点的变换而发生改变——或许每个人心中都曾响起过这样的声音。

终于,我当时的抉择还是偏向了心中那座天平上代表好奇的一边。我向前走一步,提起桌上放着的煤油灯,手握着枪,便转身回了阁楼。

无法解释,为什么我会放弃一切警戒心,表现得完全像是个迫切想要满足自己好奇心的孩子——这些冲动的决定和魔法一样,缺少常理性的解释。就像煤油灯下照出的那个崭新的"不可能",它像横在我和女巫之间的又一座高山,强硬地说明了我和她理解世界、以及与世界互动方式的天差地别。

在狩猎孔下方,原本空无一物的凹槽里,刚刚蹲立在楼下窗口处的漂亮狐狸正躲在那里,摆出一副打算逃走的姿势。它的尾巴因为受惊而蓬起,一只前爪抬高,头却向着楼梯口的方向扭过来,一对反光的深绿色眼睛紧盯住我不放。

那家伙活像一尊雕像,全身一动也不动,只是用满是怨恨和恳求的目光和我交流。如果我在描述中提到——我看到那家伙的瞳孔,就像高度警惕的猫那样放大缩小;它在注视我的同时还略带焦急地扫视左右,企图找到一处能够逃生的地方。如果是面对一只狩猎中巧遇的大耳赤狐,这样的观察结果就是可信的,但放在昨天的阁楼上,就只能被解释为错觉。这项关于那只可怜狐狸的事实,我现在当然是一清二楚。而对刚刚从楼梯口转身,手举油灯，发现那身完全没可能在这里出现的漂亮皮毛，并且考虑到赤狐一贯擅于突然窜走的逃生作风，筹划着要举枪射击的那个我而言，连贯性带来的错觉和先入为主的顽习则向我展示了一只活灵活现的狐狸，这正说明人的双眼在巫师和魔物横行的世界里，有多么的不可靠。

我怕吓到它，想在不怎么改变姿势，也不转移视线的对视状态下悄悄举起枪来。可惜，经历了一连串慌乱事态的冲击，那时的我也没办法保持猎人的冷静——缓慢动作的过程中，我的手肘不慎撞到了楼梯扶手上。因为过度紧张，我竟误以为是不小心碰到了藏在身侧、打算伺机攻击的召唤恶魔。我吓得惊叫了一声，也顾不上那只狐狸了，转头一看，才发现只是虚惊一场。

但这样反而又奇怪了：弄出了这么大的响动，打算围捕猎杀的人也慌了阵脚，狐狸却并未如我预想的那般从我脚间疾步逃走——我回头看它，它仍旧维持着刚才的姿态，举起前爪，一动不动。

我开始怀疑是否是巫术师对它动了什么手脚，给这想逃跑的小家伙下了定身咒。我深吸一口气，举起油灯，放下猎枪，也不管这是不是巫师设下的陷阱，径直走了过去，想看看这究竟是怎么回事。

由于莫名的胆怯，我甚至不敢将目光直接放在那只怪异的狐狸身上。角落被照得越来越亮，我看到急救箱的盖子被人打开，里面的手术刀片和针线都被取出，各种药品也都乱作一团。右侧军用毡布的搭扣被人解开，从未用过的尼龙渔线被人给扯了出来，装鱼钩的袋子也被掏了个空。

最让人感到惊愕的是，伴随着煤油灯光对灰白色黑暗的侵蚀，狩猎孔下凹进的那一处，褐色的木质地板上开始逐渐显现出血液的猩红来。

那些血仍在流动，血泊逐渐扩大。我将举高的煤油灯放平，光线已经可以照到那只完全不动的赤狐靠近木墙的一侧——我被惊得说不出话来，因为我终于清楚看到，带着难闻兽类腥味的深红色黏稠血液，正是从那只中了咒语的漂亮狐狸腹下一滴一缕地滴落下来的。

那场面有着说不出来的怪异，要不是煤油灯的火焰还在跳动，我真怀疑时间是否已经停止了。狐狸的一只前爪依旧抬起，它的眼睛还是眨也不眨地盯着我看，全然不顾腹部和蓬松尾巴上的长毛已经浸没在自己流出的热血里。

再仔细观察它那双墨绿色的眼睛，灯光在那双眼中被映得闪闪发亮，却看不出一丝含有水分的光泽——那双镶嵌在一圈黑色眼眶中的眼珠，就只有一团混沌的玻璃亮色，完全分辨不出瞳孔、呈土黄色的视网膜和原本应该略微包住眼角的眼睑来。

那就是一对玻璃眼球！

噢，我现在想起那时看到的情景都还感到头皮发麻——那位巫师是怎样做到的呢？这恐怖的不可能魔咒，竟将一只活生生的狐狸在不到一分钟的时间里，变成了一具栩栩如生的剥制标本！

好好回想一下这失踪的狐狸再度出现的过程：我亲眼确认过阁楼上什么都没有，然后楼下的响动将我吸引过去，在目瞪口呆地欣赏完浮空的女巫在白色弧光中完成"次元镜子"魔法之后，楼上又传来奇怪的叫声。我转头折返楼上，就发现原本应该已经远远逃离小屋的狐狸，活生生地在阁楼上被制成了标本——这显然不是普通的剥制，因为一般制作动物标本，都要在处死动物之后等待数小时，直到血液凝固方才开始着手剥制，但这只狐狸腹部的伤口还在向外淌血，血泊也明显是刚刚形成。

参考图 33：带底座的剥制狐狸标本。

最关键的一点是，在以上的整个过程之中，除了去取油灯的那短短几分钟之外，我差不多都是在楼梯上来回，这期间根本不可能有任何人或动物从楼梯上到阁楼而不被我发现——通风口和狩猎孔的大小，连让狐狸通过都不可能，更不必说让人进入了。放满药品和医疗器械的急救箱以及裹得紧紧的毡布包都无法藏下一只狐狸。况且，就算能用某种障眼法蒙混过去，也根本不可能凑足完成这场惊骇血祭所需的时间！若执意用常理来思考，根本就是绝无可能！

当时的我面临一种尴尬的处境，就像之前面对阁楼怪声时决定要选择逃离还是探险一样。地上的血泊扩大的速度越来越慢，浮起的一层血迹，看起来就像块红色的次元镜子。如果巫师在上面施了什么法术，让我的手指一触碰到镜面就会被拖入地狱的话，我是否还应该过去呢？在常理崩溃之时，这是很严肃的考量。狐狸已死，祭品的作用已经完成——因此可以说，第三阶段的仪式也已经顺利完成了。

但这次的预告函在哪里呢？

其实我大可以先不去理会这里可能存在的危险，而是选择从从容容地下楼，去查看一下速写本的那页是否又缺了一角。虽然这两件事之间未见得有确定的联系，但起码可以增加我用来做出判断的依据。

可我没有——这几近癫狂的场景让我快要不能正常思考，对与错已经无从判断。和之前两次一样，献祭的祭品摆在眼前，地点也还是木屋。从肉眼所见的场景来讲，这次未见得就比棕熊与极北蝰作为祭品时更加怪异。要命的是这次的环境和情景——前两次都是有人陪同，而且全在白天，这次却是在晚上，并且是孤身一人。村里所有可能帮得上忙的人都被我锁在宿屋里了，连指望见到"紧要关头的援兵"的可能性都已经完全断绝。

还好,面对着滴血的赤狐标本,总算还有件很容易想到的事实鼓励了我、帮助我做出了决定——前两次的预告函都是在祭品的口中找到的。棕熊的嘴中含着的、蝮蛇的毒牙上固定着的,这似乎也是仪式的某个具体要求。换句话说,如果能在狐狸的嘴中找到新的预告函,便可证明仪式确实已经完成——将狐狸变作标本的过程,则正是此次仪式进行的方式。

这一想法给了我勇气——我将油灯放到地上,用手抓住那只标本狐狸的颈项,将它从血泊中提起。我的靴子一半踩在血里,裤腿上也滴上了红色的印渍,不过我全不在意。虽然是一具剥制标本,已经去掉了肌肉、骨骼和内脏,却也并不轻盈,就好像一堆等大的废铁。狐狸身上有些地方极软,有的又很硬,随便拿捏几下身体就完全变了形。由于用力过度,狐狸的头被我扭到了背上,耳朵和头盖骨紧贴着背脊,像被人拧断了脖子一样。我将狐狸鼻子下方干瘪的嘴掰开,这又让它的嘴张得过大,下巴几乎要歪到抬起的前爪上。加上沾得到处都是的血,狐狸就好像是被我残酷虐待而死的一样——它那翻转过来、摁在脊背上的玻璃眼珠依旧死盯着我,好似来自亡灵的沉默凝视,看得我周身发寒,仿佛心脏中往来流动的血液也都冻成了带着毛刺的猩红色碎冰,将体内每一根血管都拉扯撕割到疼痛难耐的地步。

掰开嘴后,我并没有找到预告函,迎来的却是更令人惊愕的发现:标本骨架并非用粗铅丝制成,而是使用了楼下储物柜里放着的四套餐具!

嘴里完全是空的,固定挺拔鼻梁和下巴毛皮的,是两把锯齿餐刀的尖端。铮亮的金属取代了森白的尖牙。周围填充用的、压缩紧实的絮状物明显取自楼下军用棉被的中空棉内胆。

之后我确认了狐狸的骨架。头部用两柄叉子组合成交叉状，并以巧妙的方式和充当鼻梁的餐刀拼插在一起，使用渔线反复缠绕固定。下巴的餐刀并未固定死，而是凭借颈部厚密的填充物来托住。颈部和脊柱使用了两把弯曲调整过的汤匙，胸部骨架则用另两只汤匙来充当。前爪是敲打改造过的叉子，后爪则是剩下的两把刀。由于餐具已用完，前后爪子固定到龙骨上的部分使用的是咖啡锅和野外锅的铝质握柄。所有的金属都用尼龙渔线和牵拉式止血带来固定，有些单靠丝线固定不住的地方则使用拉直后再交叉旋紧的鱼钩来配合渔线：一共八只，大概全部安装在主关节所在的位置了。

如果将皮毛卸掉，并且去除所有的填充物，呈现在眼前的应该会是一件创意十足的波普雕塑。和往常一样，所有材料均取自木屋。就连那对玻璃眼珠也是取自望远镜上的易握防滑突起。那并非完整的球体，而是一部分如隐形眼镜一般的黑色玻璃球面。巫师用某种方法松掉了内侧的螺母，将它们取了下来，充作狐狸标本闪亮夺目的双眼。

女巫似乎还是用了寻常的方法来制作这个标本，或者，是想让祭品尽量达到标本的状态。腹部皮肤上用来取出内脏和骨骼的开口是用手术线缝合。急救箱里的蒙脱石粉、漂白粉和高锰酸钾都已所剩无几，使用这些药品，恰恰也符合制作标本的基本步骤。剥制时可用蒙脱石粉和漂白粉撒在肌肉和皮肤之间，防止粘连，亦可避免血液和油脂溅出，污染到狐狸那身漂亮的皮毛；高锰酸钾则被用来涂抹内侧皮肤，用来消毒和短期防腐，可以取代通常制作标本时使用的砒霜膏。

在掰开狐狸的嘴后，我并没有如熊和蛇作为祭品时那样找到预告函，如此奇异的标本构造更是让人心生恐惧——血继续从腹

参考图 34：中空棉内胆。防腐耐潮，压缩处理方便，适合作为标本的填充物。

部那缝合潦草的伤口里慢慢滴落,全身变形、仿佛被人捏作一团的狐狸还在用那对带着螺钉的球面玻璃眼睛注视着我。煤油灯里的火焰飘忽不定,好像下一秒钟就要熄灭……这时候,透过窄小的狩猎孔,远方某处孤独的狼嗥声传到了我的耳中。

天快亮了,一切都是如此焦躁不安。我的压抑到了极限,在听到狼嗥声时突然变得无法忍受。我声嘶力竭地狂叫了一声,双手抓住狐狸腹部两侧的毛皮,用尽全力疯狂地撕扯。

这套标本做得并不结实。才拉了两下,腹部的切口就脱了线,填充标本的中空棉从缝隙里漏了出来,残留的血也一下子流了出来——我这时才发现,原来狐狸肚子里还藏着一只断了柄的搪瓷水杯;那也是原本放在楼下的。所有流出的血刚才都盛在这个杯子里,而此刻杯子是倒放在狐狸肚子里的,里面的血已经流尽了。

所有固定不牢的餐具全部从狐狸的肚子里漏了出来,一个接一个地落到地上,发出响亮清脆的声音;我再扯两下,原先的开口就裂到了嘴角,然后便整个崩开了。腹内的填充物一下子全散开来,杯子也"哐当"一声落在了地上,剩下的几个餐具也随之掉了出来,包括作为龙骨的汤匙和楼下的锅柄。缠紧的渔线也纷纷散开来,看上去乱糟糟的。

没有骨架的支撑,两只后爪倒翻进了体内,一只前爪缩进去了一半,头部也整个凹陷下去,鼻子歪到一边,完全没有了形状。唯独那只弯曲过的叉子,由于角度的关系,加上填充物塞得也特别严实,还是和一只前爪纠合在一起。这样一来,标本残骸的造型就变得异常诡异。当我将手合拢,血污和毛皮就被揉成了一个圆团,连一直盯着我看的玻璃眼珠都掉到了地上,只剩一只尚有形状的前爪还半吊在一团毛皮之外,左右摇动着,像是要向谁求救一样。

这倒提醒了手足无措、接近疯狂的我——我将那团毛皮放到地上，一手支住那只前爪的末端，然后用沾血的靴子用力踩压肘部弯曲的部分。可能是用力不当，结果前爪并没有变直，反而是爪子尖端被叉子的利齿给撑破了。白色的中空棉从爪尖四周露出来。而亮闪闪的叉首上、四根金属的中间，恰恰就卡着我要找的那张预告函。

我将掏空的狐狸毛皮丢回到血泊里，沾满血的双手颤抖着，将预告函打开，读了起来。

煤油灯的火焰跳动得越发厉害了，明和暗的反差和变换频率也越来越剧烈，狩猎孔外看到的天空却还是连一点点蒙蒙发亮的迹象都没有。如果是我居住的那个城市的清晨，天亮之前打开窗，就可以听到栖在枝头、刚刚醒来的芙蓉鸟、乌头翁、画眉和百灵，用此起彼伏的叫声组合成悦耳的合奏；这里，在这片荒野中，同样的时间，却只能听到远处角鸥困倦的呜呜声，还有秃鼻鸦那可笑的怪叫，以及令人毛骨悚然的狼嗥。我半蹲在地上，手里攥着那张染了血的预告函，听着这些压抑的声音，眼中的光影随着火焰明暗急速变换。泡在血泊里的金属餐具和炊具柄、一团去了骨肉软软摊开的狐狸皮、缠绕散落得到处都是的打结渔线……它们在明暗的节奏之中交替闪现，渐渐模糊、融合、跳动、呼吸在一处；那混杂了鸣叫、嚎叫和怪叫的声音跟脑中越来越刺耳的嗡嗡噪声纠缠在一起，突然就带上了嘲笑的音调。

就在这时，火焰一下子变得格外明亮。血泊中的那对玻璃眼珠仍在盯着我看。所有散落在地之物，还有作为背景的血泊，在我的视野中被瞬间组合到一起——

魔鬼！是魔鬼的脸！

煤油灯灭了，恶魔巨大的狞笑声在我的脑中回响。我的精神崩溃了，不再能够像正常人那样思考。我发了狂，开始不停地吼叫，手抓头发，几乎要将自己的脑袋揪下来；我一边叫着一边逃跑，逃离荒野小屋——我曾经的精神避难所，现在的魔鬼寄居地。我没有锁门，任窗户的破洞大开着，阁楼的血泊和地板上的玻璃碴也都无所谓，甚至连猎枪也不要了。我在密林之中夺路狂奔，期盼能够看到一个活人，证明自己不是身处地狱；我的四周尽是黑暗和狞笑，像是不停抽打着我的鞭子。我感觉自己的灵魂正在远离，而身体试着要努力赶上——没有灯光，也不用指南针，我就这样跑回了村子。到达的时候天才刚蒙蒙亮，我听到宿屋里几个守在门口的人向着屋内大喊"回来了！"

也没想到要答应什么，我跑到宿屋的拉闸门前，取出钥匙，将链条锁打开。里面的人似乎已经发现我的不妥，一边叫着宿屋主人的名字，一边用力拉开了门。

铁门发出尖利的摩擦声，重重的链锁"哐当"一声掉落在地。就在这时，狞笑声突然消失，我的意识模糊，一下子瘫倒在地上，同时听到林间悦耳的鸟叫声，自四面八方响起……

堪称奇迹。

现在我已经能清醒地认识到：我的成功也宣告了我的失败。得到预告函，也就确实表明——地狱和我之间的距离又近了一步。现在的我无法准确表达出当时的感受：结合了孤身一人、身处黑暗以及时间迫近、恐惧积累的情境，是一种被不可战胜、令人惧怕的力量击败之后，由内心深处真切涌出的彻底绝望。亲眼看到的仪式过程击垮了我——巫术那不可思议、超出想象的强大力量令人瞠目结舌。

我一直都被那个女巫牵着鼻子走，每一步好像都在她的设计之中。尽管这次看似对仪式造成了破坏，但仔细想想看——她或许早已料到我会提早来到，便预先准备好了在紧急事态下完成仪式的方法：诚如我所经历过的那样。无论如何，这次我也算是决定了仪式的走向，即便结果不会发生太大的变化。

我从来都不是很确定这项终极召唤仪式的流程，就像我同样不能确认自己身上的魔法阵是否能够守护我一样——所有在日记中记录下来的想法都仅是推论，如果能和明天女巫告诉我的大致相符倒也还好（甚至，这个想法也同样是推论），但万一不是——比如说，假设仪式在第三阶段就宣告完结，渡鸦并不登场，五行诗只用到第三句，自杀的小姐也只出现三位，而巫师对那只狐狸标本身下的血泊施下的魔咒就是"只要有人碰到，就将他带入地狱，从而完成诅咒"——那样的话，我去检查那只狐狸标本就是十分不明智的举动。但我依旧这样做了，并且用事实排除了那种情况。这也并不能说明在十一月十一日的木屋里等待我的就一定是渡鸦——除非明天就从女巫那里得到事实，否则，一切就都还是未定的。

我也不明白为什么自己要反复强调这些——或许是因为女巫捎信与我见面，让我有些得意忘形，打算用一些文字来夸耀自己的思考并未丧失逻辑。如果是这样就奇怪了。实际上，我只是想将这样的可能写下来而已。我习惯用书写来调节心情，所有想到的内容都记下来，便能觉得安心，这是多年从事的职业带来的恶习。我只是想同时平复两种激动的心情，一是女巫的事，一是昨天亲身经历的不可能事件——后者曾将我的心情打入谷底，前者又令我燃起了希望。之前的数月都是沉闷压抑，新的不可能奇迹的打击和破解一切谜题的契机又都在一天之内给出——这难道不是命运之神巧妙无比的安排吗？我对女巫精心安排的情节感到由衷佩服，日记本已经翻过了这么多页，却好像还有千言万语要写。

暂且冷静下来，将毫无根据的乐观收敛起来。好好想想，既然预告函上已经留下了下一阶段仪式的日期，十一月十一日，那九月六日的会面又是要做什么呢？经过昨天的事，女巫应该很清楚——我一定会想尽办法破坏仪式的，毕竟这关系到我的性命。她委托宿屋女儿引我过去，势必要承担巨大的风险。这其中会不会有什么阴谋呢？她又为何要将事情的真相告诉我呢？

这次邀请必定怀着某种目的。最坏的一种可能，是仪式的流程因为我的干扰而改变，不再是预先计划好的十一月十一日。我可能会和一只渡鸦一道，成为召唤地狱仪式的祭品——女巫可能会有某种补救的措施让被扰乱的仪式达到原先计划的效果。

也可能只是警告，通过昨天的例子告诫我——仪式是不可阻止的。她或许会友善地提醒我，让我不要再浪费时间去研究什么巫术史和仪式、魔法理论，只需好好享受所剩不多、尚在人世的时间，等待大召唤仪式完成的日子来临即可。

当然，也可以不必如此悲观。或许换个角度想，大召唤仪式可能并非是要召唤地狱或者对我进行诅咒，而是要阻止这些糟糕的事情发生——卡斯维诺夫在《下降二十三级台阶》中提到过女妖五朔节的"白女巫"。尼古拉二世沙皇的皇后亚莉珊德笃信巫术，曾听从妖僧拉斯普京的建议，雇用了一些懂得破解邪法的巫师和女巫来消除圣彼得堡两座行宫中受到的诅咒。有这样一个松散的巫师团体，他们研究和掌握巫术的目的，并非出自对撒旦之力的崇拜，也非单纯满足炼金术士式的研究渴望，而是借对魔法的研习来阻止那些可能会对目前世界带来重大影响的邪恶仪式，诸如召唤地狱和深渊恶魔，改变季节、昼夜、天气和行星排列的妖术，大规模的魅惑术及招魂术等，都在他们的阻止范围之内。这个团体的存在，是符合魔法世界中"万态平衡"的核心思想的。这群巫师并不使用白魔法，恰恰相反，他们都是妖术的专家。正因为他们精通邪恶巫师的法术，才有办法用相应的元素去破坏它们。这和我在身上涂写圣油和圣名的意义完全不同，他们使用的依旧是恶魔的名字和带有诅咒性质或死亡象征的祭品及符号——这是属于黑暗内部的斗争，与和光明及正义相关的魔法力量并不相关。

就像宿屋主人的女儿。她学习巫术的愿望就是来自好的动机——即使用魔法（而不是自信仰得救）让死者复生，在天主教徒看来是"不洁"的举动；但在巫师看来，在割裂为不同的体系之后，女孩的动机又显然可以归纳到较好的那类里。

依照这种思路，那位可能是巴托里伯爵夫人的匈牙利女人竟是个白女巫的话，倒可能是我一厢情愿的推想和莽撞的行动妨碍了她。可能正是因为我昨天的意外阻止让她无法完成破坏其他恐怖召唤的仪式。她会嘱咐那个专心学习巫术的女孩来邀请我，不正恰恰说明她的本心不坏吗？

我得恳请自己写得酸痛的右手原谅，因为我实在无法控制住自己，不去对明天将要得知的消息反反复复地预估和猜测。真相，我需要的就只是真相而已。不论以上哪种情况属实，全部都错也好，更加匪夷所思也好，甚至让我得知前因后果就死去都行，欺骗我也无所谓——只要能和她对话，只要从她口中给出一个理由，就足够了。我能接受极为糟糕的消息，但不能忍受一件事情在我背后发生。明知道有些什么，却连设法得知都困难重重；留下的痕迹使人诧异感叹，发生过的也肯定惊世骇俗。孩子常常会做出这样的推理，其实大人们也一样，只不过需要一些更大的刺激才能察觉。

　　好了,我已经不能再写下去了——宿屋主人将熬好的药端了过来,那种怪异的药草味似乎有让人停止思考的奇效。

　　　　　　　九月五日夜间补注：

　　老猎人取回了两把救生枪，钥匙也归还了。
　　救生枪扳手上的封条没有拆，枪身看上去也不像有人动过。为求保险，我取出了两把枪中的照明弹，用小刀撬开封头的圆金属盖，里面的照明剂也都还是原样。
　　这样应该就可以排除女巫用点燃照明剂的方式来实现"召唤次元镜子"的障眼法了。木屋里唯一能够发出那种程度强光的，除了救生枪就没别的了。
　　期待明天早日到来。

                                        九月六日

我曾去地狱一游，
希望便是绝望。

九月九日，星期二

　　上周六在那个神秘冰窟中的奇遇，如果不在日记里写下来，我担心什么时候就会忘个干净。阅读以上简短的两句话显然不会有助于未来的回忆——想象的空间太大，或许会生出更恐怖的场景来。我余下的时间已经不多，并不想在生命的最后，为了反思这件事而耗费更多的精力。

　　已经是极限了，我总算知道有些事情是不能违抗的——此次无言的相会，让我知道了她是谁，也了解到了仪式的意义。当然，这些都还是我的推想，就像游览地狱这件事可能也仅是我的幻觉一样。这件事没人可以做证，魔法的力量广大无边。我询问宿屋主人那天她女儿在纸上告诉我的消息，关于那个"穿红色裙子的女人"。她却说女儿只在纸上写了"那天实在抱歉！"，并且还找来了那天用炭笔写字的纸。那上面确实只有那一句话，而且字迹和我那天看到的完全不同。五号和昨天看到的小女孩的字，和这张纸上的完全是两种风格迥异的字体！我又说起自己用力摇晃她女儿的事情，她惊讶地摇着头，说这件事从未发生过！她这样说的时候，眼神中还透露出怜悯的意思，仿佛我是个说胡话的可怜疯子。

　　我不死心，打算将那天展示给她们的照片再拿给她看。但我打开日记本后，却发现连那照片也不翼而飞了。

　　或许真是我记错了，但我的日记里却明白地记录下了关于巴托里伯爵夫人的部分，而且我看到的也是……可是，梦境中看到的不正应该是平日里所见映像的组合吗?就像人们在濒死经历中会认为见到了已经死去的亲人的鬼魂一样,那些都是错乱的大脑玩的小把戏。我看到的场景,还有在寒冰地狱中翻阅过的魔书——那本署名洪诺留三世的 La necromanzia della Tabù ① 中记载的法事内容,让我对整个事件有了一个完整的印象。只是,这样的印象究竟是真实还是虚幻呢?

就算我再去找宿屋主人的女儿问个清楚,她也什么都不会告诉我——因为她原本就什么都不知道。这一切的起因我现在已经很清楚了:动机、举行仪式的目的、地点和人物的选取,现在都能够串联起来了。

为了避免让以后的阅读陷入讨厌的倒叙手法之中,有必要先将叙事部分完成。这部分已经在我的脑海中演绎了无数遍,为了不被想象与梦境里添加和删改的线索打乱,自然是越早记录下来越好。

九月六日我起得很早,准确些说,根本就没怎么睡着。五号受到的惊吓已经被这件事盖过,就算在短暂的梦境中,我也在忙着筹划数小时后的提问方式。

我刚刚穿好衣服、洗漱完毕,女孩就过来敲我的门——那时天都还没亮,大概和五号到达木屋的时间差不多。她手上拿的纸上写着:

"请随我走。"

我当然就跟着她走。

由于早起和兴奋导致的疏忽,竟让我忘记了拿枪。直到过了整整三天,在写这篇日记时,我才想起这点来——当然,带不带

---

①意大利语,即传说中的《控尸回魂奥义书》。

猎枪其实根本就没有差别，对事件的流程不造成任何影响。因此这个失误在事后被证明是无关紧要的。

宿屋主人没和她一道，只有我们两人走在宿屋空荡荡的走廊里。我略感吃惊，因为她并没有把我带向前台，而是朝她的房间走去。

我忍住没问，直到她推开自己房间的门，才询问了一句：

"你还要准备些什么吗？"

她摇摇头，却还是走进了房间。我没办法，只好也跟了进去。房间里点了黑色蜡烛，厚厚的绒窗帘拉了一半，可以看到漆黑一片的天空。她从一堆书页发黄的魔书中拿出一支试管瓶，里面是淡黄色的透明液体，液体中泡着两枚尖牙、一段极粗的老鼠尾巴，还有一些奇形怪状的石头。

她将瓶子递给我，然后拿起魔书中摊开的一本，将上面一处的内容指给我看：

  为尚未缔结巫约者，魔界通行之法：
  白翼蝠，犬齿两枚；
  黄胸鼠尾一条，活取；
  黑母猫肾中结石、牙中结石、左耳中软骨，需来自同一只；
  黑色卵石：两端尖细、中部曲折、四面棱角、五星凸凹，其中寄住四相之力；
  暗室中，以黑狗热血冲洗，晨露浸泡于瓶中；
  存于阴暗潮湿处。若被阳光直射，立即失效。
  使用：
  大声咏念"NEBIROS – SATANACHIA – FLEURETY"，摇动

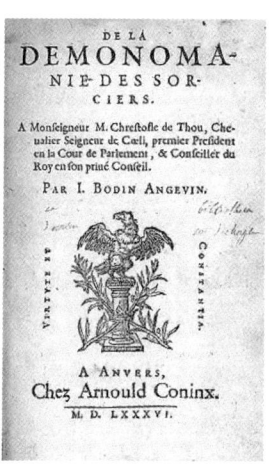

参考图 35:《巫师的魔鬼术》
(De la démonomanie des sorciers),
一五八六年版封面。

瓶子，深嗅之，

  即可开启魔界之门。

  ——博丹[①]，《巫师的魔鬼术》增注本，一六二一，亚眠

简直荒谬！

即使经历目睹了如此之多的不可思议之事，我还是对魔法世界抱持着根深蒂固的不信任。看看，一个兴趣奇特的小女孩拿了一瓶古怪的液体，并且引经据典，声称即使是未和魔鬼立约的我，在咏念咒语并且闻过魔水之后，就能往来魔界——这样的事情，怎么能让人轻易相信呢？

但女孩如果是在骗我，只是单纯想让我帮她实验新配制的魔药，却又不该知道我正在寻找"穿红色裙子的女人"。她的严肃神情，还有那孩子才有的、时时处处都显露出来的固执认真，让人觉得她完全没有撒谎。

"你试过吗？"在犹豫间，我已经接过了那个试管瓶：里面泡着的东西互相挤压浮动——还好，并不需要将这种恶心的东西喝下去。

她摇摇头，指了指自己的嘴。

我一下子就明白过来：她无法咏念咒语，自然就没办法亲自做实验。

然后，她又指了指开着的窗。

那意思应该是在催促。因为天已经开始蒙蒙亮，再不执行仪式，第一缕阳光照射进来，魔药就会失效了。

即使女孩是在骗我，只是嗅一下应该也没什么问题。

[①] Bodin.

在觉得这瓶液体多半会无效、对之前所抱的"能够见到女巫"的期望彻底失望后，为了不让眼前的孩子失望，我只得勉强对她笑了笑，大声将那段咒语念了出来：

"NEBIROS – SATANACHIA – FLEURETY！"

然后死命地摇晃瓶子，将瓶盖旋开，放到鼻子下面，深深地吸气。

这是一种极为刺激的味道，像是将薄荷、茴芹、樟脑、苦蒿菜和茴香放入桉油中煎制，气味苦涩辛辣得仿佛要将鼻腔切开，又带着一股难以描述的异香，从鼻腔直接侵入脑中，仿佛要将我的灵魂带走。

我闭上眼，感觉那味道仿佛凝结成了一个光球，在我的身体里四处碰撞。随着碰撞速度的加快，迎来的是如同溺水一般的感觉。似乎在上升，又像是要下沉。接着，心跳突然加速，呼吸也开始接不上，就像被一只有力的大手抓住，朝着某个方向极速拉扯。

我觉得十分难受，便拼命想要睁开眼睛——几乎用尽了全身的力气才将眼皮再次抬起来。

眼前竟然已经不是女孩的房间了！

我似乎正身处于一条狭长的岩洞之中，但并不是纯粹的天然洞穴，因为左右的岩壁上每隔一段都安置有长明灯。

这些灯的火焰呈淡蓝色。我走近一盏仔细观察，发现灯体整个都是用坚冰雕刻而成，样式古旧，火焰就漂浮在灯油上——就跟古罗马权贵们墓穴中使用的、那种安抚亡者魂魄的灵灯一样。

岩道中异常寒冷，就连那火焰也是冰冷的，两侧和头顶的岩壁上都结了厚厚的一层冰，火焰在这些冰体上折射得支离破碎，让人觉得仿佛身处幻境。

不，不是错觉，这里应该就是魔界——这么说，女孩的仪式确实成功了！

那么，那个穿红色裙子的女人在哪里？前后都是路，应该往哪边走呢？

我的身体冻得发抖，继续站在这儿考虑显然并不明智。就在这时，前方响起了断断续续的钢琴声，正当我要仔细听时，声音却又消失了。

就是这个方向。

我对这样的提示感到满意，循着长明灯的暗光，向着声音的来源走去。

路程并不长，大概只走了一两分钟就抵达了一处穹隆形的冰室。

这个冰室的面积不大，却很高，圆顶大概十米。高处的岩壁上有一些窗型的开口，里面漆黑一片，无法得知其中藏着些什么，或者是不是继续前往其他冰室的通路——这里并没有放置钢琴，也就是说，琴声可能是从岩壁上的某个窗洞中传进来的。

沿着墙壁，无数高高低低的冰制烛台围了一圈，烛台上点起数不清的细小淡蓝色火焰，就和在岩道中看到的一样，是那种极为罕见的冷火。较低的岩壁上整齐地悬挂着八九面巨幅黑色挂旗，材质极旧，有些地方已经破损，上面布满了晦涩难懂的仪式符号。依稀可以辨别的部分和女孩在湖边画的魔法阵一样，全部都是和死灵魔法相关的符咒。

冰室中间，有一座石制祭坛，祭桌正对着我。祭桌是用整块黑色石料雕凿而成，表面刻有骷髅群画，四角则装饰着带角的恶魔头颅。

形式素来呼应内容，看到这样的场景，仪式的内容也就不言自明了。

再走近些，我发现祭坛正中蒙着一大块黑色的纹章绸布，中央有一处隆起，不知道遮住的究竟是什么。有一本黑色封面的古书放在祭桌正中，按祭司站立的位置，左侧放着一柄银质匕首，右侧则是一颗侏儒的头骨。书是合着的，但有一处夹着张黑色的书签牌。我走过去，看了眼那本黑色大书的封面。

书的名字是《控尸回魂奥义书》，意大利语。再看署名，竟是洪诺留三世教皇。

十分奇怪，当时我并未感到害怕，反而为这个发现舒了口气——这恰好成了我之前查证和推断出的，将威力强大的"哈米吉多顿序列"、嗜血不死之巴托里伯爵夫人传说与洪诺留三世在魔法上的丰功伟绩捆绑到一处的有力证明。

很少有魔法史料提到这本书的名字，我只知道米修罗大教堂图书馆的古旧文献中记载了少许关于此书的传闻。根据一些不确定的留言，大部分和《控尸回魂奥义书》相关的内容、那些珍贵的手抄本和研究资料，都在第二次猎巫运动中被集体销毁了。光是以写作《魔鬼大书》[①]闻名的洛林法官雷米吉乌斯[②]，就在手记中声称"烧毁了十万本以上的各类妖书，其中多半是手抄本"，这在十六世纪末可是一个相当惊人的数字。教廷和主流魔鬼学界从未承认过这本书的存在：这是十分古怪、毫无理由的一致决定，难免不令人浮想联翩。

我捏住书签，将书翻到上一位读者留下标记的那页。这本书也是手抄本，字迹十分潦草，但尚未到不能阅读的地步。

---

① *Daemonolatreiae libri tres.*
② Remigius.

当选中的一年，那一年是大凶年，AGARES 和 FURFUR 肆虐整年

儒略历的第一天，作恶的异端被火烧灭

一月在东方，有冰雪之灾

二月、五月、八月，大地震动

三月有新的恶魔被命名

最大的灾难在狂喜的花月

四月里有大鸟坠落，移动的怪兽，人们惨叫在火焰中

地狱降临，地狱降临，地狱降临！

当选中的一年，那一年是大凶年，裁判的结果未知

那一年

二月的最后一天是星期五

六月的最后一天是星期一

九月四日、十一月十一日，分别是周四和周二

在这些指定的日子祭上褐色的熊、带剑的蛇、不动的狐、永飞的鸦

一切仪式的礼仪，务必按前所述

最后剩的周三，便是知晓结果的时间

控尸回魂！

控尸回魂！！

控尸回魂！！！

  我尽量将文字写得符合书上的原文，即使个别用词的细节错误和翻译的不准确会带来少许偏差——我想，无论谁看到以上的文字，都很容易梳理出古书上的记载和我曾经历过的怪异事件间的联系。正当我打算将书往前翻，查看这页上"按前所述"的具

体内容究竟如何时，冰室的入口方向突然传来了嘈杂的脚步声。

我害怕极了，如果这里真是寒冰地狱的话，那些快步前来的当然就是恶魔。情急之中，我将书原样合上，书签也摆放到和刚刚一样的位置。脚步声越来越近，那些高处的窗洞短时间里肯定无法爬上去，挂旗后面也不可能藏人。我实在没办法，只好掀起祭坛正中那块巨大黑色绸布的一角，躲到了那个凸起之处旁边。

我趴在冰冷的岩石地上，双手掩住嘴，连呼吸都尽量放缓。陆陆续续进来了很多人。听脚步声，大概有十人左右。他们谁都没有说话，慢慢地脚步声消失了，好像是大家都站定了。

好奇心总是难以抑制的——见外面的人似乎并没有发现我，我便悄悄将绸布拱起一角，左眼凑到缝隙上，偷窥外面的情形。

写到此处我停下了笔，犹豫了好一会儿，才决定继续写下去。那番场面实在太过诡异——冰室成了一个小型的秘密结社会场，一位祭司背对着我站在祭桌后面，似乎正在翻看那本魔书。

这位祭司穿着黑色祭司袍，袍子很长，一直拖到地上。宽大的袖边绣有一连串的白色符文。再往上看，本来应是人类头部所在的位置，却被巨大的弯角羊头所取代。我到现在也不清楚那究竟真是恶魔的头颅，还是仅仅只是为了参加巫魔会或者举行黑暗弥撒而佩戴的羊头面具。处在那诡异的环境下，我倾向于相信后者；写到这里，我又开始怀疑是前者——无论真相是哪种，现在，为了方便叙述，我将它们统一称作"羊头人"。

然后我将视线从祭司身上移开，轻轻挪动了一下身体，将绸布的缝隙推挤到一个新的位置。这下我看到了一群羊头人，这些人的羊头和祭司的不同，全部是有着黑洞一般眼穿的羊首骨，而且，羊角比祭司的细小，也没有过分弯曲。羊头人教众的动作整齐划一，大家都目不转睛地注视着眼前祭司的一举一动，双手执着粗大的黑色蜡烛，火焰照亮在胸前。

它们的身形并不统一，黑色修士袍下的身形有高有矮、胖瘦分明（但其中并没有如宿屋主人女儿那样的小孩体形）——我数了一下，一共是十一人。连同祭司，在这冰室里一共看得到十二个羊头人。

这时，我突然感到了事态的严重性。

如果它们打算举行某项仪式（趋势已经很明显了），那块暂时掩护我的黑绸布就迟早会被掀开，到时会发生什么不难想象。

快步跑向冰室的入口是不可能的，因为那样就必须突破那群羊头人组成的人墙；爬上高窗而不被它们发现同样不可能。

那么，或许在祭坛的中间会有秘道，就像那些描写异教集会的小说中经常出现的情节。就算没有，确定一下那块凸起的部分是什么，可能也会有办法利用它来隐藏自己；最不济也要找些东西取暖——我感觉身体越来越冷了，再这样俯卧在冰冷的岩地上，等不到羊头人来抓住我，我自己都要灵魂出窍了。

借着那块凸出物撑起的绸布缝隙，我十分小心地翻了个身——这是令我十分后悔的一件事。要我现在再来选择的话，我倒宁愿站起身来被羊头人发现，也不想去了解这块凸起的真面目。

那是一块青白色的、棱角切割得如同上等水晶一般整齐的巨大冰块。祭坛的正中心有一处镶铜的凹槽，冰就被固定在那里。槽底似乎是经过了某种处理，虽然没看到火焰，但也一样泛出淡蓝色的光线。这些来自地底的光被冰体折射之后，又从冰面的各处透射出柔和的光亮来。因此就算被黑绸布遮挡，这狭小空间也并不黑暗，足以看清冰中所藏之物。

那是一具穿着红色华服的尸体。一具颜色发青的、干瘪的女性干尸。从我的角度看去，她露出的整张脸和双手的青灰色皮肤已经和两栖类动物的表皮没什么两样，但就算是面对这样一具古尸，我仍旧可以分辨出那曾经直挺的鼻梁。生锈铁丝一般毫无光泽的头发束在脑后，看得出是蜂蜜色的。脖颈依旧修长——头骨和身体的比例就和布达佩斯的那幅画像一模一样。

这是巴托里伯爵夫人！

一六四一年她并没有死在塔楼，也没有变成白骨。但她的干尸为什么会出现在魔界呢？

霎时间，我的脑海中又响起刚刚在书上见到的话语：

控尸回魂！
控尸回魂！！
控尸回魂！！！

一切都明白了。

虽然我可以在这里就急着将一切串联起来，给出完整的解答，但故事不应被推断无礼干扰。如果现在有一个假设中的读者，他是我本身的分裂，并且顺着我的日记一路看到这里，也一定会同意我的意见的。

是的，我知晓了一切，却依旧无法承受面对干尸时的恐惧——不能闭眼，在周围散发出的冰冷寒气之中，眼睛闭上时浮现的幻象：那个眼窝深陷、眼睑微张，能够看到像死鱼般瘪下去的、带着碎裂纹眼珠的巴托里夫人正在慢慢苏醒。内陷的眼睛开始微微转动，头也略微抬起。乌紫发黑的嘴唇，嘴角上扬起来，发出无声的冷笑……

我用双手死命捂住嘴，指甲嵌进两颊的皮肉里，妄想用疼痛来阻止胸腔中那声抑制不住的恐惧哀号，不让它从口中跑出来。

不只是怕吵醒死者，我也害怕自己会回不去——我在心中咒骂着，埋怨自己的愚蠢，埋怨自己当时并不相信宿屋主人的女儿，没有问她应该怎样从魔界脱身。为了分散注意力，我又慢慢翻回身，观察那些羊头人的仪式。

祭司好像正在做法。它的左手拿着银匕首，双手高高举起，那只巨大的羊头也仰起，似乎在大声咏读些什么，但我却一句都听不见。那些手拿蜡烛的教众胸腔一起一伏，骷髅羊头也紧跟祭司掌控着的节奏——这种奇怪的无声教礼，让我怀疑自己的耳朵是不是已经聋了。我将一只手悄悄挪到耳边，轻轻拍击，却还是听得见声响。

这时候，祭司突然挥起匕首，将自己的右手腕割破了——大量的血液流淌下来。我没看错，那血的颜色并非深红色，而是黑绿色。而且特别黏稠、流速缓慢，就好像爬虫类身体中的黏液一般。

我怕极了。身后巴托里夫人干尸似乎突然大笑起来——这里的一切言语都是无声的，谁又能肯定那具女性干尸此时不是正在看着我笑呢？魔物似乎并不依赖空气振动来交流想法——我的天，凡人又怎能明白妖魔的话语！

我觉得它们都在笑：羊头人、祭司、巴托里夫人……它们其实早就发现了我，却故意将我引诱威逼到了祭坛上，要将我作为祭品，在熊、蛇、狐、鸦之后，用我的血来完成最终的召唤。

控尸回魂！

控尸回魂！！

控尸回魂！！！

它来了！我看到祭司正向着这边走来，黑绿色的黏液自它的手腕处源源不断地流出，其他羊头人的身体开始剧烈振动，蜡烛火焰摇摆不停，好像是在为了这个时刻而狂欢。

我觉得自己肯定要死了——祭司手上的匕首银光闪耀，马上就要刺入我的喉咙了！

不过，我心中依旧抱着一丝侥幸，认为它只是过来执行仪式的一项具体要求，而非要取我性命。因此我并没有动，只是稍微调整了一下身体的位置，将脸别过来，朝向上方。黑绸布遮在我脸上，没盖上去——我看到上面层层叠叠闪亮的褶皱，好像演出结束时放下的帷幕。

脚步声在我身边停住了，透过绸布我看到巨大的恶魔影子斜映在眼前。祭司举起了手，将手腕中流出的黏液滴向巴托里夫人——那块巨大的帷幕因为负重，开始一段一段地坍塌。

我脸上的幕布落下了，那些由恶魔体内淌出的液体逐渐渗过绸布，并和它一起贴到了我的脸上。我依然睁着眼，看到祭司的羊头不停地晃动，好像正在大声念着咒文，却发不出一点声音。它左手上的匕首高高举起，似乎随时都要落下。

我的灵魂几乎要被吓出窍了，身体也不由自主地颤抖起来。我甚至在心中恳求我的大脑，让我快些晕过去。我开始呼吸了，眼泪也遏制不住地涌出来；我大口大口地吸气、呼气，鼻翼翕动，手臂和腿都不再愿意听从我的指挥，打算自行寻找稍微舒服些的位置。绸布也被弄得乱七八糟，十二个恶魔肯定都看得见了。

但我已不在乎了。

我放弃了，我放弃自己的生命了！

我愿意屈服于恶魔，听从它的一切吩咐！

我的生命是它的了。

我没有任何恳求和条件，拿去吧，都拿去吧！

尽管将我的灵魂和肉体全部取走。

我已经受够这些了！

当时我就是这样想的，或许祭司也希望我这样想——我可能将这些话喊了出来，具体怎样我却记不清了。

那样迷离错乱的场景，任谁都不可能记得清。

我将这些话看作自己的赌咒，向恶魔交出的契约，以灵魂作为交换的起誓。

这并非浮士德博士自无聊的科学中觉出了生命本身的苦闷，也不是来自学者之身的恶魔靡菲斯特为了赌气而发出的诱惑，这是在一切道路都已封闭的绝望之中给出的彻底妥协。

但立约的结果却和歌德的作品一般充满戏剧性——我再次闻到那种难以言述的异香，辛辣、苦涩、迷幻癫狂，却又满怀着生的希望。我的灵魂好像出了窍——又或者，只是我那误闯魔界的灵魂离开了它本不应该待着的地方。在一眨眼间，我又回到了女孩的房间里，手中还捏着那只盛满古怪液体的瓶子。

我头疼得厉害，靠着一堆魔书坐着，周身发沉，几乎要斜倒下来。

女孩就站在我身边。她神色平静，看到我醒来便俯身拿回瓶子，将盖子重新盖上，然后取出一张预先写好的纸，上面写着：

"您去过了吗？"

我摸了摸自己的额头，那里很凉，身体也十分寒冷，好像那来自巴托里夫人冰棺的凉气还没有散去。我点点头，看了一眼窗外。天仍旧是蒙蒙亮，窗帘也还是只拉了半边。那根燃着的黑蜡烛好像才只烧了一小截。

"我去了多久?"我问道。

她拿起炭笔,在刚刚那张纸的反面简短画了几笔,然后又拿起来给我看:

"三分钟。"

虽然当时眼中看到的、女孩房中的所有场景都能够为这项回答做证,我还是感到十分震惊。刚刚的危急时刻还历历在目——那个冰室之中虽然没有任何可供参照的时间标尺,但是无论以怎样的常识来推断,我在魔界度过的时间都不可能会少于半小时。

我还以为她是个体贴的孩子呢!她似乎是觉察出了我的诧异,回身取了之前那本摊开的、写有博丹那套魔界通行法的魔书,向后翻过数页,并将那页某处的内容指给我看。

那里写着:

凡未缔结巫约者,以借宿之灵力通行魔界:
耳不可听,不可知魔之所言,
魔界之时钟,快人间十三倍,
其余一切无异。
唯不可触巴弗灭奴仆之血!
驱散借宿之灵,即可脱出。

——模糊不清的出处,一五七七,巴塞尔

这段和博丹的那段遥相呼应,已将我所遭遇的一切解释得一清二楚。

在那魔界冰室之中,无论那些羊头人再怎样大声说话,我也什么都听不见了。在那里度过将近一个小时的时间,人间却只过了三分钟——那瓶魔药中的借宿之灵因为接触了羊头祭司的血液而被强行驱散，我也因此得救，可以重回人间。

巴弗灭，也即羊头人身的大恶魔，撒旦之一。那十二个羊头人显然就是它的奴仆！那么，我已触犯了往返魔界的戒条，会招来怎样的后果？

我问道："如果我触碰了羊头人的血，会怎么样呢？"

这时又发生了一件令人不解的事。

宿屋主人的女儿仿佛没听见我刚说的话似的，双眼突然失神。然后，就仿佛屋子里不曾有我这个人似的——她将书合上，转身走到床边，和衣睡下了。

我那时当然不明白这是怎么一回事。我想去叫醒她，但又觉得事情实在诡异。于是，我就自己去取了那本魔书，想要找出和这则戒律相关的内容。

太阳升起，蜡烛熄灭。我在女孩的房间里待了将近两个小时，直到将书的最后一页翻完，然后将书合上。

这本书里并没有提到巴弗灭奴仆之血的事情。

我感到异常焦躁，看着满屋的魔书漫无目地寻找显然不是什么好办法。于是我拿了那本书，最后看了眼仍在沉睡的女孩，帮她将毯子盖好，然后离开了这个房间。

对于时间的流逝速度不同这件事，我当时还存有疑惑——因为我怀疑是有人让我昏睡了整整一天。我回了一趟房间，查看手表上的日期：上面明确无误地显示这天是九月六日。

这唯一的时间来源显然也不能够让人放心——因为没有信号。同时也为避免出版社的人打扰，我到这里来向来都不带手机。现在我倒希望自己带了，即使没有信号、遇事不能求援，至少也有个时间上的参考。

将书放在屋里后，我去前台找了一下宿屋主人。我问她今天

几号,她看了眼身后墙上的挂历,有些无精打采地答道:

"六号。"

说完之后,似乎是想了一想,又补了一句,"广播说下午有雨——作家先生,您要出去吗?"

没错,我要出去。对于魔法的事情,这个村子中还是有两个人可以问的,其中之一是万事通先生。但因为上次木屋中发生的不快事件,直到现在我都还没主动找他说过话,此刻贸然因事前去求教确实比较为难;另一个是木匠,他似乎没有万事通先生那么专业,但却为人随和。况且我还刚拜托他给木屋装上新的窗玻璃,首先去找他商量这件事,应该没有什么问题。

我很累了,这之后烦琐的流程就不再多写——反正,木匠和万事通先生在这件事上都尽力帮助了我。尤其是万事通先生,在木匠也不知道这则未标明出处的摘录究竟是来自哪本魔书的情况下,他只是看了一眼就指出,这是出自让·维耶[①]医生的著作《论拉米伊斯》,这位十六世纪的法国作家本身就是一个反巫术的研究者。

但他手头并没有那本书,不过,他却从同为维耶所写的《论诸魔之妖术》的节选中找到了破除妖血诅咒的方法——在挂满半成品弩的小加工车间里,由木匠请来书记官、"猎狐犬"和铁匠这三个人帮忙,共五个人为我举办了一场驱魔仪式。

《论诸魔之妖术》中提到的,是所谓罗马"除魔教团"秘传仪式中的一个变种,和传统的"罗马仪式"区别较大——五个人都披上全白的斗篷,手持《圣经》和银十字架,分列于白色五芒星的五个角上;我则被白色绷带绑起来,头朝逆位,置于五芒星

[①] Jean Villette.

From Levi's *Transcendental Magic*.
BAPHOMET. THE GOAT OF MENDES.

参考图 36：十九世纪的巴弗灭（BAPHOMET）画像，可清楚看到其特征为羊头、蛇杖、五芒星和女人的乳房。

的中央。

万事通先生担任主持,他大声咏念安魂的咒语,并将家中收藏的圣水洒在我的头部和胸前;其他四人附和主持人的节奏,一边咏经,一边将由去年摘下的棕枝焚烧而成的圣灰,一捧一捧地撒在我的脸上和双脚上——这是驱魔的要求,圣灰务必得将我的头和脚掩埋,圣水则负责保护我的心和肺。这样一来,和恶魔之间的联系就会被彻底清除。

仪式的气氛由开始时的缓和逐渐变得激烈,大家咏经的速度、洒圣水圣灰的频率也越来越频繁。就在那些呛鼻的灰尘快要遮盖住我的鼻孔时,我突然感到胸中和脑中有一股如水流般的东西向着口中涌来,闭上的眼睛突然开始朝着黑暗沉没,经文的声音越来越远,最后和一段在紧闭双眼的虚空中死命挣扎的、如蛇舞般的影像一同被捏得粉碎。我感觉在这短短的时间里做了无数个梦,但到现在却一点都记不起来了。

反复咏念的经文将我吵醒,我忘了我是在什么地方、遇见了什么人、发生了什么事之后,又回到了这里。万事通先生曾向我解释这件事,说这正是仪式要达到的效果。他们五个人围着我诵了整整一天一夜的经,和魔界之间的联系已经彻底从我身体当中被驱赶出去了——这期间可能有同恶魔的交涉,甚至按照魔界时间来推算,我应该是在地狱中逗留了两周。但因为并未立约,所以过程都会被强行抹去。

他说得或许没错,但我却还记得在前往魔界的过程中发生的事情——这或许有它的理由,因此我并没有再提起这件事。又有什么所谓呢?或许我已经立过约了,就算没有,我同恶魔,还有等待回魂的巴托里夫人之间,应该也存在着很深的羁绊,是借由那本神秘的《控尸回魂奥义书》,以及那段被抹去的、巫妖横行的历史捆绑在了一起。

现在我可以给出自己的解答了，关于整个事件始末的回想——数百年前的部分我无力得知，也不愿在毫无线索的情况下胡乱猜度。我的立论是建立在妖灵附体的理论上的。我承认，巫术和超自然可以作为常理的拓展，毕竟，我也毫无否定的余地。这就像是尼古拉斯·喀山①那部《跌落》②里描绘的妖魔——或许这也是"哈米吉多顿序列"能够实现的一种魔力。无论是巴托里伯爵夫人、匈牙利小姐还是前几天的小女孩，或许还有其他人：这些人其实都是同一个人！这个神秘人可能不是巴托里夫人，因为传记中提到伯爵夫人在迷信巫术之后"性格大变"，但她（目前提到的都是女人，我便借此暂时断定"她"是女人）却迷恋巴托里夫人的身体，想要借她的身体在人间永存。可惜，由于一些我们并不知道的变故，巴托里夫人最终成了魔界冰室中一具干瘪冰冷的尸体。

虽然那个身体被死亡封印，但那神秘妖灵并未离开人间。她可能用了数百年的时间来寻找合适的人，或者也在等待合适的时机，以及符合仪式要求的地点——她可能用附体妖术侵占了无数人的身体，并借由这些身体寻找合适的人，同时也扮演各式各样的人：直到她化身为那位长得和巴托里本人十分相似的匈牙利女人，并且发现我——无论是降生之日、血统、出生地乃至经历——都完全符合《控尸回魂奥义书》上列出的条件。我正是她找寻了数百年的人间祭品。

不过，按照那带有极强仪式性质的要求，或许我的命运在出生之时就已经注定了——她根本不用去寻找，只需等到合适时候

---

① Nicholas Kanzan.
② *Fallen*.

出现在我身边即可。

至于和我在一起的时光,那些情感究竟是真实还是在演戏,还是两者皆有,我不想在日记中评论。那么,在我耳边说出五行诗的就是她,只是因为她那时显露了本来的性格,才让我觉得和她伪装的那个人格有所不同,并且在记忆和潜意识中发生了误判,硬生生地将关于匈牙利小姐的部分拆解成两半。如果这五行诗是在数百年前就存在的,不就正好可以作为之前"我的经历也符合她挑选祭品的条件"的论据吗?

我突然记起,匈牙利小姐的哥哥伊比斯曾无意中提到妹妹信仰巫术这件事——如果他是附身巴托里夫人的恶魔的奴仆的话,谁知道他告诉我这些的动机是什么呢?但这项事实就又牵扯出了关于附体之人的共同特征:巴托里伯爵夫人、匈牙利小姐和宿屋主人的女儿,都曾沉迷过巫术,或许她们都读过同一本魔书,念过同一段咒语,并且因此而暂时失去了自己的灵魂。

难怪匈牙利小姐能够毫不犹豫地选择最恐怖的自杀方式,因为她本就不害怕地狱——她正是从那边过来的,人间恰是她的客乡。小女孩的情况要好一些,或许是受到了某位神灵的庇佑,妖灵并未完全占据她的身心,只选择合适的时间出来活动——比如熟睡之时——这样就可以解释六号早晨女孩突然失神,并且独自回床睡觉的怪事。

我认为还有一个人,按照目前已知的线索,可能同样是个女人。她在发现狐狸标本的那夜,在木屋充当了女巫的角色。即使那天所有的村民都被我锁在宿屋里,只要是通过移魂法术,控制一个来自其他村子甚至其他国家的女人过来充当妖巫的傀儡,也并非难事。就算选中村子里的人,只要附体成功,通过魔法来离开密室也并非不可能——实际上,这不正是这位神秘恶魔的惯用手法吗？

木匠和万事通先生都曾提过，这场大型召唤仪式可能是在召唤地狱本身；而在大魔法阵正中的死灵钟又显示仪式和亡灵巫术有所关联。这并不难理解——结合我在前往魔界时遇到的羊头人教团来看，或许那神秘的妖灵就是大恶魔巴弗灭本人！

巴弗灭是深渊恶魔中位居高位的代表，也是中世纪时突然崛起的魔神——根据艾利佛斯·李维①的恶魔理论，巴弗灭位列"恶魔阶层"中的最高阶，与路西法和别西卜等撒旦同列。巴弗灭的经典形象即羊头人身，盘腿而坐，背后生有黑翼，头顶亮有地狱的永火；他的怀中放有蛇杖，胸前长有特征明显的女人双乳，双手指向天地日月，左手写有"COAGULA"②，右手写有"SOLVE"③——合起来组成"Solve et coagula"，正是中世纪炼金术士们奉为经典的元素。它的双耳、双角和胡须连接起来，刚好能够组成完美的逆五芒星——这也正是这个经典符号的起源。

作为撒旦崇拜的图腾，巴弗灭的形象同时结合了善与恶、人与魔、光与暗、男与女……它和衔尾蛇一样，象征了炼金术士的终极信仰：宇宙同生命的对立、调和与统一。在当代的勒维撒旦教会和少数共济会组织中，它已经成为最主要的真神，整日接受向往地狱者的崇拜。

以上当然是空泛的经院话语，提供给公众使用的历史。参考一些源自十四或十五世纪东欧巫魔会的谣传，我们可以得出完全不同的结论。

---

① Eliphas Levi.
② 拉丁语，"连接"之意。
③ 拉丁语，"溶解幻灭"之意。

或许是洪诺留三世对巫术和魔法的研究无意间召唤出了巴弗灭，这个魔神就是"哈米吉多顿序列"带来的灾难。它一直肆虐到巴托里伯爵夫人的年代，并且侵占了这位狂信者的身体。然后，有人封印了这位魔神，将它的力量同巴托里夫人的躯体一道封锁在了魔界，也就是我看到的冰棺之中。

而现在这套复杂的仪式，正是要复活那干瘪的肉体和魔神的妖灵。巴弗灭和它的奴仆们已经准备了几个世纪，企图达成这既要操控尸体，又要让恶魔附身、以便重临人世的要求，因此才使用了同为洪诺留三世所撰写的《控尸回魂奥义书》。

此刻这一切就都已经串联起来了。或者有些地方说得不清楚，要么就是太过简略。我想，下次再翻看这本日记时，应该还是能够理解的。

被妖灵附体的小女孩，她之所以要让我前往魔界，正是打算传递给我上述信息。这是来自巴弗灭的嘱咐，或者同时也是仪式的要求——恶魔的奴仆们做的事情，完全是为了将撒旦和地狱带临人间，每一步都经过了严格的计算。而我在这整个宏大的计划中只是一项必要的祭品，一颗任人摆布的棋子而已。

十一月十一日，我会再次回到这里。这不是低俗小说和三流的好莱坞剧集，对于来自教廷和职业驱魔人的协助，我不抱任何天真的希望。前者会对我的求助置若罔闻，或许直到地狱降临才开始弥补；而后者即使找得到可以拨通的号码，也都是些巧舌如簧的江湖骗子。

况且我还一直处在恶魔的监视之下。我猜，如果我打算自杀，它大概会在紧要关头附身于我，将我从灾难中神奇地救回吧。从这大半年的经历来看，想想那些不可能奇迹和我被篡改得面目全非的回忆，我对此十分确定。

它甚至能控制我的想法，但它没这样做。

留给我支配的时间已经不多了，在十一月十一日和"最后的周三"来临之前，我不会再陷身于图书馆里那些带着霉味的古书之中。我已经想清楚了，我要和她待在一起——我要告诉她，我爱她。

这是最后的机会，作为我对她的亏欠的弥补，用我所剩无多的生命。

如果可能，如果您能听到我心之所想——尊敬又伟大的恶魔，请您在将地狱带临地面时，念及我此刻允诺的配合和不再反抗命运的顺从，让我所爱之人远离您所热爱的灾难与永火吧！

挑战读者

　　以上内容已经给出了足够的提示，请您据此破解"一分钟内变成标本的狐狸""失而复得的狐狸"及"瞬移魔界"这三个不可能诡计。

　　答案将在稍后的"剪贴册第三部分"中公布。

第四章 冬

二〇〇八年十一月十一日

  在一九九九年，我曾去过一趟瑞士的施维茨州。在艾西德伦修道院的双塔前，长角白发的恶魔们伸出血红长舌，胸前套着屠夫的皮围裙，手里紧握着干草叉——他们在我面前放肆地高声怪笑着，一边摆动着头顶蛇一般弯曲的黑色尖角，一边扬起手中野兽利爪般的叉子。

  这就像是世界末日的恶魔狂欢。我看着他们一群群地从我面前走过，感觉自己像个彻底的异类。那天下着大雪，有几个恶魔在雪中举起了火把，那燃烧着的玫瑰色火焰将还未落地的雪花化成了水。雪水像清晨的凝露一般聚在他们的长角上——尤其是在角尖处，那里的一小段红色配上黏附在上面的雨水，在火光的映衬之下，好似刚刚从颈项中喷出的、闪亮剔透的人血。我看着雪花飘舞，魔鬼游行，视野的每一个角落都有东西在乱晃。渐渐地，眼中那些恶魔的表情变得越来越狰狞，他们头顶的长角尖端，似乎都膨胀生出了两颗尚在滴血的人头——所有的头都张大了嘴，笑着，发出野狼尖啸的声音。他们的脸全朝着前方，却都斜过了眼来看我，这样一支斜着眼睛的游行队伍一刻不停地向前流动，让人感觉地狱的大门已经在这座城市的某处敞开了，修道院的玛利亚圣像正在放声哭泣。

我只在艾西德伦待过一天,而那天恰好就是狂欢节。因此许多年后的今天,这个城市在我的印象中依旧是属于恶魔的城市。现在的我坐在木屋的杉木书桌前,煤油灯的火光一闪一闪,从格窗的破洞里吹进来十一月森林特有的、仿佛掺杂了细碎冰碴的冷风。我瞟了一眼右侧脚边的地板,那个由恶魔手制的、带着雕有华丽纹饰的固定底座十字弩就摆在那里——虽然已面目全非,但还是可以看出造它的原料就是床底被卸下的桑木和杉木。过了半年时间,魔鬼终于记得将它们归还给木屋了。

唯一的弩箭已经射出,我顺着弩首雕刻着的长角恶魔的目光,将视线移向屋门的左侧:那只刚刚还在地板上挣扎哀号的渡鸦,现在却已被钉死在了那面墙上。扳机是恶魔扣下的,毫无疑问,就像这弩机也是从魔界运送过来的一样。

手边那张染了血的预告函上写着:

渡鸦贴着墙取暖
明年的二月二十五日
最后的致意
安葬在拉雪兹神父公墓

这就齐全了。四张预告函,速写本上的那张纸终于被撕成了十字架的形状,恰好和这张预告函上提到的公墓相契合。

第四位是法国小姐。巴黎、卡托维兹、伦敦、费城,唯独少了布达佩斯——这是意料之中的事。我记起来,那个公墓我也曾和那位小姐一同去过。我坐在巴尔扎克的墓前,背靠围住墓碑的黑色栅栏;而她则在王尔德的巨大墓碑上留下了自己的红唇印。

我想着那个墓碑的样子,那个在长诗《斯芬克斯》中描绘出的、带翅膀的太阳神阿蒙的映像——那身体的姿势活像是一支弩箭。这样想着,那意象慢慢就和刺穿渡鸦、深扎进墙里的短箭化为了一体。

那是支与钉住衔尾蛇的七根短箭一模一样的箭。我翻看了一下半年前的日记:三折锹的直柄,当时认为是因为制造损耗而短了一截。而现在我知道,实际的情况是女巫或者恶魔一共造了八支短箭,但却留了一支在今天使用。我在取预告函时,特地将遍体鳞伤的渡鸦尸体往削得扁平的箭杆尾端挤压。这样我就看得到箭杆上刻着的字母——那是"老英式"的字母"B",也正是"巴弗灭"这个恶魔之名的首字母。

这时我又想起了在艾西德伦的恶魔狂欢,想着那满街戴着木质羊头恶魔面具游行的异教徒——也许,他们也是巴弗灭的信徒?然后,我的脑海中又出现玫瑰色的火焰,以及在世纪末的天空四处飞舞的雪花。我看着窗外,外面也在下雪,一片白茫茫的景象。因为格窗上有洞,雪花也从那里涌进来,却因为煤油灯的热度而迅速融化,在储物柜上展开成湿漉漉的一片,又让人联想起那些黑角上附着的雪水。对了,还有那些异教徒举着的纹章,那个城市的纹章——那是红色盾底上的两只展翅乌鸦——不又正好和眼前钉死在墙上的祭品吻合了吗?

那时的经历和现在的场景之间有什么联系吗?是匈牙利小姐,或者巴托里夫人,或者巴弗灭先生引领我去的吗?这一切符号之间的关联,究竟又有什么蕴意呢?

我想着过去数十年间发生在我身上的各种事情——遥远的画面一片模糊,每一处闪现出来的片段都好像重叠着许多不同的版本;最近的事情似乎是准确无误,却又件件都惹人心焦,其中几件就和那四位再也找不到的自杀小姐一样古怪。

既然想到这儿,那就将它们一一写出来吧。回忆让我头疼,将这些烦心事统统用文字倒空,兴许会好一点儿。

那位美丽的小姐不再搭理我了。从木屋回到大城市后,我去了她的宫殿三次,每次她都只让女佣转告我,说她不想见我。我问女佣是怎么一回事,她说她也不清楚,但她又告诉我,小姐有快一个月都没有出门了,这次似乎是十分生气。

我当然知道是怎么回事——我太过关注这场仪式,以至于在这一整年里,几乎都没有和她见过几次面。六月,她过生日的时候,因为那件迟到的、她也并不喜欢的礼物,这位小姐就已经很不开心了——我却没有道歉,除了那个在加油站拨打的、没有人接听的电话外,也没有再跟她打过任何电话。这样的行为,任哪个女人都会生气的。女人们对年龄在意,因而也对生日投注了比男人多得多的注意力——这样的怨气积累了一整个夏日,等到天气转凉,我从狐狸标本和魔界幻境的噩梦中清醒过来,想要再与她和好时,一切都已经太迟了。

尽管自上次前往魔界的事件之后我就彻底放弃了对真相的探求,开始正视"这场仪式不可因个人之力逆转"的事实,打算好好利用所余不多的时间来做一些真正想做的事。可身边的人、事、物却并不理睬我的转变,它们没有因为我那因消极事实而变得积极的态度向好的方向发展;相反,还越来越糟。

出版社和报纸专栏的忍耐力已经到达了极限,他们效仿我曾经运用过的方法,直接将我告上了法庭——各种我亲笔签过名的合约上,我的责任被限定得非常详细、清楚,而我又什么都不愿意向法官和媒体公布,加之我在法庭上回答所有问题都心不在焉,引起了所有人的反感。联合控告方不愿达成庭外和解,我的官司很快就判了下来——是我败诉，需要向控方支付巨额罚金，以抵消他们在信用、名誉、金钱方面因为我的违约而造成的损失。

起初我还并不担心，因为我还有一些位于市中心的公寓房产以及相应的地契。那些都是旧管家用变卖祖父遗产得来的钱买下的。我当时想着，将这些不动产廉价转售一些，就可以安然渡过此时的危机了。

但我却怎么也找不到原来的房契和地契——我记得以前是将它们收在一个铁盒子里的，可这个记忆中的盒子，任我将家里给翻了个遍，也没能实实在在地出现在我眼前。看着全都乱作一团的一个个房间，我开始感到坐立不安。还好，我这时想到，市中心的全部产业在市政厅的管理部门都有登记。如果法院强制执行要没收财产的话，这些房子还是能起作用的。

于是我便打电话给负责产权登记的部门，希望他们能给我开具一张我名下所有不动产的清单。

可我才刚挂下电话，他们便回拨了：因为电脑登记的资料显示，我在本市仅有两处产业——就是我现在住的房子和那位赌气小姐的别墅。

我要求他们再查一下。但事实上我很清楚，这样的查询弄错的概率，几乎可以忽略不计。换句话说，不只是自杀的小姐们从现实中消失不见，连那些不会动的房产也都从我的眼皮底下溜走了。

我安慰自己，将这些怪事都解释为恶魔临时对我施下的除忆诅咒。可之后无论相隔几天，无论打多少电话，他们的答复都没有改变。我确实只有两处房产，而且，除了这两处以外，也从未经手转让过其他任何房产——换言之，市中心的那些公寓，根本从未归入过我的名下。

我已经不想再去寻找那位旧管家，那个祖父从前的公文秘书——不用费那个心思，我一定找不到他的。既然我的一举一动都受到恶魔的严密监视，鉴于他一贯表现出的、不可想象的、奇迹般的魔力，想要给出如此的小惊喜，根本就是易如反掌。

一直到这次动身那位小姐也没和我说过话。等到她发现自己住的地方就要被法院回收时，她就更不会理我了……噢，请原谅我。我刚停了下笔，用手背擦掉了写着写着就流满了脸颊的眼泪。请别奇怪，别说任何安慰话，也别理我——感情到达那个限界，虽说是随着年龄的增长而逐渐麻木，但这却并不是一层在哪里都厚度相同的茧壳，偶尔被什么事情戳到了薄弱的地方，还是会从眼底挤出湿湿咸咸的液体来。

我疯了吧，在日记里都开始自言自语。不过，似乎疯了还好些，这些想不通的烦恼，只要精神陷入了癫狂，也就会自然而然地消失不见——可惜，我似乎连那样的权利也没有。我的身体和灵魂都已经是属于那位恶魔的了，财产、眼泪、记忆……一切都是由他来庇护管理，我连让自己发疯的资格都没有。

甚至连动笔时的灵感都由他在掌控。在城市的那几个月里，我的情绪低迷、意识恍惚，那么长时间的空闲，却连一个字都没写出来；抱着应付合同的想法，我曾经强迫自己坐到书桌前——但我只是坐在那里，手里握着笔，脑中却一片混乱，连稍微动动笔尖的意愿都没有。可看看现在，一到了木屋，我的笔几乎都停不下来。这显然是只有恶魔才具备的暗示魔力，因为他打算通过我的日记，将发生过的事情完完整整地记录下来，以作为他的信徒们在膜拜敬仰时的证明和参照。

没错，还有今天的那个不可能奇迹。刚刚在木屋里发生的奇妙事件，正是命令我从床上爬起来，重新拿起笔来书写记录的动机——我这次终于亲眼见到了举行仪式的整个过程，也终于明白了上次在木屋里找不到巫师的原因：那位伟大的恶魔将自己的力量借给了他的仪式代理人，或者就是他本人直接附体在巫师的身上，让他能够随意往来人间与魔界，扭曲时间和空间。有了这样的能力，完成常理下毫无可能的、违背思考逻辑的不可能奇迹，并不存在多少困难。

今早十一点前后，我按时来到了木屋。村里的熟人们尤其是上次为我举行过驱魔仪式的那五个人，都劝我今天不要过去，最好老老实实地在暖和的宿屋里待着。他们说得很有道理，因为森林连续三天都在下雪，前往木屋的道路变得十分难走。在这样的时节前往木屋，难保不会遇到危险。

但我非去不可，我谁的劝告也不听。

早晨六点刚过，我就早早地出了门。即使室外的温度冷到足以让棉衣冻成硬块，我也完全顾不上。

雪天的林地十分难走。凭借着指南针跟厚实暖和的雪地靴，我花了整整五个钟头才抵达木屋，路上还好几次差点遇险。

上次被我用猎枪击碎的玻璃已经被木匠补好，地板也清理得很干净。至于楼上的狐狸血迹是否已清除掉了，我都懒得上去检查。我的棉衣、棉裤和鞋子因为长时间在雪地和漫天雪花中跋涉，差不多都被浸得湿透了，一进木屋，我就马上将火给生了起来。

储备的干柴在简易壁炉里逐渐开始燃烧，火势越来越旺，整个屋子也渐渐暖和起来。我将身上打湿了的衣服脱掉，晾在书桌前的靠背椅上，再将椅子移近火炉；自己就只穿了内衣，用上次木匠新换的被子裹住身体，躺在已经修补好的床上。木柴在壁炉里噼噼啪啪的燃烧声传入耳中，让我听得出神。

温暖带来了极度的困倦。没过多久,我的眼皮开始打架,意识也逐渐模糊起来。我斜过头去看了一眼窗外,还有全无动静的屋门——或许是因为下雪的缘故,巫师也并没有急着过来。

小憩一下,就小憩一下!

为了防止有人偷偷进来,我对抗着强烈的睡意,检查了反锁的两扇窗户,然后,将门也从里面锁住,钥匙收在内衣兜里。为求保险,我还上了一趟阁楼,将那个装满工具的毡布包里的伐木斧和八角锤取了出来,带下楼,斜靠在锁住的门上。这样,只要有人撬开,或者直接用钥匙开了锁,拉开门打算进来——那两样工具失去支撑,便会快速滑落在地。当时的我认为,锤子和斧子落地的声音要吵醒睡得不深、只是小憩的自己,肯定没有任何问题。

我就这样简单说服了自己。

在做完这些保障安全的准备工作之后,我已经困得不行,几乎是仰面倒在了木床上……

倒下的我似乎马上就跌入了梦境里(也或者,这些梦不过是我在醒后的想象)——我记得那些梦里有恶魔在游行,人头鸦身的怪鸟像乌云一样飞满天空,齐声叫着:

"Verflucht! Verflucht![①]……"

那叫声沉重又沙哑,从四面八方冲进我的耳膜。声音不断重复,越来越大,怪鸦也越来越多。梦境的世界逐渐被它们吞没了,除了叫声和黑暗,就什么都不剩。

"Verflucht! Verflucht! ……"

单调重复的声音继续增大,震耳欲聋、令人无法忍受。梦里

---

① 德语,意为"受诅咒的"。

的我被这噪声搅得快要发疯，也跟着它们一起声嘶力竭地怪叫，双手紧抓住耳朵，几乎要将它们扯掉——渐渐地，那声音开始走调，所有的六个音节都混杂在一起，变成一种有节奏的、沉重的敲击声。

然后我就惊醒了，但在那回归现实的最初几秒钟里，我却还怀疑自己是否是由一个梦境跌入了另一个梦境——因为这两处不同的画面衔接得十分平滑。在这个温暖又黑暗的陌生房间里，那种有节奏的、沉重的敲击声依旧在脚下的某个地方响着，和那逐渐远去的可怕梦境如出一辙。

等我的眼睛适应了，意识也清醒了些时，我就从床上一下子弹了起来。我竟然睡了这么长时间，现在不知道是几点——连窗外的天都已经黑透了！

敲击声是从格窗那边传来的。在昏暗的光线中，我似乎看到一团黑影正在捶打玻璃。那个随声音不停闪现的黑影，每一次出现在窗玻璃上，都以不同的姿势歪曲扭动，将玻璃和格窗的木梁弄出刺耳的剐蹭声。我仿佛是看到了一只有着五根畸形手指的黑色巨爪，正在用力拍打窗户。与此同时，窗外还发出和梦中怪鸦的声音十分相似的凄厉叫喊，像是在威胁我，要我赶快开门。

我不由自主地感到全身战栗。那只恶魔的巨爪拍打格窗的频率越来越快，也越来越重。窗户渐渐要经受不住了，我甚至都已听到了玻璃碎裂的声音。

自救的本能控制了我，使我暂时放下之前做出的、愿意臣服于恶魔之力的许诺，拿起斜靠在屋门上的伐木斧。

就在这时，格窗的防线终于崩溃了，伴随着玻璃破碎声，那一团黑色冲了进来。

我这时才发现，那只黑色巨爪并没有一只大小匹配的手臂——那就是腾空伸进来的一只爪子而已。

现在当然已经很清楚,我所说的"黑色巨爪",其实就是钉在墙上的那只渡鸦。但当时我只看出那好像是一只奇怪的黑鸟。其实也没有看得很清楚,我甚至连上前挥舞斧子的时间都没有——就看到那只冲破了玻璃的黑鸟扑腾着翅膀,大张着嘴尖叫,因为俯冲的惯性摔到了木屋的地板上,落下的位置突然间腾起一大片烟雾。

这就像是无数本描写巫师法术的通俗小说中提到"变身中的恶魔"时惯用的场面:它们从一种形态变化到另一种形态,必须要用烟雾围绕己身,不让人看到中间的过程。十九世纪中期,因为化学的兴起,一些新崛起的、对迅速凋败的炼金术持反对意见的学者们,曾故意曲解雪莱的诗作《世界之精灵》[①],借这位唯美主义先驱的妙句来解释这一属于恶魔的变化现象,进而抨击炼金术本身的丑陋、可笑及缺乏逻辑。这种观点的大意是:一切不稳定的、在凡世中并不存在的形态——譬如由山羊变化为黑狗的过程,这其中一切介乎这两个形象之间的形态——都是丑恶的,不应见人的。连恶魔都知晓造物的这点禁忌,因此会在变化时用浓稠的烟雾来遮掩。

我当时想到了这些在研究魔书时曾经读到过的内容。虽然什么都看不见,但我猜那个恶魔应该正在这团迷雾中变化成原形,或者变身为可以将人一口吞噬的怪物。那团雾迅速散开——在雪夜的小屋里,只有壁炉门的缝隙间差不多已要燃尽的木材透出的微光,还有些许窗外雪地的反光能够协助我勉强看清眼前发生的事情,烟雾却好似要淹没一切。窗口勾勒轮廓的光随着烟气的扩

---

① *The Daemon of the World.*

散，很快就模糊成了一片。

迷雾转眼就充满了整个房间，那时的我已经变成了瞎子。我呼吸着混合了魔雾的空气，那味道就像是这年春天在屋外剖熊时，掺了血腥味的熏醋一样，难闻又刺鼻。还有渡鸦那刺耳的怪叫不间断地刺激着我的神经。

我发了狂，再也受不了这种状态。手上的斧子被我一把丢掉，壁炉前烘干衣物的椅子也被我推倒。我手忙脚乱地摸索出内衣兜里放着的木屋钥匙，右手摸到锁眼的位置，打算将反锁着的屋门打开。

怪鸟还在叫，烟雾越来越刺鼻，我好像连气都快喘不过来了——现场实在是太过混乱，我慌张得要死，连架在门上的八角锤重重地斜倒在自己的脚上都浑然不觉。就在钥匙转动、撞针轻响，房门将要打开的瞬间，我的左耳边突然传来一阵怪异尖利的嚎叫，同时还伴有木头被强力挤碎的声音。

这已经是作为人类忍耐的极限了。我什么也没想，喉咙里发出本能的叫喊，只穿着单薄的内衣，光着脚，向着大雪纷飞的野外森林飞奔而去。

不经思索的愚行还能带来什么结果呢？我又停了下笔，抬起脚来，翻过生疼的脚底板来看了看。那里红红紫紫的，有些地方还被断枝擦破了皮。

只跑了几十步我就已经受不了了。冬夜的寒风吹得我汗毛倒竖，因为短时间里的温度变化太大，我反倒觉得身上像是被开水灼伤了一般胀痛难忍。回过头来看了一眼木屋，又觉得那正有雾气从门中散出的屋子才是应该待着的地方。

我呼吸着冰冷的空气，空气进入我的身体，将我那运转过度、几近失灵的心脏和大脑冷却下来。我清楚地认识到，继续在这雪地里待着的唯一结果就是被冻死。万般无奈之下，我又沿着刚踩下的足迹跑回了木屋。

屋里的雾气已经散了。我关上门，点着了煤油灯——于是便看到了之前描述过的场景。

此刻的我心存感激，这是恶魔的旨意。他只是过来通知我这个无知无能的仆人下一次前来的时间，还并没打算取我的性命。

我的苟活是他的恩赐——这样想着，我十分惬意地喝了口搪瓷杯里的波兰伏特加。那辛辣的味道让我又活了过来。

我俯下身，将魔鬼的另一件礼物——那架由这位值得敬爱的先生手制的十字弩拿了起来，像供奉神器般放在了煤油灯旁，打算借着光亮来仔细观察。说不定能从那些雕刻里找到一些膜拜恶魔的方式。

那是件完美的工艺品：桑木弓身的前端，由左至右镂刻了二十二副美杜莎的各式面孔，左右各十一个。每一副表情都惟妙惟肖，由左至右，展示了这位身负悲情色彩的蛇发女妖骄傲、惊讶、懊恼、悲哀、愤怒、狂妄、胆怯、绝望，直至最后被英仙珀耳修斯斩杀的全过程。弩首的位置则雕着面带憎恶的长角恶魔，角首内弯。这个精巧的头像应该是作为瞄准之用。

底座的木板是魔鬼的自画像。事实上，那正是巴弗灭的浮雕：翅膀、蛇杖、羊角……最妙的是，巴弗灭头部的火焰从平面上喷射出来，弯转成钩子的形状——那就是固定弩绳用的绳槽。

浮雕上，巴弗灭写着"SOLVE"的右手，也和通常的巴弗灭肖像不同，并非用两指指天，而是雕刻成抓握的姿势。手的方向也不像通常那样向着左侧，而是指向头顶的火柱。属于它的蛇杖紧紧攥在右手中——那其实就是一根被敲打成蛇状的粗横梁钉，大概是从木屋里某处不起眼的结构上卸下来的。而蛇杖倾斜

参考图 37：第四阶段仪式中渡鸦进入、挣扎、死亡位置解说图。

的前端正好搭在火焰之上、原本应该是紧紧绷住弩绳的地方。那团火焰和右手中的蛇杖一道组成了这柄精致弓弩的扳机，只要扣动蛇杖，让它符合底座里、魔鬼右手下方藏着的凹槽中削制倾斜的角度，弩绳就会被放开，箭座滑动，弩箭也被弹射出去。

底座的反面还刻有一道截面是梭子形的凹槽，一直通向木板的下端边缘，那个方向完全与正面巴弗灭指向右下方的左手平行。这道凹槽逐渐弯曲，经过魔鬼胸前的女性乳房，又转而向上，到达他握着蛇杖的右手，并且终止在那里。从凹槽结束的地方可以看见蛇杖的尾端——那个位置是和正面相通的，有一个投币孔一般大的长形开口，并且还在下部倾斜的位置，安有一个木制的活动搭扣。要再次上弦的话，只要将搭扣用力拉开，将蛇杖从下面抽出来，便可以不干扰到火焰形的绳槽了；这个搭扣就像是为弩枪专门配备的保险一样。

我用一只手执住弓身的一端，让它如博物馆馆藏的艺术品一样缓缓旋转。弩身和底板上，所有原本可以留白的位置，全部用复杂又华丽的纹饰填满；至于弩绳，用的应该是阁楼的尼龙渔线。魔鬼命令数根渔线交叉绞合在一起，以增加弩绳的强度。如此精妙又美丽的结构，所有材料又都是取自木屋，这真是只有恶魔才能设计得出来——那可比粗糙的弹弓式扳机要美观实用得多了。

写到这里，我又喝了一口伏特加。然后，在写这句话的同时，我做了一个决定。

我现在就将它记录下来。

从今天开始，一直到下一个约定的日子，在匈牙利小姐、巴托里夫人、您其他高贵的奴仆，或者您——我的主人——在你们过来拜访之前，我会一直逗留在小屋里，哪儿都不会再去了。

我并非要设下一个什么陷阱来捕捉您，亲爱的巴弗灭先生。

虽然我也很清楚，您早就知道我没那个意思，我连想都不敢想！您在任何时候都能够轻易查探我的想法，当然也能了解，我仅仅想在这座保有我一生中最重要回忆的木屋里，度过您恩赐给我的、所剩不多的时光。

到了此刻，我似乎已经能够理解您打算引来地狱、让世人受苦的宏伟想法。那帮没有信仰的现代人，从小就被教育要毫无保留地接受书本和旁人灌输给他们的"正确观念"。等到他们发觉怀疑的精神、开拓的视野和想象力的真正重要性时，大量本应可以给他们去耐心理解这个世界的时间，却已经被他们自己给无情挥霍掉了。

这样的人不是完整的人，他们声称自己站在文明的顶峰，却做着比原始人还要粗鄙得多的事情。不完整的人和残缺社会的惯性，都应该由强有力的精神来纠正。宗教的狂信，能够提高人的道德；若不是真的狂信，却又不算是真的信仰这项宗教。因此信仰的选择是重要的：如果一个人能去相信魔鬼、精灵、亡魂、巫师的存在，他们也会更加尊重他们自身的存在，这是显然的。我提前经过了一场洗礼，才得以重新认识了这个世界。

就和我残存的生命一样，都是您的恩赐。

但是，我还是要请您原谅、向您忏悔。我永远都无法真正和过去的世界诀别。因为我还有不能割舍的东西、不能忘记的人。至少现在不能毫无顾忌地随您前往地狱。我会给她写一封信，信里会写满我对她的歉疚和思念。

我决心不再回城里见她了。那封信，在那个时刻到来之前，我会放在这张书桌上——在此我恳求您，请您略微施展您那伟大的魔力、足以操控所有不可能之事的力量，替我将这封信送到她的手中。并且，如果您这样做了，也就同时表明您会饶过她。

不！连信都不用留——如果她看到信，一定会马上知道我已经不在这人世了。不了，先生！还请您不要因为我反复无常的想法感到不耐烦——请允许我再重申一遍：我只有这唯一的一个愿望，求您不要伤害她！

我恳求您，希望您不要拒绝这将赴地狱者的唯一要求。我甘愿做您的仆人。我的身体、我的灵魂、我的一切，什么都属于您！只求您不要伤害她。

您看看，写着写着，我的眼中就涌出泪水来了——您肯定也能听到我心中反复呼喊的话语。现在您知道，我上面所说的都是自灵魂深处发出的声音。灵魂是不可能说谎话的，这就是您真正想要的东西，不是吗？

它是您的了。想要的话，随时拿去也可以。我只有一个要求：请您不要伤害她！

在停下笔的间隙,我打开了门。

只有冷风才能让我的头脑再次冷静下来。

我站在冰冷的夜风中,雪仍未停。我看到屋外那条由门口延伸到看不见的远方的我的足印,正在风雪之中,慢慢隐去……

挑战读者

以上内容已经给出了足够的提示，请您据此破解"被恶魔操纵的自杀鸦""被恶魔操纵的十字弩"及"不留足迹的恶魔"这三个不可能诡计。

答案将在稍后的"剪贴册第三部分"中公布。

终　章

二〇〇九年二月二十五日，星期三

我坐在书桌前，疲惫不堪。

地狱没有如期而至，来的只是一张纸。

我拿着纸看了又放下，重复很多次。

煤油灯的火焰摇曳摆动，像是飞舞的林间妖精。影子映在木屋的窗玻璃上，将屋内昏暗的光明和屋外彻底的黑暗混合在一起，构成一个复杂诡谬的镜中世界。这世界的中心是反射的火焰，月亮才长出一弯新牙。在这样的月光下望向树林，只能看见极深的灰色和彻底的漆黑。稍不注意，这些和白天的记忆便拼凑成各式各样的树的轮廓，彻底融合在一起。颜色的世界除了油灯的火焰便再不可分，这样木屋就好像是悬浮在了深海之中，或是漂浮在宇宙间。

我注视着那团虚幻中的火焰，它在并不存在的位置燃烧。虚假的距离、虚空的存在，但映像却如此真实地投射在脑海中——如果没有脑中那些根深蒂固的常理，如一个初生的婴儿般去看这场景，他又怎能分辨什么是虚无，什么是实在呢？

自以为是的我们，又比婴儿强得了多少？

我就坐在这里，看着那火焰。它先是幻化成困在屋中的熊，又飘忽成衔尾的极北蝰,再转变为阁楼上狐狸的标本,最后那一瞬间又如展翅的渡鸦般定格。然后这火焰也模糊了,我看到反射在幻境中的自己——我也不知道谁才是我——他的表情和我一样迷惑。

但他的迷惑中还夹杂着不安,因为他清楚自己确是幻境——他知道,我待会儿拧灭油灯,他就会消失不见了。

在灯亮时曾带着初临这新奇世界的喜悦,然后又发现喜悦只是可悲的幻象。我也知道,撕破这幻境的不会是自己。就像梦境,我们总会嫌好梦太短、噩梦过长,总会抱怨身边的人将自己唤醒得不是时候——梦的快乐是欺骗吗?只有现实会斩钉截铁地这么说,这么认为。但谁又真能逃避现实呢?我想这样做,我这样做了,也只换来短暂的快乐。如果梦能取代现实,不仅是支离破碎地占领每一夜,还要能占据整个漫长的生命,这交换才算是没有遗憾。生命中满是期待唤醒你的人,因为他们需要一个共同的梦境,而不是独立在你的梦中,变成另一个人,或者竟割裂成好几个人,甚至变成动物、植物、山间的小溪、林边的野花、海滩的贝壳……世人都希望独享美梦,又都想在梦中重现整个世界——这就是为什么会有梦,为什么梦会醒。

现在,我将头偏向右边,我看到我的储物柜——我的自传样书放在里面,和那张代表魔鬼的弓弩摆在一起。自从这件事那样开始,到现在这样结束为止,我动也没动过它,连一页都不曾翻看。

不知不觉,这本书已经出版了一年。已经有成千上万的人读过它,他们所共生的世界中,就这样诞生了无数个镜中的我——我的幻象是我的伟大存在,也是我本身。由缺憾再造的完美,由现实衍生的梦境腐蚀了现实。谁知道什么是现实?现实就是每个人。每个人都赞同幻境，那幻境也就是现实了；而现实被排挤到虚幻之中也是无可奈何的。人的生命只有短短一瞬，其余都是靠着各式各样的口耳相传来维持。就算有人知道现实的全貌，唤醒了我，也只是两个疯子而已：世界已经不信他们了，世界存在于幻境之中。

我要烧了这本书，用煤油将它浸透，再放入明亮的火中。

我知道我尊重记忆，再多的改造也毁不了源头。

我知道我生于现实，幻境就总赢不了它。

请原谅我的疯话，因为我的梦醒了，我拿起炭笔就写下这些。煤油灯的火光不停流动，或许我闭上眼再睁开，就发现现在这一切又都只是梦境了。

地狱没有如期而至，来的只是一张纸。

我拿着纸看了又放下，重复很多次。

那几句简短的话，其实，也就等同于地狱了。

剪贴册　第三部分
摘自另一人的日记

由谜中之谜引出的推论即是，那些每日为其热望虔心祈求之人，是不应遭到拒绝的。

——《阿巴忒尔：远古之魔法》，七分之四节

二〇〇九年二月二十五日,星期三

动物生长于丛林,死者沉睡于荒野。
在放下那张纸后,五幕的演出都已结束。
从下月开始,新的演出,将在另一处剧场上演。
而我正在赶赴那里的路上——只不过,这次我不再是导演了。

十一月十一日，星期二，大雪

今天本该由我亲自去的，我却推说自己感冒，请弩匠代我去了。

不知道在写下这篇日记时，木屋里进行到了哪一步——天已黑透了，按计算好的时间，现在正应是最关键的时刻。我实在是没办法让自己心情平复下来，即使自第三幕起就反复提醒自己该去克服，或者忘掉这种发自心底的古怪感觉，但人终究不是机器，也不能像魔鬼那样思考。要是我真能随时读懂他的想法，也就不会有这么多麻烦了。

我睡不着，也等不及那位派遣演员说不定要等到明天天亮时才能给出的现场汇报。为平复心情，我打算现在就将剧本中编排的第四幕演出的情景记录下来。那一幕幕画面，无论在撰写剧本还是彩排时，都已在脑海中回放过多遍。此刻，我就当是已经听过汇报了，也不用去考虑演出失败的微小可能——在提供动物祭品的四幕戏中，这一幕是最简单的，也是最不可能会演出失败的。

这场雪倒是在我的意料之外。而且根据道具的安排，飞舞的白雪应该会让舞台效果得到进一步加强。不过，想到那唯一一位观众将有的反应，似乎每个画面都不太能让人感到愉悦：没错，我是在折磨他。虽然是他应得的，但我也莫名其妙地跟着难受。这大概是因为多幕戏进行到了尾声阶段，天气又太过寒冷。

最近我的情绪时常低落，也经常陷入各种复杂又奇怪的回忆中。

好了，心情并不重要。作为导演，演出的好坏和观众的评价才是最重要的，我得开始记录了。

此次仍沿袭第三幕时的记录方式。以时间来推动剧情发展，可降低情节结构对注意力的需求，将重点放在思考细节上。

这也符合我现在的状态。

昨晚到达宿屋后，按照预先的安排，演员们先劝说他，让他不要在大雪纷飞的时节去野外冒险。考虑到下雪，剧本在此处进行了少许修改——原本是打算用第四幕诅咒的危险性作为理由。我们担心他会因在前几幕中遭遇的挫折过多，对于直面巫师和恶魔这件事产生恐惧，进而胆怯，不愿去正视今天发生的那一幕。

发生了如此之多恐怖诡异，又不可能用常理思考的事件，生出这样的想法显然是人之常情。因此，演员便要适时调动他在众人面前爱面子的脾气，反复尝试帮他找回至少是表面上的、敢于付诸行动的勇气。

现在这项准备工作已经完成了。作家先生今天天还没亮就顶着大雪离开了村子。这次他连猎枪都没带，可见丝毫没有反抗的意思——这自然就降低了剧场表演的难度，不会再出现第三幕时那样尴尬的场景。

在他离开大约二十分钟后，弩匠受了我嘱托，追随他那已快被新积的雪覆盖干净的脚印离开了村子。因风雪的缘故，就算乐观估计，这趟行程也需要四到五小时，也就是说，他们会在今天中午先后抵达小屋。

木匠前天已经去过一次了。根据估算的木屋容积，他带去了一罐在释放后能使屋内平均浓度达到约千分之十五的一氧化碳。那些一氧化碳是弩匠在他书房里，使用启普发生器制造和提纯过的。和市售瓦斯不同，这种自制一氧化碳并没有任何示警味道，完全无色无味。

木匠曾提到过担心爆炸的事情，这让他遭到了弩匠的嘲笑。因为一氧化碳和空气混合的最低爆炸极限是百分之十——那是常识。

这个剂量足够让人感到头晕嗜睡，又不至于危及生命。为了不让冬天的冷风吹进来，木屋的密封原本就做得很好。为求保险，木匠特地带了封蜡过去，将所有可能的缝隙都堵得严严实实。屋顶的烟囱口堵死；楼上通风口和狩猎孔遮布后，还额外装上了等大的塑料布，并且也都用蜡封死——这么冷的天气里，按照常理，作家先生该不会愿意待在阁楼。而且，在昏昏欲睡的时候，他肯定不会想到要去检查那两处开口。就算被他发现了，剧本也设计有另一分支，可以达到同样的效果：要用到上一幕中的某样道具——不过是稍微麻烦些，但弩匠先生也已准备妥了。

将木屋变成密闭容器后，一氧化碳就会被释放出来。木匠随身背了一大壶水，将封住有毒气体的罐子打开后，他就憋住气，用水灌满那个盛气的罐子。如此一来，气体很快就被全部挤了出来，经过一夜，会均匀扩散到木屋的每个角落，不会出现局部过量的情况。

因为下雪和寒冷，作家先生到木屋后第一件事，必定是抖落外套上的雪花，生起壁炉，并将稍许打湿的衣物放在椅子上，抬到炉前晾干。

这里有个时间问题：烟囱口已被封死，仅凭烟道中的氧气余量，燃烧并不能支持太长时间。而且，烟气排不出去，要不了多久就会被作家先生察觉。

另一方面，屋内一氧化碳的浓度，虽因一夜静置而略微降低，但烧柴本身也会产生一氧化碳——不同浓度对产生嗜睡感的时间，以及加诸人体的中毒效果都会造成不同影响。在弩匠的指导下，我们做了几次实地模拟，以求不会发生危及生命的意外。这或许也是我现在感到心神不宁的原因——毕竟意外总是无处不在的。

弩匠潜伏在木屋外，估算好时间，等作家先生差不多该睡着时，就凑近到窗口观察。确定已睡熟后，他就用第二幕中提到的那种进入木屋的方式潜入——这点是必要的，因为作家先生十分精明。为求保险，他很可能在屋门处预先设置了些小而实用的报警机关。

进入木屋后，要排除睡着的人突然醒过来的危险。于是，弩匠先用混有乙醚的医用异氟醚彻底迷晕作家先生，接着给他灌服指定剂量的三唑仑，让他一直睡到天黑。做完这些，弩匠需要先将所有蜡制的临时封堵物回收——这其中有两处方才没有提到：格窗某块横梁的边缘留有一个小洞；门左侧墙壁上同样钻有一个不起眼的小洞。这两个洞眼是木匠上次修理窗户时故意留下的，并且预先就用蜡给封好了。

除了这些之外，上次木匠还取了狩猎孔下斜屋顶上的一枚粗钢钉——那也算是为上幕演出留下的纪念。我们将这根十分结实的粗钉敲打成 W 形，但两头留出一截备用。尖的一端敲入计划让渡鸦逗留的那块木地板中，"W"中间的凸起部分指向门那侧的墙——为了让痕迹更不明显，也更方便回收，需敲入两块地板间的缝隙里。这一步是整场演出成功的关键，需反复确认粗钉在垂直于有门的那面墙的方向上，有足够的抗拉强度。

然后取出这次唯一的道具，先将装了渡鸦和弓弩的笼子放在格窗那边窗外，操纵用的尼龙渔线从格窗横梁上的小洞中穿入。

这里又要再添加一项补充。和那一处横梁相连的那块玻璃，也故意安装成不甚牢靠的样子——之后渡鸦会撞击这块玻璃。它并不能够将那么一块厚玻璃撞碎,而是只能顺着横梁洞口那里预留的一丝裂缝让玻璃裂纹扩大一些。这块玻璃的破碎,按剧本设定,应该是在被渡鸦撞落到储物柜上后。不过在观众眼里看来,这两点间的区别应该不大。

接着,弩匠回木屋,拿起穿进来的线头,将它绕过W形粗钉凸起处,再由墙上小洞牵引出去。

如此一来,就在屋中完成一个"V"字形的运输索。只要拉动尼龙渔线的两端,便能轻易控制线上吊着的货物了。

最后一项准备工作,是在粗钉的圆头处卡一只小液袋,里面装的是拍电影用的四氯化钛——这也是弩匠用氯化法现制的,纯度很高。此种液体一遇到空气就会剧烈反应,并冒出大量白烟——这是因为它可以跟空气中微量的水进行反应。当一只翅膀上沾满雪水的渡鸦用力压挤这液袋时,反应的剧烈程度可想而知。

然后就是乏味的等待。弩匠守在木屋里,一面烤火,一面观察作家先生的情况。到他差不多要醒过来时,计算好时间提前离开木屋,到一个能兼顾操控绳索和监视观众这两件事的地方藏好。迷药的药效已过去,睡足了的作家先生这时应该正被浅眠期的噩梦滋扰——弩匠可以开始操纵渡鸦去反复敲击那扇格窗了:在惊醒的作家先生眼里看来,那肯定就像是恶魔正在用爪子恼怒万分地敲门一样。

至于不留下足迹的方法,可以使用细跟高跷,可以收集屋瓦上的积雪倒退填坑,也可以一早就放弃舒适烤火的打算——在荒野上掩藏自己足迹的方式数不胜数,一个老猎手根本没必要让外行来教导,他自己就可以发挥得很好了。

过程没什么值得再说的了,我的头现在晕得厉害,已经不

参考图38：第四阶段仪式的"渡鸦木偶"解说图。

能够再写更多。

最后再提两点吧。

第一，绑住渡鸦身体的尼龙绳上，有一根可解开活结的开关线——为防止打结，这条线没经过弯折的粗钉，而是直接从窗上的洞进屋，从墙上的洞出屋。一旦乌鸦被弓弩钉射到墙上，拉动机关绳就可将其从运输索上解下。

第二，弩匠所制的那张弩上，所有华丽的装饰——虽然这样说有些对不住他在制作上花费的心血——全部是障眼法。真正重要的是底座上的凹槽，和那个巴弗灭右手上的投币式孔洞。

渡鸦和弓弩绑在运输索上的距离是固定的，和墙洞到地面的距离吻合：窗洞到地的距离被设置得比墙洞到地的距离略短。这样渡鸦落地时，弓弩还没被运到贴住窗户的位置，同时烟雾腾起——如此一来，作家先生就不可能看到弓弩其实正等待在格窗外，打算从渡鸦撞破的那个缝隙里钻进来。格窗上有洞那一排的三块玻璃和横梁都已动过手脚，在渡鸦进来时就被撞出了一个大开口，雕着美杜莎像的弓身想要进来，根本毫无困难。

当运输索将渡鸦拉到即将需要贴着墙挣扎的地步时，弓弩也被运到弯曲的粗钉前。和渡鸦不一样，木头做的硬弩并没有躲避的能力。巴弗灭左手下的那个开口，在此时就像个滑槽一样，将粗钉圆头给套了进去。

然后，弩匠继续拉绳。渡鸦离墙越来越近，最后几乎是被按到了墙上；粗钉的扁头顺着凹槽向前移动，经过魔鬼的乳房，再向上接近蛇杖，这一过程中，弩身的位置也随着扁头的移动而慢慢改变——原本朝向格窗的箭会逐渐切换成瞄准渡鸦所在的那面墙。

拉绳子的双手越来越用力，扁头终于到了巴弗灭的右手边。

就在这时，因为槽底的坡度陡然改变，粗钉迅速上移，十分精确地穿过长形开口，被迫向火焰倾斜，那个小液袋则被卡在凹槽里，不仔细看根本就找不到。直到底板上的活动搭扣被"W"的第二个底脚绊住，因重力作用突然反搭上来，将粗钉一下子顶上去一截，而底板却压下去，整个固定在地上——弩箭发射，渡鸦在怪叫一声后就会马上死去，因为那支箭杆上写有字母"B"的短箭发射出去后，正好可以击穿它的心脏。箭头则会牢牢插在那预先凿开的墙洞上（但这并不影响回收，因为这个空隙在插箭之后，仍留有可供绳索滑动的空间），造成"墙上的洞是由弩箭射击导致"的假象。

窗洞的位置、墙洞的位置、地上安插粗钉的位置、粗钉的形状和大小、扁头的样式、弩和渡鸦之间的距离，还有弩身和底座上一切简单又有效的结构，都是在反复尝试后敲定的方案——这过程就像是"用手摁开关灯就会开"那么直白简单，只需要有人拉动绳子，便可以一步一步地完成。

听到那声怪叫后，弩匠会先解开缠在渡鸦身上的结，抽走机关绳；这时，因为钉子已经倾斜得不像话，只要将绳子用力猛拉一下，弓弩多半就会将粗钉从地板里斜拽出来。然后就可以拉另一根机关绳了——就是将弓弩绑在运输索上的那根——完成之后再将道具一一回收。

而那根粗钉就搭在木头火焰上，搭扣也牢牢地卡住它。看起来就像这诡异的扳机、这闪亮的蛇杖，跟巴弗灭的火焰、羊角、翅膀、文身还有手势一样，从未被人从弓弩的华丽底座上分离过。

二〇〇八年九月十九日，星期五，晴

今年的七月一日，星期二，作家先生在湖边巧遇的那位女孩是宿屋主人的女儿，也是我女儿未来的挚友。这不会说话的孩子的父亲究竟是谁，我并不清楚。因为这个故事有很多版本，其中一个是——她父亲是家族工厂的主人。父亲因为意外丧生，之后为了躲避回忆，她们母女回到了故乡的村子生活，开了一间并不赚钱的宿屋。

种种机缘巧合下，女孩接触到魔法，并以复活她死去亲人为目标，孜孜不倦地钻研那些远古禁术。

这一版本的编剧是我——怎么看都是个庸俗的故事，只在某些细节上故意和我们与他之间的关系相对应。

这番苦心显然没被他理解。或许，他只是轻描淡写地感叹了片刻，因为他的注意力全放在舞台上发生的事情上了，对幕后的故事完全不在意。

故事外的事实则是：这孩子在湖边练习绘画的魔法阵，是女巫母亲教给她的——那些满是古埃及象形文字的咒文是传自古罗马的妖法基础。至于具体的作用，宿屋主人并没有对我明说——这应该是她们家族的禁忌。

女孩原本留着一头金色长发。为了解释为何众人在上一季都向作家先生表示"从未见过这个女孩"，宿屋主人狠心将女儿漂亮的长发剪短，染成和她一样的红色——好在女孩自己也很喜欢这种和母亲相同的发色。剪下的长发由母亲做成了一顶假发，藏进了女儿的梳妆台里。

至于那满屋子魔书，当然不是来自那子虚乌有的古书店老板——那是全村人的魔书。为应付作家先生可能的搜查，我在请书记官登记书名和归属者后，将这些珍贵的魔法文献都转移到了女孩的房间里，让那里变成了名副其实的"大魔法师的藏书阁"。

关于那则好消息，那位"穿红色裙子的女人"，实际上是整个剧组对作家先生调查进度的试探——如果直接由木匠或弩匠来询问他是否查到了巴托里夫人和《反超黑暗大神咒》等洪诺留三世的作品在巫术野史上的联系，以及提示他关于前者同至今尚未在预告函中露面的匈牙利小姐间的关联，就实在太突兀了。实际上，前两幕中的场景安排，很多都同洪诺留三世教皇书中的内容一致；钉住蛇身的七支短箭、大魔法阵中所包含的七—七—七，也提示了《影子摩西之剑》中和哈米吉多顿序列相关的信息。基于这些显而易见的线索，只要作家先生有通过图书馆藏书来调查事件背景的意愿，合理的联想就必然牵引着他找到巴托里夫人，让他将她同那个匈牙利女人联系起来，并顺理成章地想到回魂巫术，进一步将所有巫术背景通过想象力串联起来。

以上是辛勤演出的演员们对观众的期望，试探的结果也令我们感到满意：他表现得惊慌失措，甚至拿出了巴托里伯爵夫人画像的影印件询问那个女孩和她母亲。这毫无疑问地证实了我们的猜测——可以将精心准备的附加场景搬上舞台了。

当然，作为负责任的导演，我也安排了应对另一种可能性的剧情：女孩已做好回答"为什么是'穿红色裙子的女人'"这一问题的准备。相应的魔书、可供考证的页码、与作家先生手中那照片相同的画像……这些都放在房间里触手可及的地方；木匠和弩匠也背好了"诱导谈话"的内容。即使这些情节并未用上，我也丝毫不觉得可惜——毕竟，靠作家先生的主观能动性来推动的剧情才是最理想的。

九月六号一早，小演员直接去客房里找他，将他领到她那座魔书图书馆里。为了烘托"前往魔界"的气氛，我们这一幕做足了准备工作。

首先是那瓶古怪的魔药，看上去似乎完全符合博丹先生《巫师的魔鬼术》中关于"魔界通行之法"的要求。实际上，尖牙是来自弩匠饲养的鼓身蛇，尾巴就是常见的仓鼠尾巴，那些形状古怪的石头也全部都是在湖边挑拣出来的。所有这些乱七八糟的东西里面，真正起作用的其实是试管内的淡黄色液体——那是混有部分乙醚的医用异氟醚。为了不至于太容易分辨出那独特的醚类刺激性气味，我在液体中掺了少许苦艾酒，瓶盖也事先用酒泡过了。作家先生在"深嗅"时，应该是先闻到异香，然后才会被迷倒。

这时就轮到主要演员们登场了。包括我、宿屋主人、四位猎人以及"末日天国"的所有成员，一共十二人，由两匹马分别驮着昏睡的作家先生和教服、羊头面具、成捆的黑蜡烛、纹章遮布等仪式道具，慢慢朝着老猎人那永眠情人的墓穴前进。

说是墓穴，其实不过是个深藏山中的洞窟而已——洞里的温度极低，入洞不久后，就变成完完全全的冰窟了。它在和木屋正相反的方向，离村子不远，却只有几个常在附近狩猎的猎手知道具体位置。他们也很清楚，那位受人尊敬的老猎人的旧情人就长眠在冰窟中的密室里。为了不干扰死者和生者，所有知情人都自觉保守着这个秘密。

过去，猎巫运动全盛时，冰窟曾是隐居的亡灵法师们秘密集会的地方。洞穴里用长年不化的坚冰雕凿而成的长明灯直到现在还亮着，亡灵巫师的纹章旗也从未从祭坛所在的冰室里卸下。过去用处女鲜血来献魔的祭坛，现在被用来存放那位过早离世的女士的尸体。

这位女士安眠在一整块巨大的冰块中，我不知道猎人是怎样做到的，出于礼貌，也从未问过他这个问题。唯一能确定的是，这种保存方式似乎并不能留住逝者的容颜：她的皮肤被冻得发青龟裂，身体也干瘪了，眼窝整个深陷下去，活像一具僵尸。

但在老猎人眼中，她还是多年前的样子——还是穿着红色华服的美人，长得很像画中的巴托里伯爵夫人。

这点巧合是最关键的。

当然，也只有在一切皆已尘埃落定的现在，看上去才像是个巧合。编写剧本时，为了将这宗传奇安插到故事中，我可是下足了考证的功夫。实际上，跟洪诺留三世还有巴托里夫人相关的一切内容，都是由这具尸体的衣着外貌开始，逐步展开联想，反复推敲多次后最终得到的结果。

换句话说，老猎人情人的尸体，可以说是代表整出戏剧的一尊重要图腾。

我们趁作家先生昏睡时布置好了会场：为巴托里夫人替身的冰棺盖上遮布、换上那套撒旦信仰者们集会时的装束，将祭桌擦得干干净净，上面摆放好银质匕首、死婴头骨和那本现在属于老猎人的《控尸回魂奥义书》。

书中我们希望他看到的那页特地夹了张书签牌。自然，那页的内容是由弩匠杜撰出来的。他修改了部分书中的原文，让那页文字能以预言方式与我们的演出内容及出演时间彼此照应。征得了老猎人的同意后，弩匠将原书拆掉，插入这伪造的一页后再重新装订好。尽管选纸、选墨、临摹、做旧的工作，都完成得一丝不苟,一页赝品夹在真品当中还是很容易被发现差别。不过在长明灯的异色灯光下,再加上翻开书后条件反射般的、对内容的优先关注,以及身处未知时空时的紧张心情,这些小差别几乎就可以忽略不计了。

一切准备妥当后,便停止对作家先生的定时补药。他被安置在靠近祭坛密室的一侧,我们则堵在通往出口那侧的窄路上暗中观察。

在冰室高处,一个原本用来放置干尸并供亡灵巫师们过夜使用的岩洞里,预先放入了一台可遥控播放的录音机,里面收有一段帕格尼尼的旋律变奏。虽是由钢琴演绎,却丝毫不损那号称"恶魔之演奏"的谱曲神韵。

如果他没被断断续续的钢琴独奏声吸引,而是朝着我们藏身的方向走来,剧本就会走另一套模式。我们会像非洲部落的蛮人那样,将刚刚从麻醉中苏醒,像喝醉了酒的水手般摇摇晃晃的作家先生用绳子绑起来。然后,我在前方领头,另外十一人则将他高举过头。作为活祭祭品,他同样会被安置在冰棺旁边;至于那块遮布,则由我来负责亲自掀开,然后,大家同时发出无声的呐喊……

在我看来,那样的剧情发展是不如已经演出的这个版本的。因为它缺少"随时会被发现"的紧张感,恐惧表现得太过直白和粗暴了。

作家先生读过特意为他书写的文字后,我们便将手中的黑蜡烛点上,故意发出沉重又急促的脚步声,让他知道有一大群人,或者其他什么正在向着冰室走来。

当然不能排除他就站在祭桌前,十分镇静地等待一群羊头教徒将他包围的可能性;等我们在他面前站定后,他没准还会面无表情地问上一句"你们是谁？这里是什么地方？"如果真出现这种情况，我们就忍住笑，按照蛮族部落的流程完成后面的表演。

不过，作家先生的表现完全符合我们的预期：他马上躲进了唯一能够藏人的地方。

遮布的大小经过精心计算，盖上冰棺后能在凸起的部分保留足够躲藏的空间。

然后我们就开始举行仪式。

为了追求真实，祭司专用的树脂羊头重量十分可观。因此我的第二次演出也就格外费力。我们严格还原了一整套血祭仪式的流程，却故意不发出一丁点儿声响——这是为了符合《论拉米伊斯》中对凡人前往魔界后的见闻的描述。

由我的角度看去，这位先生躲藏在遮布下的轮廓和位置，在祭坛底部火焰的映照下根本就是一清二楚。我用匕首割破了右手腕上预先绑好的血袋，里面装的是和女孩的试管瓶中相同的麻醉剂，只不过是混在了上过色的道具黏液中。

我屏住呼吸，将这些恶心的东西滴到他脸上——那时他已害怕得全身都在不住颤抖了，因此很容易就可以判断出他是否已经吸入了足够的剂量。

作家先生再度昏迷之后，我们收拾好会场，原路返回村子。他被运回到宿屋主人女儿的房间，安置在他之前嗅过魔药的位置上，由宿屋主人和老猎人轮流给他补药。

我则陪着那两个女孩在另一个房间里玩耍，给她们讲故事。可惜，这两个小大人显然早就过了听儿童故事的年龄。她们对我讲的老旧童话毫无兴趣。我心爱的女儿倒是反客为主，绘声绘色地讲起了第三幕演出时的冒险经历，还在枯燥无味的计划中添了许多崭新又富有创意的情节。我和那个女孩都被她的讲述深深地吸引了。

看起来，她比我更适合当编剧呢。

到九月七号早晨，和前一天相同的时间，作家先生终于醒了过来。

我们的童星早已准备就绪。她守在这位被愚弄了的先生身边，从他手里取回那只已换装了无害液体的试管瓶子，盖上盖子收好，接着拿出早已准备好的信息给他看。

那些真正的迷药则被弩匠小心保管起来，留待下一幕中再次使用。

需要说明一下，在五号、六号和七号这三天，女孩所展示的纸上所写的文字，都是由我代写的——这是为了证明她确实是被恶灵附身而玩的小把戏。为了给作家先生一个先入为主的、"所有信息都是由女孩亲笔书写"的错误印象。

不仅如此，我们还在五号那天让女孩当着他的面表演了一场小魔术。那天她一共拿了五张纸，最下面的两张上是我已经提前用左手握着同一根炭笔写好的：

  那天实在抱歉！

和

  那天实在抱歉！
  我知道您在找穿红色裙子的女人，我明天就带您去见她。

这两段话，其余三张全是白纸。

在写那句致歉的话时，她将书面倾斜到作家先生只能勉强看到她写字的角度,然后在那白纸上一笔一画地写字。在需要将纸竖立起来展示时,她就快速将最下面的那张纸抽出来,遮住之前那张纸,让他看到我早就写好的内容。

添加第二行字时则是和刚才一样,让他看到她正在写字,再迅速抽出第二张纸竖起来给他看。

准备的道具纸比较厚,也不透光,朝上斜立起来就能完全遮住下面刚写的字。这个简单的骗术,多练习几次的话,站在表演者正前方的观众几乎不可能看出其中手法。作家先生不知道这其实是场预先设计好的表演,也没有戒心,就更不可能看出来了。

七号早晨也是使用了类似的手法。不过那时她并没有真正写字,只是装装样子。

在展示过《论拉米伊斯》的摘录后,他肯定仍旧会感到不可思议——毕竟,随意更改时间快慢这件事,在任何一个正常人眼里都是荒诞不经的科幻情节。可惜,村子里所有与他熟识的人只要被他问起日期,都会告诉他相同的答案:

"今天是六号。"

他的手表也被提前调过,日期停留在昨天。整个村子都是依靠月历来显示日期,无论他是到哪位认识的猎人,或者哪位"末日天国"的成员家中询问,结果也都一致。

为求保险,宿屋主人还录下了前一天的广播内容。必要时,她也可在前台打开"收音机",让他听听六号的广播和新闻。

实话实说,这一步还是比较冒险的。万一他突然去问某个与演出无关的村民,或者有人(比如村长)想要和他攀谈,这个诡计就会失败。为了避免愚蠢的失误,在他醒来之后,所有演员都提高了警惕——从宿屋到木匠家的路上,大家早已准备妥当。一旦他脱离剧本,去找木匠或者弩匠商量对魔书内容的疑惑，我们就会采取非常措施。

故事的背景是村民们"得知宿屋主人的女儿竟然用禁术让他前往了魔界"。我们假定这件事是与村子的存亡密切相关的，甚至连来自魔书的考证都已准备好。一旦情况紧急，几位演员就会不由分说地将他抓起来，强行为他举行驱魔仪式，将从他那儿偷走的一天补回来。

可惜，剧情还是顺着剧本主线乏味地进行了下去。作家先生去找了木匠，经过讨论和引经据典式的说服后，这位已是惊弓之鸟的可怜人接受了弩匠的建议，由铁匠、木匠、书记官、"猎狐犬"和他五个人来为作家先生举行对应的驱魔仪式。

关于这场仪式，并没有什么值得一提的地方。那些将脸埋住的圣灰里掺有三唑仑。这种固体迷药一旦从鼻腔吸入，便会使人很快晕死过去。

在被捆住的作家先生被迷晕后，举行驱魔仪式的人们便停止咏经，将埋住头的"迷药圣灰"清除掉，换成真正的圣灰。预先估计好他将要苏醒的时间，在他差不多要睁开眼睛前，五个人就重新站回到五芒星的角上，继续咏念经文。到他真正醒过来时，弩匠会向他说明发生过的事情。他会告诉作家先生，这场驱魔仪式进行了整整一天一夜，那些在他体内建立的和魔界之间的连接，已经被成功去除了。

减少一天，再增加一天，时间很轻易就回复了原来的模样。

九月十八日

旅途中什么也没做。

在所有空闲下来的时间里,每当我打算翻开日记本,我亲爱的女儿就会开始抱怨,说我不陪她讲话,让她感到寂寞了。这个鬼灵精!旅行使她兴奋过度,话匣子打开就停不下来。

当然,我理应多陪陪她。等我回到村子,她就又是孤身一人了。虽然我经常给她写信,但距离终究会造成疏离感。这场旷日持久的演出消耗了太多时间——等到最后一幕结束,我就可以天天陪着她了。

还记得上次的家庭访问时,她的老师曾说她"很聪明,但不太合群"。虽然并未明说,但谁都知道这是监护人不太负责的单亲家庭孩子最常得到的评语。

哪个母亲不希望自己的孩子正常、健康地成长呢?毫无疑问,这也是那位作家先生的过错——真不该对他心存幻想,犯女人最常犯的毛病。想想当年那件事,那时不就跟现在的情况一样吗?我怀了他的孩子,却拿枪对准了自己的脖颈,简直愚不可及!我丢掉所有的自尊和骄傲,跪下来央求他,求他和我结婚,他却连头都没回。甚至直到枪声响起也没表现出一丁点儿惊慌,而是头也不回地将"我的尸体"抛在了脑后,就那样从我的生命中消失了……

就算是再如何为爱情痴迷,在经历过那样的一件事之后,怎么可能还不清醒?作家先生,他本就是无心、无爱的妖灵,我偏去自作多情，岂不正合了他的意？

无论何时何地，只要看一眼我的女儿，看着她向我微笑——就会使我内疚不已。如果多年前的那一声枪响真的击穿了我的头颅，带远了我的灵魂，那么此时此刻，我是否仍在前往另一个世界的途中幻想着，期待作家先生带着满脸的悔恨转过身来，由那条田间小道奔回到我们这对可怜母女的身边，抱着我那泪水未干的尸体，流下忏悔的眼泪呢？

多么可笑的妄想，令人感到恶心！要不是我在开枪时犹豫了片刻，又怎能看到那令人心寒的一幕？意外射空的一枪，以及随后亲眼看到的一切等于杀死了我，杀死了那个相信美好爱情童话的自己。然而现在那具丑陋的、穿着公主服和水晶鞋的尸体，竟又想要还魂了吗？

这真太可笑了！

何况，现在已经没有犹疑不决的余地了，戏目已演毕了一大半。按照目前的进展还有观众的反应来看，最后两幕的顺利完成也只是时间问题。我此刻所要做的，显然并非浪费时间的假设，而是履行导演的义务，将余下场景和演员分配协调到尽可能理想的程度。

就算是日记，感慨和回忆也不能太过，否则跟那个矫情、煽情、滥情的糟糕家伙有什么区别？

还是赶快回到正题吧。

以下将简要记录第三幕演出的整个流程。时间拨回到两周前，我假设自己是个影子，紧跟在全身写满圣名的作家先生身后，使用讲故事时最常见的、时间按照它原本方向匀速流淌的顺序进行讲述。如果遇到需补充的地方，我会稍稍停下，将需要阐明方能使故事完整的部分交代清楚之后，再返回主线继续。

首先要说明的一点是：我早已估计到，这位害怕到极点的先生一定会使用某种愚蠢的方式来排除全村人的嫌疑。我对这个妖灵附体一般的男人相当了解。如果他是某位作家笔下的一个人物，那么在写作提纲中对他的性格概括大概就会是：对任何人都建立不起信任来，并且认为旁人受自我中心主义者（他本人）的奴役是理所应当、天经地义的。

如果他还指望用常理来解释这件事——换句话说，维护常理作为唯一认识世界的方式，就要人为制造一个常理下的不可能情况，看看这情况是否会被破解掉。具体到第三幕剧中，就要首先确认村子是木屋附近唯一较近的聚居地。于是巫师要么借住在村中，要么本身就是村里的村民。毕竟转冷的荒山里是很难住人的。

虽然这些结论经过了简化，但大致的思路是正确的。作家先生很早就来到了村子里，花重金雇了村长和其他几位村民，亲自搜查村中的每间房子，并将所有人都押到了宿屋里。

在这里，他忽略了一种可能性，那就是全村都与他为敌的情况。如果只有他一个人可信，而其他人全是一伙，那就绝对不可能真正掌控一切。只要有人趁他不注意放走了巫师，他最终能得到的结论便会出错。幸好在我的剧本中并非这种情况。不过，其实也差不多吧：为求保险，在他要求猎人们外出巡逻的那一周里，我们母女俩一直都住在木屋里，全力准备演出道具，并没有回过村子。猎人们每天都帮我们捎来宿屋主人准备的可口饭菜。有那么两三天，宿屋主人本人——这位勤劳又称职的主要演员还特地过来，带着她可爱的小女儿和装得满满的野餐篮子。四个人一道吃完饭后，喝喝茶，聊几个小时天，偶尔还打打桥牌。

那简直就是神仙一般的美好生活。

现在我可以实话实说——他会禁锢全村人这件事只是我的直

觉,并不是出于理性的判断。此时此刻,我当然也可以宣称这本来就是充满信心的推断,甚至能证明当初撰写剧本时的特意安排也是正确无误。不过,他真这样做了,又使人感到相当失望:居然会把那些待他友善的村民全都用粗链锁给隔离起来,这实在是个令人讨厌的愚蠢主意。

这次的仪式恰巧和上次相反,被设计为只需要一个人就可以完成。实际上,如果愿意稍微冒险,在道具回收上再好好动一番脑筋的话,甚至可以设置为触发陷阱式的无人操作机关。不过,这样一来,我和女儿就会错过一场观赏好戏的机会。为了避免作家先生因为太过慌乱而忘记开灯,使我们也没办法看到屋子里发生的每一个精彩镜头,我们连煤油灯都已预先点上了。

九月三号,我们计划睡一整天觉——为了积蓄精力,以便在四号凌晨迎接那场开场时间不定的戏目。他已全权委托猎人们负责到来前那一周的值守工作,虽然可能性不大,为避免他在三号就提前来到小屋,我们还是选择在狩猎孔正对的那个方向、大片云杉和灌木丛后面搭好了帐篷。

那位置是老猎人挑选的,既隐蔽又便于观察,尤其通往阁楼的楼梯口——在那个舞台聚光灯关注的焦点上发生的一切都逃不过我们的眼睛。帐篷选用了土灰色,即使他在白天从村子方向走过来也不可能会看到。

女儿倒是睡得很好,我却在睡袋里翻来覆去,不时观察一下从村子过来的那条通路,怎么也睡不着。前两幕演出相当成功,我却都不在现场,这次才是我的真正初演。一想到不久后他会出现,我必须一个人负责稍不小心就会露馅的魔术操作,怎么可能不紧张呢?

作家先生在大约凌晨五点慌慌张张地来到了木屋前。他动作很大，表情慌乱，应该是从高坡那边一路不停地跑过来的。这滑稽的场面让女儿感到十分开心，几乎要笑出声来。不过我们事前确实没有料到他会带着猎枪前来。不仅如此，我们当时也没想到他竟然真把全部村民都关了起来。作家先生会这样做，代表他比想象中还要脆弱——毕竟是那种需要时刻背负谎言的人生，他会这样担惊受怕也不奇怪。

走得更近些，他就可以清楚地看到那只漂亮的狐狸了。

作为第三幕的祭品，这只由硬纸板打印出来的等身大小狐狸照片，还有生日卡彩灯组合而成的纸狐狸是我女儿的杰作。纸板狐狸在凌晨的黑暗和背朝屋内光线的前提下，隔着窗户从不远处看去，和真的狐狸没什么区别。关于这点，在纸板狐狸做好的当天，我们就曾向"猎狐犬"确认过——他认为这就是一只真的狐狸。

为了证明这并非恭维我女儿的套话，他还特地为那两只二极管眼睛做了两片圆形的亚光塑料片遮罩。调整过后的眼睛反光效果，用女儿的原话来形容——"就好像那后面当真住着灵魂一样"。

几位值得信赖的演员将一个固定缆绳用的三角形吊环安在了离狩猎孔最近的一处结实的杉树枝上。那个位置离地面有十多米高，吊环与木屋之间的垂直距离约八米。因为实在太高，第二幕中（或许）使用过的折梯完全无用，只好让书记官爬上去架设，其他人在下面负责鼓气和掌控安全绳。那吊环是铁匠按一只旧衣架的形状改制的，为防止缆绳绞到一起，上面焊了两截铁栅，将围住的空间分成三个部分——因为演出正好也要用到三套绳索。

准确点说，牵引纸板狐狸的应该是一根编织电线：因为我们需要控制狐狸的眼睛，让它只在需要的时候发光。所有的缆绳都经过吊环,其中两根——包括纸板狐狸占用的那根——是从狩猎孔那里伸进木屋的(为方便演出,通风和狩猎孔都已提前敞开)。至于为什么敞开,获得准许的猎人们,会将"方便换气"这个理由告知作家先生——这是使用山间小屋的规矩,不可能惹人怀疑。

另一根则被用来完成华丽的手法:这点要到轮到它登场的时候再来详述。

原本的剧情安排是:一等作家先生走近,第一根主绳就要赶紧回收,让他以为狐狸受了惊吓、转身逃走了。为了不因道具复杂而在后一段剧情中增加发生意外的可能性,这只纸板狐狸上连一个额外的支架都没有——它确实就像是一张常见的生日卡(对于这点,稍后还会给出进一步的证据)。前后两张纸板搭成极陡的尖塔,仅仅通过底部一条细长的纸板来支撑。一节五号电池被固定在底部供能——这对保持重心也很有帮助。

电线的出口在狐狸脑后。编织电线比漆皮线要软上不少,只比普通缆绳稍硬些。我们试着操作了几次,通过煤油灯的光线投影,如果拉线的速度快,从窗外靠左些的角度就会看到线绷紧瞬间的运动轨迹,仿佛一个一晃而过的鬼影——这都取决于拉线的速度。

我们的计划是先猛一拽线,将狐狸拉倒。等猎人慢慢走进到死角,再快速拉线进行第一步回收——过程中发出的声响正好可被理解为"狐狸还躲藏在木屋内"。三扇窗户紧闭,门是由目击证人打开,阁楼两个孔洞的尺寸也不足以让一只真正的狐狸逃跑——在这些条件作用下达成的密室消失,如果是不知道机关的人,除了用巫术来解释就别无他法了。

但作家先生却打乱了剧情:他竟然对着那只纸偶开了三枪!我对这意外毫无防备,也顾不上先快后慢的准则,一边按下关灯的开关，一边飞快地将道具回收到了阁楼里——在那个位置，纸板狐狸待会儿还要完成另一项表演任务。

还好，因为举枪射击时过度紧张，作家先生的子弹只有一枚射中了狐狸，而且并没有打中头部，只是射在了胸口偏上的位置。由此可见，他的枪法也并没有他在文章中，以及向媒体吹嘘时说的那样神奇。子弹击穿了格窗的厚玻璃，还有屋子后侧那扇窗户。玻璃破碎的声音很刺耳，女儿吓得差一点尖叫，我赶紧捂住了她的嘴。

幸运的是，这位蹩脚猎人的全部注意力都集中在了开枪上，既没有留意灌木丛这边的响动，也没注意到拉绳瞬间的鬼影。虽然现在密室被强行开放了，消失的狐狸有了可供常理解释的破绽，但这也让随后出现的狐狸标本能够更自然地衔接。因此，玻璃破碎的半开放密室，因为我们在第四幕中仍需要用到这个概念，此刻总结时，我反而觉得在第三幕中做一次额外铺垫更有益于全剧的整体性。这点得感谢我们的作家先生。

他当时肯定以为这枪声不只吓跑了狐狸，还将木屋中正在准备仪式的巫师也给吓得不轻。为了能稳妥地逮住或者杀死这个作弄了他整整两幕戏的可恶家伙，开枪之后重新找回戒备心的他并没有直接推门而入。从他的角度看来，巫师很可能正躲在门口，准备突然袭击。因此，绝对不能轻举妄动。

猎人接下来的举动也让我们捏了把汗。

怪我在撰写剧本时考虑不周，并未想到那种很自然就会发生的情况。为避免遭到暗算，他绕开房门，先去了窗口那边确认屋内的状况。由于窗子集中在狩猎孔那端，显然就增加了他发现那套以绳索为主的机关的可能性。作家先生跨过护栏之前，恰好就站在那些像彩带一样横挂在木屋和树丛间的绳索的正下方！只要他抬头看看，这整场剧目就不得不宣告失败了。

幸好他当时的注意力全集中在木屋里。从支撑柱那边以极偏的角度观察屋内，可以看到大部分位置。但这些位置中并不包括门后安置壁炉处的墙角，而那正是巫师有可能藏身的地方。

因为子弹击碎了正对着的双层玻璃，而狩猎孔下方的玻璃角度也不太对，就算想利用反光来检视墙角也很困难。就在这时，煤油灯的光线忽然变得暗淡了些，或许是破窗时带入的对流冷风影响了向上吸油的效率。但这个事实从作家先生的角度看来，却应该是油灯即将燃尽的信号——为避免突临黑暗带来的混乱，他的行动马上就变得快速起来。他不再注意掩饰脚步声，而是两步跨过了横栏，直接从狩猎孔下的窗户去看他怀疑藏着人的位置。绳子终于脱了险，这当然也使我们松了口气。

他什么都没看到，便认为巫师本来就在，或者已经悄悄躲到了阁楼上。这就使我们安排的剧情回归了正轨。很好，他终于拉开了门，同时发现门没有锁——这也照应了之前的一项剧本设置。他在楼梯口待了一会儿，背对着我们，似乎是在检查猎枪。根据去木屋替他取枪的老猎人的报告，枪管上还卡着小型手电筒。因此，他当时应该是在摆弄手电——阁楼里十分昏暗，直接摸黑上去的话，猎枪几乎就没有用了。

这是徒劳的，因为根据表演要求，这时的阁楼上不会给他任何看到人或动物的机会。我看着手表上的时间，估计他走到楼梯口，转身，再用电筒扫视一遍四周所需的时间，手中紧紧攥着第二根主绳。这部分行动所需的时间我已请老猎人事先确认过了——模拟了几次从慢慢上楼梯、转身，直到粗略查看完一遍阁楼的每个角落的一系列动作——对于一位熟练的猎手而言，大概需要二十秒。由于对伪装充满自信，再算上针对业余猎手做出的时间修正，我将此处的时间限定为半分钟。

或许是在作家先生刚刚向狩猎孔方向迈出第一步时，我放开手里的绳子，启动了第二项机关。

没错，正是那位握着法杖的女巫——她原本是住在狩猎孔那侧的斜屋顶上的。我特地给这位用拆散了的橱窗模特装扮而成的巫师选配了很长的假发，足以遮住那个塑料脑袋。漂亮的巫师尖帽和写满符咒的斗篷长衣，还有那塑料手上的假袖子，都是由宿屋主人精心缝制而成的。木匠选择用椭圆形的木盘来支撑主体部分，手臂安装在盘子两侧，头部钉在盘底，其余部分都是空的。只有吊起来时，斗篷和长衣被撑起，看上去才像是人的背影。

至于那根法杖，其实就是木匠用剩的一截长条橡木，被削成了尾细头粗的棍状。为符合演出要求，沿法杖一侧从中部开始，一直到杖头，挖出了一条细长笔直的凹槽。杖头的中间挖空了大概一食指粗细的圆洞，洞的底部和凹槽之间再钻一个洞，将两部分连接起来。

木匠要负责的准备工作并不少。除了以上这些，他还得在斜屋顶的下端边缘安一只木钩，钩子的位置配合狩猎孔下的窗户，设置在中线稍偏右的位置，这自然是要照顾观看者的视角，以便让我们唯一的观众走下楼梯时能看到最完整和最清晰的女巫表演。

靠着帐篷这端施加给绳索的拉力还有钩子的固定作用，女巫就像是被绞到头的船锚，紧紧卡在钩子旁边。我们将那根法杖像杆秤一样架在钩子上，木盘和女巫的头部摆在秤的右侧，双手的重量则尽量往靠近狩猎孔那侧转移；这是个反复尝试的过程，因为这套装置用到的绳子不止一根，双手的动作是通过一根末端被分作两股的渔线来操控的。要做到精确调整各条绳子施加的力，让这根杆秤在有外力支持时恰好保持平衡。一旦失力，人偶就会从屋顶上掉下来。而且头发、衣服和斗篷的大块布料，还有经常不肯受人摆布的女巫的双手——要使这所有部件不会从屋顶的边缘漏下来，也不能被作家先生在木屋门前一眼就留意到才行。综上所述，道具设置的难度相当高。比如手臂的姿势需要配合作家先生可能会停下来观察的视点，摆放得像一团树枝一样；头部不能正放，而是需要斜侧着摆；帽子一开始是选用了现成的万圣节巫师帽，但那个太硬，而且高，放在屋顶上实在太过明显。考虑到吊绳是通过帽顶伸出来这点，最后选用的是宿屋主人自制的绸布帽子。那顶绸布巫师帽只有边缘一圈是硬的，整个尖顶只在绳子向上拉时才能够立起来——当然，绳子存在拉力的时候，看起来是很不错的，会给人一种"帽子的材质很硬实"的错觉。

总之，这一堆东西在作家先生举枪射杀纸板狐狸的时候，是绝对不能被注意到的。借助木屋后侧高大的树群背景，在月光稀疏的暗夜里，我们勉强完成了要求。

虽然作家先生最后还是屈从于我为他设计好的剧本，但在这里还是有必要提一下备用方案。如果九月四日天亮之后他还没有出现，我就会直接将现场全部表演用的道具回收，只留下肚子里装有预告函的狐狸标本。那样就会和前两幕一样，缺乏亲临仪式现场的真实感。假设这种情况确实发生了，就像是垂钓一天却空手而归，虽然我和女儿都会觉得不甘心，但也无可奈何——因为这场特别安排的木偶剧受条件所限，只能在黑暗中完成。

我松开绳子，那由法杖和木钩组成的杆秤便失去了平衡，所有东西都从斜屋顶上滑落了下来。本来计划让他听到噼里啪啦的一阵乱响，好像是有人在窗外慌不择路地走过。但这次掉落的运气不够好，只有那连着脑袋的木盘打在了窗外的木质阳台上——要知道，前几次实验时，塑料手臂和法杖可是每次都会敲击地板的。

但他还是听到了声音,并且马上跑下了楼。这时我已经将那个戴假发的女巫脑袋拉到了差不多与常人等高的位置。为了保持背对木屋的姿势,控制女巫双手的渔线也必须同时拉紧,这样女巫的身体才不会左右乱摆。我将渔线绕在了一只很方便手握的木扶手上——这项工作交由我的小女儿来完成。

请原谅我在叙述中耍了个小诡计:其实这第二根主绳依旧是一根编织电线——它的一端连着木碗里固定住的一台小录音机,开关掌控在我的手中。这一步需要配合——我和女儿同时收线,当女儿动作比我快时,女巫的手就会向内收拢——这个动作不能太生硬,要和女巫升天的动作协调一致,尽量强调出巫术在施放时所表达出的、那种如恶魔渐渐在黑暗中露出微笑般的韵律。

这里经过了数次彩排才能做得令人满意。我们观察着楼梯口,作家先生的脚刚踩在楼梯的最后两级台阶上,我便按下录音机的开关——那卷答录机用的微型磁带里只录了一句话:组合恶魔之名的咒语,出自约翰·迪博士那本《象形之单子》[①] 中一句难解、但似乎包含着戏谑意味的话语。众所周知,虽然这本魔书名义下的语言及符号学启蒙作品在当时得到了极高的评价,但时至今日,这本差不多是五个世纪前的论文已经掺入了数不尽的神秘学元素,变得比当年迪博士对字体、符号、词组及语言的解说还要更晦涩艰深。这虽然是有出处的咒语,但就算作家先生查到来源,因为各种版本和注解出入甚大,他也只会陷入更深的不解谜团中去——这正是我在演出中选择这段咒语的原因之一。

另一个原因则是因为它短促有力,不会给那位已经目瞪口呆

---

① *Monas Hieroglyphica*.

的观察者太多考虑下一步行动的机会。我给女儿下达了指令，一旦看到作家先生放下的枪管稍稍抬起，就快速拉绳，做出女巫正在借法杖和咒语之力施放召唤魔法的样子。她做得很好，在法杖举起之时，我按下了另一个开关，那是用来控制一支袖珍电子点火枪的：电线经过模特的头部和左手，然后由法杖上的凹槽引到杖头，从预先钻好的小孔里探进法杖顶部的洞中，再和改装好的野营点火枪接驳在一起，点火枪本身则固定在杖头。

　　至于那道白色的光弧，我们准备了两种不同的方案。利用上述的简易点火杖，比较简单的一种方法是先用热风卸下储物柜里那把救生枪的封条，取出照明弹，将里面的照明剂全倒出来，取大概五分之一的剂量（再多的话，可怜的女巫就会被处以火刑了）。将不用的部分按原样封装回去，减少的体积则用铅粉和锯末压底来补充。这样，就算在检查时拆开了子弹，如果不将照明剂全部倒出来，也无法得知有人曾借用了其中的一小部分。

　　作家先生想到的就是这点。前两幕严格履行《西弗·罗洁艾尔天使之魔书》中的要求这件事，给了他思考的暗示。虽然请老猎人来帮他取回救生枪十分失策，因为这就表示我们几乎可以在事后动任何手脚来避免被他怀疑。老猎人可以说，两把枪在过桥时不小心掉进了溪流里（这当然是愚蠢的借口）。可以简单添加新的照明剂甚至更换新的照明弹——鉴于这种方案如此没有挑战性，我和弩匠先生商量过之后，敲定了另外一种较为复杂的方案。

　　照明弹的原理，无非让金属可燃物在接近纯氧的氛围中燃烧，并用缓燃剂控制燃烧速度，让它在点燃后能够保持较长时间的明亮。常用的金属是铝、镁及特制的燃烧用合金[①]。单质镁虽

[①] 含镁量大于百分之十。

不易得，铝却可以从木屋里原有的炊具上轻易得到。咖啡锅和野外锅的握柄在用到狐狸标本上时，都经过了工具的敲打改造。从这些材料中取下一部分来作为燃烧物，不存在任何问题。也可以故意制造出似乎为拆卸锅柄而将炊具严重破坏的假象——比如使用伐木斧来劈碎纯铝质的咖啡锅，取其中的铝片，先将表面的涂层磨掉，然后用石磨将铝片小心磨成极细的铝粉，便可直接作为照明剂使用了。

生成氧气则需使用消毒用高锰酸钾和漂白粉。这两样是野外生存的必备用品。高锰酸钾加热能够生成氧气，这是连我女儿都知道的化学常识；至于市售漂白粉，则是次氯酸钙的结晶水合物——这种白色干粉若和燃料油混合则会快速分解，同时也能够被轻易点燃。木屋里漂白粉的储量相对较多，用煤油引燃，正好可以同高锰酸钾合作制氧，取代照明弹里硝酸钡和硝酸钠的地位。

将这数种粉末用一只普通无弹性塑料纸制成的小气袋包住，捆扎在法杖的头部。少许煤油用塑胶袋密封，为防止渗出，开口用铁条烫实。煤油作为引燃剂，放在点火枪的出火口上。一旦引火，高温几乎同时将里外两层塑料薄膜熔化掉，油被点燃，漂白粉受热分解燃烧，高锰酸钾燃烧生成氧气，进一步促进燃烧。所有的粉末都发光发热，尤其是铝粉，在氧氛下会发出耀眼的白光，就像是用魔法开启了传送之门。

由于缺乏缓燃剂，这包粉末虽拥有如照明弹那样的亮度，却无法持久，即使添加少量蒙脱石粉作为缓冲也会在数秒钟内燃烧殆尽——像是使用了闪光弹一样。

没错，这正是我们想要的效果。之前说到作家先生怀疑有人使用了照明弹的那个假设，根本就是他自己的误解。除非能去掉照明剂中的松香、紫胶和桐油等黏合剂，否则根本无法达到他在两周前曾经看到的超高亮度。因此之前提到的、看似简单实则愚蠢的第一种方案需要被直接抛弃掉。

如果作家先生有机会读到这本日记的话，那么，我愿意为在段落之间屡次捉弄他致歉。在所写不多的几篇日记当中，这已是第二次了——和上一幕中我所玩的文字游戏类似。

趁着法杖闪光令他几乎失明的时机，女儿立即松开手，而我则全力拉动手中的绳子——那个固定在屋顶上的木钩并不结实，只需用力一拉就会脱离屋顶，和女巫一道被绳索拖到杉树的高枝上。就这样，这一部分的机关便已完成了应尽的义务。

窗外弥漫着燃烧带来的刺激性气味，为了让我们亲爱又困惑的作家先生在寻找失踪女巫时，不会受到这种古怪味道的困扰，我不得不再次将控制权切换回第一根主绳。对了，刚刚少说了一样组装纸板狐狸的部件——除了生日卡彩灯外，我还使用了生日卡里的小留声机。这当然是戏谑的说法：我们取用了一张万圣节卡里的八位录音集成块，里面收有一段狼人的嗥叫声（当然，这古怪的声音实际来自哪种生物，我们并不清楚）。为了让声音更嘹亮些，弩匠还给这部分集成块添加了一套放大电路，但效果似乎并不理想……总之，这声音突然在阁楼里响了起来，自然会让作家先生感到迷惑，因为他刚刚已经检查过阁楼——上面应该是什么都没有的。

实际上，当他去阁楼检查时，纸板狐狸和狐狸标本就在那儿。我们使用了一种简单的障眼法，让这位观众在检查魔术师的箱子时认为其中好像空无一物。有这样一种白鸽魔术：箱子可以展开，魔术师还从箱后的洞里向着观众伸出手，左探右探，展示箱中是空无一物的；然后关箱，再打开，里面却飞出两只鸽子来。这实际是利用了箱后的夹层，其中左右两侧都藏有鸽子。关箱后，魔术师启动机关，原本作为箱背的有洞隔板，倒下来成了箱底，再开箱子就完成了魔术。

我们的方法大同小异：城市里有一种褐色灰底的迷彩帐篷布，将那种布样摊平后，和阁楼木材的纹路十分相近，用它来代替狩猎孔那一侧的墙面，在光线昏暗的情况下几乎看不出任何区别。

为表现出狩猎孔那端、木屋结构上稍凹进去的一部分，在裁剪好的布料中段略靠下的部分，需用硬纸做个台阶形的衬子。纸不能太硬，否则在回收时会遇到麻烦；也不能太重，否则贴在斜屋顶上的胶带将无法支撑它的重量。相应的伪狩猎孔也用从内侧缝上的一块纸板来保持形状，否则，两侧受力的时候上下长边会向内凹，第一次回收纸板狐狸时也可能会挂住。至于固定木纹布帘的方式，考虑到可能会在屋顶留下黏合的痕迹，胶带要尽可能少用。经过反复实践和比较，我们选择在左右两侧斜顶，以及稍靠下的垂直木墙部分使用胶带。四条胶带和布帘相连接的部分，全部使用针线缝合牢固，以避免胶带脱落留下线索。经过调整，粘好的布帘就像是紧扯住的横幅一样平整。

隔间不需要也不能过大：我所选择的布帘到狩猎孔侧木墙的距离，大约等于我的上臂长——能够容纳两只狐狸，并且不会挤得让绳索打结就可以了。

作家先生上楼检查时看到的摆放整齐的毡布包和急救箱也是来自我们的布置。包括"紧贴墙根"的急救箱、"挨着右侧墙角"的毡布包，和那个上面摆放着望远镜的木凳，它们同样是用胶布粘在了木纹布帘上，所使用的胶带也缝在了布上。因此，在这一幕戏的这一段落中，绝对不能让观众靠近观察——哪怕是用手碰一碰"墙"，或者伸手拉拉木凳、用脚踢下布包，都会使伪装露馅。

关于纸板狐狸第一阶段的回收，现在我们已知道，实际是收到了这个隔间里。之所以不将它直接从狩猎孔收走，是因为它在这里还要发挥一项作用——用它眼睛里的发光二极管模拟月光。

和很多特效卡片类似，纸板狐狸上不止使用了一组二极管。除了绿色以外，还有一组乳白色的可供切换。为让模拟逼真，以让作家先生能够欣赏到月光掺杂上少许煤油灯光后忽明忽暗的效果，我们还在这组灯上加了个能够随机调整明暗度的集成块。这些其实都还是那张"狼人"卡片上包含的组件——那个展开卡片就能看到的、恶灵古堡时刻变幻着的幽灵灯，现在却成了荒野木屋里奇妙的魔法光线，这应该还算是一个理想的归宿。

没错，虽然这天晚上的月光很淡，但从阁楼透过狩猎孔向外看，如果中间有隔断的话，即使假墙和真墙之间相隔再近，还是会一眼就看出问题来。这处临时拼凑的纵深错觉欺骗不了无处不在的光线，为掩饰这点，效仿屋外房顶上的木钩，在隔间的屋顶上也装有一个用胶带固定的钩子——它的作用只有一个，就是让纸板狐狸悬挂在隔间里，挡住真正的狩猎孔，用二极管的光线营造出远景的错觉。纸板狐狸的高度经过仔细调整，务求让作家先生从楼梯一步步走上来时，从刚看到狩猎孔到视线与孔洞平行为止，都不会有机会直视狐狸的眼睛。原本我们预计他会拿着煤油灯上楼，这样，和煤油灯的明亮比起来，二极管的光亮就不会显得那么突兀；令人意想不到的是，他竟然在公演时擅自动用了卡在猎枪上的手电筒。不过还好，结果总算一样：他没有看出什么破绽来。

其实这幅画面倒可以用第二幕中的 DIORAMAS 来描述。没准我就是通过这个词展开联想，设计了这一幕的场景，谁知道呢？

纸板狐狸的嚎叫，在那样的环境下很难不使人恐惧——按照作家先生的思路，或许会认为是巫师在阁楼里召唤了魔物。他肯定不敢马上跑到楼上看个究竟，于是我和女儿就有机会慢慢用力，将布帘假墙和纸板狐狸回收。

狐狸的部分我交给女儿负责。这过程和回收那戴假发的巫师时很相似。猛一用力，那粘在阁楼屋顶上的钩子就会被扯下来，纸板狐狸落在标本狐狸背上，还有木钩子。或许会发出一些响动，这就更给了作家先生"楼上藏着什么东西"的印象。

而我却必须慢慢地拉动绳索，让急救箱、布包和板凳跟着布帘一起，向着它们原本的位置移动。控制布帘的线末端像八爪章鱼一样，伸出很多触手，一共是七条。其中四条和固定用的胶带缝合在一起，另外两条则系紧在纸板衬子的左右两侧。使用这么多绳索来拉这块布帘，一是能够应付绳子断掉的情况，二是可以让所施加的拉力分布更均匀，让那些要拖动还原的物件不至于堆在狐狸标本的面前。

如果情况紧急，我也可以拉快些——这样作家先生可能就会看到一团正从狩猎孔中逃逸的鬼影。

直到纸板狐狸成功逃出木屋，那些杂物也快返回到原本位置时，我才开始猛拉绳子——纸板做的衬子和孔框都只能使用一次，这些东西又是封在布上的，不可能做很多套来反复练习。在彩排时，我只单独拉出过那两种纸板；真正演出时，由于要拉的东西太多，到了最后，所有纸板都和布帘缠裹在了一起，变得十分费力。

多亏已回收好狐狸的女儿过来帮了我一把，才将这最后的道具组合顺利回收。

最初编写的剧本中,我是打算用一只真正的狐狸来完成时空转移魔法的。为此我还专门设计了一套特殊又准确的射杀方式(幸好这些在第四幕中还用得上)。但是,当"猎狐犬"真为剧组捉来一只漂亮优雅的赤狐后,看着它那对明亮的眸子,我又觉得不忍心了。权衡一番后,我们选择了这个丝毫不会减弱表现力的手法。

我请老猎人为我买来了一只教学用的剥制狐狸标本,然后将底座移除,肚皮上的缝线卸掉,原本的填充物和铅丝骨架也全部翻出来扔掉,标配的玻璃眼珠也不要,只剩下一张皮;再使用储物柜里的全套餐具和炊具柄拼成骨架,用渔线、鱼钩和止血带来固定关节,眼珠用望远镜上的零件代替,填充物则使用楼下床上被子里的中空棉,预告函当然还是使用速写本中的那张纸,以恪守那条看上去是"一贯遵守"的、只使用木屋中资源完成仪式的游戏规则。

猎狐犬和弩匠将那些玩具摆弄了一整天才做出一只惟妙惟肖、举起前爪,似乎正在转头张望的狐狸。那玩意儿的骨架不太结实,摆放好之后我们就都不敢再动它了。我只让书记官用纸板狐狸试着压了它一下,又用那张木凳往狩猎孔方向挤了挤它。还好,这点力度,它还是能够经受住的。

我并没有忘记第三根主绳上分出的第七条章鱼触手——那根绳子并不像其他六根那样用作牵引,而是用来完成现场放血的视觉效果。老猎人取了楼下的一只搪瓷水杯,手柄敲掉,再将第七根触手缠在杯身上做成一只活套。杯子里盛上大半杯从刚打的野猪身上放出的血,在填充标本时十分小心地固定在骨架下方。底部垫好棉花之后,老猎人一面托住杯子,一面小心将肚子沿着原

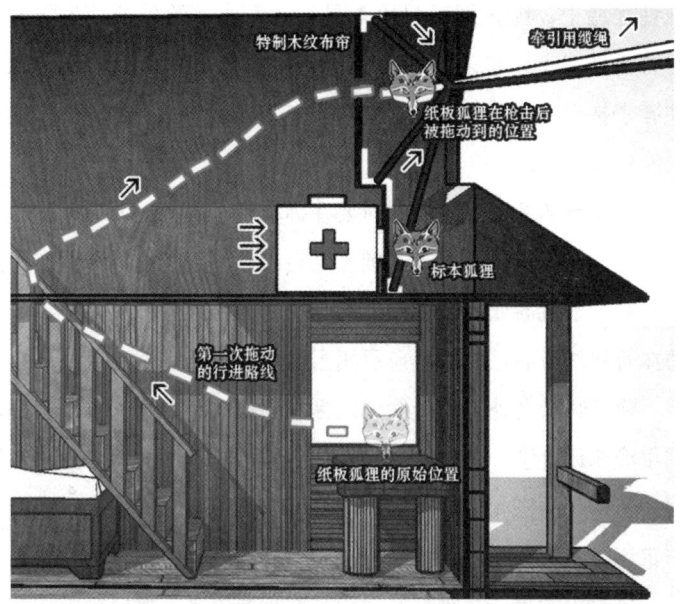

参考图 39：第三阶段仪式的"狐狸诡计"解说图。

先的针孔重新缝合。

为了顺利放那只触手离开，最上面的几针只是沿着边缘象征性地缝上；狐狸那三只原本是粘在底座上的爪子，为防抽线时将身体带倒，也需要稍微粘到地上。使用木工胶的量，以抓住脖子拎起来时不易被察觉为准——鉴于标本本身的脆弱，这点只能凭估计了。

考虑到那杯冒充的狐狸血要在标本肚子里待上一天，为防血液凝固，在缝进狐狸肚子之前，老猎人还额外在这杯野猪血里加了两粒肝素抗凝血药。那是他的一个儿子在大城市里为他买来预防血管栓塞用的，他觉得自己相当健康，这药完全没用过。

除了鲜血之外，为使假冒的标本制作现场更为逼真，我们还利用渔线设置了一些机关。急救箱的盖子、箱中的手术刀片和针线、毡布包的搭扣，还有其中的各种工具——这些全部用渔线和布帘连接起来。在将这面假墙拉出木屋的过程中，因为渔线的拉力，急救箱的盖子会被打开，刀片都被拖出来，露出箱中故意被弄得乱七八糟的药品，还有用光了的高锰酸钾、漂白粉瓶罐，以及空的蒙脱石粉冲剂袋；布包的搭扣拉开，斧子和锤子也都拖出来一些，剩下的渔线则要整个拽出来。

所有的渔线活结在机关回收的过程中都随着布帘从狩猎孔溜走。事后老猎人去清扫了阁楼上的血迹，他说那个标本被折磨得"惨不忍睹"——可见我们的作家先生在那时候受到了多么大的惊吓。

那场面我们也亲眼见到了：他像发了狂一样从阁楼跑下来，什么也不拿，野人般怪叫着逃离了木屋，消失在仍旧漆黑的树海之中。当时我们还很担心，怕他就这样死在丛林里；直到那天下午返回村子，得知他没事，只是受了惊吓，着了凉，有些发烧而已,这才松了口气。

但他应该也不至于太过沮丧——有一位颇具天分的小演员,会在尝试解答上一幕中遗留问题的同时,为他送上一则意想不到的好消息。

啊!不知不觉又写了这么多。第二幕中剩下的少许内容,还是留到明天再继续吧——我已经很困了。

晚安,我最爱的女儿。

二〇〇八年九月十一日

　　我为什么要写日记？是否必须跟那些小说一样，有谜题部分就一定要有解答篇呢？其实我自己也很清楚，我选择将发生的事情一一记下，只是想要让他去读而已；所用的那些口气以及故作镇定的方式，不过是潜意识和自我意愿的唆使罢了。

　　起初，我是打算要给他惩罚，让他后悔当年对我做过的一切。当戏码真正上演，我又胆怯了——原来我并不能够真正硬下心肠。夏天的时候我买了他的自传，但那时正忙着第二幕剧的彩排和上演，没有时间将这本讲他的书翻开来认真去读。

　　买这本书时，我确实希望能够一字一句地读完，因为我很想真正去了解他，知道我所了解的他和他心目中的自己究竟有何不同。就算过去了这么多年，我还是很想找到当年那段感情产生裂缝、直至最后破裂的症结所在。这其中可能也有希望能够补救的想法藏在里面。

　　这次我选择把女儿带到村子里来，却不让他们见面——我只是想让她看着他，看看他在我所设置的舞台上表演得多么滑稽；但我没带她去冰窟那一幕，而是让她待在宿屋里和宿屋主人的女儿一块玩耍。孩子有孩子的世界，当我搂着深爱的女儿，和她一同看着他离去时，她喊了句什么我没有听见，只看得见她水汪汪的双眸盯着我，满脸那个年纪独有的纯洁和愚蠢。

　　那种愚蠢是值得珍视的。我看着这一幕，看着帷幕落下，突然泣不成声。

难道没有更好的方法了吗？折磨他也是折磨我，这场戏我快要演不下去了。

我尝试着换位思考，将自己放到他的角度上。每一幕开始前，我都会在心中上演一遍他的角色；谢幕之后，我又要将他演出的过程细细回味。我并非想要说服自己，让我能够在自责中将剧本进行下去。其实，只要打开闸门水就会流动，刮起了风蜡烛便会熄灭，这出剧目一旦上演，就失去了停下来的理由。无论戏子心中怎样哭泣，在舞台上都得赔笑脸。

是的，我读了那本书。那是本矫情的书，同我和他一道完成的第一部小说完全不同，但同样感染了我。发表的作品和理想的作品是不同的，我猜他为了职业改变了自己——他已经改变了。

爱与时间是人类永远无法真正理解的话题，或许突然之间会想起，但换了情境就又忘记。我极爱他所写的第十六节，那就是我和他之间的故事。他将内容改头换面，却掩饰不了情感。

方才停了笔，翻看了一下上次的日记。这才相隔几个月，为什么我的心境变化如此之大呢？大概是阅读改变了我，季节的变化或许也有关系。最重要的，应该还是我的女儿，她跟我讲的那些充满欢笑的故事，以及赌气时的场景，还有那些累积起来的不满。那些画面让我感觉亲近——温馨、慵懒的家庭氛围最容易让人软化，这对于我的计划可是件要不得的事情。为了得到一样东西，却因这件东西逐渐为你所有而改变了初衷。在过程中迷惑是最常见的愚蠢。

应该是阅读的缘故，看来今天不适合接着写下去了。那么，我就将喜爱的第十六节抄录在下面——关于第三幕流程的记录，因为所涉细节较多，预计会在明天的旅途中开始。

我亲爱的女儿其实很喜欢旅游呢！

16[1]

  星星使天空绚烂,却无法为太阳增彩;爱情与理性就像是硬币的两面,无论何时,两者只得其一;生者哭泣,逝者长眠,爱人之心即是人的本性,不可轻移。

  我遭遇了一种超越的情感,它改变了我对女人根深蒂固的看法——这样一个女人,她可以不完美,但必然会打动你的心;即使受到众人诋毁甚至动摇了自己原本的意愿,专注的爱意也不会消退。一切的苦恼和哀愁皆源于此,人作为人所立下的誓约,或迟或早,总有一天会到兑现的时刻。

  在一个可能的地点遇见她,可能是在阴天的咖啡馆、早晨的面包店、嘈杂喧闹的公交车站、鸽子们企盼等食的公园长椅、黄昏时点缀斜阳的码头桥墩……在以上的某一处,或者其他更令人印象深刻的画面中邂逅。那一时刻,像是在静籁午夜用手指拨动了琴弦,人生的方向改变,未来的画面开始在脑中浮动,世界焕然一新。

  两个全然陌生的人,却仿佛相识了多年;不同于单恋的恍惚胆怯,只一个眼神就超脱了语言、身份、人种、年龄的障碍。即

---

[1] 作者注:此为正式出版的版本,或许已经过了自传编辑的修改。

使碍于俗世的陋习,在第一秒的初遇之后,尚还缺乏紧拥相吻的勇气。这就要依赖之后的决心和毅力,可能在一周之间,也可能要数年,甚至一生也办不到——其中有些是命运的安排,但真爱对人的驱使不分强弱,归根结底是方法同性格的问题。因此有人注定孑然一身,有人就能相伴相守。可绝大多数的,还是在半途失掉了那份情感:或许是有个人变了,或许只是不肯放下骄傲去诚心道歉。一句话的距离也是隔膜,相隔的惯性,慢慢就离得越来越远。待到察觉的时候,却早已无可挽回。

这和我曾经许诺过的不同。作为整本书中的"我",并没有在这一节里讲出一个具体的故事——没有提到我如何爱上一个年轻女人,甚至到了愿意和她交换戒指的地步。抽象的处理在司空见惯的那些自传中是不易被接受的,因为这越过了因为文体而购买书的读者们的底线。

没错,大众捣碎了它周围一切与众不同的,一切优秀、独特、历练和经典的东西!

那么我宁愿这本书一本都卖不出去——我只忠于我挑选的模式来合理组织我的文字。在此需要强调文艺伪装的必要性:首先,使用通顺而有韵味的文字来回避叙述的乏味,字与词的组合产生的韵律本身便可创造阅读的快感;并非单纯地写实,而是选择去将感觉抽离出来,再还原到一个由写实场景组成的集合上。其中的每个要素都仅突出少数的要点,但要倾注全部的感情。结合符号化的表述,能够强迫用心的读者们主动思考,进而增加代入感;在这样的作品中,作者的经历和其本意并不重要。相反,擅于玩弄文字的人还经常刻意给它们套上几层壳——因为概念在理解中不是单独的存在,它总需要和其他的概念交互才能接近自身的完整。一个写作者要做的其中一件事,就是将合适的相关概念统合起来，从而引导阅读者想象力的流向。这件事从理论上来解释复杂无比，在实践中却只需遵从自己内心的意愿——因为你所写下的原本就是你自身的反映。若是要将作家同另一个概念做类比，那显然就只能是"炼金术士"。

批评家们永远都不能够理解。既然他们认为一个人已经疯了，那他们就应该知道：对于疯子应当容忍，而不是试着去纠正他。如果对他不屑一顾，那么抵制他的最好方式是不去在意他。如果硬要咬住不放，那就必然别有用心。曾经有这么一个蠢货，反复说我的文字"像长了刺"——我倒宁愿相信这是恭维，而并非"须得拔除，方能见人"。批评家的职业本身就很可悲，在意他们的言行便会让作家在未下笔之前就变得战战兢兢。如果有位批评家看到这里，我希望他不要将这些文字理解为冒犯，因为我只针对那一小撮——要么指望别人的认同，要么指望别人的谦逊，剩下来的就都是争吵了。对于以此为生的一群人，爱说什么都可以，请当我的文字只是在对着你们弹琴——纵使看到时会是如何不满，这个故事也还是得如此抽象地进行下去。

两个相爱的人究竟为何分离，是否是在埋怨最开始时不够坦率？人总是会有这样那样的缺点，这些如果不能为爱让步，就都蜕变为争吵的起源。我们什么时候开始不再讲话了呢？又是在什么时候开始怀抱敌意、处处冷嘲热讽了呢？那些经由努力共同建筑的回忆，再用回忆去将它拆毁；一堆值得纪念的日子，不过一次两次的忽视便转而被痛苦填满。事情的开端往往只是小事，毕竟这世上找不到这样的一对爱人，他们的性格能够完全融合、心有灵犀、从不争吵——是不是我们应对的态度有问题呢？假如当初是遵循另一种可能，假如我曾开口道歉，对她说"我说错话了，我并不是那个意思"，然后她回答"没关系，我都了解"。如果生活可以朝着这个方向继续,她或许就不会转身离去。

扪心自问,这是否是出于我们由祖辈身上继承下来的、社会烙在我们灵魂上的古板成见呢?阿波罗式的想法太多,狄奥尼索斯却被压抑得太久——谁又不是这样呢?我们真不应该如此坦率吗?

我羡慕八岁时的我,那时候,伟大存在曾像天父一般加护着我,世界广阔无边,正义立场分明。然后,逐渐地,纯真就随着年岁的增长远去了,我们开始对人对事处处提防,一切的守则和界限都变得模糊不清。难道表达爱意需要掩饰吗?谁规定生气之后必须走一个规定的流程呢?看看,我们争吵的开端都是些什么:堵塞的水管是谁的责任,金枪鱼罐头的最后一口应该给谁,是否能够瞒着房东收养街头流浪的小猫,洗碗和清洁灶台的顺序由谁来决定……最后我们会忘掉这些小事,而去专注于争吵本身。这是明显的圈套,因为争吵被定义为以"原谅"或者"不原谅"为结束的过程。可是,很多时候明明在心里原谅了对方,却不知应该如何给出信号、坦承心事。相爱的人们起初可以凭借对彼此的了解和信任将讯息及时表达出来。随着争吵次数的增加,男人和女人或许就会慢慢发现:争吵上的每一个细节,都在记忆中如此清晰地累加起来。之后每次进行到争吵中的某个时刻,都能激起关于过去的不快共鸣,又都引出一段美好的回忆——糟糕的越积越多,美好的被反复摧毁,"原谅"变得越来越难。

我总在想,这或许是永远无法达成的愿望,但是——能不能在争吵过后,只要是积怨还没累积到毁灭的地步,就可以试着去抛弃社会赋予的特定程序,无须理由地原谅彼此,藐视那个不知所谓的流程,让情绪从一个地点游荡到另一个地点。再看一次爱人的双眼,从那里读出共通的信号。不管之前那些歇斯底里、怒骂哭泣，也无须再为得失斤斤计较——连"原谅"也不必说了，就像多年前那样紧紧相拥，凭借体温和怀中的实在感来彼此交流，体会越过世俗的不同感受。

如果这一切现在还能做到的话，如果时间还停留在那一刻，让我用这么多年的时间明确了我的决定，再开始转动……可惜世事不允许"如果"，针对过去的另一种可能而提出来的假设永远都无法成真。我们为了逃避而离开，刻意疏远那段不堪忍受的过去，情愿在想象中重建一段理想的过往；但居住在空中楼阁上时，心里总会满溢不安全感，如同在高空中行走于钢索上一般惶恐——事情再也回不去，我也知道，但就是不愿甘心接受。

我还记得一个清晰的画面，这是在那一年冬天，我们刚到那个城市的第一个冬天。那是圣诞前夜，你等着我，而我却为了那件毫无希望却又必须完成的事情始终都没有回到家来。外面下着大雪，屋里却连暖气都停了……如果从这画面中抽离出来的情绪是真的，它这么清晰，应该就是破裂的开始。

那个家我没有再回去过。因此，在我印象中，你一直还在那里等我。冬归夏至、春去秋来……你就在那里，面带温暖又期待的笑容，坐在彩虹之上的某处，活在永远的童话里：我认为，或者仅仅是希望，你知道我并没有夺走你的一切——我在改头换面中获得了新生，生活从另一个故事中开始继续。

但我让你失望了，编造出的崭新故事、伪装扮演的人物再怎逼真，真相却不可隐瞒。因此，这另一个故事中的一切，其实都毫无意义。伟大存在无可挽回地远离了我，不再眷顾于我了。一切眼前的幻境依旧美丽，但内里却都变了味道，好像是湖面上看似平静却又并不安定的水，时不时会因回忆而掀起波澜。我反复欺骗到连自己都开始信以为真，相信能将虚妄幻象当作伟大存在来膜拜,但真正的伟大存在却停留在了那一刻——他在那一刻就已经转身了。

有什么办法,甚至魔法也好,能逃脱失去之后才觉察得到的、漫长无边的苦闷,让一切都再回到从前呢?

二〇〇八年七月九日，星期三，晴

作家先生的智慧令人佩服，在第二幕中，他几乎完全揭穿了反重力魔法的奥妙。全靠舞台上一群演员的倾力演出，才让他的思维重新回到巫术的道路上来。

毕竟是静止封闭的舞台设计，场景狭小，使用的道具又极端有限——如果不是用关于仪式的预设来进行了限定，只要认真思考可能性，在纸上排列各种关系，并且穷举现场的可能性：即使忽略掉一些依照目前推断而言显得并不现实的可能，应该也很容易推出正确的结论来。

如果我站在他的角度上会怎样想呢？

这当然很难，作为导演，我事先已经知道整场演出中并无超自然的部分——恶魔和上帝都不存在，只有人。而人能够做到的事情极其有限，因此我反而能从容不迫地思考谜题、给出假设，并找到符合题设的答案。相反，作家先生很容易就会被诅咒、不可思议的场景和封锁记忆带来的痛苦压垮。那时候，心理上选择放弃合理思考，是对自己的一种反射性保护——只要忽视常规就能舒缓压力、感到轻松，这正是宗教慰藉人类的方式。鉴于他当时的情绪，奇迹和不可能反而比理性思考更容易被接受——人在无助的情况下，只要身边众人推上一把，依赖心理便会主动向不可知的方向倾斜了。

我无法否认预先知道谜底会在推理时给我带来莫大的优势，因此，我似乎也理应给出比那个热爱幻想的男权至上主义者完善得多的解答。

不知道他此刻已经想到哪一步了……不过，就算他能够正确解答那些动物谜题，对剧本终章的呈现效果恐怕也只会产生微小的影响。

还是赶快进入正题吧。

首先解答相对简单的"反重力"问题。

条件：

　　1. 天花板没有损伤，也不可能被翻转；

　　2. 蛇的体表和食道壁都没有任何伤痕；

　　3. 腹鳞的痕迹自门左侧无窗且离右侧三扇窗较远的地方开始，经过简易壁炉烟囱之后斜向上，直到蛇被钉死处。起始端和拐角处的腹鳞痕迹较多——腹鳞痕迹确实是蛇爬行过后留下，不可能是人为添加。

由1和3可推知，极北蝰确实在墙壁上移动过。2给出的信息是，使用绳索及支撑架类硬物固定均无可能。实际上，作家先生口述的磁铁理论和实施过程已经相当可行——结合以上事实，那原本就不难想到。遗憾的是，我预先估计到了解剖这点，而选择了一个应付的对策。在上述的简单构思出现之后，我请在场的演员们用"强有力的证据"，迅速阻止他按照正确的思路深入下去，并用一套关于瞬移的巫术理论转移注意力。箭杆上的刻字和"衔尾蛇"的蕴意在此处起到了很好的铺垫作用，木匠在他来后立即用《西弗·罗洁艾尔天使之魔书》中的权威理论来解释第一幕中"只使用屋内物品"的原因，也起到了相同的作用。

现在回想一下那个初步的磁铁理论之所以被否定，主要还是因为弩匠提出的决定性证据：蛇胃中的睡鼠体内并没有磁铁。

按照作家先生提出的逻辑，饿极的蛇咬住磁铁睡鼠不放，进而被磁铁拖到天花板上，在此过程中，食物逐渐被吞入（其实，在移动中被磁铁缓慢推入亦可）。通过在阁楼使用磁铁调整极北蝰的位置，并在楼下用自制十字弩射箭以达到需要的效果。

这样一来，要证实理论，磁铁睡鼠最终就必须留在蛇尾，而现实并非如此。另一个难题是在抵达天花板上预定的位置后，睡鼠在蛇腹中的位置并不绝对，要将它上移到靠近蛇头的部分才能提高准度。但实际操作过便知，若不借助外力稍微固定住蛇，这点极难做到。

实际上这幕戏确实用了他当时想到的方法。只是，我们总共给极北蝰喂了两只睡鼠，而不是一只。先喂的那只不过是烟幕弹，三分钟后再喂的才被塞了磁铁。

为确保磁铁不乱移动，需要等到食物进入胃中后才开始操纵——胃的结构易进难出，小心操作就可以保证磁铁睡鼠一直到固定在天花板上时，也都停留在极北蝰的中段，也就是胃部。

这时可以射第一箭。注意，并不需要将睡鼠挪到极北蝰头部，而是直接射脾脏所在的位置——短箭进去后刚好越过胃的底部，不至于将后吞入的磁铁睡鼠的某只脚给钉住。为避免意外，弩匠找来的这只睡鼠是没有尾巴的。在短暂的笼养期间，和蛇一样，都是完全按照野外可能的食谱进行供给——为了它们，那几位猎人可没少忙活。

因为中部已被固定住，跟着就可以将磁铁往前挪动——调整、射箭；再调整、再射箭……等到七支箭矢按需要的位置布置好后，磁铁睡鼠也再次回到了极北蝰口中。接下来用系在睡鼠体内磁铁上的棉线将道具拉出回收（此时磁力已经消失，具体见以下关于磁铁的说明），同时放入预告函。

不直接用磁铁拖出再取下，是为了避免在天花板上留下痕迹。使用棉线这点，在之后关于"进入全封闭密室"问题的解答中亦会提及。写到这里，读者也会明白必须使用两只睡鼠的原因了。因为，如果蛇胃中连一只老鼠都没有，解剖后却在蛇的食道壁上发现被黏液粘落的睡鼠毛发，诡计的路数也就在瞬间一览无余了。

至于磁铁，是使用了上一季回城时购买的电磁铁。最大号的马蹄形电磁铁，能够通过调整电流强度来改变磁力大小——磁力预先调整到经过离壁炉烟囱最近处时也不会吸走铸铁烟囱管的程度。因为弩匠一贯表现出来的博学姿态，作家先生对他当场给出的估算结果采取了盲信的态度。实际上，稍微动笔计算一下就知道，需要的磁力并没有那么夸张。还好，这项计算在换算和查找常数方面比较困难，作家先生对理工科也并不在行——就算是现在，他应该也会简单采信这个结果，不会再去验算一次。

因为第一幕中已经用过蓄电池，功率转换器也是现成的，此次就无须另行购买了——这些道具在下一幕中仍旧有能够用到的地方。

接下来思考"进入全封闭密室"这个问题。

条件：

1. 因为蜡封，由正门进入的可能性渺茫；

2. 一楼的三扇窗户全部反锁，且均未被开启过；

3. 阁楼通风口、狩猎孔、烟囱口不可能进入；

4. 根据木屋建筑结构及木匠检查结果，拆卸墙壁或者天花板进入亦不可能；

5. 通风口的铁栅栏上，有被硬物擦划的痕迹。

根据以上前四项的条件，木屋对人类而言是完全密室。但是，对一条蛇来说，却并非如此——按照如此思路，在基本不违背以上前四项的前提下，我们可以假设蛇进入了而人未进入。

能够使用的缝隙仅有通风口、狩猎孔和壁炉通道这三个。壁炉门在主人走前必定会锁好——除非让木匠在第一幕末尾找机会悄悄开启，然后在第二幕刚刚上演、作家先生拂去蜡丘进屋之后再悄悄关上，否则几乎无法利用。虽然通风口和狩猎孔也被遮堵住，但从外部打开和还原却并非难事。

也就是说，实际能够使用的只有通风口和狩猎孔这两处。

那么，我们首先需要做的，就是找出一种方式，能够让所需的道具经由阁楼两处空间上并不宽裕的孔洞，到达密封正门前的舞台。

需要进入的道具有：十字弩、七支短箭、吞下两只睡鼠的极北蝰、在天花板反面用来固定蝰蛇身体的第二块电磁铁。

需要取出或在木屋内使用的道具有：三只午餐肉罐头、速写本、一支炭笔、伐木斧、八角锤、军用三折锹、刀石。

其中午餐肉罐头、速写本、刀石和炭笔的部分，如刚刚提到壁炉门时所说，可以请木匠先生取出——作家先生只清点过一次物资。虽然在搬运时盯得很紧，但在木匠维修储物柜柜门的过程中，却有很多机会做这件事。他将原本的小号刀石替换成同型号的、但却磨损严重的一块；柜中的两把多用途小刀也故意用刀石制造出些许划痕，以便之后让屋主误以为是有人反复打磨过；午餐肉罐头取走三罐，藏进他的工具箱中——剩下的摆放成合理的、难以被一眼看出的排列方式。

那捆炭笔根本无须再动，第一幕折断笔头时，那支炭笔的笔芯中段就已经被整个取走，并且保留了下来。小心使用的话，完成全部的预告函都不成问题。

至于已被撕掉了两角的速写本，为了防止次日（三月二日）在小屋的密会中可能会需要书写一些内容，或者在讨论中绘制草图，木匠已准备好了红标记笔和报废了的大幅面设计图纸（即使一个身处边远小镇的木匠很少会用到这些东西）。实际上，为了让针对仪式的解说部分令人信服，他那天确实带了不少东西，虽然有些并未用上。

动过手脚的速写本和炭笔都放在储物柜近门那端的下层（罐头也放在那处），封门用的蜡烛和火柴则放在靠近书桌的上层——这并不是幸运的巧合。很遗憾，因为使用蜡来封住屋门本来就是由第一幕延伸而来的灵感。我叮嘱木匠用合理且巧妙的方式暗示并说服作家先生，让他在收走钥匙的同时断绝门被以任何途径开启的可能。这是很麻烦的任务，太刻意的话，难免会引起屋主的怀疑，太谨慎隐晦又是在做无用功。我提供的方法是，在讨论中反复提到画有魔法阵的那"七张纸条"，并记得在前面加上"用屋中石蜡封住的"这则定语；另外，也着重强调"巫术师曾进入过木屋"这项事实。事后证明如此的暗示是相当有效的——作家先生用剩下的蜡烛封了门，并且还刻下了那些挑衅的文字。

用来制作短箭的三折锹在屋主走后不久就被从通风孔的铁栅栏间取了出来，柄取下后，铁锹部分又放了回去。这里要感谢铁匠先生，除了提供一些现成的工具之外，他还改造了一些长柄又实用的演出道具，比如：加长柄的锤子、轻斧和钩子，锤头上还特别包上午餐肉罐头的铁皮。铜质的活动扣环和能够自由张开和收拢的平面帆布伞也是由他监督制作。最值得称道的一项功勋是，他设计并打制了固定十字弩用的铜底座。这个长方形底座的一端嵌铁，似乎是打算少许借助屋外电磁铁的磁力来加强固定。表面上则遍布棋盘状的细小坐标格——这样，只需用四根棉线便可以远距离调整十字弩的位置。实际上使用的是六根棉线：卡住弩身的部分还有一个半圆形的铜齿轮环，通过它还能调整发射的倾角，避免因为没入天花板的短箭过于整齐而使人觉察它们是用机械性的装置射入。

借助这些工具，站在折梯上的木匠首先用特别加长的铁钩从通风孔那侧探入，钩首挂上十二股船用锦纶缆绳。钩子需要一直前伸到狩猎孔处，并且伸出去，以让对面接应的书记官取下缆绳——这样就在木屋的阁楼架构了一条结实牢固的固定索，大量的后继工作均以此为基础。

接下来便可以将铁钩回退，顺势挂住收藏有伐木斧、八角锤和三折锹的军用毡布——那包东西原本安置在狩猎孔的右侧，直接在那个位置处理太过麻烦，需要将它们用钩子拖到合适的位置上，再完成随后的步骤。

尽管听上去好像很简单，但其实递出绳头和钩过布包的步骤是整个过程中最困难的。因为阁楼的长边有五米，符合这个长度的长柄钩极难操纵。特别是从狭小的狩猎孔伸出去这步，即使书记预先从外侧垫入了保护周围木板用的毛巾（通风孔的铁栅栏同样遮上了保护用的数层帆布，作为支点的地方也额外放置了布垫），一时不慎，仍会在墙壁上留下显眼的划痕。凭借多年因职业练就的腕力，木匠先生算是出色地完成了这项任务。

布包拖到稍后预计要钉住极北蜂那处天花板的上方（之后的很多操作都要在此处完成，因此必须是最便于在屋外操控的位置），换一个短些的长柄钩打开布包的搭扣，将三折锹勾出并将木柄卸掉，但铁锹部分并不急着放回。

这时木匠需要将手头的工具换成包有罐头铁皮的长柄锤子，用它多次敲打布包中的伐木斧刃和八角锤头，让罐头钢皮的碎屑留在这些地方，以制造出巫师是使用了这些工具制作短箭的假象。然后将铁锹放回，搭扣还原，再换回长钩将它推回到原来的位置。

然后要用各式长柄工具以不同的力度和角度敲击阁楼的地板——这些看似"有人努力在此制造十字弩和箭矢"的痕迹不必急于完成，可以分数次进行，以达到更为真实的舞台效果。

短箭和箭头的制作都是在村中完成的，其中箭杆部分由弩匠和木匠合力完成，箭头则在弩匠的指导下，由铁匠敲制。箭杆顶端的字是我亲手雕刻的，选用了美加合印的馆藏版《大魔法书》[①]封面上大量使用的"老英式"哥特字体，以加强作为仪式道具的效果。这样的短箭一共造了八支，其中一支刻了字母"B"的，并不会在这一幕中使用，而是作为在第四幕戏中承接前两幕场景的暗线，暂时由弩匠收藏了起来。

如此合力完成的箭矢便可以将各位演员的嫌疑分散掉，因为对阁楼地板的敲击和既成的密室表象已经暗示制造者仅有一人了。事实证明这是很有效的：我那糟糕的雕工，在让弩匠有机会向作家先生展现他的木雕技巧的同时，也排除了他"可能就是巫师，或者至少受巫师的委托制造了十字弩和箭矢"的嫌疑。

此处需要预先澄清一个事实：此幕中使用的十字弩确实是弩匠亲手制造的，但并非用了木屋中的木材。这个诡计完全是为了

[①] *The Grand Grimoire*，文中所提的重印版订购价一百二十美元。

配合"全部材料均是出自木屋"这点而设置——通风口铁栅栏上的痕迹是故意留下的，配合阁楼地板上的"制作痕迹"，其中一个目的就是为了让作家先生发现，并且愿意在阁楼上花时间向大家发表一番演说。在此之前，弩匠会在言论上表现出一种针锋相对的态势，他那小个子、秃顶、看上去毫不起眼却旁征博引、言语带刺的傲慢形象足以挑拨屋主的反驳欲望，这正好为弩匠在楼下多"犹豫片刻"争取到了一个合适的理由。

骄傲的作家先生认为，他的短期对手正在考虑是否应该上楼来经受挫败，而那位演员却正将床垫掀起，取下两根桑木横梁和一整块杉木板，藏进身上那套不合衬的西服里。这些上好的材料在第四幕时便会派上用场。

我为之后发生的一起暴力事件感到难堪——事实上，那件事也令在场所有人难堪。谁曾料到作家先生会在毫无征兆的情况下，恼羞成怒、扬起拳头呢？这完全是计划之外的情节。他甚至扯住了弩匠的衣领，要是再稍稍多用点力，衣服里藏着的秘密就会掉出来。那样的话，整场戏也就全完蛋了！

在这关键时刻，"猎狐犬"可真比狐狸还聪明——他佯装要躲避猛冲过来的作家先生，故意向后退了一步，用力倒坐在了木床中间卸下了木材的位置。

其他三位演员立刻明白了他的用意。老猎人和木匠赶紧过去扶他，弩匠则适时收起惊慌的表情。这一套配合顺利稳定了作家先生的情绪，将剧情再度拉回了正轨。

这才是真正值得惊叹和喝彩的戏剧！

本来我们认为应该是万分精彩的、发现床下秘密的安排，和首演的这段比起来，简直是彻彻底底的平淡无奇。

从逻辑上看，以上推论带着明显的先验因素。实际的安排是：就算并未达成如此的效果，弩匠也会找机会完成这件事——毕竟，猎人们和木匠找机会坐下的时间是机动安排的。那天木屋场景的戏码很足，有很多机会可以完成演出要求。不过，应该很难再有别的演出能够达到甚至超过七月一日发生的那个版本了。

很好，完成了以上的铺垫，接下来就要开始解说重点了。

在六月二十九日下午，这一切究竟是如何完成的呢？

为了完成我脑中设想出的这项宏大的不可能诡计，我们一共需要七位演员——

木匠、铁匠、弩匠、老猎人、"猎狐犬"、宿屋主人和我。

这是最值得信赖的演员集合。除了我之外，其他人（包括这六人之外的其他演员）早在一个月前就开始为今日的齐聚铺陈理由：大家共同谋划了一个由纷繁复杂的不在场证明构成的网络。即使作家先生在村中每一户都进行询问，由"可能其中一两人说了谎话"这种通常的观点，也完全不足以推出六位演员中的任何一位曾在他到达的前一日出过村子的结论。"十多人说的全是半真半假的谎言"这点，并不是什么新奇的点子，和破解密室也没有直接联系，此处就略去不写了。

三位猎人，由于需要凭借他们在瞄准上的经验来指导射击，我安排他们站在木屋的三扇窗前——弩匠在用弩上有绝对优势，他理应站在狩猎孔下、那个最利于观察的位置上；其他两位则站在窗户靠近弩匠的一侧，以左右相对中心各偏十八度的观察角度对弩匠给出的瞄准结果予以修正。

剩下四人中体重最轻的书记官负责在狩猎孔外侧协调固定索。需要注意的是，由于那一侧建筑结构上的斜坡设计，折梯需要和一个置空固定的脚手架配合使用。脚手架一端由铁匠固定在折梯上，另一端紧贴狩猎孔侧三角形墙板和屋檐间的隔缝。为了防止压伤木材,和木屋相连那端的压接处还垫上了两层粗麻布。

木匠则掌管通风口一侧——那里实际上是完成一切魔法的关键所在,具体放在流程中再说。

宿屋主人向来行事细心,因此安排她来控制楼下的那块电磁铁。与那块磁铁相关的操作恰好在离作家先生浇筑的蜡丘十分接近的位置上,如果不是做事细心有条理的人,便很有可能在操作过程中不小心踩到蜡丘,让所有准备功亏一篑。

我则作为整个现场的指挥和调度人员,同时也负责应对在预先设计和彩排中未曾预料到的意外情况。

固定索早在取三折锹柄时就已架设完毕。木匠要做的第一件事情,就是造成存在"次元镜子"的错觉——他需要在"猎狐犬"手中磁铁的协助之下,将极北蝰运输到墙壁上腹鳞痕迹的起始点处。

这同时也是架设十字弩专用运输索的过程。弩匠首先将刚刚饱食了两只睡鼠的极北蝰装进一只一米长的厚塑胶袋里,其他两位猎人隔着袋子、小心掌住蛇的中段和尾段,以保持蛇身笔直的状态。然后将袋子装进一个原本是装设计图纸用的窄硬纸筒内。纸筒的底部垫了大约三十厘米厚的废纸,让蛇头能够保持在纸筒的开口。窄纸筒的直径只比蛇体的最粗部分稍大一点,避免运输中改变蛇的位置,造成不必要的麻烦。至于塑胶袋口,则用胶带固定在纸筒外侧。

为了做出衔尾蛇的形态,弩匠在蛇吃掉第二只睡鼠之后,在它身体上安上一套小机关。首先需在蛇牙上嵌好预告函,然后再装上驯蛇时常用的、用橡皮筋固定的牙套;这结构上类似手铐的牙套被改装过,前端遮住牙尖的部分去掉,只留下箍住牙根的部分。用针在蛇尾上穿出两个和蛇牙之间距离相等的洞,位置需要

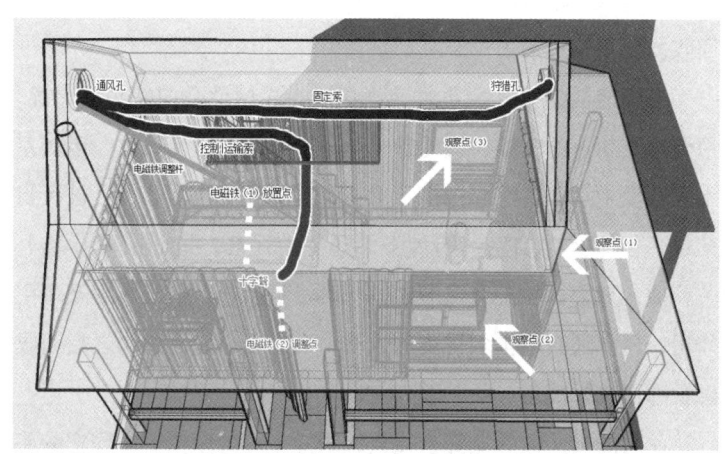

参考图 40：仅使用通风孔和狩猎孔完成第二阶段仪式的解说图。

谨慎选择，不能或只能流少量的血。用针引细线穿过这两个洞，线头分别穿过牙套护住的左右牙，各绕一个半圈，将连接尾部的两根线长调整到比蛇身体稍长（这样可避免在墙壁上移动时蛇将线挣脱掉，太长则容易纠缠），然后用一个活结固定。另有一根棉线拴住牙套的开关，保证用力拉扯能够打开牙套并且拴紧回收。

当固定活结打开，收紧两根线时，蛇尾就会向蛇头处靠拢。用到这个功能的时候，极北蝰已死，不会再做任何挣扎，因而基本不会发生意外。蛇尾被拖到上颚，线再用力，尾部就会被牙齿穿透，但不会穿到底，因为下面还垫着牙套。这时打开牙套开关，拖走牙套，拉扯穿尾细线的一端进行回收。由于重力及牵引作用，尾部还会逐渐刺得更深入些，嘴也会再张大，为之后回收磁铁睡鼠做好准备。

此时的极北蝰并非完全被放入纸筒中，弩匠依旧掌住它的头部，其他人需要再在纸筒外套一只特别缝制的长麻布袋："猎狐犬"将布袋慢慢套上，老猎人则双手捏住能够收拢袋口的棉线。等到袋口快到蛇的头部时，弩匠突然将蛇头压入筒内，手抽出的同时，老猎人迅速拉线将袋口收紧，只有牵引磁铁睡鼠用的硅胶编织电线还留在外面。

没错，在此纠正一下：拴住没尾巴磁铁睡鼠的并非棉线，而是电线；在那小家伙肚子里装的，是包了橡胶外套的电磁铁，起初并没有开启。

收紧袋口的棉线打上一只精巧又牢固的活结，解开的一端再连上一根长线：在较远的地方稍用力拉绳就可以开启袋口。靠近布袋口的位置还需要缝上一只小布袋，里面是另一块橡胶电磁铁，电线顺着布袋缝住，一直到布袋底部才露出来——这是为了防止和蛇头处的电线及其他长线距离太近可能会意外纠缠住，进而影响到之后的流程。

布袋底部还缝有一只结实的橡胶圆环，为了保险，圆环外同样套了一块麻布，一条十四米长的、较细的登山缆绳从环中穿过，首尾缝合制成环状——这样就制成了所需的运输索。

从通风口将处理好的纸筒和运输索一道放进阁楼里，用卡扣将运输索的尾端固定在固定索上。然后，由狩猎孔端将固定索向外拉两米半左右，直到悬挂在半空的纸筒被运到阁楼的中间部分为止。通风孔这边再放入一些运输索，直到纸筒缝有磁铁的那端几乎要碰到阁楼地面。

接下来的步骤需要反复尝试——木匠和书记官同时用力，让固定索摆动。开始时纸筒部分的摆动很难协调，在反复调整之后，便可以让纸筒带有磁铁的末端，周期性地经过楼梯口处。此时，缓缓放入少许固定索，同时继续摆动，尝试让纸筒的尾端搭在天花板的开口处。成功之后，再放入一些运输索，并将固定索收回原状。现在木匠和书记官可以将固定索缠绕固定，以减少手头需要应付的线头数量。

继续放入运输索，让纸筒末端落在楼梯扶手上——此时的竖立状态是不稳的，除了运输索的牵拉之外，只有天花板边缘和扶手这两个支点。站在窗前的观测员现在终于得到了他们的第一项任务：指挥高处的两位微调固定索的位置，并继续放入运输索——目标是让纸筒从楼梯外侧滑下去，而非落在楼梯上。

当纸筒成功从楼梯外侧滑下后，大量放下运输索，一直到纸筒竖立在木屋地板上为止。接下来，一边扭动运输索，一边继续慢放绳索——其目的是让纸筒末端缓缓向前摩擦滑动，最终让整条纸筒尽量垂直于木屋大门倒下。

如此一来，纸筒离正门仅有不到半米的距离；或许运输索可以再向前推挤一下，让纸筒末端缝着的磁铁更靠近门些。观测员们确定了纸筒末端磁铁的位置，通知木匠和宿屋主人先后打开电磁铁的开关。

这是预先隔着厚松木板测试过的距离，事实也证明场景和条件应用的普适性：纸筒毫无问题地被磁力牵引，先慢后快，最后几乎是冲撞到了门上。宿屋主人万分小心，让手中的电磁铁和蜡丘靠得不能再近，但又丝毫没有接触；一听到门那边纸筒碰撞的声音，便马上将磁铁向着左上方移动，脱离危险区域，来到预定让极北蛭出发的位置。

由于磁铁是缝在袋子上，而非固定在纸筒顶端，所以此时纸筒就像是挂在了那面墙壁上一样。

木匠需要完成换闸工作。他关掉纸筒上电磁铁的开关，同时打开磁铁睡鼠的开关。虽然受力有少许波动，但毕竟宿屋主人手中的磁铁一直开着，纸筒并未倒地，反而向上移动，直到两块磁铁的位置重合。

很好，现在木匠拉动长绳松开袋口的活结，同时拽住运输索，不让它随蛇一起运动。经过作家先生描述的那番过程，极北蛭便从墙壁爬行到了天花板上，并留下了我们需要的腹鳞痕迹。

为了做到精确操控，阁楼用来固定极北蛭的电磁铁是由一根木质的调整杆来控制的。调整杆和磁铁紧密相连，两块磁铁间的磁力又提供了足够的抓地力。通过三位观测员的指挥，能够实现较高的位置精度。

宿屋主人在将极北蛭交接给木匠后，暂时关闭磁铁，折回刚刚放出蛇的位置。然后再次根据观测员的提示，开启磁铁将纸筒吸住——这一次要加大磁铁功率，因为纸筒作为固定运输索的尾端，千万不能在运送十字弩的时候松动。

这样一来，一条简易的临时运输带就完工了——缆绳穿过通风孔，先沿固定索移动，到达阁楼中段再转折向下，经过楼梯口，借助天花板边缘转折，然后十分牢固地接在壁炉一侧的墙壁上。墙壁端的固定位置，亦可通过宿屋主人手中的磁铁进行调整。下端通过橡胶圈来完成转向的环状运输索，由木匠手动转动。十四米长的流程，手力匀速拖动的话，只需要不到三分钟就可以完成一圈。

就算有办法通过阁楼的两个孔洞取得床底的木料，也没办法仅用那些东西完成弩匠的那柄改装弩。我无法很好地描述制造上的精妙，只能在此略微概括一下它的外形和功能。改装弩由长方形底座、弩身本体、防血平伞和四块防护板拼接而成。因为整体体积较大，只能由木匠通过通风孔将部件运入再组装完成。七支弩箭一次便可上完，七个箭槽相对底座成斜线排布，木匠需要用一根特制的铁棍在阁楼地板上加固本体，然后使用一个特制工具，用类似上发条的方式依次拧紧弩绳——这些恰好可在故意留下痕迹的部分完成，就算再添上些痕迹也不要紧。扳机部分经过巧妙的设计，上弩绳时就算工具滑脱，也不会误将短箭射到天花板上。其中一块防护板的一端开有出线口。控制扳机的七根线用不同颜色标记，调整位置和角度需要六根线，平伞的开关也需要两根线——总共是十五根长线要从此处引出来。这些线由木匠负责掌控，就像是在遥控一套复杂的电动玩具一般。

将这个大家伙用两枚铜扣环固定在运输索上，转动绳索将它搬运下去，直到安稳地放在蛇的身体下方——弩的位置和由磁铁控制的蛇的位置可能需要反复调整。实用方面，是为了取得最理想的射击及观测效果；观赏方面，则是要让推掉蜡丘走进门来的作家先生最大限度地感到匪夷所思。

如果有人觉得用了这么个反常规的道具不太公平，那么我也要申诉：这都是为了完成那个反常规的"衔尾蛇"造型而设。实际上，主要还是为节省时间考虑，毕竟运输索可以自由将道具运抵和收回——使用普通的十字弩做到相同的事情也毫无困难。只不过，每次运送、调整位置、打开平伞、发射弩箭、收起伞、运回通风孔、再上弩箭……这样的过程重复七次，大概会令木匠先生双手无比疲累，同时感到心情沮丧。

感谢铁匠的杰作，有了它步骤就变成了开伞、调整、发射、再调整、再发射……收伞并使用运输索回收到阁楼，拆散后从通风口原样取出即可。

当然，如果感觉调整用的复杂底座并不水平，也可以用两根橡皮筋和四根棉线控制的简单平板底座来进行（角度调整功能的缺失或许可以通过精度的降低来弥补）；或者将运输索的固定点安置在通风孔所在的那面墙上接近天花板的位置，每一次射击都用阁楼的电磁铁做导向，只需在箭头里安置一些磁铁，那样或许能得到比此处提到的方法更有效且保险的效果。

显而易见，可行的方法确实有很多。我的意思是，将弩和蛇成功送到需要的位置，让看似不可能的射击与固定变为可能的步骤，才是最主要的。相反，怎样射击与固定，那就全看心情而定了。关于工具及方法美感的确认上，我认为铁匠的道具是兼具效率、丰富想象力和切实可行性的——这就足够了。

射完短箭、完成衔尾蛇造型后便可撤走阁楼的电磁铁和调整杆（还需将睡鼠拖移到蛇的嘴部、被毒牙及嵌刺住的尾部挡住的地方），宿屋主人也可以先行休息了。等到蛇血滴得差不多，再在有人观测指挥的情况下收走空纸筒和运输索。固定索也可以跟着卸下。至于磁铁睡鼠,一直等到折梯、脚手架和所有工具都一一收好,晾在蛇口中它身上原有的消化液也差不多干了的时候,才能借助编织电线从蛇口中抽出,并通过通风口回收。

如果真的有人阅读我的日记,并且读到了这里。那他肯定会举手抗议,说我不仅是强词夺理,而且还严重走题——我只是列出了条件,并且草草推论出"能用的仅有阁楼的两个小孔"这点,便走上了泄底的不归路。

请先别急着给出如此肯定的结论,且耐心往下看完——要知道,现场遗留的证据有:

1. 通风孔铁栅栏上有擦痕;
2. 天花板上已经证实是通过磁铁法被弩箭射杀的极北蛭,弩箭并不都是垂直射入;
3. 阁楼地板上有看上去像是曾用工具敲打制作某物的痕迹;
4. 狩猎孔右侧角落的布包内,三折锹的木柄被卸下制作成短箭的箭杆,八角锤和伐木斧上留有似乎是敲打午餐肉罐头铁皮后残留的金属屑;
5. 储物柜中的刀石磨损严重,午餐肉罐头丢失三只,多用途小刀有磨损。

如果不能补充诸如:各个窗外的木地板上都有很多不同人留下的脚印,布包内工具仅有向上一侧发现敲击损耗,狩猎孔侧的屋顶边缘发现重物压痕,楼梯扶手及阁楼地板上各找到一处带着少许血液和动物消化液的古怪痕迹……这样的线索的话,我所完成的大段推理就纯粹是在少量已知证据上随意搭建的空中楼阁,除了较佳的画面感，以及令人叹为观止的复杂程度之外，既不严谨也不合理，对演员们的精确操控还有达成相应情节的成功率看上去也很牵强。这对作家先生和其他可能的阅读者来说，都是十分不公平的假说。

产生这样的想法是很自然的。只是，从我所得知的、四位演员在七月一日当天和木屋屋主之间的讨论内容来看，以上有助于我所给出推理成立的线索并不存在。这其中存在两种可能，一是我最初就考虑到了这些瑕疵，让木匠在伪造布包内工具损耗时，记得将八角锤和伐木斧翻面；狩猎孔侧的脚手架请铁匠摆成悬空的样式，以另一侧悬挂重物的起重机结构来避免可能对房顶造成的压伤；回收全部道具之后再处理固定索和运输索，改变纸筒的固定位置，用运输索在睡鼠的正下方安置一只小巧的棺材，拉动电线，让湿漉漉的可怜睡鼠落到其中后再安全回收；况且，在屋外，不留下任何脚印，或者事后处理遗留的脚印也极易做到。

也就是说，如果我能将现场的证据限定在上述五点或者更少，谁又能对我的推论给出有力的反驳呢？凭借阶段性推理去有针对性地寻找证据的小说模式一旦失效，不是恰恰会让正统读者陷入恐慌，或让变格作者去尝试异想天开吗？只有诡计，没有推理，这是可笑的——况且，这是日记，并非小说，也不需要特别照顾读者的情绪。

哈！在这里就可以打住了，因为以上的数段都是唬人的，这也是日记特有的随意。想想看，我什么时候郑重确认过——我所说的就是在六月二十九日下午发生的事实呢？所谓通俗推理，本就是在吻合现实所有遗留痕迹的情况下，为过程寻找可能性的一种方式。如果连对前提的审视都忽略掉了，在想象中炫耀复杂的场景或者过分挑剔细节又有什么意义呢？我要说的第二种可能性是：我之前所列的"全封闭密室"条件有误。

这应该算是屋主的疏忽——粗心大意的作家先生只是听了修窗木匠的提醒，以为那封了边的格窗是不能开的，就跳过了仔细检查的步骤，直接认定那扇窗户和原先的两扇窗户是"已反锁"的。

这难道不是自以为是的态度造成的心理密室吗？事实上，那套格窗的外框和内框并不包含常见的、带长方形凿口的卡合结构，而是简单地用木工胶黏合，并且上胶量和外框固定螺丝的布置也故意只到能够勉强经受风雨的程度。

因此，先小心卸下总共八枚螺钉，然后捏住四乘四方格的左上和右下两角的十字横梁，稍微用力地前后摇动窗格，不一会儿就能将内框拆卸下来。利用这扇预设的后门，无须麻烦阁楼上的孔洞，不止极北蝰，人也能毫无问题地出入。

我不喜欢这个设计，因为实在无趣。谁都能想象得出用这种方法，完成"天花板上的衔尾蛇"这出魔术有多么乏味；但谁也不能否认，这其实是最具效率和成功率的设计。我不想在日记中过多讨论公平不公平、效率不效率、可行不可行之间的调剂与平衡，对于目的已经达到的事实而言，那些统统毫无意义——我做到了自己想做的事情，还需要过多挑剔吗？

是的，我在这里不会坦白真正的过程。可能是华丽复杂又有趣的那个，也可能是刚刚那个乏味的主意，甚至可能是符合五项遗留证据的其他可能。我本来想老实写下，可现在又反悔了——或许我此刻内心正深切期盼作家先生能够认真阅读这本日记，让他难堪，知道自己是怎样被我那些精心设计且巧妙执行的魔术所欺骗、愚弄；可另一方面，我又害怕向他完全坦白真相后的无趣。这是今天的想法，"熊魔"的那次还不曾想这么多，或许之后也不会再这样写——甚至什么都不写。天知道！

好了，好了。要是没有女巫，哪个恶魔愿把魔鬼当呢[①]？写到这里我突然发现，日记叙述的方式其实也算是魔法——只有我知道伏笔在哪儿，只有我知道真相究竟为何。多年前我自以为曾从他那里理解了这点：他为什么想当作家、想写故事。现在写到手疼，我觉得自己应该能够体会得更深些。或许这并非他的真实想法——但是，我开始觉得书写可能是一种享受。虽然疲累，但却能够经历未曾经历过的，并且美化已经在记忆中的。发生的事情可以有不同的视角，类似的过程换个外壳便又可发掘新的美妙。被时间和苦短人生压抑后的放肆，被现实和残酷回忆欺虐后的反弹。文字的门槛不高，但读写带来的享受却是无穷无尽的，使人着魔……

我又开始想他了。最近记忆的锁链被迫打开之后我总在想他。我买了他的自传，但只翻开看了眼扉页。导读之前有他的一张近照，微笑古怪。我匆匆翻到那里就猛地合上，同时心跳加速、头脑混乱。后来就只记得照片的轮廓和那个微笑了。

这才是真正的魔咒，让我不敢再将那本书打开。明天早上，我会请宿屋主人帮我将那页撕去，并确认文中没有其他照片，然后才试着开始阅读。

文字带给人的冲击似乎并没有那么突如其来。逐字逐段阅读的话，记忆最多不过承受如浪头冲刷海崖似的反复击打，只要没到瞬间击垮的程度，我想，应该都还能接受。四年前，我曾在宿屋见过熟睡的他，当时除了久别重逢后对岁月与往事的感慨，并没有其他感情掺杂其间。但是，随着华丽布置的戏剧在木屋逐幕

[①]《浮士德》中梅菲斯特的一句台词。

上演，过去和现在联结起来，却再谈不上记恨，反而在离开村子时开始挂念他了。

这是种怎样奇怪的感情！我猜，该算是女人与生俱来的贪心吧——得反复告诫自己：不要偏移了书写这出剧本的最初目的。

对了，说到剧本——因为宿屋主人女儿的意外登场，下一幕的附加场景可能将会进行少许修改。不过，不得不承认，这场意外带来的灵感——想想那种仅凭药水便能够往来魔界的奇妙画面，还有那些借一位不会说话的小小女巫，展示给唯一观众的魔书考证，其中似乎包含着一种意料之外的、不容辩驳的说服力——简直就是神来之笔！

二〇〇八年二月二十六日，星期二，阴天

已经坚持了四年，到现在还犹豫也太迟了。

这项计划必须这样继续下去。

它很可爱，除了味道不好以外，和其他家养的宠物没什么区别。可人终究不会为一种不够牢固的羁绊失去主见——就好像文学——美丽又善变，却永不会为你所有。它只接受膜拜，不容纳占有，破除对它的迷信之后，依然可以继续生活。

说我现在还恨那个人，其实也不过是形式罢了。人对自己是无须欺骗的——时间不停留在过去。我组织这一切，显然不是为了那段无法改变的过往。此刻能够把握的事情，夺取过来便能改变未来的力量——这才是真正值得为之努力和期待的东西。

他现在应该在来的路上，带着他最宝贝的枪盒。大城市的忙碌是不适合狩猎真正的动物的。他这四年里大概从未将那把猎枪再次组合起来。或许偶尔擦擦枪身，要么就委托专业的枪械护理员，反正肯定不会有人特意去留意枪管上的编号。谁都不会想到，早在四年前他那次来小屋时，我就已经将枪管给偷换掉了。

我却正在回去的路上，一切都托付给那群值得信赖的演员。我整整七年辛苦工作积攒下来的金钱，如果要在大城市里进行一个类似的华丽计划，根本连雇一个可靠的帮手都不够，舞台道具更是无从谈起，但在这荒野里却绰绰有余。和这个国家首都的高昂物价相比，这自给自足的乡下简直像是另一个世界。那家伙的"伟大存在"一直藏身于此，从湖底到原先小屋的所在地——我听他说过那个故事，那是他津津乐道的童年往事，像童话一样曲折、美丽。那些棕熊、大尾巴赤狐、蛇一样的河流、夜晚的狼嗥声、成群的渡鸦和从头顶掠过的大鸟……这些美好的画面支撑着他的生命，是他四年一次的生命轮回，必须实地补充的营养。

哪怕有那些他百说不厌的谎言——也可以说，他就是为谎言而生的人。他想要别人相信他的故事，塑造一段令他满意的过去，便努力当了作家，想方设法地增加自己的公信力。他做到了，同时催眠了自己，创造了一个并不真实的"伟大存在"，背弃了真正的故乡……

此刻火车颠簸，窗外的夜色流动，好似无光的深海中涌动的波涛，时刻不停。记忆从脑海中倾洒出来，让我想到那个可爱的故事中严苛的祖父，还有作为政治犯光荣献身的父母，一个从未见过的、漂在湖面上的白色水翼艇，以及那关于奇怪屋子的童谣……想着这些虚构形象的原型，就让我忍不住想要偷笑。当年的我那么天真，竟会真去相信这些荒谬的故事。现在他的自传摆上书架，又不知道会哄骗到多少对这片土地一无所知的人去相信属于他的传奇。

捏造的传奇。

但我也有我的传奇——我现在创造的就是。除了那些职业猎人和木匠，这世上所有的不知情者，只要是听说过这个故事的，就一定会对那把玩着古老符咒和大魔法阵的、神秘又强大的巫妖所创下的奇迹深表叹服，说那幕后主宰者窃取了上帝的权杖也不为过。当然，这样的奇迹对那位名义上的木屋主人带来的震撼必定最为强烈，因为我的法术乃是从他记忆中抽取——刻意制造的巧合，不可能发生的事件。要将这盘计划好的棋走到最后一步的基本策略就是：利用那家伙心目中的庇护所崩坏之际产生的、不可磨灭的致命好奇心。

哈，这也真奇怪——即使知道这本日记的读者本来就只有自己，我在书写时却投入了如此的热情，仿佛迫不及待地要向随便什么人炫耀自己的功绩似的。

都还是没发生过的事情呢！

不过，如此一来，我倒能明白他在努力构建一个有"伟大存在"出没的虚幻世界时的心情了。美好的回忆、经过设计的事件流程、充满战栗感的细节、想象中的神奇世界——就像那出将在本周五首演的四幕舞台剧。决定基调的第一幕：那些镜头在我的脑海中已经重复演出过无数次了。噢，不妨假设我是端坐在特约席上、预先读过了全部剧本的影评家，那样的话，就算离开场还早，我也肯定会迫不及待地想要掏出随身带的记事本和笔，趁着记忆清晰，赶紧写个包含所有关键情节的剧情梗概。

是的，第一幕发生在四年前——前面已经说过，那时我就已经到了这里。我比他早来一周，给了宿屋主人不多不少的一笔钱，买下了宿屋里一个房间五年的任意使用权，以及一个关于保密的承诺。实际上，购买这个承诺并非单凭金钱：我运用了一些巫术师独有的手段。那天我故意穿上一袭绣有维多利亚式宫廷花纹的黑色长裙，十指戴满镂刻有巫师符文和浮雕兽头的粗大银戒，脖子上则用挂着正统撒旦教倒三角封印标志的细银链装饰——这些本来就是祖母留给我的遗物，她是一个真真正正的女巫！

当然，我自己也清楚——我本来就是女巫家族的继承人。如果不是十月事件[①]让我的祖母被迫逃离布达佩斯，我也不会丢弃这传承了数百年的祖传行当。

[①] 指一九五六年十月在匈牙利发起的反抗苏俄统治的革命。

我的故乡和他的故乡在新秩序建立之前本来就是恶魔横行之地。巫术之火就算经过了猎巫运动的摧残迫害，也依旧旺盛燃烧到了二十世纪中叶——无论是被看作魔法还是异端，神之力量的分享者抑或魔鬼在尘世的代言人，在那起源自法国，波及全欧的宗教大审判中，我们的祖先逃到乡间，遁入山林。在整个十六世纪还有十七世纪初，诞生了很多如此背景的偏远村庄。原来的女巫和死灵法师化身为村姑和农夫。他们对神秘仪式、魔法和炼金术的执着，直到高速公路横越了他们的领土，税务征收员敲开了他们的家门，孩子们丢弃刻着纹章的魔法阵和符咒解说书，前往大城市追求属于现代的生活之后，才逐渐随风飘逝。

仍有一些流淌着巫师之血的孩子将这些知识继承下来，并且面临下一代越来越不愿接受的尴尬局面。但至少我不——我是不愿妥协的传统派，即使需要被迫去适应仅将科学及规整的社会制度作为真神来顶礼膜拜的现代人生活，我也不会放弃这能令日显乏味的世界重新焕发光彩的神授之责。

而某些人就不同了……

反正，为了争取到一些值得信赖的巫师后裔，我在去那个村子之前，通过一些祖母遗留下来的关系针对目的地做了一番极为详尽的民俗学书面考察——现代巫术师的优势便在于此。虽然我早知道那是个因为猎巫运动出现的死灵师小镇，但不清楚源流也无法取得当地人的信服。我了解到村中猎人们的信仰、村长祖辈引以为豪的魔法阵、木匠家族和瓦勒度派[①]之间的牵连、宿屋创办者在罗马妖法上的造诣……

这些努力在此可以统统忽略，若不借助原来的记录本，查证

---

① Waldenses，也称"里昂赤贫派"，是猎巫运动的导引之一。

参考图41：一五八七年，猎巫的狂潮之中，大量的女巫被集体处以火刑。

过的内容我此刻也无法一一重述。我只记得初次和宿屋主人见面时，我微低着头，神情肃穆，一言不发。她首先从衣着上察觉到了访客的不寻常，还没来得及调动自己的防备心时，我已经从长裙的侧袋里取出四枚罗马古币，在她面前摆出了一个三角阵列。

是全正结构的三角形阵列，这是示好的姿态，但不至于过分盲目，表示己方张开双臂，在交涉中会给予对方足够的信任。

顶角是坐姿的冥神普鲁托①，膝下卧着他的爱犬赛普洛斯；底边左侧为火神伏尔甘，在古罗马钱币中极为罕见；底边右侧是执杖的地下之神塞拉皮斯，原本是古埃及神祇；居中的自然是夜之女神赫卡忒——象征着宇宙间一切黑暗面的希腊古神，掌管着世间所有的鬼魂、魔法和咒语，正是死灵法师的守护神。

一句话也不用说，阵列已经表明了我的来意：我是自远方而来的死灵法师，我希望能潜伏于此，手刃仇敌。为此，我需要您的协助。

我那时确实担心这位女主人并不知晓这些钱币中蕴藏的奥妙，将我简简单单地当作装神弄鬼的占卜女郎，挥一挥手就要赶我离开；又或者出一些极难的、关于召唤亡灵的理论或者实践题目。实际上，我会的只是一些小把戏：主要是仪式和魔法阵的对象及作用、法器和符咒元素的含义、巫术的发展变化简史和一些琐碎的小道消息；流程和禁忌方面只能说是一知半解。不过还好，她只看了一眼那个古币阵列，就将四枚钱币按照从上至下依次为赫卡忒、伏尔甘、塞拉皮斯、普鲁托的顺序叠起来。然后翻过我刚刚摆放过古币、手心朝下的左手，将钱币放在我手心正中。

---

① Pluto，即希腊神祇中的冥王哈迪斯。古罗马神祇和古希腊神祇除了名称不同，其余基本对应。以下不再额外加注。

参考图 42：古币阵列——希腊、罗马众神。

这种回复方式，表示交谈的双方心灵相通。换句话说，她愿意帮助我。

于是，我在那里拥有了一间独立的办公室。

我首先拜访了村里的木匠和铁匠，让木匠和我一道去了趟闲置的木屋，测量了几扇窗户的大小，考察了床脚的位置、楼梯的倾角、简易壁炉的摆放——就是在那时，我由那些支撑点的位置联想到了即使在最隐秘的巫术文献记载中也讳莫如深的"逆阿格里帕终极矩阵"。那是唯一能将整个地狱都召唤到地面上来的复杂仪式。我若能将这个传说和他那半真半假的童年经历结合起来，就肯定能触碰到他内心最深处的恐惧和绝望，用无比强烈的好奇心扼住他的咽喉，让他将所有其他事情，重要的不重要的，在仪式降临的日子统统抛到脑后，接受我的指示，来到他的荒野小屋——也就是恶魔的祭坛，以阻止仪式继续进行的决心，将我的计划十分顺利地一步一步推进下去。

我对这个突发的灵感十分满意，顺口就跟木匠提到了大魔法阵和死灵钟的传说。结果这个其貌不扬的手艺人竟然是个狂热的左倾末世论者——他认为只有人间先成为地狱，弥赛亚才会再临，救助人类脱离苦海，进入永恒的极乐世界。

我不想过多阐释我的空头理论是如何将这位狂信者彻底说服的。反正，在一番关于"终极矩阵"实践可行性的讨论（这当中有相当多虚构的内容）之后，他表示不会为我向他要求做的任何事情收取金钱，并且愿意无限度地协助我完成"由地狱中唤醒天国"的仪式。他甚至恳求我收他为徒，以便能够系统学到终极召唤巫术的各种理论知识。他同时也向我透露了关于村中"末日天国"集会的一些秘密：包括三位农夫、铁匠、木匠和当时的新任书记官都是这个小型团体的成员。他们会定期举行一种被称为

"迈锡尼秘仪"①的神秘仪式。我从未听说过这种仪式，但大致能猜到他们的用意。

木匠是这个秘教的领袖和发起者，他和不多的几个同伴一起制定了一些简略的教义，规定了领袖的权威和应负的责任。他们恪守规则、坚持仪式、虔诚祈祷，然而天堂和地狱都未如愿降临。虽然成员们表面上并没抱怨什么，作为领袖，木匠却心存愧疚——他在请求我教授他巫术的同时，也要求我来接替领袖的位置。

相较于接受一位忠诚又盲目的学生，成为小型教团领袖这件事更令我高兴：在足够长的一段时间里，我能够得到一群可以绝对信任的手下——宗教的奇妙之处便在这里。

我并非没考虑过独自一人完成全部计划的可能性，但这个想法在最开始就被我否定了。个人的能力实在有限，需要在小屋完成的事情，如果缺少一个合适的帮手，会让失败的概率瞬间增大几倍。而且在登场人数一定的情况下，参与者越少，有可能意外发现秘密的人的数量就越多。那家伙步入第一幕的场景之后，一定会回到村子寻求帮助。不论是找木匠来对付小屋的木窗，让书记官来估算损失、商量对策，还是让猎人和农夫们过来搬运熊尸、就地分解——保守估计，他得邀请六到八个人到木屋做客，各尽其用，才能将第一幕首演中属于他的戏份给应付过去。但若是照着如此的编排，经验丰富的猎人有可能会质疑木屋内熊的来源，水平高超的木匠说不定会看出人为破坏木窗的痕迹，甚至某个多嘴的农夫会当场将前段时间"看到一个鬼鬼祟祟的神秘人物在小屋附近出没"的消息义务转告给他……我要重申一次——计

---

① Mycenae-Mysteries.

划中一切不可思议的场景,都是为了调动这位重要观众最大的好奇心、让他按时出现在属于他的预约席上。一旦他发现这场神奇的演出不过是装神弄鬼的把戏,便不会再关心这些事件。因此,在他欣赏演出的时候,坐在他身旁的观众的态度,就变得异常重要了。

与其为那些不受控制的观众很可能会一不小心脱口而出的砸台评论提心吊胆,何不将这些危险在戏剧还没开始之前就统统杜绝掉呢?

抱着这样的打算,我又在宿屋办公室里接待了村里的几位猎人。这其中有两位是不相信巫术的——这两个年轻人甚至不知道村子是由流亡法师建造的。对于他们,只有给出足够的利益来驱使——我选择成为他们长期的委托人,以公平合理的价格买下他们每月全部的猎获,并请他们按时送到小屋;另一位被委托的,却是回魂巫术的崇拜者。在我为他解读了令他困惑多年的一套符咒文字之后,这位擅长猎熊的老人有些忐忑地告诉我,他将数十年前冻死在山林间的恋人尸体密藏在深山里的冰窟中。许多年过去,就算是已经和别的女人结婚,生了好几个孩子,也一直孜孜不倦地在找寻真正的还魂术。

我为他对真爱的长年坚持所打动,许诺将家族珍藏的那本据传由洪诺留三世亲笔撰写的《控尸回魂奥义书》手抄本赠送给他——他十分高兴,很干脆地答应协助我。我将木窗的大小告诉了他,请他帮忙寻找合适的熊,并同他大致谈了谈射杀棕熊和偷换枪管的细节。

铁匠为我打造了一把木屋的备用钥匙,并将我提供的枪管上的原始编号磨掉,刻上那家伙买的那套猎枪配套枪管的编号:号码一样,字体也和磨掉的字体相同。但毕竟是从机器蚀刻的序号变成了人工手刻，除了那个突兀的长方形凹坑之外，还有很多细看之后经不起推敲的地方——在这个细节上，只能祈求这四年里作家先生在保养枪械的时候别出什么意外了。

钥匙方面我也特别叮嘱过铁匠，如果哪天作家先生询问他关于配备用钥匙的事，他就以"木屋的月牙锁在村中和附近的城市里都没法配出备用钥匙"来答复他。这就再次增加了破解各幕演出中密室的难度。

我另外请他准备好原材料，按照我提供的图纸造一个拼接式的兽笼——就和马戏团里常常用来关押猛兽的那种类似。我设计的兽笼由二十块板状的部件组成。组装完成之后，底部和侧壁是封闭式的，用钢梁支撑，笼底有七个脚，不对称的一侧使用了额外的十字交叉横梁，以确保整个结构能负荷较大的重量。封闭的部件一共是十块，兽笼正面的两块钢板可以像门一样整块打开，其上设有可开合的监视孔和喂食孔。后侧下部的钢板右侧有一个符合标准规格的圆孔，稍后会和一台抽气泵连接。

衔接处（尤其是下部的衔接处）做成咬合式的齿轮状切面，并且额外再添上一块和笼底一般大的隔板，这是为了防止食物残渣、野兽排泄物或者毛发落到木屋的地板上。笼子上部收拢的部分造成开放式，正面右侧倾斜的角度迁就一旁楼梯的倾度，另一侧则稍平一些。顶端的洞口拼接成正方形，和一个小型屠宰场使用的换气扇相连。

作家先生到来的第一天，必定会将车停在村子里，徒步前往木屋。他停车的地方只能是宿屋后面三个车位的停车场——我让宿屋主人以当晚林区会下暴雨为借口，请他留宿一夜。这部分是容许失败的，因为枪管部分只是加强戏剧震撼力的一个小特效而已；实际上，如果让宿屋主人在后天留他过夜，当晚偷换枪管，然后尽可能拖住他，给老猎人留出足够时间去射杀棕熊并且清理现场当然也是可以的。但这样就显得太仓促，缺乏应对不确定因素的弹性。

以上是同老猎人和宿屋主人商量时所用的借口。实际上，我还有一个不想说出的理由：按照计划，四年前的二月二十九日前后，我是无须离开村子的——这样，如果我亲自去他的房间偷换枪管，就能再见他一面。虽然六年前（二〇〇二年），他托人购买新猎枪时，我曾有机会通过枪械商人和他碰面。但最后还是放弃了——我完全不知道该说什么，即使时刻关注着那个残缺家庭里的一切消息、失去一切的我，当时也没有勇气……

那一天他听从劝告留了下来。宿屋主人在为他准备的晚饭里下了药。面对一个不会被惊醒的人，我就有足够的勇气了。

那一年的二月二十九日，是我们分别八年之后的再次相会。我将猎枪盒里的枪管换掉之后，打开了卧床边的落地灯。灯罩侧过来，光线全打在他的脸上——我记得，和在报纸电视上接受采访时的照片不同，他明显变得苍老了。我俯下身，对他说了一些话，但现在已经全忘光了。唯一确定的是，那晚之后，过去的他就在我的记忆中完全定格，较近的过去、现在和未来与那逐渐模糊的美好时光彻底割裂，不再有值得难过的事情了……

那年的二月底到三月中，我几乎都待在办公室里足不出户。木匠经常过来询问有关教义改动和地狱召唤的细节，铁匠则醉心于制作巧妙的兽笼。老猎人没有捕到合适的小熊，便托城里马戏团的领班弄到了一头大小刚刚好的第三代笼养熊。他说，这家伙虽然一看就知道不是野生的，但如果是死熊，就很难发现了。我同意他的主张，付钱买下了这头熊（老猎人执意要自己出，但他其实并没有足够的钱）。书记官帮我筹备了运送的事情，并以最低廉的价格从邻村收购了一套二手换气扇、蓄电池和抽气泵。

这些准备工作都在作家先生悠闲打猎的那大半个月中有条不紊地进行着,其间也没发生什么意外。作为一位业余的好手,他打了两只长着蝴蝶翅膀般掌角的驼鹿、一只正在咬食红头松鸡的长尾巴狼獾、一只走神的狐狸和一堆慵懒的野兔——这是一位替我进行侦查的年轻猎人告诉我的。作家先生对猎获感到心满意足。在约定好的日子,宿屋主人按他的要求让一个农夫牵了两匹运输马去木屋。回来后,他将驼鹿肉和野兔分给了村里人,狐狸和狼獾留下皮,并请"猎狐犬"帮他将两个驼鹿头处理成简易标本,以便回去之后再找专人处理。这一切做完之后,他就开车离开了村子。

兽笼恰好在他离开的隔天后完工,木屋的改造工作也同时开始。

兽笼造好的当天,我和"末日天国"的全部成员一起将木屋里的简易壁炉和木床从窗口搬了出来,放到宿屋里暂时寄存。笼子制作得很完美,搬运和安装上完全没有遇到困难。笼后的圆孔接上长钢皮管子,由窗户伸出来,和改造过的抽气泵还有盛装排泄物的带盖汽油桶相连。排气扇用粗塑料管和原本附属于壁炉的铁皮烟囱连接起来,再接上蓄电池进行测试,一切正常。

我那在城里寄住了一周的小熊也被运过来——因为是人工饲养用作表演的熊,它的脾气十分好,而且样子可爱,惹人怜爱。我们将它转移到专门为它打造的宫殿里,它对新环境并不厌恶,还显得很开心。

棕熊的体重随年龄增长。初生熊只有不到一公斤重,但在走向成年期的短短几年里,熊的身体会像气球一样膨胀起来。眼前的例子就是——两岁多时被送进小屋,那时它才刚刚断奶,四个男人合力将它从窗子弄进屋内并没遇到多大困难；而到后天，它生命终结时，四肢摊开应该能占满半个房子，拆开窗子，二十个壮汉都不见得能将它抬出去。熊是老猎人杀的，他特地将一把老猎枪改成了能用那个枪管的制式。不过还好，等到他假装检查作家先生的枪管，实际是将四年前我亲手调包的那个从未用过的枪管换回之后，这柄枪还是可以使用的。同去处理熊尸的书记官、木匠还有农夫们会尽力协助他的。

四年前，作家先生离开之后，我们就开始精心饲养这只没有时间放风的可怜家伙——几个年轻猎人定期将猎获交给老猎人，他在每周二和周五将收集起来的食物一次送去，并且帮熊灌满饮用水，打开抽气泵和排风扇换气，更换蓄电池组（换下来的一套由他带回来，在宿屋充电）。为了更好地收集排泄物，铁匠效仿熊胆工厂中抽取熊胆的装置，专门打制了一个撮箕形的收集器，一端用六根可调节的皮带绑在熊身上，另一端和抽气泵相连。这样，每次收集器集聚起的排泄物，开一次气泵就可以清理干净，省了猎人不少麻烦。

我本来是打算和老猎人轮换负责棕熊饲养的，但他执意要一个人来。他说女人很容易对宠物产生感情，到处死时难免会伤心；而他从来就是猎熊人，无论饲养这东西多少年也不会在该杀它的时候心慈手软。他说得很有道理，我也只好同意。

老猎人后天的戏份很重——他对外宣称要去搬修筑花园栅栏的铁料，宿屋主人会给他提供两匹马。他牵着负有原本属于小屋的木床和简易壁炉的马来到木屋，取出储物柜中的蜡烛和两三根火柴，再将他的老朋友给放出来，然后爬几级楼梯，向下瞄准。他将熊最爱吃的肥冻鹅放在杉木书桌上靠近窗的位置，这头被饿了三天的可怜家伙，肯定会迫不及待地奔过去。

就在这时,猎人会给熊一个小暗示——很可能是吹口哨——接着,熊转头的瞬间他就会扣动扳机,将这头喂养了四年的庞大宠物亲手射杀。

为了制造"猎人从很远处开枪"的假象,他使用的子弹是自制的——弹头针对作家先生的猎枪型号做了改动;火药只填上不到四分之一,其余用锯末代替。这意味着枪只在极近距离才有杀伤力,如果是面对野生棕熊,根本就不可能和它对抗。

接着他走下去,绕过熊尸,将笼子拆掉。就在今天和明天,另两位猎人会提前做好准备——今天过去的猎人会认真清理掉排泄物,并且给小屋长时间换气;明天"猎狐犬"会再检查是否有排泄物,尽量保持笼内干净,并再次给小屋换气。他走的时候会将蓄电池、汽油桶、抽气泵及其他和小屋无关的东西全部转移,并在屋内留下老猎人改装过的枪和子弹,为后天"老猎人出门时并未带枪"这条线索提供铺垫。

笼子拆掉之后,猎人会将我事先从小屋速写本上撕下画好、裁好并叠好的七张符咒纸按照我吩咐的顺序一一放入固定兽笼脚用的七个浅木洞之中。为了节省时间,也为了避免在熊尸上留下不必要的痕迹,纸上已预先滴好了之前从他家猎犬身上抽取的血液。就算拿那些纸条去做法医检测,熊血和狗血均是种属相近的动物血,做环状沉淀反应的结果也基本相同[①],只要不做进一步的区分检测,没有人会在意两者之间的微小差别。

火柴用随身的糙牛皮划着,点燃蜡烛,再用热蜡将木洞封好,并将溢出的蜡用小铲和亚麻布抚平。我是按照两根条形蜡烛的体积之和来限定那七个固定用的嵌入口尺寸的,连略微溢出的

[①]考证参《法医鉴定实用全书》1310–1313 页。

量都已考虑到。为防意外情况，我还请老猎人多带了两根一样尺寸的白石蜡蜡烛——其实我原本更倾向于使用黑色蜡烛，但作家先生的小屋里存有各种各样的物资。根据我的木匠徒弟从《西弗·罗洁艾尔天使之魔书》波兰手抄本中的查证：

> 召唤仪式所用之一切素材于符合仪式要求的前提下，皆以就近取得者为佳，如此则更利于自然与黑暗魔力之联结。

为了确保漫长又繁复的"地狱召唤仪式"的效果，我接受了这项建议——虽然召唤仪式根据我的需要做了较大的改动，但在细节上，却依旧是严格遵照古老召唤法术的守则。"末日天国"的所有成员都对这次仪式的成功抱着很大的期待，老猎人和宿屋主人虽没明说，也想看看一整套仪式完成后会有怎样的效果。

这些都做完后，就要从屋外用兽笼底部的大块部件（上面有方便手握的十字横梁）猛击朝向东边的那扇窗户，将它击碎，做出好像是棕熊侵入的假象，再次进入小屋，将熊尸上散落的玻璃碎片和木屑清理一下，熊头和熊后脚也要摆放成好像是刚从窗外爬进来一样，顺便将预告函放进熊嘴里。最后，将兽笼打包捆好，弹壳和没来得及吃的冻肥鹅诱饵也小心回收，然后锁门离开。

用过的猎枪要将枪管卸下，其余部分藏在半路的小补给点，另一个猎人隔天会顺路过去回收。

二月二十九日，作家先生到达木屋之后发现这令人倍感意外的布景，必定会折回宿屋过夜。第二天，在发现熊的体积过大，无法不改变房屋结构就将尸体运出来之后，木匠就可以顺理成章地登场了。

这位重要角色有相当多的机会单独待在木屋里，无论是将窗口改造成运熊通道，还是在大家忙着处理熊尸时进屋去修理木窗和其他可能的损坏——我原定的计划是，在老猎人从熊嘴里"发现"预告函，并且招呼作家先生过去看时，木匠便可以挖出床底处的那张符咒纸。其他符咒，特别是靠近门又显眼的那个，鉴于可能到来的人数并不确定（比如那个贪财又糊涂的村长就很有可能随书记官一同过来；为了不至于过分显眼，前来帮忙的农夫也不能全是"末日天国"的成员——否则，这样的刻意很可能会招来其他村民和村长的怀疑），非但不能破坏它们，反而还要让木匠留意一下。如果填充的蜡出现了少许损毁，务必尽快修整一番。因为在熊尸搬出之后，损坏的地方又一一得到修复，木屋内就不再显得杂乱无章——木洞口的封蜡被破坏，可能会变得相当刺眼。

还好，老猎人可以见机行事，将"发现预告函"同"质疑（偷换）枪管"这两个情节衔接起来，给木匠提供充裕的时间。

至于预告函的内容和限定的日期——我很想知道他看了后会怎么想。这正是他的想象所刻画的世界，一切等同于他的愿望。虚构的死人复活来拆穿现实中的谎言，这是否能够一举击穿他的自我催眠呢？又或者，他还真认为有这么一位"费城小姐"死而复生——那就意味着，之后的预告函都是有必要的了。

事实上，作家先生看到那些文字时的心情如何，我也并不会太过在意。我的目的仅有一个，就是让他在指定的日子回到这里——这是使他的优势耗散，我的优势积累的唯一方式。

在这一带的村落中恰好流传着一个关于"熊魔"的传说，书记官或者农夫可以在发现"棕熊不可能进入"和"熊嘴中的神秘留言"这两点时稍微煽动一下现场的气氛，应该会让作家先生更为好奇。在一切铺垫都顺利完成之后，木匠要找一个合适的时机，以一个低调又渊博的黑魔法研究者的身份，主动向那个充满疑惑的家伙提出纯粹以满足对神秘事件好奇心为目的的协助意向——在这种心生恐惧，又孤立无援的时刻，很少会有人拒绝他的好意的。

好了，这就算是第一幕的阶段性总结了。旅途实在是太过无聊，连写日记都变成了一件饶有趣味的事情，不知不觉就一字不停地写了快二十页了。我已经感到手酸了，车厢颠簸，字也写得不好看，那么就在这里结束吧。

即使那家伙对故乡的秘术抱持彻底不信的态度，人类的理性也总会在特定场合无可避免地为非理性所渗透。为了久未谋面的她，我已将整个计划化作了一场仪式——如果现在有一位神明可以祷告的话，我祈求这全知全能的存在，能让我在再见到她的那天，知道应该说些什么吧。

这可比目前一切具体的计划都要难得多呢！

一页撕掉的日记

二〇〇四年一月三十日，星期五

这就是那个村子。居住在这里的村民们，应该是悄悄热爱着巫法的吧？

他们肯定是，就算不是，他们也应当是。

我对这些演员的唯一要求，就是准确地诠释角色，他们的真实身份如何、真实想法如何，一点都不重要——导演应该将演员看成是他希望他们成为的人，并且也以此来调整自己的想法。在舞台剧上演之前，我就已经清楚：因为我也是演出的一分子，是最主要的演员之一。关于我的背景设定、心理活动、角色安排，都务必以使演出顺利进行为前提。具体说来便是，我是一位来自布达佩斯的女巫后裔，来到一个在猎巫运动中由亡命巫师们建成的村落里，期待得到并未忘却古老传统的村民们的协助，帮我完成一个庞大的计划。这个计划对愿意合作的村民们的好处是：首先，我愿意根据演出的要求支付经过多年在城市的辛苦底层工作中积攒下来的钱财——这并非决定性的、能让演员们尽力演出这部大型剧目的条件；最主要的一点是，我可以凭借家族所掌握的我曾被迫学习过的那些系统化和专精的巫术知识，来协助这些因为身处异国、消息闭塞而缺乏某些关键资料的巫师后人，让他们耗尽毕生精力钻研的巫术课题（尤其是在亡灵、召唤、魔法阵与仪式这些我的家族曾经引以为傲的领域）能够在我和我所提供的珍贵文献的帮助之下得以完善。这是我打算施行报复的作家先生所不能提供的，尽管他也是一个业余的黑魔法研究者。

我现在当然清楚，这其中有些是真实的，有些则是虚假的，少数甚至和事实完全相反。但四年之后，我还会这样想吗？就像他的离去，不也是通过某种虚假的经历来伪装自己，才会变成今天这个样子的吗？

生命中消失的两个重要的人，我相信其中一个已经死了。那位崭露头角的作家，看看关于他的访谈吧！他就像是占据了我曾经深爱的那个人的躯壳——那只从虚构的文字之中催生的妖灵，在创造它时谁曾想到，那些在放肆的想象中经历过太多次的事情，竟会将真实取代了呢？

就是这样单凭想象来催眠和取代，相信我也可以，每个人都可以，因为世界本就是意志作用下的产物。为了生命中那些关乎自我的崇高要求，记忆里世界曾经的模样也都可以经由努力来逐渐改变。到时候，无关紧要的真实被遗忘了，我就只会对所有与我要做的事相关的假设坚信不疑。筹备这场漫长演出的真正目的，是为了另一个重要的人。她的世界尚未真正形成，也就谈不上被人改变。

我在意他怎样在她面前提到我，但他很可能至今什么都没提。这就像他对媒体提及自己时笑着坦承的那段："我憎恶婚姻，也讨厌孩子。"我恨这样的一个角色，相信他的女儿也不会喜欢他那无情无爱的躯壳。

但那也是我心爱的孩子啊！

现在我只要她回来。我想她，想得快要疯了。我知道，她一定也在想我——我可怜的女儿，她的脑海中缺乏一个真正母亲的形象。她肯定跟那妖灵附体的作家先生提到过这个，但他却什么也不说，什么也不做。最可恶的是，因为从隐瞒到发现的过程长达七年，即使他只是在物质上尽力满足女儿的一切要求，实际却对她缺乏足够的关心也无法改变抚养关系的既成事实。我为此专门咨询过律师：一个看起来不算尽职的父亲，尤其是在物质上能够完全满足、在精神上能够基本满足子女需要的情况下，在法律上总比一个突然出现的母亲更占优势。

如果现状如此维持下去，就算我能够不顾及自己的颜面，去拜访那曾经抛弃了我的人，请求他让我和女儿团聚……且不提这听上去有多么不可能（这完全是主动让他来嘲笑我的幼稚），如果要靠法律来解决抚养权纠纷的话，他完全可以参考律师的建议，以我"多年来的失职"和有可能"诱拐女儿"为借口，向法院申请暂时取消本应属于我的探视权。因为他在"和女儿单独相处以及抚育照料女儿的时间"这点上有绝对的优势，就算这期间他做得并不好，只要没有太明显的过失，借助合适的法庭举证，他的要求也多半会顺利达成。

如果就这样在争取一项极为有限的权力上虚耗时间，反而会让他提高警惕。即使是做做样子，他也会在法庭的眼皮子底下将对待女儿的行为不着痕迹地粉饰到令法律满意的程度。我的律师告诉我，这样争夺探视权及抚养权的官司，因为情况复杂，往往旷日持久。想想看，要是我和她唯一能够经常相见的地点，竟是在冷冰冰的法庭上，会给她留下一个怎样的印象？她会不会觉得我是一个自私、凶狠、容易激动甚至癫狂的陌生女人？事情如果真向着这个方向发展，那么，就算有幸打赢了官司，女儿对我已经有了成见，再要改变，又谈何容易呢？

因此这样简单地交战并不明智。不过,同一件事,若是先做些铺垫的话,收到的效果就会完全不同了。

律师提到与母方改变抚养关系有关的条文是:

1. 与子女共同生活的一方因客观原因所限(如伤残疾病、经济严重困难等),无力继续抚养子女;

2. 与子女共同生活的一方不尽抚养义务或有虐待子女的行为,或者其与子女共同生活对子女身心健康确有不利影响的;

3. 年满十二周岁以上未成年子女,有权自愿选择有抚养能力的某一方;

4. 其他可被法庭接受的正当理由。

根据实例来分析,可供我利用的优势及可能创造的条件是:

1. 母亲在抚养权官司上具有先天优势;

2. 能够让目前的抚养方陷入经济困难、舆论窘境,或者罹患精神疾病;

3. 能够让孩子在十二周岁后,在法庭上主动请愿,愿与母亲共同生活;

4. 在较长的一段时间内,能够出具抚养方对子女不尽责的多项证据。

以上除了第一点外其他的三点,便是这场演出真正想要达到的目的。

按照作家先生的职业要求,只要能让他被这场精心策划的演出束缚住就可以了。我会在剧本中安排大量诡谲有趣的情节，让他对剧情的发展投注极大的关注；至于剧本背景的设定，务必要将唯一的观众压迫到崩溃的边缘——作为角色安排中最重要的布达佩斯女人，我会选择一些很有意思的传闻，比如吸血伯爵夫人，以及传闻颇多的教宗和禁忌巫术、神秘法阵，等等。

为求了解到他在观赏剧目后的感受，以对剧情安排及时做出合理调整，务必要安插一位最专业的演员在他身边。这位演员所担任的角色，最好是同每一幕结束后需要进行的善后工作密切相关。考虑到每一幕的演出或多或少都会对木屋造成破坏，这个职业安排为木匠是最为理想的。但他不能太过完美和精明，知道太多不应该知道的事情。虽然可以将这位演员安插到某个巫术团体之中，但他最好是个平庸之辈，因为只有这样的人才容易建立信任。

所以，我们还需要一个性格上咄咄逼人，却又对细节无所不知的人。他最好是一个并无任何企图，只是对争论本身感兴趣的学究式隐士，可以提供信息，但不会招来怀疑。

剩下的主要配角则需要给人以乡村民众特有的淳朴感。

一个技艺精湛、年龄偏大的猎人是很好的选择。他最好还有几个孩子，这样就更值得信赖。

一位宿屋经营者，外冷内热的母亲形象应该不错。她的女儿可以和我的女儿年龄相仿。这样如果女儿有可能来剧场玩耍，也可以让她多一个玩伴——我希望让她看到这些安排，因此，应该可以在剧本草稿中安排些有可能完成这项要求的场景。

还需要一个冒失的年轻人和一两个稳重又守信的人，他们可以在需要特定人数的场景中凑数，还可以充当某些重要机关的开启者、某些敏感话题的引出者，以及某些重要线索及不在场证明的提供者。这样就可以保证重要角色们,当然还有我这个导演的安全。

一群愿意为钱效力、不会有丝毫抱怨的穷苦村民也是必要的——这些人可以是村子的原住民,只是要经过适当的筛选和培训,以求达到最佳的出场效果。

没有问题,因为这些村民本来就在这里——这幕戏已经准备了很多年了:就像作家先生建造小屋的计划,以及他前往荒野狩猎寻求心灵安慰的经历也没有他以为得(至少是在访谈中提到的)那么年代久远。就像我也并非真的努力寻找了七年、努力工作了七年一样。

现在的我对以上事实一清二楚,但那也仅仅是现在而已。几年以后,事情恐怕就会变成另外一番景象。或许,现在的这些才是我的臆想也说不定——因为两种假设都安排了矛盾:这都是篡改命运带来的惩罚。

那么就是"或许"。

或许这里的一切在他初次造访村子时,便已经准备好,一切的人物都已安排就绪。长达八年的跨度足以让他在剧本正式上演时对那群演员的身份深信不疑——至多以为他们不过是被短暂收买,并且误认为出高价可以换得信任。

或许作家先生儿时并没有那段被他的读者们称道的传奇经历,但他却谋杀了他的祖父——因为他是一个自消息封闭的国度逃离到那个大城市的一个背井离乡的作家,那里没有人见证过他的过去,于是他就可以随意篡改。他欺骗了数不尽的人,也包括他自己和我。

或许是他向我读了那首他创作的五行诗,因为我对它印象深刻,便当作我对他念过的了。那些在诗中描写过的、在他曾讲述的故事中显得活灵活现的动物们，原本就只是捏造的产物；而捏造的原型，正是他内心里关于自己过去的经历与潜在性格的评断！

或许他自己就是棕熊、毒蛇、狐狸和渡鸦——这些动物让人想到哪些形容词呢？残暴、恶毒、狡猾、冷酷。他在潜意识中是这样评判自己的吗？现在他将自己伪装成感受真实、书写真实的伟大人物，骨子里却是一只完完全全的妖灵。

或许我心中那个"值得怀念的他"并不存在，那些要么是出于我渴望达成的愿望，要么是出自妖灵的精心伪装；或许是我打算杀死自己的祖父，我叛逃了我的祖国，也是我继承了一大笔变卖得来的遗产。而他只是引用修改了我的故事，套用到了自己身上。那笔遗产或许是在他背叛了我之后才意外得到的，这也恰好成了导演这出庞大剧本的经费来源。

对"或许"进行合理的安排，可以出现无穷无尽又合情合理的背景故事——这件毫无难度的事情对于剧本的撰写并不重要，甚至可以说是毫无意义。我的动机是唯一的，就是夺回我的女儿。想想看，这五幕的情景剧是多么让人期待啊。在开始的三幕中，作家先生因为着迷于村中发生的不可思议魔法以及每次似是而非的线索，逐渐沉迷于对魔书和史料的考证之中，对女儿和工作都不闻不问。这样的戏目和随之而来的研究行为带来的恶果，首先是迫害了他的精神，让他从一个以合理性、逻辑、科学占据主导的时代被迫回到崇尚神秘、妄想和精神狂欢的妖巫纪年。这样的打击无疑是严重的：根据我对他的了解，至少会令他感到混乱，并且会让他为了捍卫原先的世界观而独自耗费时间——他是一个不擅于请求他人帮助、性格稍有些孤傲的人，这就会导致他在独立调查中尝试请人帮忙却遭遇挫折后，极易陷入孤独的、凭一己之力寻找解决之道的牛角尖中去。书稿违约、专栏停写，回复编辑的态度也不可能会有多好，甚至干脆就对这些事情不予理睬了。律师整理了一些因为合同违约而被要求支付高额罚金的例子。如果出版社和杂志社同他签订了类似的、在通常情况下不可能违背的条约，而他却因为这场演出而违约，得罪光了合作者，让出版方蒙受损失的话，只要相关的索赔官司陆续打起来，就可以让争夺抚养权官司的条件二得到满足。

至于抚养权官司本身，因为牵涉到作家先生不承认自己曾有家庭及子女这项事实，以及捏造自己过去经历的欺骗行为，一旦开庭受审，受到媒体关注，加之他已预先得罪了出版界，也必同时引来舆论对他进行道义上的谴责，这也同时达成了条件二。

这持续一整年的仪式所挑选的日期自然也经过了精心安排：每年的二月底是高年级学生接受家庭访问的时间，那位粗心的父亲为了完成每四年一次的祭典，肯定会忘记四年后的家庭访问。趁着他去村子消磨时光，我正好能和女儿会面。我会预先买通孩子的保姆：那并不需要支出太多。然后，我将代替那个会令孩子感到尴尬的用人，协助她完成一次出色的家庭访问，给她和她的老师留下最好的印象。

取得孩子的信任是这一幕中最重要的事情。对此我无法做出判断，因为我完全不敢想象那个场景。唯一可以确定的是，当我推开了某扇门，看到离别多年的女儿就坐在我面前玩耍时，肯定没有办法止住泪水。我不知道那时我还能不能说出一句完整的话，但我相信，只要她看到我，就会知道我是谁。母爱的真诚是无从伪装的，她看到我，就一定会记起我来；就算不会，在相处的那几天里我也会努力让孩子喜欢上我。此时千万不能因为过分激动而丧失理智。记住，千万不要将孩子搂得太紧，那样会吓到她的！

虽然在疲惫的作家先生回来之前我就得动身离开，但只要寓所里有人肯接受我的雇用，我和女儿就能在漫长的休演期里通过频繁的书信联系加深感情，距离并不是决定性的问题。

六月二十七日，女儿的生日——预告函上的时间当然不能一样，那样难免不会引起他的怀疑。导演需要预先将约定的时间提前或延后两到三日，以旅途必需的天数作为缓冲。第二幕开演之际，正是这位先生的求胜心最为强烈的时候，因此务必得给他最沉重的打击。这样才能像抽饵诱鱼那样，牢牢地锁定猎物。

八月底到九月初是孩子们的暑假中理应过得最愉快的一段时间。经过第二幕的挫败，作家先生将处于极不安定的状态。在这期间他或许谁都不信任，甚至会将村民们都锁起来。虽然剧情并不一定会向这个方向发展，但第三幕最好设计成只需一个人操控即可的机关组合——我猜孩子也会喜欢看她那位平时都一脸严肃的作家父亲狼狈的样子。

另外在这个季节里或许还可以完成一场附加剧目：这只是一个最初的设想，具体还需要在剧本草稿里再做详细的策划。最好能让他在这一年里唯一气温较高的时节去一个寒冷的地方；另外，也可以考虑"压缩时间的咒语"——这或许可以借鉴一些现有的、关于魔界地理的文献。如果找不到，就主动捏造一些。最关键的是让他在八九月份的高温中感受到不寒而栗的恐惧，从而彻底放弃对剧目的过分审视和挑剔，安心等待第四幕开演时间的到来。

为了让借用的历史人物显得更为逼真，或许我还需要额外准备一具巴托里夫人的干尸蜡像——我在书写第三幕的时候想到了这些。或许可以安排一个招魂仪式和与之对应的驱魔会。只要设置得合理，任何一个人同"理智"紧紧拴在一起的思考防线，都可以被轻易击溃。

如果一切顺利，第三幕带来的一连串刺激会让这位可怜的观众发现，对抗导演和剧本纯粹是自不量力——在如此的情况之下，他或许会感到悲观和懈怠，以逆来顺受的姿态重新审视自己的生活。因为之前太过关注于演出，这期间有很多长期积累下来的麻烦需要他来处理，不少在顺境中掩藏得很好的矛盾均将在这一季度展现：这是件很好的事，可以帮助他稍稍摆脱那只盘踞在他幻想中多年的妖灵。他或许也会试着在亲情中寻找慰藉，因此我需要预先跟女儿商量好，让她故意不搭理他——虽然这在孩子的眼里看来可能会有些残酷。我大概会用"这只是在和爸爸玩游戏"这样的、罗伯托·贝尼尼式童话的借口来说服她。对于一个刚过十三岁生日的小大人，这招如果用得好，是会十分管用的。

第四幕和第五幕就得收尾了，整体上不会再有多大的起伏波动。这部分将会是比较平淡的过渡，最终的结局当然还是要有意料之外的转折。我会学习戈达尔大师的手法，用一个画面上极为平淡甚至单调的转折来结尾——我可能会递上一张要求前往法院出庭的邀请函。当然，并不是由我来书写，而是打印出来的、格式千篇一律的公文。相信那位喜欢卖弄文字的作家先生在获悉事情真相时没有耐心去阅读太繁复累赘的句式；况且——由来自法院的传单来告诉他这整场大型演出的真实目的——本来和场景并无关联的社会机器，突然就俯身下来展现了它片刻的冷漠，全世界的机器螺丝们好像都在嘲笑他。如此的讽刺在收篇中带来的效果，自然也是十分美妙的。

我在这一整年里和女儿亲近，通过毫无保留的关心来和她融洽交流，让她那因为母亲位置的长年空缺和忙碌父亲的不尽职导致的孤立、空虚、担忧、恐惧，被彻底驱逐出去。我希望她能通过这一年中发生的一切，看到我们各自的努力都用在了哪个方向上。选择和我共同生活当然好，但无论怎样，这都是她自己的选择。我尊重她。

以上说明了抚养权官司的另外两个条件如何达成。

这所有的五幕表演，就像那首曾在他耳边念过的五行诗一样，全都是为他量身定做的。我像一个占星术士那样给出了以上的臆测，但又并非模棱两可的预言。那些演员的忙碌、场景的诡异，还有他脸上的惊诧，在我写下这些文字的时候便纷纷在我脑海中浮现。

我曾听说一个人能够看到未来是将死的征兆，这句话我此刻已经能够大致了解：或许那所指的并非身体的凋亡，而是灵魂的叛离。

想着那位背弃过去的作家先生，再联想到将要在随后的几年里逐渐从虚构画面中浮出的、那个并不存在的我，我就觉得此刻这个自我时日无多——好比疯子在知道自己将疯之前，对现实世界还存着无限的眷恋一般。

在我尚且认得清事实长什么模样时，该记录的都已经记下。不停书写的过程中，我最深的一点感触就是：人的记忆就好比日记本上写满字的纸，一旦撕掉或者改动了——因为这个本子是与过去唯一的联系——也就等同于改变了自己的过去。如此，则发生过的事情并不唯一，向前向后看去都有无限的可能，却只有"现在"将人紧紧束缚起来。我怎能确定"我深爱自己的女儿"这件事并非我捏造的呢？就像作家先生，也不可能了解他那记忆中尚存的模糊爱意究竟是曾给予过我，还是其他虚构的人物，甚或本就不存在——我们放纵了自己的回忆，却不经意地在不确定的氛围之中失去了更多，这就是虚无的本质。

我害怕了。为了不让稍后写下的某些文字在无意间切断我同目前自以为确定的真实之间的紧密联系，我得搁笔了。我隐约感觉得到，在遥远的过去还有些冷冰冰的回忆有待唤醒——它们或许是真的，也或许只是最近的虚构。

人是很容易迷失在虚构中的。

剪贴册　第四部分
某个孩子的第一篇日记

二〇〇九年六月二十七日，星期六，晴

十四岁生日，第二次和妈妈一同度过。

爸爸原本也要来，他在两周前就给妈妈打了电话。两人说话时一直带着笑，气氛祥和、温馨。好像这对夫妻原本就没分居，只是丈夫正出差，刚下飞机就急着给家人报平安——是那种甜蜜的感觉。

可惜他还是来不了。法庭第六次听证会，要配合出版社安排的记者见面会提前了。他答应我，下周六还会来，礼物也到时再送。我追问他，礼物是什么，他却坚持不说。我问妈妈，她也只是笑而不答。

唉，这两个人，可真是有够孩子气的！

可不是吗，两个赌气的孩子。一个将自己伪装成卡萨诺瓦，一个将自己想象成大巫师家族的后代。完全是没有任何意义的较量。十四岁的我绝对不会为这些无谓的事情浪费时间……不过，也说不定。我还不知道什么是真正的爱情——按这两人的例子看，爱情就是愚钝、破坏、谎言、泪水、长久的赌气、两败俱伤的较量、无法割断的纠缠……

噢，只是稍微想象一下这些糟糕词语的组合，就会觉得爱情实在是太可怕了！

我很佩服妈妈的坚持，或许她的初衷并非那么单纯，但在小屋中那持续了一整年的二人战争中，通过如此激烈的记忆与现实的冲撞，反而让她逐渐弄明白了自己的真实感受。

爸爸又何尝不是呢？那在自传出版时被删去的第十六节，满是对女性的挑衅和蔑视的第十六节，说到底也只是他费心设下的伪装而已。他用文字来欺骗自己，将这些故事告诉别人，形成别人印象中的他，同时反过来影响他自身。

没错，冰岛少妇、匈牙利巫婆、管家先生、严苛的祖父、自杀的小姐们……他们全都是爸爸虚构的人物。

在我还很小的时候，爸爸和妈妈一同完成了那部小说。但那并不是一个具有畅销书吸引力的故事。那个来自远方的孩子的转变，一个异乡人的发迹史，再加上传奇般的、和数不清的女人厮混的经历。这样的故事和吉亚科莫·卡萨诺瓦从威尼斯到波西米亚的奇迹人生类似，因为太荒诞离奇，加上又是新人作品，根本没有哪个编辑将那厚厚的一摞书稿当回事。

那时候的爸爸还抱着很重的学究气。而且，据妈妈介绍，那部现在已经遗失的作品，是一篇无论从文字、小说结构还是蕴意上都堪称经典的美妙文字——她曾为他逐字逐句修改过初稿。完成的全稿又是她亲手誊抄了数十份。那时候的租屋里连暖气都停了，她没日没夜地抄写，手几乎都要失去知觉。为了提高效率，她甚至学会了用左手写字！

她回忆当时的情况：爸爸每出门一趟，就拿走两三份用便宜硬纸信封装好的手稿。这些手稿被递到城市里不同的出版社，有些还邮到别的城市。完稿后那几个月里，爸爸几乎天天出门，妈妈则每天都在抄写——他们脸上的神情从最开始时的满怀期待逐渐变成一种倍感疲惫和绝望的焦虑。所有的稿件都石沉大海：那些口口声声答应要仔细过目的编辑，即使爸爸去找他们再多次，也都只会用"还在读""还要再和主编详细讨论"来回答。似乎有那么几位还直接将翻都没翻过的手稿甩到了爸爸脸上。有那么几天爸爸回家时都是铁青着脸,一言不发。过了好几周才又开口跟妈妈讲话,带着并不快乐的笑容逗我开心。

"或许就是在那几天发生了这样的事情,糟得不能再糟了。"

确实,糟得不能再糟了。直到数十份书稿投递得差不多——整个城市甚至整个国家曾经出版过小说的出版社,爸爸差不多全投递了一遍。

毫无结果。幸运之神并不能说服出版界的功利心,只好满脸羞愧地离我们而去。

妈妈说,当时他们几乎每天都吵架,因为家里快要连水都喝不上了。爸爸虽然沮丧,但看上去还是在强撑着。就是在这样的情况下,有一天他出门回来后,却满脸都是激动兴奋的神情。据说是有一位这样的朋友,是爸爸很要好的朋友,现在是一家出版社的选题编辑,愿意向主编推荐爸爸的书稿,因为他看了觉得很满意。他想请爸爸过去和主编当面谈谈。

这在现在这个时代听起来是多么幼稚的故事啊!当我听妈妈说到这段时,就已经知道最后会是什么结果了——但当时的他们却不这么想,因为唯一的希望就是全部的希望。

爸爸拿了最后一份书稿,还特地买了一个最贵的道林纸信封,并且租了一套高级西服。

好像是因为那天我特别吵闹,还是爸爸编了个什么理由——他说想让我也见证他成功的时刻,将我从妈妈身边借走了。

我问过爸爸这件事,他却故意将话题岔开了。凭着直觉来看,他当时应该是故意的。或者事情并没有他描述得那么好,又或许这样的一家出版社和那个朋友根本就不存在。具体发生的事情,因为我那时候还很小,现在已经一点也记不起来了。我猜,爸爸当时是抱定了要彻底改变自己的决心。当然,后来他也成功了——具体是怎样做到的,我不想在日记里多提,反正不会是些说出来觉得光彩的事。那些在电视转播的两次听证会上已经说得够多了,有些话甚至一听就知道是诽谤;如果爸爸有机会看到我的日记,我可不想让他心情不好。

妈妈说他成了他们那篇小说中的主角,借用了他的性格,并且在想象中继承了那个主角的经历——其实无论妈妈还是爸爸都是在这个城市长大的,根本就不是来自其他国家的移民。匈牙利语和那个村子里人们所说的语言,不过是他们在中学阶段抛弃了拉丁语和法语的收获。这些是某家报纸上披露的头条,我对它的真实性不抱太大希望。

不过妈妈是有钱人家的女儿这件事,好像确是事实。如果她真是因为想要和爸爸在一起才同家族闹翻,而之后却又在亲人去世前彼此原谅并继承了遗产——那这样的情节就太老套了。妈妈对此什么都没说,一切仍然都是小道消息。我希望那些为报纸编故事的人能琢磨出一些精彩的情节来,这样我幻想起那一段属于父母的往事时,也会更有趣些。

要是那部丢失了的小说能够再被找到就好了——不过,当年投出去的许多份原稿应该是早就不在了。否则,那群销量至上的出版商看到当下的各界媒体对这起官司的炒作势头,怎么可能不抢着出版那篇署了爸爸真名的小说呢?

但说实话,知道了我原来的名字,还真是不习惯呢……

等到这场风波平息,爸爸如果还有计划要写一部小说,我猜一定就是以这个故事为蓝本。如果他不愿写,或者没时间,那就只好由我来为他代笔。这应该不是件太难的事,因为关于这次的事情,他们都各自写有日记,我也悄悄读过——那些写得已经很好了,虽然都比较主观,却也足够将整个事件衔接起来。我要做的大概就是将这些日记按照事情发生的顺序一页页地复印，然后粘贴起来……对了，或许还可以参考一下那本自传上的内容。以自传的前几节作为开头，因为它们和发生的事件关系最大，文字的代入感也很强——但到引用五行诗的地方就可以停止了，否则会显得冗长。接下来的部分是爸爸的日记，需要按照时间顺序好好筛选一番，再依次粘贴到剪贴册上。至于妈妈的日记，就作为对爸爸日记中全部悬念的解答，紧跟在今年二月二十五号的日记后面。

但那样好像衔接得不太好，因为单篇日记就已经很长了。时间跳转过大的话，会让读者们感到很不适应的。

好吧，那就将妈妈的日记反过来粘贴。先是和二月二十五号距离最近的那篇，然后越来越远，直到数年前……对了，不知道妈妈最开始到村子时，有没有写下些什么呢？如果将那些作为第一手资料加到剪贴册中，肯定也很有意思。

我的这篇日记可以放在小说的末尾，因为还需要有人将日记中没有解释清楚的部分说个明白。如果说这部小说有什么值得遗憾的地方，可能就是我所写的这一部分了吧。

希望这本尚在襁褓中的小说，能够作为由我们三人共同组成的家庭重新结合在一起的契机。大众是否会给予爸爸足够的宽容，就像他们给予我和妈妈的"同情姿态"一样，直到现在也都还是个未知数。其实那也不是很重要，因为我们全家终于又能在一起了。我的父亲和母亲，他们所犯的错误，因为彼此之间终究无法切断的爱意，就算用怎样极端的行为去欺骗和掩饰，最终也能够被对方容忍，进而忽视，安全地收藏在时间的皱褶里。这本由共同记忆粘贴而成的小说，我会尽我所能好好守护它。只要这些记录过去的文字还留存着，三个人共有的记忆便不会轻易磨灭。

时间和记忆的存在和维系,这才是真真正正的魔咒。

我问妈妈,她是从什么时候开始发现他的心意并没有改变的。她告诉我,是在看那本自传上的第十六节时。妈妈从那段中读出了爱意,我却什么都没读出来。或许那段中,藏着些只有他们两人才能够解读的暗号。我读完了这本书,可又好像一点儿都没读懂。比如"伟大存在",那是单指爱情,还是一种概括一切的"超越的情感"?这样的情感在冲击心灵的时候会是怎样的呢?我觉得那是无法用文字准确描述、但又能肯定它存在的一种触感——这样的印象十分奇怪,就好像是初夏的微风,还有暖暖的阳光,我们处在那种氛围之下会觉得很舒服。如果失去了,便会十分怀念那种感觉。可是无论怎样怀念,感觉却并不能只凭想象回来——必须处在一个对应的状态之下,才能再次感受到它们的美好。

嗯,这样比较一番之后,我又好像有一点点懂了。

最后说一下日记本。它的封面上有一只拱起背脊的巨大棕熊,这是来自旧俄国的、一位我记不住名字的画家的作品。那幅画上的熊给我的最深印象是它的眼里似乎一片茫然,鼻子却故意抽象成了心的形状。

没错,这就是我十四岁生日的礼物,是妈妈特地为我准备的。这也是我要从现在开始学写日记的原因。当然,只是原因之一。

等到我们一家团聚,气温又合适的时候,我还会再去一趟村子。这是已经和爸爸妈妈约好的。因为我在那里还有一个单凭眼睛就可以说话的好朋友。说不定我还可以同她交换日记看呢!

好了,已经写了不少了,今天就到这里吧。

又及:

作为我的第一篇日记，也作为预想中小说可能的结尾，为了不让它显得太平淡，也为了同我刚刚所列提纲里的内容呼应，在这里也引用一节爸爸自传中的文字。

　　我不像妈妈那样愿意一字一句认真誊抄下来——事实上，虽然我有足够的时间和耐心，但我的字写得还不够好看。因此，不妨学习爸爸在日记中摘录自己文稿的方式，直接将自传中的章节影印之后，收藏在日记本当中吧。

　　我要收藏的是第五节，也就是紧跟在五行诗后的那一节。

　　就夹在日记的下一页里。我会用淡绿色的硬纸和胶水在那页里做个袖珍活页夹，那样翻开来应该会很好看，也方便阅读。

5

八岁的孩子清楚什么是死亡吗？在孩子的眼中，灵与肉分离过吗？面对死亡，肉体很难不去指责灵魂的自我放弃。我们总误以为前者是后者的奴隶，好比吸血鬼与人狼之间的主仆关系。灵魂只要觉得生命是充满烦恼和忧愁的存在，就可以履行将身体推入火坑的权力；肉体做的事情相较灵魂却要积极得多——人不可能用自己的双手扼死自己，不可能自行憋气自杀。当你在水中挣扎时会迅速沉底，而失去意识之后，又会很快浮上来。本能并不寄住在理智当中，与其说它是在阻止意识的永离，倒不如说是在保护自己——就像父母教导那些智商低下的孩子，必须先学会怎么说自家的地址一样。

那时我正待在命运赐予我的庇护所里，思考关于生命与死亡的问题。我无法确知我是否已死，因为眼前的世界在闯进来时就是全然陌生的，这些和当时脑中极其有限的关于"生"的经验完全背离。比起那些认为死后和在世时全无区别的恋世者，我究竟是幸运还是不幸呢？我想到了那些拥有濒死体验的人写的自传，但那些毕竟不是死亡——能在生者们聚居的地方讲述的故事、努力回想重现的经历，即便再接近死亡，也还是生者的认知，和真正的死者毫无关系。死亡是不可知的边界，想探求它必须越过生的底线，也就没办法再折返回来。人不能了解人所感受到，以及借由感受总结而出的思考之外的东西，感受到的也不过是一种忽略大部分、扭曲小部分的可笑近似。无论是强调经验还是理性，我们都无法超越自身，充其量只拥有已超越的错觉——不可能的概念是怎样的呢？一个人不可能了解宇宙的一切细节，因为他只是其中极微小的一部分；他甚至连自己都无法了解，因为他所能包容的不可能达到他自身的容量。我们不愿屈从于自己仅作为过程的卑微。伟大存在实际是这样的一种抽象，身在其间便能和更广博的超越相连接。我们可以认为有一种东西创造了无限，比宇宙本身伟大得多，而它对人类是博爱的。它是主宰一切不可能的奇迹，能够让一个人了解而不消亡、存在而不毁灭、穷尽而不局限。伟大存在之存在表达了这样的愿望，能让人通过简单的相信跨越事实上的不可能——逻辑、推理、实证、公理在它面前，都并非牢不可破：宇宙可以被装入脑中，人可以洞察自身以及限界之外的事物，历史可以被改造，生命可以不朽。

当时的我或许在朦胧之中想到了这些，也可能是其他类似的想法。但这些空泛的理论很快就被我遗忘了，因为我首先得弄清我是活着还是死去。在点燃了这简陋木屋中存放着的全部两打蜡烛，打湿的衣服摊开在角落，身体整个裹在屋内带着霉味的厚毛毯里取暖时——这应该是活着的感觉，但仅有这些却不够。我喝了一口屋中木箱里存着的酒，那股辣味一下子涌上来，好像要将我的灵魂从头顶猛地拔出去——这应该证明我的灵肉没有分离，却还是不够。

我注视着屋中的二十四枚烛光，开始思考起让我到达这里的一切前因后果。

时间如此向前回溯，是仅有人的想象才能突破的约束。在那里，酒和毯子离开了我的身体，湿漉漉的衣服重又穿上，蜡烛一支支熄灭，小屋由亮转暗。燃尽的火柴亮起，火光又很快聚回一处，倒转划燃时那"哧"的一声响，在黑暗中摸到的火柴归了原位。

我倒退着出了屋门，脚步往后，两旁的树木向前飞驰，情绪由欣喜若狂还原为失魂落魄。滴落在地的水滴纷纷收拢，一滴滴地回到衣服上，让它们越来越沉重和收紧。在雾蒙蒙的满是古怪叫声的森林里，我正在逆向行走，一共有四五次，我俯下身来趴在地上，然后再如摁下的不倒翁娃娃一样突然弹起来——每这样来一次，地上就有些磕碰下来的血和皮回到我身上，手肘上的瘀青突然消失，我也变得更有力气些。心中怀抱的不是希望，而是意识失去又回来之后的强力驱使，越倒退越强烈，但总体上衰减得并不太多。时间就这样一直回溯，越来越快，快得让人想起来心脏就会莫名悸动，右手不自觉地捏住左边胸口。

直到一个有必要让时间回归正常方向的位置。我看到我曾经见过的那些最后的画面，看到水中的自己，背向着蕴含一切期冀的重生之所、安息之地。那里点亮了过去未来的全部光线，在无声中奏起魅惑的靡音。我看到我的身体飘摇在死亡的边缘，意识早已离去，肉体也已屈服——这时我却开始向上升了，速度不合常理，仿佛有一条大鱼托起了我。但我看得见：什么都没有，就是我自己在向上飞升。身后涌起无数细小的气泡将我层层包围。我似乎在那片刻睁开了眼睛，感觉回来了一些，看到混沌深蓝中气泡的起伏、破灭，有身在云中的错觉。那时身体就像消失了一样，只剩一个抽象到不能再抽象的视点，灵魂透过那点注视着此处的时空，无须说明我便了解到，这是死亡到来的瞬间，是告别的时刻。

但我却在飞升,因为奇迹是超越死亡的——它藐视一切由固有属性区分的领域,拥有能令时间逆转、火焰结冰、蜗牛奔跑、逝者复生的力量。这就是奇迹,是坚信伟大存在的孩子才能收获的奖励。生命将生命带给了我,陈旧的灵魂被带去了死亡的寂地,一整个新鲜的"自己",却从无尽的未知中浮了上来。

我重生了。这或许不再是我的世界——这样想着时,我就回到了小屋:那里是一种沟通的形式。生与死如果只是场景、时间和心境的转变的话,弄明白自己是生是死也就不再重要了;重要的是,这里让我感觉舒适,是我的幸运之地。

自溺亡中逃生的我在木屋里点燃二十四支蜡烛的那一天,恰巧是人类时间计算中多出来的日子,我用这额外的一天,思考和一年一年周而复始的生活无关的问题,并且毫不介意自己实际上可能正生活在一个溺亡者的世界里:这是享受,是无处不在的约束给出的些许宽裕——就像过去的小屋以及现在的小屋。它们赐给我一个独立的时空,让我能够暂时放下这些在文章和现实中的虚构,正视一个真实的存在——那同时也是伟大存在。

在过去的许多年里,我始终没有放弃对伟大存在的向往,即使这概念随时间的流逝,有了各式各样的指代,其象征存在着的超越力量这点,也永远停留在简要的字面含义之上,至少在我的心中从未被篡改过。我们对伟大存在的认识,正是对我们本身的期待——它的具体形式是我们存活于世的精神基石。伟大存在非善非恶,非生非死,是个人受施于群体,再还报于个人的可选捷径。对个人而言,它永远是相伴身边的正义,此种立场超越常规、成见、约束和惯性,代表了自我追求的至高境界。

在未来的某一天中,我或许能够真正被伟大存在所接纳,因此我习惯按主观的构思给出纷繁复杂的假设,去揣摩那美妙时刻到来的方式。我相信这过程代表了我认识自身的愿望，和坦率、大度、超然与平和的态度密切相关——毕竟尚未发生过的事情没人会知道，但尚未发生也同时代表了无限大的可能。人的灵魂无质无形，无依无傍，这让我们很容易就忽视掉它真正的感受。如果将伟大存在看作一种态度，这态度由我们定义，又反过来改变我们——我们终其一生对伟大存在的寻找，如果用类比来形容，那大概就是：

成为一个猎人，行走在荒野上。

后 记

起初,奈特并没有想到可能会死,因为以前从未遇到过这种事;他既不考虑未来,也不追忆过去。他只是眼睁睁地看着大自然企图消灭他,而他则竭力反抗。

——《一双蓝眼睛》
托马斯·哈代

《荒野猎人》所尝试的，是一种讲述故事的方式：因为全文完全是日记式的内心独白，我的主观整个嵌入角色的主观当中——这就表示，所有的叙事和描写，也都是经过了角色主观改造的。在整个故事铺开甚至直到故事完结的过程中，我们能够看到很多相互矛盾、前后不一的地方，却无法去数落它们的不是。在长达一年的时间跨度中，还要经历一连串对情绪影响甚大的事件，每一阶段的想法都不可能相同，回忆、思考及逻辑上，也都会有遗忘、大意和疏漏之处。在写作提纲时，这关于每个季度、每个日期在相同角色上的影响，我曾经特别留意过，为此我还重新浏览了四本日记体的书：《拉贝日记》《安妮日记》《长腿叔叔》[①]和《爱的教育》，其中的前二者并非小说。无一例外的，这四部作品选用的体裁在描写事件时都十分明确且方便，因为日期的切换统一和直白，这就省去了在时间过渡上需要费力完成的、效果也不见得会好的其他方式。只是这些和我所想写的尚有不同，因为我需要的是一群需要写很长日记的角色，而这些日记却多半短小，也不包含太多和叙事无关的成分。

很多游记散文也使用了日记体来记录旅途见闻，但各个篇目之间的联系却太不紧密，也不符合我所期待的格式。

有位朋友建议我使用《紫阳花日记》的方式，让女儿通过一篇一篇地阅读日记来展开剧情，同时慢慢发掘父母藏起的秘密。那家伙是渡边淳一爱好者，但我却是自《失乐园》开始就不太喜

[①] 实际是十分特别的没有回信的书信体。在此将其看作不署日期的日记。

欢这个人了。发掘模式用得好的，比如乔斯坦·贾德的《苏菲的世界》倒也可以算是宽泛的日记体。虽然是以第三人称来讲述故事，但若按照章节来改编成日记体，也丝毫没有困难。尤其是那对于仲夏节的无限期待，用日期的推进来诠释说不定能收获更好的效果。

因此，这样就离我所想要的文体更接近了些：我需要一个通篇都是日记和摘录的例子，而且行文的脉络是凭借或长或短的日记自身来实现。挖掘真相的过程需要在日期逐渐增加或减少的过程之中，由读者自己去感悟和完成。如此的要求类似马克·吐温的晚期作品《亚当夏娃日记》，那样繁复交错的格式，我差一点就直接拿来使用了：因为我担心谜题和解答部分相隔太远，会让阅读者感觉不适。但这样一来却损坏了文章的整体性，就像是对四个发生在不同季节的密室故事分别进行解答，悬念架构也遭到了破坏。读者一旦过早知道了局部的答案，犯人的自白太早出现，暗藏在后的布局格调便会下降数个档次。当然，这只是我阅读类似小说时的要求，可能并不适合所有读者的口味。反正，我是那种习惯被不可能谜题压得喘不过气，然后一次接受一连串解答的类型——读那样的书，会让我的心情十分舒畅。我猜，抱有此种阅读偏好的肯定不会只有我一个人。

最后我想到了久违的《少年维特之烦恼》，在重读了六月十六日和绿蒂小姐在舞会共舞的那一段之后，我得到了想要的行文韵律。

关于小说的名字，最开始的来源是出自《荣格全集》中那篇《论死后的生活》。这篇文章用大段的引例讲述了关于回忆、愿望、恐惧和死亡之间的种种现象，并以荣格惯用的推理方式进行了详细的解说——这篇文章中的很多内容，包括其中为濒死经历、梦境和幻景所举的例子及与之相对应的、言之有物的讨论，对本文的背景设定和情感、心理线索安排产生了极大的影响。"荒野猎人"这个词的出处，源自这一段：

> 我一看到这头猛兽，浑身上下顿时都凉了。它从我身边掠过，我突然明白了，是荒野猎人命令它去摘走某一个人的灵魂。

这是荣格在母亲死前做的一个梦，"荒野猎人"在此处所指的是日耳曼神话中的一位神明，正作为驱使狼群和猛兽的狩猎者化身，将逝者的灵魂带往安息之所。神话、巫术、中世纪、炼金术士和女巫等元素，在基督体系中是十分重要的集体记忆。"荒野猎人"这个名字的妙处，在于能够同时结合场景、人物和历史背景的要素，进行最精练的概括——这显然符合为小说选名的全部要求。

关于作家这个形象，正如我在后记的开头所引用的、哈代的文句描写的那样：他对谜题中出现的"不可能"是有着天生的反抗精神的。其实这个形象，抛开他身上的固有属性不提，应该会成为全文中读者尝试代入的最重要的形象——作为侦探小说，他代表了侦探们努力探索真相的过程。这位可怜的男主角既然已身兼侦探、连续案件线索人物和死亡诅咒威胁的承受人等多重身份，便完全不必背负侦探们通常所持的、各种各样的道义需求，而是自始至终都坚持设法自救。从轻敌到受挫，再到自我放弃和依靠本能行事，最后折服于真相，并且能够在自我被整个击碎的废墟上，看到一切重新开始的迹象——他完全忠实于他自身的愿望，即使是自我欺骗，也不过是心理防卫机制的集中体现。我们可以很容易地从作家的行为中分辨出仿同、隔离和幻想这些自卫机制来。

因此全文的基调还是向上的，结局的思考也没有选择放在一个残忍阴暗的场景中展开；虽然在中途显得岌岌可危，但最终也还是没有偏向黑暗一侧。这并非是出于捍卫道德的无聊考量，而是在权衡了两个方向之后，选择了我认为在闭卷回味时更有韵味的收尾。这当然表示——或许就是在下一篇小说里——一旦我认为有需要去唆使通篇的温暖阳光突然化作倾盆大雨，并以电闪雷鸣的恐惧姿态来收尾，似乎也未尝不可。

让动物祭品的离奇死亡和逐渐逼近的神秘诅咒作为催促读者一页页读下去的鞭子，应该还算是个不错的主意。由动物来作为被害人，可以实现以乏味单一的裸猿们作为死者时所不可能实现，或者限于道德约束而难于实现的凶案场景：比如极北蝰和赤狐的那两幕场景，如果换成由人来承受那样的仪式处理，大家可以试着想象一下，那会是一个怎样恐怖的场面。

另外，因为不同的动物具备不同的体形体表特征，以及差别显著的生活习性、爱好、运动方式等，这就给不可能犯罪的写作开辟了一些崭新的方向。这并非要求写作者们都去尝试一下在文字中虐待动物，而是让思维能够借助那些形象有趣的生物特点得到拓展，从而创作出更富想象力的密室及不可能犯罪小说。

完成这部小说的过程是愉快却又满布波折的。在这长达一年的漫长连载之中，我的《大众侦探》专栏收到了数不清的读者来信——赞扬的部分不必细说，批评也占了很大的分量。还有一些自认为是评论家的家伙，在他们的报刊阵地上对我的连载进行了十分不留情面的批判，几乎将每一个段落都描述得一无是处。我对这些自我意识过剩的躁狂症患者的行为深表反感，便借了主角的作家身份,在正式出版的自传的第十六节中表明了自己的态度——我对批评和赞扬根本毫不在意,因为我对文字的运用有自己的理解。我享受那个过程,不愿在无谓的解释和无理纠缠中浪费哪怕一秒钟时间。

就在上周六,阿伏罗狄提制片厂的杨·拉金·杜马拉导演,这位加拿大籍的波兰人找到我,希望能买下《荒野猎人》的影视改编权,将这篇小说里的故事拍成电影。我十分相信他的能力,因此选择将这件事记录在全书的末尾——那些流动的画面现在就已出现在我的脑海中。希望他能够找到合适的演员和拍摄地点,并且不要当真去虐待动物。

——夏哀·哈特巴尔

二〇〇八年九月十五日于自由意志市

真正的后记 ————

文学怎么说也只是一场显得高尚的流行，比如一段时间流行现实主义和描绘底层生活的戏剧，一段时间又流行解构主义和意识流。我不知道大家看到以上的层层嵌套会不会觉得有趣——如果我在哪天不幸罹患失忆症，再拿了这本书来读，或许会认为这样的后记安排方式，也是一种悄然兴起的流行。

"是的，《荒野猎人》就这么完结了。"——我这样告诉自己。

粗略读过一遍，我发现全文完成的效果并没有想象中那么好：这或许是因为我跟它太过亲近的缘故。数天前，从台北市寄出的数十本《冷钢》繁体版样书，终于整齐漂亮地摞在了我的书桌上；在大约半个月前，我曾经花了三天的时间审校繁体的《特奎拉日升》——这两本多年以前的作品，现在再拿起来读，感觉和脑中原有的印象完全不同。人的记忆就是这样一种东西，它总是让我们对过去发生过的坚信不疑，以为那些在回忆时出现的画面就是不会褪色的真实。实际却是——过去、现在和未来永远都在不停流动，那些从我们眼前涌过的信息在每一刻的隐喻都不尽相同。我想要通过自己的文字表达些什么，读者们想要从这些故事中读到些什么，不可能会有一个统一的答案，我们只是大致地掌握了一个方向，并且将自己的情绪牵引过去——这些您在读到这里时，还是清晰无比的印象，再过几个月，甚至就只等过了今晚，就会变成另一个样子了。

希望不会有人将上面这段话理解为迷茫的态度，或者认为文泽尔本人是一个虚无主义者，并认为在文中提到所谓"文艺伪装的必要性"，只是在用反讽的手法为自己在行文时的过度自我中心主义狡辩。一个正面向上的观点是：写作并不是将自己的迷茫展示给别人看，而是要教会他们更多——没有人希望自己读一本书是毫无收获的，起码也想要学到些什么，或者感到有趣才是。

这正是我在序言中提到的小说应尽的功用。"有趣、好看"——对于迫切需要这些的读者们，《荒野猎人》可能正合他们的意，也可能不够合格，甚至会被责备为"杂乱，运用元素过多、不知所云"。我不知道这些对我而言最为糟糕的评价会不会出现。按理说，无论好坏，它们迟早都会来。那么，干脆就先在后记里将我对本文的批评也列出来吧——这应该算是硬币的两面。反正，同时作为读者和作者，我已经失去了客观性，因此批评也就只能到这个程度。

写作方面，拟定提纲和选用诡计相较资料考证而言，其实并没有花费太多时间。在正式动笔之前，根据所需的专业内容，我列出了一张十分详尽的参考书书目。在大学和学会的图书馆泡了两个多月后，"《荒野猎人》参考"这个文件夹已经积累了大量十分有用的信息——得益于作为马克思·普朗克学会一员的身份，我得以接触到部分只有在研究所才能够交换浏览的第一手资料。比如书目中的11、12、14、16、19、29等。这些魔书和古文字研究的内容，如果是凭借寻常的渠道，应该是极难查阅的。

巫术界有所谓"八大魔书""十大魔书""二十四大魔书"的说法——这些书中的一部分（主要是英文和拉丁文版本）能够由公共网络获得（比如13、18），但相当大的部分只能通过购买或者租借来阅读，而且也没有（短期也不可能会有）中译本，这对国内打算写作魔法和巫术题材的作者而言是一件十分无奈的事情。我常常见到一种有趣的引用方式：写手们直接将最常见的（也是唯一能够找到的）魔书书名和简短介绍照搬到文中，然后将此书描绘为一本搜集了很多神奇咒语的百科全书,或者是书本身具有魔力甚至其中藏有神魔——严格来讲,这根本算不上是什么考证,不过是借了个书名而已。很多写作过神鬼魔法题材的推理作家,比如美国的卡尔和劳森、日本的岛田庄司、台湾的既晴,限于时代和国别背景,他们本身也不具备查阅魔书的条件,至多是借用了些二手资料。如此的巫术、炼金术和神秘学简介类书籍,国内翻译出版得并不少,比如书目中的20、26、27、28、31、35等。这些书有一些十分致命的通病,首先是内容不够翔实,只能给人一个笼统的印象和一长串无从考查的书目,仅代表了学界的主流见解;再者就是翻译质量普遍偏差。二十世纪和二十一世纪初出版的一些译作,有时候连译名都不能够统一,也不标注原文、不附带译名对照表,这就给延伸阅读带来了极大的困难。最近出版的虽然有所改进,但在校对纠错上却又跟不上。

作为一个小说写作者,身处这个时代所具备的最大优势便是信息的廉价易得:这固然降低了以写作作为职业的门槛,但同时也造成了垃圾信息的泛滥。虽然目前的阅读主流依旧倾向于快餐化,却仍有不少读者是愿意读认真考证过背景知识、用心把握了行文结构和逐字逐段雕琢文字的作品的——我就是其中之一。越不轻松的阅读,收获便越多,乐趣也更大。

下一部独立于自由意志市的文泽尔侦探系列长篇是《吸血馆与穿刺公》,是一部探究吸血鬼历史的小说。关于这本书的资料收集已经进行了一段时间了——目前已知的是,这本书中会有更有趣的密室和解答、更翔实丰富的考证(这是自然:未完成的一本永远是更好些的),结构上则会采取今古穿插的模式,或许会用年份来分段。

最后以材料表面处理的一句名言收尾(这句话和本文有何关

联,且作为全书给读者们的最后一次挑战吧):

上帝创造了万物,恶魔则让它们有表里之分。

——文泽尔
二〇〇八年九月十五日于德国斯图加特

二〇一八年九月十五日
与 Mourinho 先生的两次对谈整理

文泽尔：请念出我刚才特别提醒过的那一段话。

Mourinho：以下全部文字，皆来自文泽尔与我，也即文中所示"与 Mourinho 先生的两次对谈"内容整理。这两次对谈，一次发生在二〇一六年夏末，另一次则发生于二〇一八年夏末。为了保持"对谈"模式在形式上的一致性，我同意，由文泽尔来负责执笔润色，将两次对谈的内容整合为完整的一篇，收录在新版《荒野猎人》的书末……换句话说，并不保证印成文字的"Mourinho 先生"是真实存在过的。

文泽尔：虚实交汇，这也正是《荒野猎人》成书至今一贯坚持的调性。

Mourinho：不只这个，我还留意到你这样做恐怕是还打算玩另外一个梗。

文泽尔：噢？

Mourinho：《荒野猎人》这本书的初稿，是在二〇〇八年九月十五日那天完成的。这篇整理时，你恐怕会带上一个二〇一八年九月十五日——类似这样的日期。

文泽尔：刚好十周年。

Mourinho：对的。

文泽尔：哎，真是太巧了，谢谢你提醒我。

Mourinho：……

Mourinho：所以，现在就要正式开始聊了，对吧？

文泽尔：是的。

Mourinho：也不必再介绍一下前因后果？

文泽尔：甚至您是哪位，也不必认真介绍了。

Mourinho：如果你愿意这样开始，那就……

文泽尔：开玩笑的。诸位读者，《荒野猎人》完稿至今，已有十年时间了。感谢大家长久以来的支持，如今才得以有机会重新推出完全版。大家也看到，因为是时隔多年后的再版，不敢怠慢，我已在最近几年时间里，陆续花费了不少功夫对原稿进行了大规模修订。

Mourinho：修订这件事，我也算是见证人。

文泽尔：嗯，前几年发过一次照片。

Mourinho：没记错的话，那是新星出版社投递的《荒野猎人》样书。

文泽尔：确实，自从拿到那本样书之后，就开始进行修改了。

Mourinho：发的照片里面是前十几页当中，某一页修改后的样子，密密麻麻全是批注，用了两三种颜色的笔。

文泽尔：黑、蓝、红。第一遍修改是用黑色水性笔修润朗读起来不通顺的地方。

Mourinho：说到这里我想起来，《荒野猎人》刚出版那年，办过一场专门的朗读活动。

文泽尔：没错，是在七月，朗读的全都是本书的先期读者，相当热心。总共上传了近三十段音频。

Mourinho：完美错过了那个时期。

Mourinho：所以，是在那个时候发现初次出版的版本存在朗读上的一些问题？

文泽尔：是也不是。毕竟，出于某个原因，我在完成全书之后，花了相当长的时间来调整书中那"三口之家"各自的叙述风格。

Mourinho：第一次读时就觉得很上口，完全不存在佶屈聱牙的情况。开头用自传体引入，那种"伪装名著"的感觉相当到位。

文泽尔：不少读者也是被开头吸引，就此读了下去。

Mourinho：正是因此产生了钻研的兴趣。

文泽尔：毕竟写的时候花了很多时间来打磨，作家传记部分的黑笔修改反而不多，主要修改都放在"三口之家"的日记上了。黑笔以外，描述上对读者而言可能会难于理解的部分，换用红色水性笔修改。蓝色是圆珠笔，主要用来添加一些新的注释。

Mourinho：等等，差点被你忽悠过去。

文泽尔：注意到了吗？

Mourinho：是的……

Mourinho：调整"三口之家"叙述风格的"某个原因"是什么？你特地给"三口之家"打上了引号，莫非要承认，那个荒野猎人隐藏结局的说法是真的？

文泽尔：《荒野猎人》出版满一年后，我曾经以作者身份发布过一张解说图，是用来诠释小说中存在着的精确对称结构的。与此同时，我也首次承认了本书结局存在三重性。

Mourinho：也就是说，不只是隐藏结局？存在三个结局？

文泽尔：是的，这里引用一下当时对这张图片给出的解释。五位自传内虚构的女性死者与作为献祭的四图腾及书内作者本人

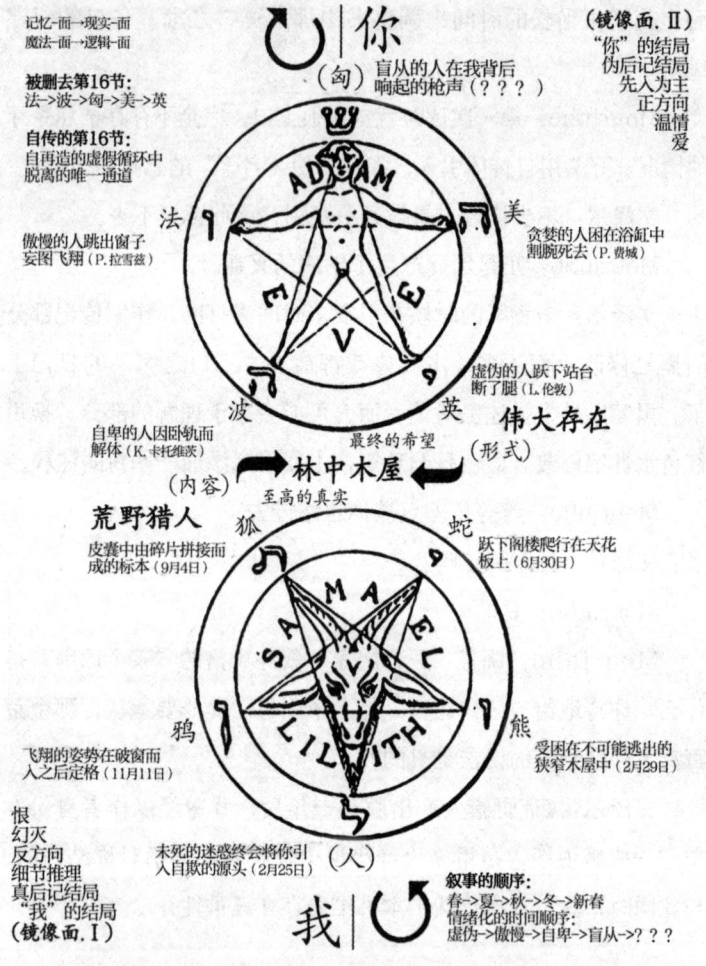

记忆-面→现实-面
魔法-面→逻辑-面

被删去第16节：
法->波->匈->美->英

自传的第16节：
自再造的虚假循环中
脱离的唯一通道

傲慢的人跳出窗子
妄图飞翔 (P.拉雪兹)

自卑的人因出轨而
解体 (K.卡托维茨)

荒野猎人
(内容)

皮囊中由碎片拼接而
成的标本 (9月4日)

飞翔的姿势在破窗而
入之后定格 (11月11日)

恨
幻灭
反方向
细节推理
真后记结局
"我"的结局
(镜像面.I)

(匈) 你

盲从的人在我背后
响起的枪声（？？？）

(镜像面.II)
"你"的结局
伪后记结局
先入为主
正方向
温情
爱

贪婪的人困在浴缸中
割腕死去 (P.费城)

虚伪的人跃下站台
断了腿 (L.伦敦)

伟大存在
最终的希望 (形式)
林中木屋
至高的真实

跃下阁楼爬行在天花
板上 (6月30日)

受困在不可能逃出的
狭窄木屋中 (2月29日)

未死的迷惑终会将你引
入自欺的源头 (2月25日)

(人)
我

叙事的顺序：
春->夏->秋->冬->新春
情绪化的时间顺序：
虚伪->傲慢->自卑->盲从->？？？

对应。对于"虚构"的雌性解构所做出的一个顺时针的摧毁，再由另一位虚构作者的逆时针的仪式重建来还原。这样的复原结构的关键在于仪式的最终部分，若不能达成，则如文中末尾的回放一般，过程无限重复。故事本身发生在最外层写作者的脑中，这同时暗示文中人物"三位一体"的可能性。三个结局，其一是表面结局（此对应图中的"伟大存在"），即大部分读者看过的那样，三个似乎"一目了然"的身份；其二是叙诡结局（此对应图中的"荒野猎人"），即第一部分的身份诡计，用另外的身份来暗示；其三是"里结局"（此对应图中的"林中木屋"），完整的解说同样将在《吸血馆与穿刺公》及《镜像综摄法》中揭晓。

Mourinho：说人话。

文泽尔：解释挺费劲的，我们可以就此展开，讨论一下。

Mourinho：很明显，图片里的"林中木屋"是个类似调和性质的存在。

Mourinho：我倒是看过一个对《荒野猎人》多重结局的假说。

文泽尔：请说。

Mourinho：第一重结局，是最明显的结局，也就是普通读者们先入为主的结局。

文泽尔：就是通常所说的 happy ending，合家欢结局。

Mourinho：全书分为四个部分。按普通读者的阅读顺序，第一次读过之后，我们在大脑里会主观上接受你在文字上非常明显的安排——第一部分，是作家自传；第二部分，是作家第一人称的日记，这部分的最后，作家拿到了巫女要求打官司夺回女儿的一封信；第三部分，是巫女的日记；第四部分，是女儿的日记。最后作家服软，全家团聚了。

文泽尔：很单纯的结局。

Mourinho：但是有个无法忽视的疑点，特别明显。

Mourinho：第一部分和第二部分里面，作家根本没有提到自己有个女儿，他总是用第三人称"她"来指代这个人。只有到了第三部分，巫女说起之后，才会开始认知到第一、第二部分提到的"她"其实是作家的女儿。

文泽尔：只看第一、第二部分，大概会认为作家口中的"她"，是他的爱人。

Mourinho：大家都忘记了巫女在小屋里设计那么多华丽诡计的目的。

文泽尔：如果"她"是自传中那几个所谓"虚构女人"的其中一个的话。甚至，如果"她"是这几个虚构角色的复合实体的话。

Mourinho：故事的真相就没那么美好了。

Mourinho：书里有很多能够支持这种说法的线索，草蛇灰线。

文泽尔：比如第二部分终章之前，作家发现自己怎么也找不到原来的房契和地契了。

Mourinho：他的记忆造了假。

文泽尔：传记部分他曾经深信不疑的内容，结果却被证实是虚假的。

Mourinho：那几个女人不存在，祖父的遗产也不存在。因为打电话给了市政厅负责产权登记的部门求证，所以可以认为这个线索是真实的。

文泽尔：类似的佐证还有好几处。

Mourinho：阅读中觉得"有古怪"的地方，都在指向另一种结局。

文泽尔：如果女儿不存在，第一、第二部分的"她"指的是巫女,第二部分最后,作家拿到的是巫女给他写的信。

Mourinho:第二部分收尾时,作家对于收到信这件事的描述是——"那几句简短的话,其实,也就等同于地狱了"。

Mourinho:这是不是在暗示作家被折磨到精神崩溃自杀,最后死掉了?

文泽尔:从当时他的精神状态来看,死掉才是合理的。我在第二部分后段的种种描述也指向了这一点,指向了作家的最后崩溃。

Mourinho:根据天主教的说法,自杀者进入地狱?

文泽尔:关键是地狱在哪里。

Mourinho:对哦,根据我的推测,他很可能就不是天主教徒。

文泽尔:自由意志市的设定大体是基于南德城市斯图加特的,在这里,新教路德宗和天主教势力各不相让。换句话说,作家先生也有可能是新教徒。

Mourinho:不止这个可能吧。

文泽尔:没错。不过现在是在讨论多重结局,所以还是先卖个关子。

Mourinho:了解。

Mourinho:如果不存在女儿,而且第二部分结局时,作家确实死掉了的话。

文泽尔:这令我想起爱德华兹的小说《不存在的女儿》。

Mourinho:啊!那本书我也读过。

文泽尔:先天唐氏的女儿被送走,瞒着自己的妻子,费尽心机伪装女儿不存在,善意却并不带来美好。

Mourinho:不存在的女儿……这就很符合作家对巫女身份的猜想。"她"是匈牙利女人,"背后响起的枪声",说明怀孕时的她并没有勇气自杀。

文泽尔：但她的孩子最后死掉了。

Mourinho：这也成了巫女的动机，她是要杀死作家的，要报复他。

Mourinho：所以其实作家是很爱巫女的，为这件事一直内疚。巫女策划了书中的心理谋杀，复仇之后失去精神寄托，疯掉了，以不存在的女儿的口吻撰写了第四部分，虚造美好结局的日记。

文泽尔：有人称这个结局为幻灭结局，我也认同这一称法。前面提到过对叙述风格的调整，我特意让第三、第四部分的文字比较像是出自同一人之手——尽管处在不同的心理状态，但还是有一些基本的遣词造句的习惯是无法轻易掩饰。当读者对单纯结局产生怀疑后，再去比较这两个部分，就能找到蛛丝马迹。尤其第四部分，一个表面上的十四岁女孩，有些表述，你会越看越觉得怀疑，因为和第三部分太相似了。

Mourinho：不只第三、第四部分相似，后半和前半也有相似之处，但给人一种刻意的、造作的感觉——欲盖弥彰的感觉。

文泽尔：像层层打开的俄罗斯套娃一般，后半又和前半有牵连。领悟出第二重结局的读者，又会开始怀疑是否存在"三位一体"结局。

Mourinho：也就是你所公布的那个第三重结局。

Mourinho：作家、巫女、女儿其实都是一个人。

文泽尔：我曾经写过一本名为《千岁兰》的小说，就是在为这样一种写法做准备——当然，上面这句话是存在误导的，并没有泄底的意思。恰恰相反，看过《千岁兰》后，会发现真相并不是你所想的那样……或许吧。

Mourinho：……

Mourinho：如果是"三位一体"结局的话，第二部分结尾时，作家拿到的寥寥几行字，恐怕是在说"其实我就是你，这些都是你自己做的"。自己吓自己。动机是什么？

文泽尔：为了醒来。

Mourinho：我好像有点懂了。

文泽尔：你肯定看过一部电影，名字叫《致命ID》，詹姆斯·曼高德导演的。他还导演过另外一部类似的片子，叫《移魂女郎》。这两部电影对《荒野猎人》的结局构想有着不小的影响。

Mourinho：领会了，有点那样的意思在里面。

文泽尔：《荒野猎人》出版后，二〇一四年，香港电影里也有一部构想比较相近的电影拍出来，陈果导演的《那夜凌晨，我坐上了旺角开往大埔的红VAN》。之前有麦浚龙的《僵尸》，是在二〇一三年。

Mourinho：整部《荒野猎人》，都是在极短时间内发生的濒死体验。这就是第三重结局。

文泽尔：你再想想我们讨论第一重结局时说不通的房契、地契，还有消失的女人们。

文泽尔：在第二重结局里，这些矛盾之处可以被解读成巫女击破作家的妄想，击破他虚假的一面。

Mourinho：但是，到了第三重结局里，这些就是完全虚造世界里的不合理之处了。

文泽尔：我也给过不少暗示。那些关于"不合理"的想象。

Mourinho：最明显的例子，就是整本书结尾时女孩补完的那部分自传。

文泽尔："令时间逆转、火焰结冰、蜗牛奔跑、逝者复生的力量。"

Mourinho：这完全不合常理。儿童时期的作家，他被棕熊追逐之后的溺水濒死倒转了，他复生了。

文泽尔：所以他的动机是什么？他在虚造世界里，杀死自己的目的是什么？

Mourinho：为了醒来。

文泽尔：林中木屋是生死的界线，是镜像的出入口。是一个类似哈罗德·品特话剧《无人之境》一样的地方，是别样的《加州旅馆》。

Mourinho：醒来之前，就是在无限循环。第三重结局，就是无限循环的结局。

Mourinho：三重结局都能说得通，取决于读者领悟到了哪个层面。

文泽尔：第四部分提到过"三个人共有的记忆便不会轻易磨灭"。记忆是魔法，为了达成这点，做了一些微小的工作。

Mourinho：等等，这么说，我倒想起来，你曾经以《谜的不稳回旋》为题，在清华和北大做过《荒野猎人》的推介演讲吧。

文泽尔：没错，说的就是这么回事。《荒野猎人》在整体情节叙述上，是有一些不稳回旋的感觉。当初在创作这本书时，我倾向于让读者们相信，读完后的内心选择，决定了对整本书故事的理解——理解并不是唯一的。这样比较有趣。

Mourinho：你这样一说，我马上就想到了博尔赫斯。是不是你当时在创作时，受到了后现代思潮不小的影响？

文泽尔：也谈不上。其实你读过《荒野猎人》，应该知道我对叙事所持的基本主张。

文泽尔：但是，就算故意去模棱两可，有些东西还是具体而微的，无可回避。

Mourinho：比如挑战读者。我记得，之前出版的版本里面你曾说过，这本书里尚未解决的挑战读者，即木屋的位置谜题，将在《吸血馆与穿刺公》里公布。

文泽尔：唔，似乎确实这么说过。

Mourinho：那本书还没有写完？拖稿十年还没完成，快赶上富坚老狗了吧。

文泽尔：岂敢……啧，确实还没写完。十年过去了，我也还没踏上过罗马尼亚的土地。甚至可以说，我是在故意绕开那里。

Mourinho：但毕竟现在这本《荒野猎人》，是顶着"完全版"的名义出版了，所以……

文泽尔：好了，我们也不必再继续装下去了——这正是当初我邀请你来参与这次对谈的原因。

Mourinho：哈哈，好的。

文泽尔：嗯，这位 Mourinho 先生，算是《荒野猎人》最忠实的读者之一。

Mourinho：什么叫"算是"？还有，去掉"之一"，谢谢。

文泽尔：好吧，作为最忠实读者，Mourinho 在《吸血馆与穿刺公》还不知道在哪儿时，就已经在网络上给出了《荒野猎人》小屋位置几乎完整的解答。不仅如此，他还对文中隐藏的一些秘密给出了相当准确的解读。

Mourinho：一些"具体而微"的秘密。

Mourinho：《荒野猎人》那时相当热门，很多讨论。我发的挑战读者解答引起了一些反响。当然，没有亚利桑德罗导演那部同名电影反响热烈。

文泽尔：说到小李子拿奖的那部电影，其实名字应该是 The

Revenant，原书和电影都是这个名字——还魂者。不知为何翻译中文片名时用了我的书名。真奇怪。

Mourinho：或许广电里面也潜伏着你的书迷。

文泽尔：我现在可是连剧本都快改好，正在筹拍中来着。

Mourinho：真的？

文泽尔：是"快"改好——请参考一下我以往的拖稿战绩。

Mourinho：我错了……

文泽尔：The Wild Hunter 好歹是荣格提出的原型。然而亚利桑德罗那部电影，倒确实就是荒野里，一个猎人——无论如何，这译名也太直白了点儿。

Mourinho：大实话。不过，似乎也有人因为这部译名相同的电影跑去找你的书来读，结果读到最后也没发现其实不是同一个故事。

文泽尔：是啊，或许还会评价说"真是精彩的改编故事"呢。

Mourinho：还真是这样！你怎么知道的？

文泽尔：随口一说，真有这样的评价？

Mourinho：嗯，因为你主动联系我，说起这个事，我也就顺便关注了一下，发现了些有趣的评价。

文泽尔：比如呢？

Mourinho：*God is a girl* 之类的，公路电影什么的。有人联想到了波西格那本《禅与摩托车维修艺术》。

文泽尔：哦哦，这可真是大感意外。

Mourinho：但大部分人都说太复杂了。"史上最复杂物理诡计"是大部分普通读者最主要的痛点。

文泽尔：其实还是多重解答，或者说，对多重解答的嘲讽，比如蛇的诡计。

Mourinho：玩弄读者的，必被读者所玩弄。

文泽尔：我这次在修改时，特意加粗了一两句话，来区分物理密室和心理密室。

Mourinho：物理部分太长，有些人看着看着，连心理部分在哪儿都找不着了。

文泽尔：因此就需要提醒一下。

Mourinho：得了吧。真喜欢的，就算你一个标点也不加，也能读完，还能叫好。

文泽尔：扯远了。还是说回小屋位置谜题——你应该很清楚，我们对谈的这部分内容，将会印在完全版的末尾处。读者读完全书正文之后，可以直接回翻，去看那些参考图和段落内容来印证你的解答。所以，稍后我会请编辑大人将实体书的页码逐一对应上，在这里，你只管尽情说出解答就好。

Mourinho：有点严肃的感觉了，好。

文泽尔：那就先从那张谷歌地图说起。

Mourinho：没错。首先，书里说了木屋地点是相对地面19.31公里，很低，如果当真在谷歌地图里一点一点去看卫星图，肯定得把人给找死。所以，书里必定还有其他线索。第八页第六行和第九页第五行，就有一处重要线索：男孩表示自己要去帝国的首都，而且首都在南边。男孩画了天蓝色斗篷的骑士，骑士拿着长矛，刺向火龙——这是去首都的暗示。书翻到后面，又有一个不起眼的线索，宿屋提供的当地菜里有红菜汤。其实红菜汤也就是罗宋汤，典型俄罗斯菜。俄罗斯的首都是莫斯科，在网络上调查莫斯科的信息，找到莫斯科的市徽：蓝色斗篷的骑士，长矛刺向火龙。俄罗斯的国徽正中也是同一个纹章。细查资料，发现这个市徽是一七八一年，在"乔治十字勋章"关于蛇魔的传说基础上建立的。这里的"蛇魔",我没有再去细查,但它显然对应了后面的一个解答。这样一来,全部的动物都在序章里全了——这个埋藏得很深。

文泽尔：也不算很深。

Mourinho：总之吧,一七八一年这个年份后面还有交代。到这一步就可以推理出木屋的大致位置,是在莫斯科城北方某处。

文泽尔：关于市徽的文字描述,具体得不能再具体,也算是铁证如山了。

Mourinho：所以说回到自杀部分,作家也有可能是东正教徒。

文泽尔：俄罗斯正教会的一员。根据我当年查阅的资料,东正教的自杀率是很高的。因为牧首区太多,没有哪个教会占据优势地位,所以东正教的组织结构相当松散,信仰比较混乱,遭遇人生危机时,选择自杀的教徒也比较多。

Mourinho：作家自杀的结局有了新佐证。

文泽尔：确实如此。

Mourinho：还是说回谷歌地图。第六页有一首对于整本书的世界观构建而言很重要的短诗："首先是湖面的倒影,然后是夜晚的森林,世界沉下在湖中央,故事也自这里开始。"要解答地图谜题,关键就在"世界沉下在湖中央"这句诗上——沉下去之后,世界是反过来的。刚才你也提到,小说最后部分引用的自传内容里,时间回转那部分,男孩从死的奇迹里活过来了,他是从沉下去的湖里,逆浮上来的。书里的世界其实是"溺亡者世界",不是我们现在所处的这个真实世界。你刚才说过,林中小屋是镜像的出入口,因此,那个谷歌地图是镜像,不是真的。

Mourinho：小说里反复提到的"伟大存在",根据这个理论,就是永恒轮回,就是在暗示无限循环结局。

文泽尔:"伟大存在"并不是个"具体而微"的问题,还是说回我们的木屋吧。

Mourinho:好吧……要找到木屋,先要找到小孩住的城市。序章里给了很多线索,有关"儿时故乡"的描述十分多,基本上从第十二页开始。我们读到,这个城市有池塘,大湖,岛群,还有码头,能租到水翼艇。拖拉机厂附近,有个广场上有"永不熄灭的火焰",有林荫道,还有个关于"柱子饭店"的童谣——"白色柱子像人的肋骨,红色墙壁似人的血肉"。如果要进行推理,那就先要肯定这些描写不是凭空来的。我注意到文中给的线索相当多,而且很庞杂,后一页还有"米黄色火车站",这也是重要的线索。一般来说,每个城市也就一两个重要火车站,火车站的照片在网络上并不难找。所以,先弄张俄罗斯的地图,确定莫斯科北边的重要城市——特维尔太近了,周围也没有湖。雷宾斯基,有点像,但我没听说过这个城市。正在做排除法时,我又想起自传中曾经说起管家请了一个芬兰女仆,完全不会说俄语。所以我就想着,要找个离芬兰很近的大城市才合理,结果一眼就看到圣彼得堡了。查了查,圣彼得堡的莫斯科火车站主体确实就是米黄色。再查圣彼得堡的湖泊,发现"圣彼得堡是天鹅湖的原产地"。再查圣彼得堡的拖拉机厂,找到这样的介绍段落:"著名的基洛维兹品牌拖拉机远近驰名,在俄罗斯已经销售生产达三十三年之久。这种拖拉机功率特别大,适于不同的工业、农业生产。"为什么要提拖拉机呢,因为往后面看,能够找到一个跟拖拉机型号相关的比喻,在第二十三页最下面,说"简直跟一台新出厂的四二六型拖拉机一般大"。顺藤摸瓜,在"基洛维兹"品牌的网站http://www.chtz-uraltrac.ru/ 上,确证了四二六型拖拉机的信息。

文泽尔：没错。至于广场上"永不熄灭的火焰"，说的就是圣彼得堡胜利广场的长明火。我在圣彼得堡旅行时，对此感到印象深刻。

Mourinho："二战"时，纪念圣彼得堡市取得九百天围困胜利的长明火。结合火车站、拖拉机三个交叉证据，证明男孩真是圣彼得堡人。木屋位置在圣彼得堡附近。

文泽尔：我记得你对木屋的搜寻也就到此为止了。

Mourinho：就到此为止了。

文泽尔：其实，后面的参考书目部分，能够找到一本名为Bildenzyklop die–Die Natur Europas 的德文百科书——参考书目的第一本就是。

Mourinho：我也考虑过要读一遍你提供的参考书，但毕竟语言有障碍啊。读完《荒野猎人》后，我接着就读了《结构人类学》。

文泽尔：列维·斯特劳斯。

Mourinho：对的。

文泽尔：Bildenzyklop die–Die Natur Europas 和列维·斯特劳斯全集，现在都收藏在我的私人图书馆内。

Mourinho：有机会过去拜访看看。

文泽尔：关键问题在于，Bildenzyklop die–Die Natur Europas 这本百科图谱中，其实是有欧洲的野生动物分布区域图的。

Mourinho：好像有点懂了。书里的动物名字都是十分详细的。

文泽尔：极北蜱、花园睡鼠什么的。

Mourinho：哈哈，蛇的密室那一段里，还专门强调了这点，对吧？所以只要根据动物名字反查分布区域。

文泽尔：就能把木屋位置锁定在很窄的一个范围内了。

Mourinho：还是直接说坐标吧。

文泽尔：提示到这份儿上，就这样说明了多没意思。

Mourinho：不会是还想让读者自行寻找吧？

文泽尔：具体坐标，将在我的下一本小说……

Mourinho：喂，差不多得了！

文泽尔：那么，再讲讲你找到的其他秘密？

Mourinho：我认为书里埋藏最深，也是最经典的谜题，要数第二百三十六页那首诗。把这首诗当成隐藏谜题的话，首先要确定"当选中的那一年"是哪一年。诗里面能够找到的提示是：二月的最后一天是星期五，六月的最后一天是星期一，九月四日，十一月十一日，分别是周四和周二。一开始我想到的是二〇〇八年，也就是故事发生的那年，一查也确实是那年，日期都对上了。再看事件"Agares 和 Furfur 肆虐整年"，Agares 是什么？查过后就知道，Agares 是所罗门王七十二柱魔神中排第二位的魔神，等级为公爵，名为 Agreas 或者 Agares。他听命于 Virtues，并掌控三十一个军团。七大罪中代表淫欲。被叙述成有三个头的恶魔，分别为人、牧牛和小羊的头。骑着地狱的龙，有着水鸟般的脚掌和蛇尾，口能吐火，手持涂着剧毒的枪，通晓天文和数学。他的乐趣就是引人酗酒、赌博或引发其犯罪的欲望。位居东部统治者的麾下，驱使那些静止不动的人，并将逃亡者带回。他教授世上存在的任何语言与管乐，力量足以摧毁任何要人，无论是神圣者还是世俗者。以前是德行天使的领导者，他以侯爵的名义，指挥三十一个军团，称变幻的侯爵，其中一个外貌是位看起来弱不禁风的老贤者，说起话来相当有力。肩上常载着一只大鹰（或说乌鸦），坐骑是条大鳄鱼。据说他有预见未来的能力，能道破世间所有的谜题，但是说出来的话却半真半假，不能轻易相信。他会说多种人间的语言，并有着能够引起大地震的力量。英文资料里，找到的相关信息如下：AGARES. – The Second Spirit is a Duke called Agreas, or Agares. He is under the Power of the East, and cometh up in the form of an old fair Man, riding upon a Crocodile, carrying a Goshawk upon his fist, and yet mild in appearance. He maketh them to run that stand still, and bringeth back runaways. He teaches all Languages or Tongues presently. He hath power also to destroy Dignities both Spiritual and Temporal, and caused Earthquakes. He was of the Order of Virtues. He hath under his government 31 Legions of Spirits. And this is his Seal or Character which thou shalt wear as a Lamen before thee. 可以看到，这两段描述里，Agares都拥有"能够引起大地震的力量"，结合二〇〇八年，指的明显应该是汶川大地震吧。

文泽尔：汶川"五·一二"地震时，我的两位好友同时失踪，其中一位身在绵阳，另一位在都江堰。这次地震事件给了我很大的震慑。可能也是选择将它写进小说里的原因之一。

Mourinho：接着是Furfur，我当时就觉得这可能也是恶魔的名字。搜索找到的资料，其中之一为：＊フルフル（Furfur）＊ 召喚されると、炎の蛇の尾を持つ有翼の鹿の姿で現れることもある。召喚されると夫婦の愛をもたらすという。うまく隠された秘密を明らかにしたり、召喚するものの命令に従い、稲妻と雷を起こすことも出来る。

另一个相关的资料为：フルフル（Furfur）（フールフールとも）は、悪魔学における悪魔の一人。『ゴエティア』によるとソロモン72柱の魔神の1柱で26の悪魔軍団を率いる序列34番の地獄の大伯爵。燃えたつ尾を持つ牡鹿の姿で現れる。コラン・ド・プランシーの『地獄の辞典』の挿絵では、翼の生えた鹿の姿で描かれている。召喚者に嘘をつくが三角形の魔法陣の中に召喚すれば天使の姿となり、しわがれた声で話す。命じられれば、秘密や神聖な物事に関する質問に対し真実を答える。男女の愛を引き起こし、雷や嵐を呼び寄せる。男根の象徴。口から白い液体を放出する。

文泽尔：你找到的都是日文资料，我这边找到的则是德文资料，内容上是差不多的。

Mourinho：Furfur 的原型是一只象征男根的恶魔，能够唤来雷电，在三角形魔法阵中被召唤时，会以天使的形象出现。关于这只恶魔，重点在"暴风雷雨"上，查二〇〇八年的新闻——中国南方暴雨水灾，受影响的人口达到两千一百四十一万人，直接经济损失达两百零三亿元。又印证了。

文泽尔：接下来，应该是儒略历的部分了。

Mourinho：没错。"儒略历的第一天，作恶的异端被火烧灭"——这指的是什么？查二〇〇八年一月一日是否有火灾，没有任何结果。想到书里面说的，肯定是大事，又直接去查二〇〇八年一月一日的爆炸事件，结果发现巴格达宗教矛盾，巴格达什叶派宗教庆典酿惨案千余人伤亡的新闻，"作恶的异端"所指的，大概就是这起事件。"二月，五月，八月，大地震动"肯定是说地震。查新华社二月二十日的新闻，根据中国地震台网测定，北京时间二〇〇八年二月二十日十六时零八分，在印尼苏门答腊发生七点七级地震。二〇〇八年五月十二日的汶川大地震，不用多说了。二〇〇八年八月三十日十六时三十分许，四川省攀枝花市仁和区、四川省凉山彝族自治州会理县交界处发生里氏六点一级地震,全部应验。"三月有新的恶魔被命名"是什么意思不太清楚,也没有详细查询。"四月里有大鸟坠落"应该是指飞机失事,"移动的怪兽,人们惨叫在火焰中"估计是打仗,新闻里也都有相关验证。

　　文泽尔:人类总在打仗,天上永远有飞机坠落,每年都有地震、火灾和无情的伤亡。

　　Mourinho:哈哈,说得没错。但其实我是被你给骗到了——"儒略历的第一天,作恶的异端被火烧灭"这句很有内涵。

　　文泽尔:还是不要再卖关子了。

　　Mourinho:在那首长诗当中,"儒略历"这一行是单独列出来的,和别的日期都分开了。我后来一想,这里为什么一定要说"儒略历",为什么要刻意提一提。查了一下"儒略历",才知道儒略历是格里历的前身,由罗马共和国独裁官儒略·恺撒采纳埃及亚历山大的希腊数学家兼天文学家索西琴尼计算的历法,在公元前四十六年一月一日起执行,是取代旧罗马历法的一种历法。一年设十二个月,大小月交替,四年一闰,平年三百六十五日,闰年于二月底增加一闰日,年平均长度为三百六十五又四分之一日。由于累积误差随着时间越来越大,一五八二年后,被教皇格里高利十三世改善,变为格里历,即沿用至今的公历。

　　文泽尔:知道儒略历来头的人一开始就会注意到这点了。

　　Mourinho:一般不会有人知道的吧,儒略历和现在的公历是有根本不同的。它比回归年 365.2422 日长 0.0078 日,每四百年要多出 3.12 天。在这样一个历法系统里,平均下来每年有三百六十六又四分之一天。照这样计算,每年都算闰年,都有二月二十九日,就也正好印证第四部分作家自传里面提到的那"多出来的一天"。推理进行到这里，我以为自己再次跟上了你的思路——用儒略历配合无限循环结局，说明每年故事都是重复的。可是一月一日那句话还是很难理解。

文泽尔：算是比较得意的安排了。

Mourinho：隐晦得要死！你看，重新去推敲"二月的最后一天是星期五，六月的最后一天是星期一，九月四日、十一月十一日，分别是周四和周二"这句话，查查万年历就能发现，这个日期和星期的对应其实是规律出现的，一九九七年也符合条件。

文泽尔：因为是儒略历，为了确定一九九七年具体的事件时间，还需要查换算表。

Mourinho：一九九七年，洛杉矶大地震，国内遭受暴雨袭击，奥得河有大洪水。事件上，全都符合"Agares 和 Furfur 肆虐整年"的描述。没具体查换算表，因为相信你也查过，时间上肯定是有事件对应的。

Mourinho：对了，之前好像也听你提到——书中全部的机械密室你都亲自试验过。

文泽尔：确实如此。我花了不少时间，使用硬纸板、绳索、电线和硬塑料片反复测试、调整，确保文章中的机械部分可以实际操作。那段时间里我特别迷卡尔。因为卡尔提到不可能犯罪当中，只要能够做到的，都需要事先实验，否则不能写，我也就照办了。

Mourinho：即使这样，你还是否定了全部的机械诡计，提供了最简单的心理密室解答。

文泽尔：并没有。之前也提到过，我希望能够将大部分人认为不可调和的体系进行调和——无论哪种解答，机械或心理的，大可以自由选择。选好以后，都能成立。《穷举的颜色讲义》这本书中还写过递进的三十六重解答，和《荒野猎人》的收尾工作差不多是在同一时期进行的。

Mourinho：现在好像流行"伪解答"这样的提法，也不知是哪个蠢货最先开始说的。

文泽尔：这也称不上是愚蠢，简单有力的造词至少利于传播。

Mourinho：《荒野猎人》里面有很多关于打猎的描述。你在国外时有过真正的打猎经历吗？

文泽尔：当时在斯图加特的马克思·普朗克金属研究所，现在叫智能系统研究所的地方做些科研方面的工作。研究所建在一处很大的野生动物保护区边缘。如果是从大学的 Pfaffenwald 这边徒步过去，需要进入典型的黑森林地貌区。不只天上有老鹰盘旋，林间偶尔还能见得到狐狸。小径分岔之处能看到熊出没的警示牌。

Mourinho：难怪，其实自传里的那部分描写也是有你的真实经历在里面的。

文泽尔：岂止。研究所方面为了避免科研人员在业余时间太过无聊，特地开设了各种各样的兴趣小组活动。我当年曾经加入过狩猎小组，活动内容就是跟随研究所聘请的职业猎手，沿着名为 Glems 的小溪前进，寻找或跟踪野生动物留下的痕迹。

Mourinho：见过野生的棕熊？

文泽尔：惭愧，比不了《荒野猎人》的主角，最多只见识过野生棕熊的粪便。

Mourinho：这个没有名字的主角有多少你的真实经历藏在里面？

文泽尔：相当多也相当少，主要看你怎样去界定虚构的尺度。对了,某种角度来讲,《荒野猎人》也是一部女权小说,是针对男性沙文主义猪猡们的狠狠敲打。

Mourinho:是指自传部分写到的那些激进内容吧,说女人"只有策略,没有灵魂"这样的。

文泽尔:瞧瞧,说这种话的人最终遭到了狠狠的报复,被彻底打垮了。

Mourinho:可能有人没耐心看到他被打垮。

文泽尔:那估计更没耐心看到这里的对谈了。

Mourinho:对于十周年完全版的出版,有什么期许吗?

文泽尔:完全没有!

Mourinho:很押韵的回答!

文泽尔:差不多了,这次对谈干脆就这样终止掉吧。

Mourinho:还是希望有人能够读到这里的。

文泽尔:还是赶紧终止掉吧。

附录：关于"限定条件的不可能"这项设定

我在七八岁时最喜欢看求生类的传记和新闻，这其中到现在都还印象深刻的是这样一个故事：整艘轮船上唯一的幸存者（我已经忘记了他的名字和国籍）幸运地成为一艘救生筏的唯一主人。救生筏上有巧克力球、压缩饼干、牛肉干、丰富的淡水、鱼钩渔线和一些啤酒之类的物资——数量是一定的，在传记的开始部分就写得很详细。

他得到筏子的时候并不太急，开了啤酒，愉快地吃着巧克力球，乐观地等待救援。

然后，他一点点地消耗掉这些让他高兴的东西：淡水没有了，又不下雨。巧克力球吃完，压缩饼干难以下咽……

万般无奈之下，他将偶尔捉到的飞鱼晾干，做成鱼饵开始钓鱼；船上一切可以展开的帆布都被他支起来，以躲避毒辣的阳光并预备收集雨水；他在狭小的筏子上来回移动以避免自己的肌肉萎缩……在最艰难的一段时光里，他甚至将自己的皮带咬食殆尽，还喝掉带着浓烈海水腥味的尿液。就是这样，有限的资源、毅力、信心一点点地被消磨掉。他屡次死里逃生，直到六个月之后才被邮船发现并获救——他当时已经躺在甲板上奄奄一息了。

讲这个故事不是为了强调信念的力量，而是打算用繁复的方式来说明我童年时的恶趣味：大海上的救生筏、希望渺茫的漫长等待、极为苛刻的生存条件……这是一个无比真实的限时密室。开门必须等待的时间，参赛者无权得知；残酷挑战个体各方面的极限，"存活"是游戏进行的唯一目的。

接下来这项说明能够提炼出两个命题：其一是人对于梦想之追求过程的影射，意思很显然，便不再多加解释；其二是严格限定条件的有趣——那正是这篇小说非常想要做到的事情。

本文在同一个密室中完成了四次不可能犯罪诡计。除了较容易进行的、使用外界工具达成的方式以外，还特别强调了这种"限定条件的不可能"（虽然这并非必需）：能够使用的道具在一开始就被规定死了。道具基本都能用到，差不多也只能用到这些。为了达到这样的目标，在写任何一个段落的时候，我都得牢记我拥有什么，没有什么；什么是可能的，什么是作弊……当然，取消那些假设也并不影响行文脉络，只不过减少一重解答而已。只是这么一来，乐趣就会减半，大家估计也不会有耐心读到这里了（笑）。

写作的真正乐趣可以是启发读者想象力的适当隐瞒——我在《千岁兰》的后记里曾这样表示过，但"真正乐趣"显然不止这么一个定义。在《荒野猎人》的密室解答中，"真正乐趣"则可被定义为"在被严重束缚的情况下展现想象力""戴着镣铐跳舞"——这是符合密室及不可能犯罪文章的撰文宗旨的。

我在履行如此武断自私之行为的过程中体验到了前所未有的乐趣。因此，在此也真诚希望您在阅读中享受到的乐趣，不会少于我在写作中所得到的。

警告读者

　　本书所引征的全部内容，除了极少数为符合剧情需要而进行了少量修改之外，其余所有包含年代、人名、地名、历史事件及词语溯源的文字尽皆属实；文中提到的书名，除《影子摩西之剑》及《控尸回魂奥义书》未经学界证实外，全部可供查考。

　　卷末附带一个参考书目，力求完整，以供有兴趣的读者辅助阅读。

　　请珍惜您的时间，切勿陷入考证之中。

参考书目（仅列书名 | 部分作者，版本略）

1. Bildenzyklop die-Die Natur Europas
2. BLV Handbuch Bäume und Sträucher: Der zuverlässige Naturführer
3. BLV Handbuch Vögel: Der zuverlässige Naturführer
4. 《法医鉴定实用全书》，郭景元
5. Totem und Tabu，Sigmund Freud
6. 环球国家地理（欧洲）
7. 《怀斯曼生存手册》，John Lofty Wiseman
8. *Polymer- The Chameleon Clay*, Victoria Hughes
9. 《熊的真相：阿拉斯加棕熊五年写真》
10. 《猎人笔记》，屠格涅夫
11. 《阿巴忒尔：远古之魔法》（*Arbatel: De magia veterum*），（马普社会学研究所文献）
12. 《古埃及文词典》（*WÖRTERBUCH DER AEGYPTISCHEN SPRACHE*）（柏林洪堡大学图书馆文献）
13. *Testamentum Salomonis*, translated by F. C. Conybeare
14. 《反超黑暗大神咒》（*Conjurationes adversus principem tenebrarum*），（马普社会学研究所文献）
15. 《洪诺留三世的大魔法书》（*Der große Grimoir des Papstes*

Honorius）(马普社会学研究所文献）

16. Merseburger Zaubersprüche（马普社会学研究所文献）

17.《俄汉语言文化习俗探讨》

18.《大魔法书》(Grande Gremoire）

19. Das Geheimnis der heiligen Gertrudis

20.《巫术的兴衰》，基恩·托马斯

21. Discoveries: Alchemy: The Great Secret (Discoveries), Andrea Aromatico

22.《文明与缺憾》，弗洛伊德

23. How to Build and Furnish a Log Cabin, W. Ben Hunt und Janie Yungblut L. Hunt

24.《催眠圣经：启动你的内在潜能》

25. A Concise History of Hungary

26.《女巫：撒旦的情人》，Jean Michel Sallmann

27.《巫术奇观》，雅克·洛维希

28.《形形色色的巫术》，Григоренко, А.Ю

29. Sepher Raziel HaMalakh 残卷（马普社会学研究所文献）

30. Kultur und Alltag in der Frühen Neuzeit, Richard van Dülmen

31.《与巫为邻：欧洲巫术的社会和文化语境》，布里吉斯

32. Symbol And The Symbolic, Lubicz, R.A.Schwaller De

33.《维特根斯坦与心理分析》，约翰·希顿

34. Fausts Höllenzwänge（马普社会学研究所文献）

35.《结构人类学：巫术、宗教、艺术、神话》，克劳德·列维－斯特劳斯

36. 北京聚元号弓箭制作方法调查（马普科学史研究所文献）

37.《未发现的自我》,荣格

38. *Papst Honorius* Ⅲ.（1216—1227）, Johannes Clausen

39. *Hexen. Magie, Mythen und die Wahrheit*, Rainer Decker

40.《论集体记忆》,哈布瓦赫

41.《存在与虚无》,萨特

42. *Crime and Custom in Savage Society - An Anthropological Study of Savagery*

43.《第二性》,西蒙娜·德·波伏娃

44. *Die Blutgräfin Elisabeth Bathory*, R. von Elsberg

45.《论幸福》,罗素

46. *Das Geheimnis der Báthory*, Andreas Varesi

47. 广西巴马县东山瑶族制弩方法调查（马普科学史研究所文献）

图书在版编目（CIP）数据

荒野猎人 / 文泽尔著. --2 版. -- 北京：新星出版社，2020.6
ISBN 978-7-5133-3999-5

Ⅰ.①荒… Ⅱ.①文… Ⅲ.①长篇小说-中国-当代 Ⅳ.①I247.5

中国版本图书馆 CIP 数据核字（2020）第 053727 号

午夜文库
谢刚 主持

荒野猎人

文泽尔 著

责任编辑：王　萌
特约编辑：郑　雁
责任校对：刘　义
责任印制：李珊珊
装帧设计：hanagin

出版发行：新星出版社
出　版　人：马汝军
社　　　址：北京市西城区车公庄大街丙3号楼　　100044
网　　　址：www.newstarpress.com
电　　　话：010-88310888
传　　　真：010-65270449
法律顾问：北京市岳成律师事务所

读者服务：010-88310811　　service@newstarpress.com
邮购地址：北京市西城区车公庄大街丙3号楼　　100044

印　　刷：北京美图印务有限公司
开　　本：910mm×1230mm　　1/32
印　　张：14.25
字　　数：214千字
版　　次：2020年6月第二版　　2020年6月第一次印刷
书　　号：ISBN 978-7-5133-3999-5
定　　价：56.00元

版权专有，侵权必究。如有质量问题，请与印刷厂联系调换。

我记下以上想法，正是打算要忘掉它们。我不想让这些无谓的琐事干扰到我所定下的严格戒律。二月二十九号马上就要来了，四年一度，我却不再如以往那般心潮起伏。神圣的责任变成无可奈何的义务，甚或是远离喧嚣、放松心情的借口。这个多出来的受难日，恺撒历中最不吉利的月份，承载着由儿时的奇妙经历构筑成的伟大信仰，正不可避免地随着年华老去逐渐沉沦。我的坚持是我的反叛，仪式化的纪念恰好成为遗忘的证明——啧，这又是文艺化的说法。我厌恶这不自觉的感性腔调，特别是在每个周日的晚上。

那么今天的日记就到此为止。

十六节订在下一页上，我也该开始准备行李了——要记得带上样书。在完整版本出版之前，我会先将这本放在小屋里。

16

十月,巴黎,偏东风。

二月,多云,布拉格。

岁月是记忆的天敌,它就像一条倒流的溪水,牵引过去记忆的咸味,将那些深埋的画面越冲越淡,最后汇入索然无味的淡水湖。

我们两手空空地来到这世上,遇到的人触发了我们的思考;在漫长一生中,我们遇到无数的人,他们总带来些更有趣的问题,让我们一再思考。比如,在接近十四岁时,我开始思考和女人相关的问题:一些具体的探求,在前面数节里,已经以插叙的方式集中表述过了。从事例来归纳,我是一个"反西蒙娜·波伏娃主义者"。专栏批评家们一看即知,我使用了这个硬造的生词,来避开"男性沙文主义"以及"男性中心主义"这样的敏感词汇。既然话已出口,那就不妨说得明白些:我是相当赞同男性天生优于女性的观点的。此种立场无须隐瞒,也无须推脱给我久别伟大故国残留在我灵魂深处的民族根性,或者儿时在祖父那里受到的皮肉之苦。因为道理太过简单,仅取最基本的论据,无须像傲慢的法国人那样紧咬细节。[①] 农家女贞德、十二世纪的

[①] 此处指波伏娃在《第二性》中的论证方式。